阿毛散文随笔选

风在镜中

阿 毛◎著

长江出版传媒 长江文艺出版社

阿　毛

大学哲学专业毕业。做过宣传干事、文学编辑，2003年转入专业创作。武汉市文联专业作家。2009—2010年度首都师范大学驻校诗人。主要作品有诗集《我的时光俪歌》《变奏》《阿毛诗选》（汉英对照）、散文集《影像的火车》《石头的激情》《苹果的法则》、中短篇小说集《杯上的苹果》、长篇小说《谁带我回家》《在爱中永生》等。作品入选多种文集、年鉴及读本。曾获多项诗歌奖。部分作品被翻译成多种文字。

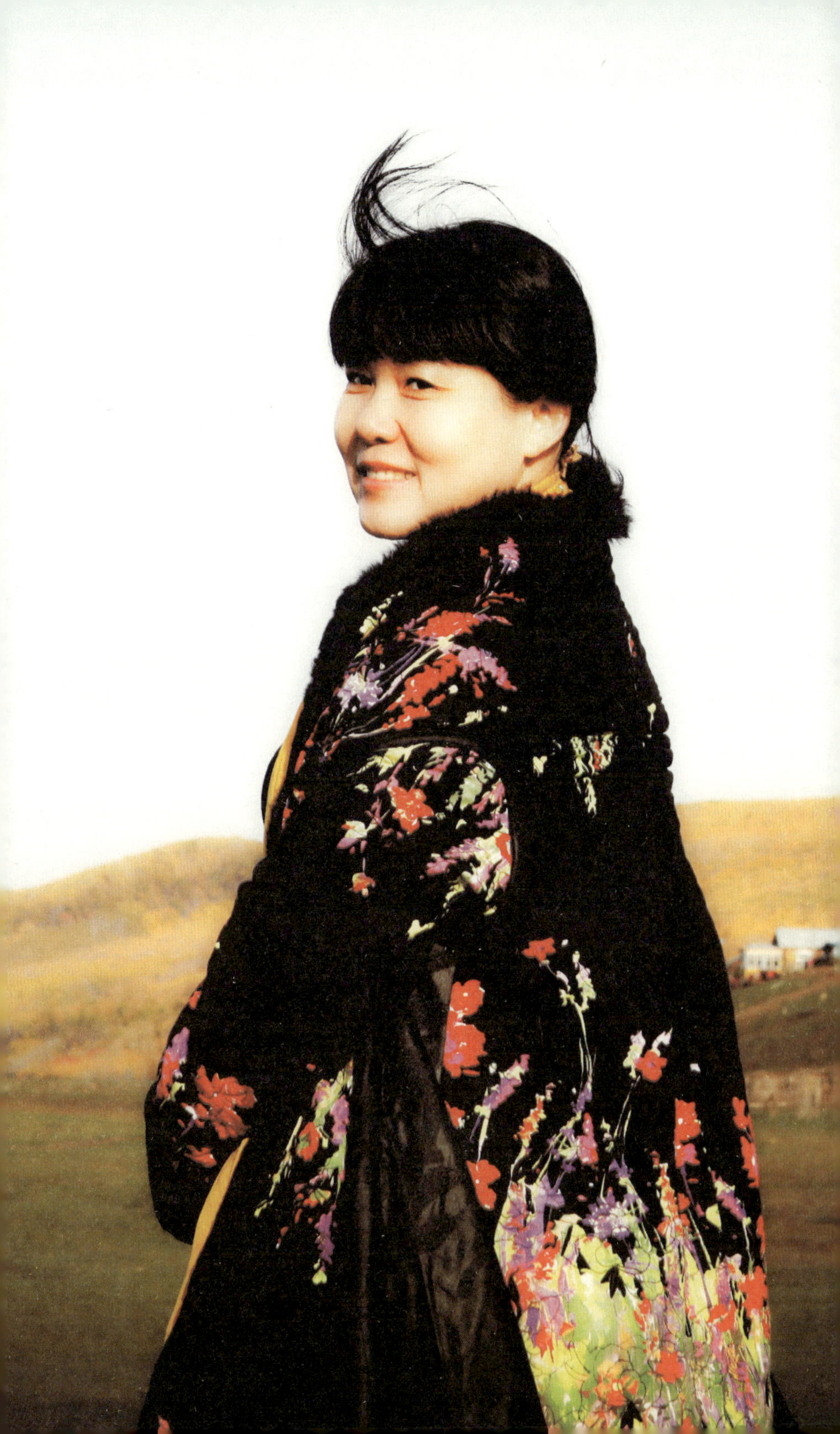

目 录

第一辑　不只是电影

夏娃：我是第一个 / 3
你是我们的幻想 / 6
我的秘密城堡 / 8
谁是我的维罗尼卡 / 12
给鲍比·朗的情歌 / 16
你是华丽和疯狂的 / 20
画布是带血的 / 24
在低烧中疯狂 / 28
我们之间有万丈鸿沟 / 32
不只是电影 / 36
记忆的形式 / 39
写字的看电影 / 43
一个唱，一个不唱 / 47
泄露天机者死 / 49
玛雅的魔镜 / 53
因为风，在镜中 / 62

为你而写作 / 67
爱写作，更爱电影 / 70
我仍在这里 / 73

第二辑　文字的植物园

热爱书中的女人 / 79
一间自己的屋子 / 81
难忘乔治·桑 / 83
流动的花瓣 / 85
终于可以遗忘她了 / 87
里尔克的玫瑰 / 90
作为文字的植物园 / 92
像蝴蝶一样美 / 94
语言的蝴蝶 / 97
精神的草莓 / 99
黑色的光辉 / 101
热爱向日葵 / 103
阅读是一种创作 / 105
我们的灵魂就是爱 / 107
就让此生荒废掉 / 109
疯狂的、邪恶的 / 112
如何描述生活中的恶 / 115
棉裙上的午睡 / 117

第三辑　爱的功与罪

为天才的生前而痛哭 / 123

这样，这样，爱您 / 127
用莎士比亚的才情去爱 / 130
悲伤的抗争 / 133
爱情的功与罪 / 137
被压抑的天才或爱使人发疯 / 141
死是一门艺术 / 145
白雪落下了黑色的花瓣 / 150
替天才补上童年的诗行 / 153
冷艳这个词 / 158
我为何深爱无法拥有的女人 / 161
把路标拍成双人床 / 163
幻想：爱和性，床和帽子…… / 166
爱，欲，和日记 / 170

第四辑　玫瑰与黄金

感觉像在爱自己 / 177
爱与美的女神 / 184
流落在人间的天使 / 187
从疼痛的身体上开出的魔幻之花 / 190
哭泣的玫瑰 / 193
文字拼缀的华丽光斑 / 196
杰奎琳的眼泪 / 200
一件最重要的衣服 / 203
披着俄罗斯披巾的阿赫玛托娃 / 208
以文字取暖 / 212
隐居在诗歌里 / 217
"人蛾"飞舞 / 223

遥远边界的回声 / 227

把世界当成自己的故乡 / 230

多才多艺是一件容易的事 / 233

圣·罗兰的诱惑 / 237

生活在别处 / 242

从不曾失掉唯美与高贵 / 246

对等的精神状态 / 249

写作如探案 / 252

"饮者,你的红酒里有毒" / 257

以你的诗句,俘获她的爱情 / 261

"我不会完全死去" / 266

"一曲未唱完的歌" / 269

"只有一片蓝色啄着双眼" / 272

"嘴唇上是你的名字" / 275

黄金在天空舞蹈 / 279

"许多日子,像烟" / 283

第五辑　火焰与歌声

我在呼喊 / 289

我的诗生活 / 294

木头、手机和诗 / 297

以诗发光 / 300

十字绣、数字油画、桃核雕刻 / 303

呼啸的子弹 / 305

涌向波斯猫的蓝色和诗句 / 308

我知道你会来 / 311

在爱中永生 / 314

风中的秋千 / 317
我的武汉地理 / 320
出发到现场 / 323
诗人在雨中 / 326
在文字中奔跑 / 336

附：阿毛创作年表 / 349
跋 / 357

第一辑 不只是电影

夏娃：我是第一个

我是第一个。

第一个睁开眼睛的。第一个看到太阳；第一个看到很高的天空，飘着白云；第一个看到高处的树木，低处的花草；第一个看到高山、石头、沙滩、海水。第一个看到飞鸟，第一个看到游鱼；第一个看到月光，第一个看到星星；第一个看到我自己……我是第一个看到万物的。万物都有自己的名字，都有自己的形态和颜色。大的，小的；高的，低的；动的，静。我的眼睛看都看不过来。我是谁呢？什么样的？——是太阳，还是月亮；是花还是草？我的它们都不像。哦，我的是不同的。我是第一个，不同于它们的第一个。你们未见的上帝把我叫作女人，第一个女人，夏娃。

我是第一个。

第一个听到风声和虫语；第一个听到雷声和雨电；第一个听到海啸、鸟歌和我自己的心跳……我是第一个听到万籁的。它们都有自己的声音。低语的、高吼的；轻唱的、浅吟的。我的耳朵听见了各种各样的。我的声音——是不是虫的、鸟的？有时候像，有时候又不像。哦，我的是不同的。我是第一个，不同于它们的第一个。你们未见的上帝把我叫作女人，第一个女人，夏娃。

我是第一个。

第一个闻到空气的香味、泥土的香味，闻到花的香味、草的香味和我自己的香味。……清凉的、干爽的、微醇的、醉人的。我的鼻子吸了又吸,很多不同的香味通过我的鼻子透到我的其他器官上了。我的香味——是不是花的、草的?仿佛是,又仿佛不是。哦,我的是不同的。我是第一个,不同于它们的第一个。你们未见的上帝把我叫作女人,第一个女人,夏娃。

我是第一个。

第一个品到海水的味道、雨水的味道;品到果子的味道、树叶的味道和我自己汗水的味道。……咸的、淡的、甜的、苦的、辛的,还有我说不出来的。没谁告诉我。我的味道——是不是雨水和果子的?不完全是,哦,我的是不同的。我是第一个,不同于它们的第一个。你们未见的上帝把我叫作女人,第一个女人,夏娃。

我是第一个。

第一个触到石头的硬度、花的柔嫩;触到沙滩的柔软、海水的温纯和我自己皮肤的细腻。……坚硬的、柔软的;粗犷的、细腻的。我的质地——是花的、水的;是温柔的、细腻的?我的是不同的。我是第一个,不同于它们的第一个。你们未见的上帝把我叫作女人,第一个女人,夏娃。

我是第一个。

第一个不知开始,也不知结束的人;第一个没有记忆,只有未来的人;第一个拥有清纯与天真的人;第一个感受到大自然完美和谐的人。第一个碰到他的人。他和我是一类的,有头发,有眉毛,有眼睛,有鼻子,有嘴巴,有耳朵;有手,有手指甲;有脚,有脚指甲……但却是不同的。有一处的差别,很大。哦,我和他是不同的。我是第一个,不同于他人的第一个。你们未见的上帝把我叫作女人,第一个女人;把他叫作男人,第一个男人。

我是第一个女人，我叫夏娃。长长的头发，柔软的皮肤；乳房丰满，腰肢纤细。张开口，就要唱出歌，迈出脚，就似在跳舞。

他是第一个男人，他叫亚当。不长的头发，粗糙的皮肤；肌肉饱满，身板强健。他唱歌的声音不同，走路的姿势不同。

我是第一个女人，我叫夏娃。他是第一个男人，他叫亚当。上帝让我们住在伊甸园里。我见到亚当之前走了很多的路，见了很多的事物。我不是用亚当的肋骨造的。那是上帝骗你们的。因为上帝倾向于做男人。所以他说了谎。真实的秘密其实就是：上帝用右手造了女人，用左手造了男人。他们两只手同时运作的。因为右手比左手便利，所以他造的女人，比男人漂亮，比男人细腻；他造的男人比女人粗犷，也比女人粗壮。为了让两只手合拍，所以他让女人的山峰对着男人的平胸，男人的山峰对着女人的山洞。然后把我们放在一个叫伊甸园的地方。我们起先是朝不同的方向走，上帝说，朝不同的方向走，是为了让我们最终走向对方。当然是我最先看到苹果的。不是蛇的指引。伊甸园里没有蛇。只有慢慢走出来的欲望，还有我后来认识的元素——爱。

我是第一个，因而是永生永世最幸福的。我们是第一对，因而是永生永世最完美的。什么都是第一次，第一次认识笑，第一次认识美，第一次有了欲望，第一次有了爱……清纯，天真，和谐，完美……

我是第一个。第一个女人。第一个女人的名字叫夏娃，和亚当住在你们找不到的伊甸园。因为你们可以走向未来，却永远回不到过去。所以，我是幸福的，你们是悲哀的。

你是我们的幻想

我喜欢童话,希望生活在童话里。虽然我不是童话里的美人鱼或小公主,但我就是希望生活在童话里。生活在童话里是不可能的,谁都不可能。但是幻想,幻想可以。

世界上那第一个写童话的人是应该名垂青史的,他把成人都幻想的东西写进了儿童都能看懂的故事里。现在还在写童话的人仍然是值得尊敬的,他在那些不可能的故事里固执地拓展着人类的幻想。

很多东西都不可能实现,千百年以来,千百年以后,都不可能。但是幻想可以。所以美人鱼在安徒生的笔下走到她爱慕的王子身边,从此以后成为王子的幻想,成为所有男人的幻想,也成为所有女人的幻想。那前生和后世永远的幻想。

"遥远的地方,有个古老的大海,海里有鱼和……回想一下吧,也许你也在那里住过——"几百年以后,有人在《美人鱼》(1976年苏联、保加利亚出品。导演:弗拉基米尔·贝奇科夫,主演:维卡·诺维科娃、加利娜·阿尔捷莫娃、尤里先克维奇)这部电影中开始这样讲述安徒生的童话《海的女儿》。我听着这些后世的讲述,看着这些后世的人,仿佛觉得我们都是有前生的。

"回想一下吧……"也许你真的就是一条我喜欢的美人鱼,在几百年以前用天使般的嗓音换取女巫的帮助将鱼尾换成人腿,历经数难只为了走近你爱的王子。

从此,你不能在海水里自由地游,而只能在现实中的刀尖上行走。即使痛苦你也愿意的,——因为你看到了很多在海里不能看到的东西:有芳香的花,鸟,火和杂技艺人……听到了海里听不到的声音,你听到竖琴的声音这样说:"没有一个美人鱼能这样唱,这或许是王子的声音!"即便心碎你也愿意的,——因为你走到了王子的身边,凝视过他的眼神,牵过他的手,和他跳过舞。虽然你爱的王子娶了美丽的公主,你最后在安徒生的笔下化成了海上的泡沫,或在这部影片里成了一个永远在世上游荡的影子。你也不后悔的,——因为你虽然形体消失了,却获得了永生,获得了世人永生永世的怜爱。你是那么美,安徒生说你的"舞姿优雅,舞步轻盈,简直是在飞,在飘,而不是在跳……"你是那么善良,宁愿死也不愿让王子的血溅到自己的腿变回鱼尾。你甚至不再祈求什么,在最后的黎明就要到来之前,在你从来没有依偎过的爱人的怀抱之外,你流了那么多的泪水,但你还是欢笑着舞,为心爱人的婚礼而舞。……你没有得到王子的爱,你终究消失了。

我坐在影碟前,泪流满面地看着你消失,心一次一次地疼。像你的双脚走在刀尖上的疼,只是因为有幻想支撑,我才不会倒下。毕竟你在影片《美人鱼》的结尾,让王子知道了你是他的幻想。——因为成为幻想比成为所爱更长久;毕竟你通过安徒生的童话活到了现在,并将永远活下去。你是没有生命而活,却像幻想一样永生。

没有人不愿意像幻想一样永生。所以你是我的幻想,我们的幻想。不论前生,还是后世,你都是我们永远的幻想。

我的秘密城堡

电影《我的秘密城堡》，2003年英国出品。导演：蒂姆·费威尔。主演：亨瑞·托马斯、马克·布鲁卡斯、罗丝·巴瑞恩、亨利·卡维尔。

我的小说家父亲多年来饱受着写作灵感不再的折磨，他驱车带着我们离开了城市，来到一片花丝绒般美丽的原野。

"我一定要过去。"父亲赶走树丛中的蛇精，他发现了一座斑驳的城堡，惊喜地说，"我下辈子要在这里度过。"

我理解父亲，一座废弃的城堡，几乎就是一些隐秘的写作愿望。因为这样的居所，适合安放从红尘中跋涉过来的身体和灵魂，适合寄托梦想，适合写作。

这里美得像天堂——天空有移动的云彩，报告雨水的消息；大地有废弃的城堡，让我们居住。我和弟弟妹妹经常在原野上、城堡里奔跑。爸爸闭门沉思写作，吉卜赛籍的继母画油画。英俊的仆从史蒂文前院养花，后院种菜，森林里伐木。

在这一处世外桃源里，我们一家过着与世隔绝的生活。

我在日记本里写道。

我也想做一名作家，所以我时常会在城堡的阴影里和骄阳下写下动人的句子。

在这斑驳、古朴的城堡里，我像一位优雅的公主，安静地做着自己的梦。

可与世隔绝的城堡生活，对于活泼的公主来说，是很烦人的。妹妹讨厌住城堡了，她要到街上去。继母阻止了她。我们的继母，心地好，一点不像传说中的继母那样心肠毒辣，也不捧着魔镜跟女儿们比美，更不夺女儿们的所爱。她教我们怎么穿衣，怎么跳舞，怎么做公主。她无心管家事，只由着她吉卜赛人的气质不羁地爱艺术。

我们的美丽继母，她有一头瀑布般的栗色长发，她的衣饰像她的油画一样好看，胸饰和手镯在她行走之时叮咚作响……

但她烦躁不安时，会在雨中或骄阳下赤身裸体。我起初不明白她为何如此，后来才慢慢领悟到：赤身有时候是在揭示内心的真相，它也是一种艺术冲动和艺术行动。

我爱我的继母，当然我也爱我的妹妹。我对郁闷的妹妹说："到街上去，就不会有人娶你了！"

"我只看他有没有钱。这不是爱的问题。"妹妹的回答令我惊讶。我对爱情的看法也令妹妹惊讶："我觉得爱情是一种谋杀，而不是一件幸运的事。我不会和别人谈恋爱的，恋爱的生活是危险的。"

听继母谈怎么做公主，和妹妹谈怎样对待爱情，现在我要和父亲谈写作。

父亲说，他现在正好在深思。

"他是一个心肠很好的人，非常完美的人，不应该被写成在一个晚上突然消失。"我建议父亲对他的小说人物的命运作些修改，"他会回来的。"

父亲嘲笑我这个17岁女孩的想法是幼稚的。

"我不会屈服于这种打击，我还会坚持我的写作。"我暗暗地下决心。

在这个没有什么现实物资的城堡，我们做什么都可以。甚至在雨中裸体。当然这是继母的行为，不是我的行为。不过，后来，初恋失败后，我裸体过，那是在骄阳下的游泳池边。正是那次裸体，我才明白了裸体不仅是自我的释放，更是艺术灵感和气质的激发与培养。当然这事儿，只适合在古城堡这样的斑驳古朴的背景下做。因为，只有在这儿，我们才会觉得我们的身体和灵魂都是自然的一部分。

"父亲已有一年多没付史蒂文佣金了，也没有钱支付城堡主信中提到的低廉租金。"有时候，我会在日记里记下这样的事情，但更多时候，我会写下一些令人高兴的句子：妹妹弹琴，姐姐写作。艺术家靠贫穷喂养。

可是这样的句子不可能拿出来安慰因生活的艰辛而变得怨天尤人的妹妹。

"只要他有钱，是一只大猩猩我都会嫁给他的。"

所以，当城堡主科顿的孙子从美国回到城堡时，妹妹一下子被他们的身上透露出来的富贵冲昏了头，下台阶一只脚悬空，摔倒在西蒙的怀里。

从此，妹妹就希望通过她和西蒙的婚姻，救一家人于水深火热之中。

"绅士们回到城堡，遇到女孩，就会有动人的故事；遇到男孩，就会打架。"科顿家的孙子还没回到城堡前，我在日记里这样预言。

确实有了动人的故事。妹妹是真的爱上西蒙了。而西蒙也爱妹妹。双方家人都对这桩婚事很高兴。我们的继母，更是积极地施展她的教女术："你们要快速学会慢步探戈和怎么抽烟。"

"科顿家才不会在乎这些呢。"妹妹说。

"不，我已经给你准备好了。你一定要听我的。"

很快，妹妹学会了跳慢步探戈和抽烟。

妹妹跳舞和抽烟的姿势，既纯洁又优雅。她渴酒的样子，也惹人怜爱。她纤细的手指间握着的绿色酒杯和她的神韵浑然一体。妹妹的气质是适合在伦敦这样的都市生活的。我隐约觉得，妹妹是伦敦令人仰视的一件最完美的艺术品。

或许，这一切均因爱的缘故。是爱使人成为艺术极品。

我发现我也爱了，而且爱上的是妹妹的未婚夫。这个我当然不能对妹妹和西蒙说，我只是对日记本说。

"这里太多的人坠入了爱河，我不知道我会怎么样。"

"这完全像是一个派对的游戏。大家都在跳舞，却没有人感觉到幸福。因为这后面都隐藏了……不幸。我感觉到了。"

我对一直爱我的史蒂文说。"史蒂文，原谅我，我不爱你，我爱西蒙。"

不知妹妹是怎么知道我爱西蒙的，她给我写了一封信："姐姐我爱你，所以……"

妹妹和西蒙的弟弟尼尔一起外出旅游，住到了一起。返回伦敦后，他们就结婚了。

失落的西蒙来城堡里找我。……他也终于发现他其实也爱我。

但是我拒绝了他的爱。

为什么要赢得爱呢？一定要忧伤的心情，才配得上这城堡的斑驳与古朴，才配得上它的沧桑；才配得上那些游荡在这里的不知名的灵魂。何况要写作呢！一定要有所失，才会写得更好。

如果有这样的城堡，让我住下来写作，我的心一定会相当充实。我才不会要什么爱呢。我可以通过文字来想象，来赢得爱。在纸上，没有人会失去，会背叛。我会非常幸福地爱自己，爱他人。这一切皆缘于有此城堡。

在这里，大家都是公主、王子，大家都生活在自己的内心世界里，都不正常而正常。只有写作、画画、弹琴是最正常的。我以为。

就像我发现妹妹是适合都市生活一样，我发现自己其实是更适合城堡的生活的。

城堡只适合艺术家长期居住，疯子或天才居住。如果你不是，你就走远吧！到红尘中去爱，去被爱，去受累，受苦。

就像我妹妹萝丝那样，去开始她梦想的全新的生活。

我不离开这里，因为我发现写作是我心灵的秘密城堡。

"我爱，我爱过，我仍将爱。"在作品中……或者在现实里。

谁是我的维罗尼卡

不是我爱把孤独与死亡带到写作中,是因为人生而孤独。是巨大的恍惚和孤独感驱使我写作。我知道不写作的人,不搞艺术的人,也是有恍惚感与孤独感的。只是我不知道这些人如何排解孤独。是爱生活,爱爱本身,是与现实无奈的妥协……是用狂欢的性抚摸灵魂,还是用孤单的灵魂安慰肉体?抑或都是。

似乎一生都是沉重的,时时刻刻都是沉重的。似乎只有睡眠或写作的时候,才稍感一点儿轻松。里尔克的《沉重的时刻》就像是电影《维罗尼卡的双重生命》(又名《两生花》,1991年法国出品。导演、编剧:克日什托夫·基耶斯洛夫斯基,主演:伊莲娜·雅各布、卡里娜·谢鲁斯克)谶语诗,从一看完这部电影,它就从我脑子里某个记忆的角落跑出来:

此刻有谁在世上某处哭,/无缘无故在世上哭,/在哭我。//此刻有谁夜间在某处笑,/无缘无故在夜间笑,/在笑我。//此刻有谁在世上某处走,/无缘无故在世上走,/走向我。//此刻有谁在世上某处死,/无缘无故在世上死。/望着我。

其实,从来没有无缘无故,没有无缘无故的哭,无缘无故的笑,无缘无故的走,无缘无故的死。任何事的发生和存在都是有缘故的。

两个维罗尼卡,一样的名字,一样的年龄,一样的身体,一样美妙的歌喉,一样脆弱的心脏……

当一个维罗尼卡在波兰的细雨中唱着歌,遇到让她心动的爱时,另一个维罗尼卡在法国的细雨中靠着墙，恍惚中有一个陌生的男子来爱她的身体。

当一个维罗尼卡在火车上，透过她手中转动的透明玻璃球看颠倒梦幻的世界时，另一个维罗尼卡，用指环轻压下睫毛，她要更清楚地看到自然，像眼珠一样的玻璃球装着它的世界安睡在包里。

当一个维罗尼卡旅行到拉哥科夫，另一个维罗尼卡来到她停留的广场，惊见另一个自己，走到另一个自己的相机里。

当一个维罗尼卡考进了音乐团，另一个维罗尼卡就开始签演出合同。

当一个维罗尼卡因心疼，坐在路边，扯鞋带时，另一个维罗尼卡抚着胸口。

两个维罗尼卡，一样的名字，一样的年龄，一样的身体，一样美妙的歌喉，一样脆弱的心脏……只是她在此处的波兰，她在彼处的法国。

她们是一个人，却是两个身体，她们是一个灵魂，却是两个国籍！

是波兰的雨来到法国，还是法国的雨来到波兰？是波兰的爱与痛传到法国，还是法国的爱与痛传到波兰？我也不知道，波兰是谁的波兰，法国是谁的法国？

一个弯腰捡垃圾的老太太，在波兰的维罗尼卡排练房的窗外。

演出团的音乐多么神圣而美妙，而她的高音在攀向天路之时，不是抚着心脏，而是松开鞋带……《走向天堂之歌》，把波兰的维罗尼卡送入了天堂。此时，法国的维罗尼卡正在爱的床上，悲伤像不明来处的雪，覆盖了她的身体。

一个维罗尼卡的灵魂在消失，一个维罗尼卡的身体在哭泣，在哀悼！

法国的维罗尼卡，解除了演出合同，当上了音乐老师。她教音乐，或走在街上，背景音乐不是马头琴，或日本鼓，而是死去的维罗尼卡唱过的《走向天堂之歌》。她从没唱过的，此刻却这么熟悉，这么喜欢！

波兰的维罗尼卡一直都知道，在她不知道的某处，有另一个自己的存在，所以，她对父亲说："我觉得我并不孤独……这世界上并非只有我一个。"父亲说："当然不！"

法国的维罗尼卡一直不知道，在她不知道的某处，有一个自己在疼痛。当波兰的维罗尼卡倒在舞台中央时，她忧伤地对父亲说："我有种奇特的感觉，觉得自己孤零零的。"父亲说："有人从你生命中消失了。"

木偶艺人的舞娘在舞台上摔断了腿，在黑漆漆的盒子里蜕变成蝴蝶，重新在舞台上翩飞。木偶艺人每场演出都要预备两个一模一样的木偶。因为它们太脆弱，容易坏掉，预备两个，好的就可替换坏的那个。

木偶艺人还是一个写作的人，一直在寻求心电感应的神奇，有缘有故的神秘。

她对法国的维罗尼卡说，她将写作《某某的双重生命》，故事缘于一个人，和她的另一个自己："1966年11月23日，是她们生命中最重要的日子，那天，凌晨三点，她们同时出生在两个不同的城市，不同的国家，都是黑色的头发，褐绿色的眼睛，两岁的时候都学会了走路，有一个不小心在炉子上烧伤了手，几天后，另外的一个也伸出手去摸炉子，但手及时移开了，然而，她根本不知道，她是无意识地想烧伤自己。"

当法国的维罗尼卡看到寄自波兰的鞋带、心电图，看到她找不到的唇膏突然出现，看到旅行照的照片中有一个自己穿着陌生的衣服，她恍然大悟：原来一直有一个自己在他处，只是这个自己已经离开了人世。

维罗尼卡痛心不已：一个自己，一个从来没有见过一次的自己存在过，消失了。这痛失无法言喻。

一支写作的笔代替活着的维罗尼卡说："你是我在他处的灵魂，走丢了身体的极限；我是你在他处的身体，借用了你的天鹅般的歌喉，和扯紧鞋带的高音。"

如果真如《圣经》中所言"上帝创造了一桩美丽的事物，因为害怕这美丽被毁灭，所以又创造了另一个一模一样的美丽事物"，如若我是这"一桩美丽的事物"，那么上帝把"另一个一模一样的美丽事物"放在哪？放在木偶艺人的黑盒里，还是他的工作台上？放在前生，还是今世？

谁是我的维罗尼卡？我又是谁的维罗尼卡？

还有，如果我是肉体的，那么我的灵魂在哪？如果我是灵魂的，那么我的肉体在哪？

这些神秘而忧郁的问题，折磨着我们的眼睛和神经。

我们不得不把这些问题，放在思考里，写作中。如果我们思考，我们写作。

所以，为了发现和完整，我准备一生只寻找、只写作自己的维罗尼卡！

而我始终找不到我的维罗尼卡的时间、空间，我始终触不到身体里的骨髓、灵魂里的天涯，始终写不尽前世今生的孤独与沧桑、睡眠与死亡。

哪怕我知道这样的宿命，我还是不放弃寻找，不放弃写作。

因为上帝备有两个维罗尼卡，不仅仅是为了弥补缺失，更是为了发现和完整。

给鲍比·朗的情歌

电影《给鲍比·朗的情歌》,2004年美国出品。导演:珊妮·盖博。编剧:Ronald Everett Capps 、珊妮·盖博。主演:约翰·特拉沃尔塔、斯嘉丽·约翰逊、盖布瑞、马赫特、黛博拉·卡拉·安格。

一首情歌从片首就开始唱了。

我不知道它是不是给鲍比·朗的情歌,但我可以认为它是一首给听众的情歌。为了这首情歌,我忍受了影片以一个酒鬼的开场。

一个挂账的酒鬼,戴着一顶旧草帽,提着酒瓶走出酒馆,边走边喝。他的右脚趿着一只拖鞋,左脚却穿着皮鞋。他走过绿草地、铁轨和街道。走到墓园外时,他的酒喝完了。他把空酒瓶放在墓园外的栅栏旁,进了墓园。他转过身来,面对着镜头。约翰·特拉沃尔塔的那张经常扮演坏男人的脸,此刻是多么的沧桑啊!字幕这样说:时间从来不是鲍比·朗的朋友,它会密谋反对他,使他相信上天的仁慈,然后每次将他的一切夺走。

神父在主持一场葬礼:我们失去了劳拉茵,我们所有人,早在她辞世之前……

鲍比·朗转过身去,走进参加葬礼的人群中。

被葬的是一个生前一直爱着他或许他也爱过的女人。这个叫劳拉茵的女人,在电影中从来没有出现过,但她的名字、睡衣、歌声却不时出现。她就像电影中好听的歌一样,看不到,却可以听到。

但听到的与看到的,都是爱与孤独。

一个叛逆的青年,一个心碎的中年,一个颓废的老年。三个年龄段的人,共处新奥尔良这个"充满了谎言和幻想的妖妇一般的城市"的一个旧屋的屋檐下。叛逆女孩帕斯琳是从外地赶回新奥尔良参加她母亲劳拉茵的葬礼的,但她没有赶上母亲的葬礼,却在她本以为废弃的空屋里见到了母亲的两个老友——退休的文学教授、落魄的行吟诗人鲍比·朗和准备为他作传的门徒纳森。

帕斯琳比我幸运多了,她第一眼看到的不是酒鬼鲍比·朗,而是英俊的纳森——他穿着棕黄色的短袖衣,扣子都没扣。显然,是帕斯琳的敲门声叫醒的。帕斯琳走进她童年住过的屋子——与她相依为命的外婆早就去世了;长年奔波在外,只偶尔回此屋住一段时间的母亲也去世了——这屋子里常年住着这两个男人,到处是书,是酒瓶。帕斯琳找不到外婆和母亲的影子,也找不到一丝儿温暖的记忆。她只想快点离开这个被弄得像狗窝一样的屋子(可恨的鲍比·朗总是穿着她母亲的睡衣,在屋子窜来窜去找酒喝)。可是她在母亲留给她的手提箱(母亲生前总是随身带着)中看到了鲍比·朗送给母亲的一本书:《心是孤独的猎手》(卡森·麦卡勒斯的成名作,出版于1940年,那时卡森·麦卡勒斯23岁。该书曾被评为百部最佳同性恋小说之一,在榜单上名列17,书凸显的是麦卡勒斯式的主题——孤独是绝对的,最深切的爱也无法改变人类最终极的孤独。)帕斯琳不明白鲍比·朗为何送这样一本书给她的母亲。她问鲍比·朗:"你为什么给她这个?"鲍比·朗回答说:"这故事很棒,看不见的人物很漂亮。……你读过它了吗?你读过任何书吗?劳拉茵不知道她自己是一个很棒的诗人。我真的很喜欢……培养灵感。纳森是一个作家,也很棒,他正在写一本关于我的书。"帕斯琳讥笑说:"第一章:我起床,喝得酩酊大醉,然后昏倒;第二章:我起床,喝得酩酊大醉……"鲍比·朗说:"你能使富人难堪,小女孩。"

帕斯琳不知道,至少9年前鲍比·朗是富有的:出口成章的文学教授,才华横溢的诗人,崇拜者如云。在娱乐场所和女人堆里游走自如。虽然他耳中回旋的是劳拉茵动听的演唱,但他的双脚踏上的却是阿拉巴马的归途——那里有他的家,有漂亮的妻子和可爱的孩子在等他。还有纳森等得意门生的追随。然而,一天鲍比·朗为失恋的纳森伸张正义,大打出手,犯了事,被迫离家,落难到新奥尔良,住到了劳拉茵的老屋里。

当然,这一切,帕斯琳是后来才知道的。后来,纳森与帕斯琳达成了一个口头协议:一个不酗酒,一个继续学业。后来,她还知道了,母亲的老屋她有完全继承权。并不像鲍比·朗所说的那样:他和纳森有三分之二的继承权,她只有三分之一的继承权。帕斯琳愤怒地把鲍比·朗和纳森的东西扔出屋外,把房子换了锁,准备出售。鲍比·朗、纳森和他们的朋友们把小屋漆得漂漂亮亮的。帕斯琳不为所动,仍然打算搬走后,卖掉房子。当她在母亲的房间里收拾自己的衣物时,在一个纸箱里发现了一大摞母亲写给她却从没有勇气发出的信,在信中,母亲告诉她,鲍比·朗是她的父亲。原来母亲一直爱着鲍比·朗,而那首传唱不息的歌《心是孤独的猎手》,是母亲专门写给鲍比·朗的情歌。母亲无奈地爱着鲍比·朗,爱着她的这个曾经风光无比如今却落魄至此的父亲。读着母亲的信,听着母亲的歌,帕斯琳终于理解了母亲的孤独,理解了鲍比·朗的无助。"恐怕我需要去爱,如果我还没有打算飞走。我在黑暗之中呼唤你,怀着一颗孤独之心的猎手……心是孤独的猎手,带着唯一的渴望,在爱人火一般的怀抱里寻找持久的抚慰。被不顾一切的饥饿所驱使,扑向霓虹灯影下的黑暗……哦,心是孤独的猎手!"帕斯琳走向自己的父亲,给了这样一个不久于人世的老者一份女儿的爱戴与尊敬。

父女俩草地上的共舞,是整个电影中最温馨的一个画面。

帕斯琳穿的是她母亲劳拉茵的裙子。人人都说,帕斯琳像她的母亲一样美丽。找到了父亲的帕斯琳不再感觉孤单与害怕了,她也不必通过镜子里母亲的幻像来追忆自己的童年,来想象母亲后来的模样。她觉得母亲就在她的身边,在父亲回忆的言辞中,邻居们的赞美里……

又是劳拉茵的歌声《给鲍比·朗的情歌》。

影片最后,放在鲍比·朗墓前的《给鲍比·朗的情歌》是一本书,是纳森写的鲍比·朗的传记。

"有些人能及时到达他们能尽力走得远的地方,那个地方,妻子和工作碰撞出渴望。未知的是那些仍然看不见的人。'看见了无形的东西就能看见写什么',那就是过去鲍比·朗常做的。他想和看不见的人住在一起。那些我们每天从他的身边走过的人,那些我们有时成为的人,那些在书里仅仅活在某些人的想象里的人。他是一个注定经历却不停滞于此的人,一个想象进天堂最近的小路是直接进地狱的人。但他残酷的事实是:并不被当回事。为许多故事所称颂以及他选择的那条小路。鲍比·朗不幸的缺陷是:他和所有见到的人的风流韵事。我想如果人们想要某种形式的公正,那么鲍比·朗会因为一首歌而得到他自己的……"

帕斯琳肯定读完了这本书,现在她在书里夹了一束黄色的小花。小时候,她的外婆和母亲都把她看成这种小花儿:晚上开,颜色淡,很珍贵。

你是华丽和疯狂的

不同的、有层次的个体声音随着渐强的旋律，从深眠的夜空升起来……

"历史是过往尘埃，是帝王将相的史诗，而那些被遗忘的，却徘徊于曾经的黑暗梦想，昭示着要回来。"

这串画外音正是个体内心黑暗梦想的独白！

"我想成为流行偶像！"王尔德的梦想，从幽暗的时空中传出来！

原来我们发现王尔德从来就没有死去。在《天鹅绒金矿》（1998年英国、美国出品。导演：托德·海因斯。编剧：James Lyons、托德·海因斯。主演：伊万·麦克格雷格、乔纳森·莱斯·梅耶斯、克里斯蒂安·贝尔、托妮·科莱特、艾迪·伊扎德）里，他是一颗神秘的祖母绿和一百年后遗传了他雌雄同体基因的追随者以及他们乱熟于心的唯美主义理论和格言。

"……直到那神秘的一天，Jack才意识到某个地方的一些人和他很相像，由于天赋异禀而被孤立。但是总有一天，这个污浊发臭的世界，将会属于他们！"

这个叫Jack的男孩，用自己的血涂抹嘴唇，然后闪亮地走进了他想要的舞台！一大批追随者拥围的舞台！Brian Slade在成名前，也是他的追随者，一个爱的追随者，把他（Jack Fairy）的祖母绿别成飘逸围巾上的别针！

"曾经有一块未知的土地，长满奇异的花朵，弥漫着隐约的芳香，那里有着追梦的愉悦，万物都是完美的，且有毒的！"

有多少人，自生下来的那天就中毒了？从一只透明的玻璃虫，长成雌雄同体、色彩斑驳的幼兽、猛虎。我们雄心勃勃地希望把世界改造得像我们所希望的那样，然而被改造的却是我们自己——面目全非地孤独于世！

因而，所有的成长，既是战斗也是和解，既是追忆也是憧憬！所有的舞蹈与歌唱，既是纪念也是致敬，既是抚摸也是安魂！所有的爱，既是毒品、致幻器，又是眼泪与撕咬……

而你是华丽和疯狂的，正如他满身的体液，在疯狂电吉他声中的疯狂挥洒！

而他的原始感，把你的规则和神经打击得泪流满面、支离破碎。你在他身上发现你要的天使和恶魔！

所以，你和他必然要合为一体，就像天使和恶魔必然要合为一体一样！

没有性别，只有爱情，只有青春，只有摇滚！

你被吸引的是疯狂，他被吸引的是华丽。而我们被吸引的是华丽和疯狂！

"你是华丽和疯狂的，你注意到了吗？当你在童话里漫步，所有男孩都会变得苍白和紧张。我的恒星飞船不需要我，他的世界也不需要我。我很高兴在屏幕上捕捉到了你，水手。你是华丽和疯狂的，快来向我求爱。因为这种爱，正是我所渴望的。当我的太空服温暖我，让我变得像神一样。我是重力的领袖 Maxwell，任何地方都能看到你的脸。非凡的人，恒星飞船从金星飞往太阳。但这是一种犯罪……一瞬间爱被夺走了，噢，爱。"

到处都是 Brian Slade 妖冶的身影、中性的歌声。

当他以艳光四射的妆容和华丽的礼服在风中奔跑，身后必定有一群群热情洋溢和浓妆艳抹的追随者！他们在见到"Maxwell Demon（麦克斯韦）之前的最后一面镜子"前浓妆艳抹！（Maxwell Demon 是 Brian Slade 太空时代摇滚的化身）

而你身不由己的爱慕比正午的强光还要白，还要令人头昏！

发狠的青春、绝望的鲜艳、优雅的孤独、疯狂的追随啊！

还有神经质！

这样的青春，是记不得金钱、未来与严肃人生的！就是尽情的挥洒、幸福的追随，直到偶像面目全非后清醒！直到旧影像令脑海闪出优美童话的结尾——"'我知道我是要大出风头的！'火箭喘息着说。然后它熄灭了。"（王尔德的童话《了不起的火箭》中的结尾句——和颓废诗人的诗句——"昨天我在楼梯下见到一个隐形人，今天他又不在了，我多么希望他最后离开了。"（美国诗人 Hughes Mearns《Antigonish》），还有王尔德用文字对被他的主人公出卖了灵魂的安慰——"犯罪也是壮美的，作恶也是细腻的！"（王尔德《道林·格雷的画像》）

因为这些，前赴后继的人们有足够的理由优雅、华丽、疯狂！

他在强烈的重金属音乐中，走进天鹅羽绒像雪花一样飘扬的舞台！他已经知道华丽的舞台既是他的梦乡也是他的坟场！所以，是"熄灭火把！藏起月亮！藏起星星！"（王尔德《莎乐美》结尾，希律王台词）的时候了！

因为卓越的才能和超凡的美丽终会被时间削蚀！属于我的青春已逝！属于我的摇滚已死！

那华丽的、疯狂的青春啊！在旧影像和旧时间里，让祖母绿传给另一代人去发掘吧！现在他要离开万人瞩目的演唱会，回到属于他的街道、角落，和夜空一起深眠……

直到他的祖母绿找到另一个他，所以他也永远活着，受到另一些他们的追随！像一些看不见的瘟疫，个体精神也以它自己的方式顽强地传承！

"道林·格雷有时候觉得自古至今的一部历史，无非是他自己一生的记录。"（王尔德《道林·格雷的画像》）

道林·格雷死去时，他的画像恢复了永恒的青春美貌！

我们的分离保存了我们相爱时的战栗与销魂！我们的枯萎遗留了绽放时的美丽与芬芳！

所以，祖母绿会继续传下去……

偶像唱着追随者的歌，向成为更大偶像的追随者致敬——

"喔，你的梦想使我感动，胶片电影放映出生活的画面，你的死不能抹杀我们对你的爱，就像两人的浪漫故事，在夜总会中相遇的情景，你的香烟勾勒出一座阶梯。这里有人在看着你，值得庆祝的年代。这里有人在看着你，擦去眼泪。我们在一起以来过去了很长的时间。现在我希望是永远。这里有人在看着你，难以忘怀……我的记忆留在了这里，它永远留下。永远不会减退，永远不会减退，永远不会减退。"

画布是带血的

《不羁的美女》（1991年法国、瑞士联合出品。导演：雅克·里维特。编剧：Christine Laurent、Honoré de Balzac、雅克·里维特。主演：艾曼妞·贝阿、米歇尔·毕高利、简·伯金。1991年戛纳国际电影节评审团大奖）

被来自森林与大海的声音拥抱的城堡。

又是城堡。这是电影里的第几座城堡呢？或者是城堡里的第几个人，第几桩故事？

我在通过词语走进散文，或者小说的路上。

他们——尼高拉斯和朱利安娜——一个靠以照片的影像为模特的年轻画家和一个他三年前认识的，却从没当过她模特的女子——在爱情走向婚姻的路上；而他们——范科安和他的妻子——他以妻子为模特儿的不朽画作，早在十年前因灵感枯竭而废掉——在婚姻走向死亡的路上。

现在，尼高拉斯对大师的仰慕和画商的经济眼光或收藏眼光，令范科安在模特走进画作的路上。

在城堡的二楼。"这是用来妄想的房间。我最喜欢的，因为没有用。"女主人公漫不经心的平淡语调藏不住炫耀，"没有虚构人物。只有范科安和我。"

"有点事情怪怪的。尼高拉斯，我向你发誓。"美丽的朱利安娜悄悄地对她的画家男友说。她不知道她爱的男友，以信仰艺术的名义把她的身体出卖给了灵感枯竭的老画师。

饭桌上，范科安倒是非常直接地对朱利安娜说："莉丝和我，觉得很稳定很快乐。你一来,快乐就会消失……你爱你的男友,你的男友也爱你,但是他对画的兴趣比对你高,他对我的画的兴趣也比我高……你会因为一幅画而失去他……"

"好的作品,画布应该是带血的。"

"为何要我做模特儿?尼高,你出卖了我的身体。"晚上,回到旅馆里,朱利安娜质问男友。但次日,她还是去了老画家的画室。她和老画家合作的第一天很不融洽。老画家只是在速写册上画了几笔。显然,他的思维仍是僵硬的,画里没有他要的激情与情感,有的只是技术性。朱利安娜对做模特这事儿,仍很愤然。她收工后,同画家的妻子聊天时,她的愤然仍没消停。原来,画家的妻子在认识画家前是学建筑的,因为爱上画家而放弃了自己的学业,做他的模特,做他永远画不出来的那幅画的模特,一辈子就守在画家的身边。——"我离开他不能生活。"——显然,朱利安娜对女人这样的结局,既是不屑的,也是愤然的。"我会离开尼高拉斯的,我不会靠他而生活的。"

她非常明白自己不能踏莉丝的覆辙。而现在,他们都要她代替莉丝,做灵感枯竭的老画家的模特。这当然只能使她更加愤怒。但是愤怒却是一种奇怪的力量,推着她往前走。

"要找你因为那不是一幅简单的人像。"老画家坦率地说。

"就算是杰作,你也无权为我说话。"朱利安娜仍是愤怒的。

"我有权知道为何我要在你的眼前赤裸。"做模特的第三天,朱利安娜仍恨恨地问老画家。

"我需要你。"

"为何是我?为何是我?因为那是莉丝……因为你说,你要画的不是我呢!"

"是你,但不是你。不单只是你,是你想象不到的。若那画是真的,那就是你。"

可怜的莉丝,她的青春只剩下一张被废弃在画室里的脸,现在她的爱人，她的丈夫竟然要用一个年轻的陌生的女人身体去代替。莉丝在怂恿朱利安娜做她丈夫的模特之后，也是满心不安，"别让他画你的脸，你要拒绝他……他画画时，是危险的。"她对朱利安娜说的这番话，是经验，又是嫉妒。

可是，画家的妻子，在偷看画作时，看到女模特的身体覆盖了自己青春时的脸。她的心里必定在流血——以艺术的名义，没用刀子，只是用画笔——一个人的青春被另一个人的青春取代——仿佛不只在画布上。

我们看到的艺术品，都是带血的。

城堡二楼的动物标本室里，陈列了各种动物的标本。莉丝在给新弄回家的鸟刨内脏，做防腐处理。她的手套上、案板上，都是血丝。

"饱满的乌鸦，还有那出名的毒药……野鸭，像奥图力画的，像在博物馆中央的那幅画一样，动物也会摆姿势的。"进出城堡的画商如是说。

是啊，动物也会摆姿势的，所以动物也会成为艺术品。

正如，老画家所说，"绘画要真实，而真实是残酷的。"

尼高拉斯也感觉受伤了，他后悔让朱利安娜去做模特了，可是已经太迟了。朱利安娜由愤怒而激起的对他的反抗，对做模特的冒险与好奇，令她的工作态度越来越主动与投入了。

接下来，模特与画家之间的合作气氛变得日益轻松自如了。

朱利安娜不仅自然地显现了她的青春之躯，在配合中，投进了她的情感和心灵的体贴。老画家的画笔不再僵硬拘谨，而变得饱满自如了。

体力与情感的消耗，使朱利安娜感慨万千："我已失去了时间概念。我觉得自己住在洞穴中，没雨水，没阳光，不知冷热，没有风，只剩下远远的一丝微光。"

正是这微光支持她鼓励着她，配合画家完成了杰作。

莉丝偷看那幅画作的惊讶眼神，表明了那幅画的非凡。她悄悄用红笔在画框后面做了记号，然后急匆匆地下了楼。

老画家走进画家，悄悄地用包装布包了这幅画，叫来小女儿帮忙把它砌进了墙壁里。

"我们分享一个秘密……不要告诉任何人……哪怕我死后很多年。"小女儿答应了画家的要求。

除了模特、画家和他的妻子,无人见到这幅画。我们在荧幕上也只是看到这幅画在镶入墙壁前露出来的鲜红底色。那血一样的颜色。

画商从派对上看到的一幅画,只是一个背面的身躯,没有脸。

青春之躯,情感之躯,心灵之躯,时间之躯。

时间之躯,没有脸。只有那些艺术家的名字。他人以青春之躯情感之躯心灵之躯,流尽了鲜血,可他人却是没名的、匿名的。

艺术品,是以时间之躯流尽了时光之血。

总有一日,灰墙也会变为红墙。

画家之妻莉丝在派对里,悄悄称赞自己的画家丈夫范科安:"你做得很好。"

多么可怜啊!因为害怕代替,害怕被遗忘,她在可能永恒的画布上做了自己的记号!

多么不要脸的庆幸啊!她的颜面由另一个女人的躯体保存下来。她的婚姻也由这个女人的躯体考验住了。

一个被谋杀的人,一个谋杀人的人!她永远不会清醒,只会可怜到死。

而清醒的是朱利安娜。好的作品是带血的,而成长又何尝不是?

在低烧中疯狂

据说，37°2是爱情发酵的温度，是做爱时的体温。

这个我不想考证。

但我想说，37°2肯定不是人体的正常体温。因为人体体温37℃以下是正常的，超过37℃就是发烧，超过38℃就是高烧，而37°2显然是低烧。

我想说，《37°2》更适合电影《巴黎野玫瑰》（1986年法国出品。编剧：让·雅克·贝纳克斯、Philippe Djian。导演：让·雅克·贝纳克斯。主要演员：尚·雨果·安格拉德、碧翠斯·黛尔、文森特·林顿、多米尼克·皮诺）。因为本片女主人公贝蒂的一生都在低烧的状态中。

贝蒂是一个性格极端的人，要么温柔，要么狂躁，她不提供性格的中间地带来让人过渡、欣赏；她的情感也是极端的，要么爱，要么恨，她不提供情感的中间地带来让人喘息、消化。这样的性格和情感的双重极端，再加上她对不能实现的理想的极端固执，决定了她的一生是个悲剧。

起初，她因工作不如意，而愤然辞职。

后来，她遇到查格后，全身心地爱他，却发现他只愿做个安分守己的油漆匠，而她不能忍受查格的安于现状。她说："我若不能倾慕你，如何能爱你？我们在此只学会如何死亡。"而查格只想向现实妥协，不思改变："看到外面的报纸碎片，遭风吹扰。今天吹来北方报章，明天吹来南方报章。两者都是屁话连篇，我们夹处中间，我们有舒适地方做爱。原来你才是疯狂。"贝蒂要的是对现实的抗争而不是妥协："你这书呆子。我们总是有些不妥……这里又黑暗，又臭又难看。我无法忍受，这里不能呼吸。我要修葺你的房屋，使我能呼吸……所有这些垃圾，有什么特殊意义？"贝蒂疯狂扔掷查格房子里的东西，当她发现查格的一大堆小说手稿时安静下来，声音也变得温柔起来："是你写的吗？你写这么多页？""是的，很久前。但毫无价值。""写的什么？""我几乎忘了。""无人能忘记这类事。"

现在，男人的写作手稿终于让狂躁的女人安静下来。查格被感染了："贝蒂是阅读它的第一人。房子终于寂静。你到30岁才明白生命的意义，渴望获得机会。"大约从此刻开始，查格才慢慢明白贝蒂在他生命中的意义，他才明白他要爱她的，不仅是她的身体，更是她的灵魂。

贝蒂不再咆哮，她通宵阅读查格的小说。她觉得查格是一个天才……贝蒂的灵魂和爱终于有了着落，有了一个天才的事业可以依托。贝蒂要让世人知道这天才。于是，她放火烧了查格的木房子，断了查格安于现状的后路，她带着他到城镇，去求得现实的认可。

贝蒂用两个星期的时间学会打字，很快整理出查格的小说手稿，寄往一些出版社。她每天都在等用稿通知。等待的过程令她心烦。她无心家务，也无心帮工。在餐厅时她用叉子叉女顾客的身体。当她收到退稿信时，她愤恨不已，找到出版家的家里，质问出版家，并用梳子划伤了出版家的脸。

在贝蒂为查格的小说寻求出版途径的时候，她尚能忍受查格当电器修理工、卖钢琴。但当她得到的一个个结果都是"不能出版"时，她就开始精神恍惚，或许她想到过转移自己的注意力，做瑜伽，穿中国旗袍，瘦身，但这些都不能让她的心灵得到丝毫的安慰。

她也曾试图通过当母亲来与现实和解，但当这个女性最本能的愿望都落空的时候，贝蒂一日一日地滑入了更深的疯狂。

在床上，在查格和她温存的时候，她都在说："我做梦梦到你的书出版了。"

她的脑子里，是理想固执的尖叫声。查格的安于现实与夜间纸上的文学才华不能平息这种间歇性的尖叫声。她失眠了，安眠药也不管用，她裸身坐通宵。她听到她脑子里的声音不断鸣叫。她被不断变得高分贝的尖叫声折磨着，不能有片刻的平静。

此刻，我在写作，水壶的报警器在叫。它越叫越尖锐。我必须扔下笔，去安慰那水壶。安慰那水壶和水壶里的水，就是去熄灭那火。查格对贝蒂所能做的，就是在她不断地发疯之后去安抚她，想办法让她安静下来，逗她开心——把旷野上无人居住的房舍、废弃的中国小墙、树、树上的花以及落日，连同他的嘴唇、眼睛、性和他不能陪伴时的她一个人的空气，一起送给她，甚至男扮女装去抢钱。可她要的不是这些，她要的是他不做油漆匠、修理工、不卖钢琴，要的是他的写作以及被人认可，要的是她能做母亲的女性成就感。但这一切均不能如愿。

而贝蒂是无法妥协的，是无法停止对理想的狂热追求的。她就像在一辆高速飞驰的失控火车上，停不下来，而她自己也不会停止。查格的爱——查格的爱与性，这平庸生活的麻醉品，这医治身体孤独的药品——也拯救不了她。她只能疯狂，把头发剪乱，把脸涂得像怪物。

疯或死，是越来越走近的现实。可怜的贝蒂，她的疯狂已无人能医治。连爱都不能再医治，剩下的就只有死了。

贝蒂自杀，她戳出一只眼睛，被关入疯人院。查格伤心不已。自己不能救心爱的人，他只能助她去死。他再一次男扮女装。当然，这次不是去当劫匪，而是深夜混入医院去当杀人犯。他在贝蒂的床前说："屋里不断听到你的声音，贝蒂，还有那些出现的言词。最糟糕的是，那静默。找不到该死的糖，你的说笑，那该死的真空吸尘机！……你睡了吗？我们一起出门，尽最后努力。我们是天作之合，没有人能将我们分离。"

查格用枕头捂死了贝蒂。他出了医院，在雨中走着，用手拿下他的假发。又是雨天。他当女劫匪那天，也是雨天。这个男人已经没办法留住疯狂的贝蒂。他只能助她死。他是对的。

"我等待生命意义已经很久了。你是我遇到的最好的事。"

"你疲倦因此如此说。如果我著那些书稿，我生命便有意义。"

"它只会替我们带来麻烦。"

"不是因为著作它,你是作家。"

"那么,我为何不能再创作?"

重新开始写作的查格,一定还记得自己在钢琴行和贝蒂的对话。可是他成功得太晚了,当终于有出版社出他的书时,贝蒂已经躺在疯人院里,谁都不认识了。

现在,一只毛色洁白的猫,坐在他的写字桌上,以贝蒂的声音和语气问他:"你在写作吗?"查格说:"只是思索。"

有了思索,就有了对平庸生活对抗的意识,有了对生命意义的思考与追求。

原来,有些男人的成长和成熟,是女人用疯狂和生命换来的。

生命要有意义,只是代价太重了。

我们之间有万丈鸿沟

米高，男，15岁。汉娜，女，36岁。他们两人之间的年龄差距是21岁。女的年龄到了可以做男孩妈妈的年龄。然而这两个男女之间却发生了一段爱情。

毋庸置疑，这两个人之间的爱情肯定是不被看好的。

最明白的原因是年龄的鸿沟。一直以来，男大女小的年龄结构，并不成为爱情成功的障碍。而女大男小的年龄悬殊，爱情成功的例子几乎没有。当然，杜拉斯与她的扬是个特例。况且这个特例，是靠灵魂支持的，而非肉体。

而且，这样的两个人的爱情开始是性的吸引，而非心灵。它的起始与催化剂都是性，而且它的支撑也是性。这性的开始，在男孩那里其实就是性启蒙，在女人那里其实就是性引诱。无论是性启蒙，还是性引诱，它们在这样一对男女那里，其实就是最原始的欲望的缠绕与沉湎。一开始爱其实是不存在的。一定要说爱存在，那其实是性的存在与缠绕，因为它与心灵没有一点关系。两人之间就是纯粹的原始的欲望。所以，这对男女在一起缠绵了数次，才问知对方的姓名。

男孩，米高，中学生。女人，汉娜，电车售票员。男孩在放学回家的途中突发猩红热，被下班途中的女人所救。三个月后病愈的男孩买来鲜花感谢女人。女人"既舒缓又专注"地熨内衣、换丝袜。从容的姿态尽收男孩的眼中，迷人的芳香沁入男孩的心扉。男孩身怀电流，女人心有灵犀。这一次，男孩像惊慌的小鹿逃离女人的房间，可第二天，他又来了。女人从容地吩咐男孩提煤球，从容地为男孩放洗浴水。……接下来的一切，水到渠成，自然纯洁。这一切在男孩那里就像是受洗，在女人那里就像是施洗。原来，肉体的纠缠也有圣洁的光芒。接下来的四个星期，男孩每天下午放学后，就到女人的房间。那时女人也下班回家了。开始几次是一见面就做爱，然后是淋浴，并卧。不久，女人加了一道程序。那就是做爱之前的朗读，让男孩给她朗读文学名著。

"疯子你赶往何处？为何手持刀剑？"（贺拉斯的诗）

"对我歌颂吧，关于他的生平事迹，他的起起落落，他曾侵吞神圣的特洛伊……"（《奥德赛》）

"他吻着她冰冷的手，她已死去，无法也无须再挽救。"（狄更斯《老古玩店》）

"我向前探索，来到一个睡房般大小的园地，到处挂满藤蔓，发现有人正在那儿熟睡。竟然是我的老友，阿占！"（马克·吐温《顽童历险记》）

……

男孩朗读的这些华彩乐章，女人听到高兴的段落会会心一笑，听到痛苦悲伤的段落会泪流满面。

然后，是两个人身体的云山雾海、电闪雷鸣……

拥有了女人的性的男孩，就像是受了成人礼一样，成熟了，自信了。在同龄人中，变得骄傲了。漂亮的女同学也打动不了他的心，他深深地爱上了这个年龄足以做他母亲的女人。

但是享受了男孩的性的女人呢？她神秘失踪。

其实，即便女人不失踪，即便他们的性继续发展下去，也即便性发展成了爱，那也是不能长久的。最明白的原因就是年龄的差距。其实，男孩也清楚年龄是他们之间的鸿沟，只是他在爱时，没计后果。没去想他们的将来：一个人风华正茂，一个人衰败如叶。这样的两个人如若没有心灵的吸引，只是肉体的缠绵，又能持续多久呢？所以，女人的逃避、不辞而别就显得理性、善良。所以，男孩不必在心中责备自己没有大大方方地公开自己的爱。他以为这是女人不辞而别的原因。女人离开他也可以是这样的原因，是这样符合人们推理的原因，但却不是。

七年后，他意外地见到她，是在法庭上。他是见习律师，而她是被告。她被控在纳粹时期犯有谋杀罪——听任 300 名犹太人被锁在教堂里活活烧死；每月挑选十名犹太儿童给她朗读，然后把他们送往刑场。

此时，男孩才明白，原来汉娜不识字，她是一个文盲。她害怕人们知道她是文盲这个难以启齿的秘密，所以每有升迁做文字工作的机会，她就会离开。当集中营守卫前，她本是西门子的职工，因西门子公司要提升她，她便离开西门子去当了纳粹集中营的看守。离开男孩前，她本是电车售票员，因工作认真踏实，被提升到办公室工作，她害怕她是文盲的秘密被人发现，就卷铺盖走人了。现在，在法庭上，为了避免核对笔迹，暴露她不识字不会写字的秘密，她把在集中营做看守时看守们共同商议的教堂失火的处理意见一人承担了。她接受了另五位看守强加给她的主谋的罪名。她被判终身监禁。这是多么愚昧多么冷酷的一个女人啊！她宁愿做纳粹帮凶、刽子手，也不愿暴露自己是文盲的秘密；她宁愿承担别人强加给她的主谋的罪名，也不愿暴露自己是文盲的秘密。面对用自己余生的自由来换取尊严的女人，男孩束手无策。他近不能爱女人，帮助女人减少坐牢的时间，远不能恨女人忘记女人。

那张"饱满而不轻易动容的面庞"，那些云雨缠绵……已成为他心中的深深的依恋，这依恋令他不能投入另外的爱情，另外的身体。他结婚了，却总是魂不守舍，总是在床上想着她。他只得离婚了。工作之外，他唯一能做的也愿意做的，就是朗读。他把他的朗读录下来，寄给监狱里的她。她听他的朗读，后来还根据他的朗读慢慢对照着识字。她终于学会认字了，也学会写字了。她给他写信。但他只是给她寄朗读磁带，却从不给她写信，也不去看她。

很显然，他不愿意面对，更不想公开他和她曾经的关系。"……爱上一名罪犯使我罪责难逃。"只是良知让他还关心着她——给她寄朗读磁带，可是道德与她的罪恶历史却令他不能走近她半步。

他只是在接到监狱长的电话后，去看了她一次。因她一个星期后将获释。她没有任何亲朋好友，他作为她唯一的联系人，被监狱长请去为她的出狱给予帮助。那时她已坐了二十年的牢了，是一个六十多岁的老太太了，皮肤松弛，身体散发着体臭，而且对自己在纳粹时期所做的事并无深刻的悔思。虽学会了认字，却还是幻想有人给她朗读。她说："今时不同往日。"他无奈地点头。他说他给她找了一份缝纫的工作，安排了一个离图书馆很近的住所，一个星期后来接她出狱。

一个星期后，他手捧鲜花，来接她出狱。可她却在他接她的那个早晨上吊自杀了。脚底下垫着那些他给她朗读过的文学名著。

她很清楚他们之间的万丈鸿沟。

他们之间不但隔着年龄的鸿沟，还隔着历史与道德的鸿沟，这鸿沟令他们的爱情不能长久，不能朗读。

虽然他后来向熟人、向女儿坦白了他与她之间的一段关系，这万丈鸿沟仍然还存在着，没有人能填平。爱不能，宽恕也不能。

"我们紧贴的身体，竟然有一道年龄、历史、是非的鸿沟不能逾越！"

这便是小说《朗读者》（德国本哈德·施林克著）和由小说改编成电影的《朗读者》（2008年美国、德国出品。导演：史蒂芬·戴德利。主演：凯特·温丝莱特、大卫·克劳斯、拉尔夫·费因斯）告诉我们的。

当然，无论是小说《朗读者》还是电影《朗读者》，都不仅仅是告诉我们这对男女之间的鸿沟的存在，还告诉了人们，战后的德国，下一代人对上一代有罪之人的愤恨如何因为血缘、因为爱、因为感情上的不能分离或其他的什么，而慢慢变成了妥协。

但是即便愤恨变成了妥协，那鸿沟仍然存在。

不只是电影

一千个作家有一千个写作的理由，同样，一千个导演有一千个拍电影的理由。"电影里经常有这样的情况，由一个个镜头组成而不是叙述，这样就有了可见性，使主题有了实物来表现。这就是我为什么如此喜欢电影的原因。"尚·考克多在他的《一个不知名艺术家的自传》中如此表白。

其实，尚·考克多不只是喜欢电影，他还创作诗歌、小说，对戏剧、绘画、陶艺等艺术门类也非常精通。诗歌、小说、戏剧、绘画在尚·考克多那里不是点缀与附加，而是一粒粒色彩各异的、亮丽的珠贝在各自的位置上闪光。这些闪光的珠贝在尚·考克多把它们串起来放置在电影中的时候，它们就成了一串串具有魔幻色彩的诡异珠环。

诗歌与绘画，是这些诡异珠环中最瑰丽的元素。这一点，在尚·考克那著名的《诗人三部曲》——《诗人之血》《奥费斯》《奥费斯的遗嘱》（导演：尚·考克多。类型：剧情/荒诞。视频：黑白全屏。花絮：图片集、考克多六十分钟的纪录片、作品表、制作手记等。上映时间：1930年、1949年、1959年）中表露无遗。第一部拍的是一位年轻画家的惊奇发现与奇幻之旅。第二部拍的是诗人奥费斯因为爱上一个神秘女子而从现实生活中来到了一个神秘的世界。第三部拍的则是诗人奥费斯穿行在生死两界里，反复经历了重生与死亡。这三部影片采用相同的主题，以超现实主义的画面表现和天马行空的象征手法探索了艺术家复杂的内心世界。我们在这些电影里可以看到有关诗歌与绘画、生与死最精妙的诠释。

"写作和画画只是披上不同的外衣，画画是写作的另一种表现形式。

当我画画，我也在写作；或者是当我写作时，也是在画画……

"我已经把这部电影（《诗人之血》），当成一部诗歌机车来表达我说不出来的话。如果我说一个人进入了镜中，听众会耸肩，但如果我把它拿给大家看，啊……即兴通常是很感人的，非常漂亮的……一种散漫的形式，就像我创作的《诗人之血》不可想象。我用植物园的水池，从屋顶拍摄他进入镜子时，他进入了水池，实际上看起来他进入了镜子——使这部电影有价值的是，或者说引起人们关注的是他的失误之处。失误使人们看到很多真实的东西。

"我不喜欢诗歌的题材，我喜欢诗歌本身。诗歌是一种自我创作，没有任何人的参与。单纯的作品毫无疑问能存活，除非它被分享，通过各种方式接近其他人。面对白纸和墨水我厌烦。我必须用双手工作，我是艺术家、工匠。这是我和电影院的工作相处愉悦的原因。……电影演得和剧本一样壮观有力。银幕上我们可以看到黑色墨水的力量……"

与其说尚·考克多是在用诗歌的那种即兴的、神秘的形式拍电影，不如说尚·考克多在用电影写诗。我们再来看看，他在《奥费斯的遗嘱》中的"自供"——

"电影是石化的思想的喷泉，电影使没有生命的东西复活，电影使我能表达现实直到非现实；非现实是超越我们界限的东西；一个杰出诗人（拥有超越我们界限的东西）。诗人在创造诗的时候，使用一种语言，既不是活的也不是死的（那种语言），很少人讲，也很少人懂。——这包裹我们的躯壳不理解我们/在我们身体里面的就是里面/这些躯壳各自在里面/组成了不朽的躯壳。

"电影独特的魅力在于可以使许多人一起拥有共同的梦想，并让我们觉得电影就是现实。简言之，电影是诗极好的表达方式。我的电影就如脱衣舞，渐渐剥离我的身体，露出裸露的灵魂。因为大批的观众渴望超越现实的现实，这种现实必将成为我们时代的标志。这是一位诗人留给年轻人的遗言。在这些年轻人那里，诗人找到了支持的力量。

"我不怕死。因为我死去的时间比我活着的时间长了许多。我只是害怕其他人死去。对我而言，真正的死亡是我爱的人死去。

"我们在的地方，没有'这里'，我们哪儿也不在。"

看来，这三部电影，这关于诗人的三部曲，其实是一个艺术家的心灵自传。它不只是电影，它是自传，是考克多的自传。所以，我们绝对相信考克多的坦言：（这三部电影）"我在不知不觉中给我自己作了漫画式的写照。"

尚·考克多的诗写得好，画也画得好，我们在他的电影里能处处感受到他的诗歌精神，看到他的画，可以说，尚·考克多的电影在某种程度上成就了他作为诗人与画家的另几种身份。

所以，这位法国上世纪初文化界的风云人物，先锋派电影的重要代表，曾经的戛纳国际电影节评委会主席，想在世界艺术史上不知名都不可能。因为他不仅在电影《诗人三部曲》中对诗歌与绘画进了诠释，他的著名电影《美女与野兽》（1946年），还为后来著名的迪斯尼的同名动画片提供了杰出的母本。

或许尚·考克多不该在《诗人三部曲》之后拍摄那个《一个不知名的艺术家的自传》。这个自传，让我们亲眼窥见一个杰出的艺术家所以杰出的秘密。他在这个自传里说，"名誉就是一千遍的流言，把流言和礼貌混合，一个人的做法是错的。但它让我们坚持下去，它使我们发狂。表面的动机在他们自己的前面消亡。……荣誉应该被看作是超然的惩罚。因为我们揭开了自己的面纱，诗人不应该揭开自己的面纱"。

可是所有的艺术最终都是为了揭开面纱，不只是电影、自传、诗歌、绘画也无一例外。

我们在艺术面前流连忘返，我们揭开了面纱，还有一层面纱，更多的面纱。它们自行生长，自行关上。只为了我们去不断揭开。这就是艺术创作的理由。

记忆的形式

一直以来，记忆，和想象一样，是一切艺术最重要的源泉和组成部分。人类一直过着有记忆的生活，就如同我们一直过着有想象的生活一样。

这是不容置疑的。没有记忆的生活是没有的。记忆一直以我们所见或未见的形式活着。像鲜花开在空气和阳光下，开在爱人的花瓶中，也开在看不见的尘埃里。我们拥有记忆，就如同我们拥有生命。

记忆是我们的生命中最温柔的抒情部分。它的载体往往非常艺术。比如文字、音乐、绘画，还有影像。我要谈的，不是别的，是电影，是阿伦·雷奈的电影。他的两部经典影片——《广岛之恋》和《去年在马伦巴》。

巧的是，它们谈的都是记忆。阿伦·雷奈用几近完美的形式触摸着记忆中最疯狂、最暧昧的部分。其实那种记忆中的"最疯狂、最暧昧"我并不惊讶，我惊讶的是那种记载记忆的形式。它太美了，我没法不惊讶。因为阿伦·雷奈处心积虑："我是一个过分的形式主义者，在影片中所关心的就是影片本身。"他还说过，"形式就是风格"。阿伦·雷奈并非言过其实，他真的就是这样一位导演。

在《广岛之恋》（1959年法国、日本联合出品。编剧：玛格丽特·杜拉斯。主演：艾曼妞·丽娃、冈田英次。荣获1959年第12届戛纳电影节国际评委会大奖、英国电影学院奖联合国家奖等多项大奖）中，阿伦·雷奈用时空交错的现代派手法，消解剧情片和纪录片、拍摄和剪辑、画面和声音的界限，把一个关于记忆和遗忘的故事讲得寓意深远，不同凡响。它的开头现在看起来，依然令人震惊，——一边是爱，是欢娱，是温柔的手指下细腻的皮肤,是欢娱的身体上像雨珠般密集又神魂颠倒的汗水;一边是战争,是触目惊心的惨状,是广岛原子弹十万度高温过后的黑烟、残肢和枯竭的河流。女人的手抚着男人的皮肤,"在广岛,我什么都看见了。看见了弯曲的钢丝、被烧焦的石子、烤焦的皮肤、烤煳的头发……"男人的手抚着女人的皮肤,"在广岛,你什么都没有看见。"一边是记忆,一边是遗忘。在长达十五分钟的片段中,男女主人公做爱的场面和原子弹受害者纪录片的对剪、交替放映,有意无意中暗合了爱情与战争、记忆与遗忘相互较量的主题。杜拉斯那种梦呓的、独断的、模糊的,却具有画面感的文学语言正适合讲这样一个有关记忆和遗忘的故事——法国女演员艾曼妞·丽娃1957年到日本广岛拍摄一部宣传和平的影片,回国前与邂逅的日本男子冈田英次相爱。冈田英次的出现令艾曼妞不断回忆起她在战时的法国小城纳韦尔与一位德国占领军的爱情。纳韦尔解放时,而她生命中至爱的人却被打死了。她也因为这段不名誉的爱被囚禁在地窖里,直到她从爱人的死里清醒过来。她去了巴黎,当演员,结婚,生子。纳韦尔的爱情隐藏不见了,不再有第二个人知道,连她的丈夫都不知道,可是冈田英次的出现,广岛博物馆中原子弹爆炸的物证,又把纳韦尔的爱与痛一起带回了她的记忆中。她无法摆脱,尽管她不断地叫着,我要忘记你了,看我怎么把你忘记。可是新的爱,还是被她当成了纳韦尔的爱,直到冈田英次的一记耳光才帮助她回到现实中来。她知道遗忘的重要,也做了遗忘的努力。在电影的结尾处,她成功了,和男主人公一样成功地忘记了可怕的记忆。最后,我们的耳边响起的两声呼唤"广岛、纳韦尔",不再是有关战争的可怕记忆,而是爱情的名字。

《广岛之恋》被看作是经典的爱情战争片的原因,一直不是因为它的故事,而是因为它那种把爱情与战争、日本与法国、现在与过去、声音与画面相互交错的艺术魅力。

《去年在马伦巴》(1961年法国、意大利联合出品。编剧:阿兰·罗伯-格里耶。主演:德尔菲娜·塞里格、吉奥吉欧·艾伯塔基。荣获第二十六届威尼斯电影节最佳影片金狮奖)几乎没有什么情节。有的尽是巴克洛风格的建筑、装饰、一声不响的地毯、男人女人僵硬的姿势、一副沮丧的扑克牌、几首漫不经心的曲子,和几面不声不响却什么都看得见的镜子,还有美丽的湖面,和立在湖边的不知名的雕像。这部电影从头到尾没有任何感人的情节,一点儿活力都没有。最震耳的只能算是射击厅里的枪声和女主人不恰当的突然大笑。可正是这样一些僵硬的东西在阿伦·雷奈的镜头下变得华丽繁复、凝重典雅,每一个细微处都变成了暗示与不动声色的抒情。在这不断的暗示与不动声色的抒情中,一个故事,在一个可能的外遇中随着男主人公的记忆浮起只言片语。男人不停地对女人说,"去年在马伦巴,她穿的什么衣服,表情是什么样的,手势又是什么样的……"女人不停地否认。"那不可能……"女人又说,"去年,还是今年,这不是记忆的问题。""是这个,又不是这个。"两个人就这样在答非所问中似是而非,一会儿肯定,一会儿又猜测,又否定。他们的交谈没有中心,又时刻围绕中心——去年在马伦巴。可是,去年在马伦巴到底怎么了?其实不过是女人答应男人一年后跟他走。就是这样的一句承诺。女人似乎忘记了,否认了。男人的记忆是:有些东西不是可以轻易否定的。所以他拿出了去年在马伦巴为女人拍的照片。女人的记忆是:有些东西不是可以轻易记起来的。所以她把由那一张变出的一摞照片在抽屉里摆成了猜谜的游戏。在这部影片中,记忆这个东西不停地被唤起,不停地被否定。主人公不厌烦,导演也不厌烦。

可是,后来,在走廊的这一头到那一头,从这一扇门到那一扇门之间,从房间的阳台到湖边的雕像,在每一个拐弯处,男人不断地碰到女人,不断地碰到去年的记忆。最后,女人所有有关去年在马伦巴的记忆似乎被男人唤醒了,或者说她终于有勇气承认了。她终于和他一起走了,是在她丈夫的眼皮底下走的。她的丈夫像以前一样沉默,像以前一样打牌从不输。

《去年在马伦巴》是这样的一部电影:那些仅仅对故事着迷的观众不会喜欢它。但是那些注重电影拍摄手法和画面的观众一定会为它惊叹。编剧阿兰·罗伯-格里耶极尽一个法国新浪潮小说家的表现手法,用尽了诗歌中的修辞、暗示、排比……如此让他的主人公前言不搭后语，却又如此令人着迷。阿伦·雷奈所做的就是极尽一个法国新浪潮导演的最先锋的拍摄手法，让他的主人公刻板地照着台词做。他们不停地重复一样华丽的场景、一样暧昧的台词、一样变幻莫测的游戏、一样漂亮的服饰……编剧不停地重复台词，导演不停地重复画面。一个是莫名其妙的跳跃与啰嗦，一个是不厌其烦的华丽与刻板。两种重复却形成了惊人的先锋。法国新浪潮的老将艾力克·罗麦尔称"雷奈是一个在任何时期都能找到的先锋"。其实，阿兰·罗伯-格里耶又何尝不是？！

真奢侈啊！那么豪华的酒店、那么华丽的装饰、那么漂亮的湖面、那么宽阔的马路、那么寓意深刻的雕像。仿佛没有别的人，别的情侣。仅只有一对外遇的人！甚至没有人，有的仅是一份去年在马伦巴的记忆。阿伦·雷奈就是这么奢华地为一对外遇的人保存了一份暧昧的记忆。那记忆的形式是如此的繁复、冗长，还华丽得令人窒息。

记忆一直就是阿伦·雷奈的电影母题。记忆也一直是艺术家的艺术源泉。作家、画家、音乐家……他们的文学作品、他们的美术作品、他们的音乐作品……无一不成为他们贮存记忆的形式。

这些贮存记忆的形式都是艺术的，都很隆重，所以难以被忘记。

写字的看电影

一个人有非凡的激情,有极端的幻想,喜欢夸张、暗示,喜欢新奇与怪诞,喜欢莫名其妙、模棱两可,还喜欢沉醉于自我的偏执里。这个人如果还写文字,就必定是一个诗人。即便他写的不是分行文字,他也是一个诗人。

没有诗人不看电影,不看电影的诗人,也许不是一个富于激情的诗人。不看费里尼电影的诗人,也许不是一个很有魅力的诗人。虽然,费里尼是不写分行文字的作家,他写的是剧本,拍的是电影,但是他的电影,就像有画面有声音和音乐的诗。富有非凡的激情、极端的幻想,夸张、怪诞、复杂、单纯……费里尼的电影几乎包含了诗人所有的精神特质。更难能可贵的是,他是那种"懂得如何将诗意与现实、批判精神与同情心结合在一起的人之一……"(法国总统密特朗对费里尼的评价)。而这一点也正是一些优秀的作家和诗人所必须具备的。

我们历来认为电影是对文学作品的一种误解或歪曲。实际上有很多优秀的电影延续、拓展了文学作品的命运与生命力。像电影的《茶花女》之于小仲马的《茶花女》,《乱世佳人》之于米切尔的《飘》。很难想象,假如没有电影,这类文学名著还有多少人愿意捧着逐字逐句地读。我们更愿意通过画面获得直观的视觉享受,而不是总费心去揣摩文字背后的意义。这也许可以解释,为什么费雯·丽的一个眼神可以胜过米切尔的半本书。原因很简单,电影往往比文学作品更能获得人心。它太直观,也太神奇,能吸引我们去看已知和未知的世界、他人和我们自己——我们的爱,我们的梦,我们的现在与将来……所有的一切,只要我们愿意,我们都可以看到。当然,所有这一切,我们也都可以通过文字获得。可是文字这一手段却往往令人心力交瘁。因为文字的意义是无尽的,更多的时候我们的想象到达的不是它的内心,而是它的皮毛。这使我们沮丧而疲惫。即便作家不在文字里铺设很多曲径交叉的小径,我们善感的心也容易在文字里茫然四顾,找不到出路。而画面往往比文字来得更直接更武断,你看到的或许早已不是文字所要表达的,可画面的意义一定就在文字里面,甚至超出了文字所表达的。这样比起来,文字的意义实际上是有尽的。这也是为什么一个文学母本,可以拍成很多版本的电影。文学作品是根是源,电影是绿叶和硕果。我们通过根、源而展开的想象力长出了许多不同的绿叶,结出很多美味的硕果。要不然,我们看到的就只是树桩,而不是整棵树。

　　文字于复杂的内心世界和面部表情,其实是力不从心的。而电影画面却往往能真实地捕捉文字所不能表达的东西。它能给观众获得有别于文字的思考与愉悦。一个孤独绝望的人,被青春活泼的生之喜悦所感染,而生了一丝朦胧的希望。这是文字要表达的《卡比里亚之夜》(1957年意大利出品。导演:费德里克·费里尼。主演:朱列塔·马西娜、费朗索瓦·皮里尔。荣获第十届戛纳电影节最佳女演员奖、第三十届奥斯卡最佳外语片奖、第二届欧洲电影终身成就奖)中的最后一个镜头。而朱列塔·马西娜最后回望电影镜头的那个眼神,正是一个多次被欺骗而仍然对生活充满祈望的善良单纯的下层女人的眼神的含义。它暧昧、伤感、羞怯、善良、委屈,还有一些无助……我想尽可能地用文字表达出那个眼神的含义,但可能用所有的词也表达不出那个眼神所蕴含的全部内容。这正是文字无力的悲哀。

　　而在《八部半》(1963年出品。主演:马塞罗·马斯特罗阿尼、克劳迪亚·卡蒂奈丝。荣获第三十六届奥斯卡最佳服装设计、第三十六届奥斯卡最佳外语片奖)里,我们可以获得诗人般的深思与狂喜。费里尼让他的角色,痴迷、茫然、混乱、无序、疯狂、不可理喻……可是每一个角色看上去都很高贵,从容而优雅。费里尼用记忆、梦想和幻觉与现实的片断交织在一起,来表现一个混乱中的灵魂如何经受"肉身的焦灼"和"精神的拷问"。那组吉多所幻想的宫妃场景,处理得似真似幻,令人昏眩又震惊。我们被费里尼的手法所诱导,经历了一些复杂和暧昧的蜕变过程,获得一个天才的艺术工作者的生活与创作、梦想与现实的全过程。对一个诗人来说,无疑是一种将词和句子变成诗的过程。那是一种既虚幻又真实、既痛苦又幸福的过程。

《爱情神话》(1969年出品。主演:马丁·波特、艾姆·凯尔)用近乎漫画的手法将罗马帝国荒淫无度的享乐生活再现出来。这部电影里试图向我们讲述爱情与友谊。爱情不过是神话里的故事,在奢靡的生活中,有的只是泛滥的情欲,像浩瀚的海洋吞没人的理智、感情。肉欲是奢靡的展品。只有流浪汉的诗句是真正的爱的真谛。"诗人可能会死,恩科。如果诗能保存下来,不要紧。我的朋友,我最后的陪伴在此……我留给你诗,留给你季节,特别是春天和夏天。留给你风、太阳,留给你海,善良的海,地球亦是善良的。山、溪、河……大块的云彩经过,庄严明亮。你看他们,可能会记住我们纯真的友谊。我留给你树以及他们快乐的居民。爱、眼泪、欢笑、星星,恩科……我留给你声音、歌、闹声。人的声音是最动听的音乐,我留给你。"这段流浪汉躺在沙地里说给恩科的诗,在荒淫无度的帝国里就像一双忧伤的手,在被肉体淹没的灵魂后面找不到安慰的地方。这首诗和诗人欧莫的那番话一起成为奢靡生活背面孤独的灵魂。他说:"对艺术的激情绝不会让人富裕。我不知道原因。但贫穷总是天才的姐妹。……塞那西斯一生都在画同一幅画,死于饥饿。但我们饮酒召妓,甚至不知道这些杰作的存在。"《爱情神话》(又名《萨蒂里孔》)是费里尼根据公元一世纪罗马人阿尔比特罗的小说《萨蒂里孔》改编而拍成的电影。这部电影拍得很辉煌,也很迷乱,在欲望的表现上非常怪诞,却最大限度地丰富了小说《萨蒂里孔》的奢靡与狂欢。我们于这奢靡与狂欢的后面,听到的却是对爱与友谊诗歌般的低语和善良的痛怜。

文学作品能被改编成电影,实在是文学作品的一种狂欢。以前的人不知道有电影可以改编他们的作品,现在的人没有不喜欢自己的作品改编成电影的。如果不喜欢，大都是因为不能够。

所以，写字的，不妨多看一些电影，好让我们的文字长出许多的根，以期获得电影无穷无尽的版本和一些千古流传的眼神；写诗的，也要看看费里尼的电影，看一看费里尼的电影里诗人般的痴迷与偏执、怪诞与狂喜，看一看费里尼诗人般的狂思异想，再想一想！想一想吧——费里尼在他的电影里如何成了不写诗的诗人！

一个唱,一个不唱

窗外的两只雌鸟跳跃,由低枝到高枝——一个唱,一个不唱!

室内是法国那位"新浪潮的老祖母"阿涅斯·瓦尔达在1977年拍一部女性主义的电影——《一个唱,一个不唱》!(1977年委内瑞拉、法国、比利时联合出品。编剧、导演:阿涅斯·瓦尔达。主演:泰蕾兹·利奥塔尔、瓦莱丽·迈雷斯、罗贝尔·达迭斯、莫娜·迈雷斯、弗朗西斯·勒迈尔、阿里·拉菲)

这不同生命类别的呼应,让我兴奋、愉悦!就像做女性主义的一个呼应者那般兴奋与愉悦!

阿涅斯·瓦尔达这部借由两个女子的友谊叙及1960至1970年代在法国如火如荼的女性解放运动的电影,至今在全世界范围内仍然有着它现实的意义。因为21世纪的女性仍然没得到真正的解放!身为女性,我们有着深刻的体会,所以不必在此列举例证。

还是来看阿涅斯·瓦尔达是如何通过两位迥异的女性1960年代到1970年代的生活来构筑一部女性主义的历史的。

出身于城市中产阶级家庭的女孩Pauline(玻莉努)17岁离家做了一个歌手,后来她组织了一个女性吟游乐队,演唱她写的一系列主张女性身体自由、行动自由及思想自由的歌,以促使人们尤其是女性的觉醒。而年纪稍大的农村姑娘Suzanne(续桑努)在城里与生活贫困的摄影师男友未婚先育。男友自杀后,Suzanne(续桑努)独自带着两个私生子回到乡下父母的家里。贫困和父母的冷眼,逼迫Suzanne(续桑努)开始艰难的自立,她通过学打字获得了工作和小镇人们的尊敬。为了让孩子们的成长获得更多的阳光,Suzanne(续桑努)带着一双儿女到法国南部,建立了一个家庭计划中心。她成了一个女性集会的领头人，后来，她还拥有了她爱的一位儿科医生的爱情。

Pauline（玻莉努）离家前和Suzanne（续桑努）回乡下前就是一对好朋友。Pauline（玻莉努）主张并拿钱给生活贫困的Suzanne（续桑努）去瑞士堕胎，并替她带孩子，给她的男友当摄影模特——希望自己的照片可以卖出去，能为Suzanne（续桑努）挣点钱。Suzanne（续桑努）接受着Pauline（玻莉努）的帮助和友情。直到她们一个离家，一个回乡下而失去联系。十年后，Pauline（玻莉努）和Suzanne（续桑努）在一个争取堕胎权利的集会上又相遇了。友情的温暖重又回到她们中间。她们虽然相隔很远，见面也少，但是通过写信、寄明信片，向对方倾诉内心，相互鼓励和支持着对方坚强地面对生活的艰辛和人生的坎坷。

阿涅斯·瓦尔达通过她的电影叙述的女性主义者并不与男性对立，而是通过女性独立自由的选择，与男性平等地面对生活、人生的种种。本片很好地体现了瓦尔达的女性主义品格——女性意识的觉醒自然柔润而不突兀，自尊自爱而不自恃。无论是Pauline（玻莉努）的唱，还是Suzanne（续桑努）的不唱，都是她们女性意识的自然觉醒、表达与坚持。

跟那些与男性尖锐对立的女性主义者对比来看，阿涅斯·瓦尔达应该是一个"温和的、不咬人的女性主义者"。这样的女性主义者正是我敬佩的，也是我在生活与写作中一直予以关注的！

"没有老板娘，没有太妹，没有黑人女。我是女人，我就是我。不是玩具，不是道具，不是装饰。我是女人，我就是我。我是玻木，玻木，玻木，玻木……我是女人，我就是我……"电影中玻木和她的女性朋友们的歌声，正是她们对自身存在的自信，也是阿涅斯·瓦尔达通过电影对女人由衷的肯定与赞扬。

窗外的两只雌鸟跳跃，由低枝到高枝——一个唱，一个不唱！

生活中那些可爱的女性们，有的唱，有的不唱。唱与不唱全听任她们自己。

泄露天机者死

帕索里尼是诗人、作家，他写了很多有影响的作品。1950年代末出版的诗集《葛兰西之烬》和小说《暴力人生》使他位居意大利当代最伟大的文学家行列。后来，他拍电影。最开始与索尔达蒂、费里尼等电影大师合作编剧，再后来，自己编剧、拍片，拍了一大批惊世骇俗的片子。

也许是帕索里尼的诗人作家的身份关系，他的许多片子都是由神话故事和经典文学名著改编而成的。早期由神话故事改编的有《俄底浦斯王》《美狄亚》，晚期由文学名著改编的有《十日谈》《坎伯雷特的故事》《一千零一夜》《索多玛的一百二十天》。这些都是帕索里尼的经典电影。

《俄底浦斯王》（1967年出品。主演：弗兰科·奇蒂、肖瓦娜·曼加诺）改编自索福克罗斯的同名悲剧。在这部电影里，帕索里尼用19世纪初的背景为序幕，加入现代情节，使古今人类根源性的恋母情节，借着俄底浦斯王的悲剧，充分展现出来。帕索里尼的俄底浦斯不仅折射出索福克罗斯所要反映的人类深重的命运之悲，更折射出了人本身理性的软弱与无知。所以，我们看到的俄底浦斯不仅是一个要躲避命运，却最终被命运追赶至毁灭的悲剧人物，一个永远不明白斯芬克斯所说"我的深渊在你身上"的弃儿，更是一个永远不知自我反思的暴徒。帕索里尼的俄底浦斯在杀死怪物斯芬克斯之前，在他成为英雄之前，他就成了一个杀红了眼的暴徒。他只是一味地与命运抗争，却并不曾理性地自我反思。他以为自己是在摆脱命运的魔掌，却偏偏一步步地跳入暗无天日的人性深渊。直到他瞎了眼，他才知道自己杀了生父，并娶了自己的母亲。年老的俄底浦斯仍然没能摆脱这个自他年少就纠缠他的噩梦。他以他悲剧的命运应验了阿波罗的神话,泄露了上天对他的安排。这种泄露与安排都是天理不容的。虽然他没有死,但一定要瞎的。因为只有瞎了,他才会静下来自我反思。帕索里尼拍的这出悲剧,并不只是让人领悟人类深重的命运之悲,更要人反省自己理性的软弱与无知。

与帕索里尼的神话系列相比,他的"生命三部曲"——《十日谈》《坎伯雷特的故事》《一千零一夜》——就少了一些悲壮与说教,而是在亦庄亦谐的叙事中完成对生命与性的思考。

《十日谈》(1970年出品。主演:奈尼托·多弗利、弗兰克·西提、帕索里尼。获柏林电影节评审团大奖)改自薄伽丘的同名故事集。《坎伯雷特的故事》(1972年意大利、法国出品。主演:帕索里尼、休·格里佛斯、汤姆·贝克、珍妮·卢拉长、奈尼托·多弗利、弗兰克·西提)改自乔叟的同名叙事诗集。前者选了八个故事,后者选了十个故事。帕索里尼的镜头所讲的都是些非常恶俗的故事,幽默诙谐,充满许多不能入目的情色。用肉体的狂欢反抗宗教的束缚,这是帕索里尼在这两部电影中的用心,"我要向观众表现的是整个世界,封建的世界,在这个世界里,情欲极其深刻而狂热地起着支配一切的作用。……我要推出这个世界并且说:你们可以比较一下,我要向你们表明,我要向你们诉说,我要向你们提醒。"帕索里尼做到了,他的人物只有情欲的强弱,却没有严格的善恶之分。影片的自然用色和演员的率性演出,使影片的恶作剧般的性爱显得非常自然与合乎人性。在这里,滑稽的更天真,粗俗的更真实。

性爱故事在《一千零一夜》(1974年意大利、法国出品。主演:弗兰柯·莫里、弗兰柯·西蒂)里更复杂,不再是以叙述者的讲述引出一个又一个的故事,而是一个个的主人公一环套一环地讲。性爱也不再是粗俗的描绘,而是真诚的抒情与肯定。在这部影片中,同性恋与异性恋竟像沙滩海水一样旖旎妩媚,一点也不粗俗。我们借此看出帕索里尼在《一千零一夜》的侧重点不仅仅是性,更是爱了。如果把《十日谈》《坎伯雷特的故事》看作是粗俗俚语,那么《一千零一夜》则是帕索里尼奉献给电影史的一幅优美的性爱风情画了。

可是在后来,帕索里尼完全走到了不堪入目的另一面。在《索多玛的一百二十天》(1975年出品)这部改编自法国作家萨德的小说《萨罗》的电影中,惨无人道的性虐待和对16位少男少女的残杀,简直不堪入目。可帕索里尼竟然让一系列的兽行,在悦耳的钢琴声中进行。影评人说:"情色,在帕索里尼的《一千零一夜》里是爱,在帕索里尼的《索多玛的一百二十天》中却是恨。"其实,在《索多玛的一百二十天》中的不是情色,而是兽行。很少人能原谅帕索里尼的这部电影。因为它极其残暴与恶心,至今仍被看成"电影史上最肮脏的电影"。

似乎上天也没有原谅帕索里尼。因为在这部影片完成不久,帕索里尼死于一个与其有染的男妓的棍下。他的死状很惨——尸体腐白,器官被毁……惨得就像他的影片中的一个残暴的镜头。难怪有人会说,"他的死模仿了他的艺术"。

俄底浦斯用他的活模仿了神谕,犹大用他的背叛泄露了耶稣死而复生的天机(在帕索里尼1964年拍的《马太福音》中,犹大在出卖耶稣之后,对自己的背叛行为悔痛不已。在耶稣被钉在十字架之前,他在一棵树上自缢而亡)。他们的结局都是悲惨的,一个是瞎着眼奔逃,一个是负着罪死亡。

有部有关帕索里尼的纪录片,名叫《泄露天机者死》。我至今没淘到这张碟,所以不知道里面是些什么内容,只觉得这名字用在帕索里尼的身上很合适。也许我们可以因此慢慢理解帕索里尼,慢慢原谅他。毕竟他拍了不少优秀的电影——像"生命三部曲"这样的电影——帕索里尼让人性的森林、湖泊、枯木与海水以最原始的状态展现开来,在最恶俗处也尽显其天真纯朴的特质。

所以,我们有理由认为:帕索里尼仍然不失为一个伟大的导演。何况有一些了不起的人物——法国作家萨特、罗兰·巴特,意大利的著名导演贝尔托鲁奇等——都是帕索里尼的崇拜者。

帕索里尼一直认为他自己是站在最前卫的位置上,他同时代的影评人也认为,"不管帕索里尼的朋友,还是他的敌人,都无法在他的时代理解他,那要等很久很久"。再久也是等待,再久的等待也必是为了理解。帕索里尼会有被理解的那一天。

玛雅的魔镜

一个人从几个方向看着自己,就像在几面镜中看到的那样。玛雅是一位迷人的电影人。她虽然没有像她年青时希望的那样成为诗人、舞者,但是诗人的经历和舞者的条件,让她拍出世界上最先锋的电影——

《午后的迷惘》(Meshes of Afternoon, 1943):梦中的花、小刀、镜面。

时间是午后,是慵懒的午后。路两旁是不高的树木,路上是光斑和树影。一段阳光完整照耀的路面,一只手放下一朵花。那是一朵花,现在还是一朵花,在路中间。她走过来,拿在手里。她没去追赶路的拐弯处消失的人影,而是左转身上了台阶。台阶通向一扇门。她用钥匙打开门。房间的一切通过镜头摇过来:先是地上的几张报纸,再是沙发、洁白的墙和墙上的镜框,再就是花窗帘、铺着淡白色桌布的餐桌上是咖啡杯、黑面包和插在面包上的小刀。小刀累了,懒洋洋地倒在桌面上,它的光此刻也是懒洋洋的,不柔和也不刺目。镜头后退的第二级楼梯上是一只没有挂好的黑色电话,电话线零乱地躺在旁边。玛雅走上台阶。台阶通向二楼,首先映入眼帘的是一张盖着白色被子的床单,然后是飘动的黑色窗帘,不断地抚摸着靠窗的床头和地面。玛雅挪动了窗帘右边唱机上的唱针,在另一扇窗旁的沙发上躺下来。窗外可以看见那条让她遇见一朵花和匆忙消失的人影的路。她把花放在腹部上,闭上了眼睛……午后的阳光和树影,随着眼睛的闭上而暗下来,一切都暗下来了……

片首那个持花的黑衣女子,又出现在石板路上。她转过身来,脸是一面明晃晃的镜子。玛雅追过去，黑衣人转身向前走去，她左手上的花就像是一支火炬。玛雅没去追赶拐弯处消失的黑衣人影，而是左转身上了台阶。台阶通向一扇门。她用手推开门，首先映入眼帘的是地板上的几张报纸，再就是沙发，沙发旁通向二楼的第二级台阶上是一把刀子。玛雅绕过那把刀，慢动作跑上楼，她裤管飘出两条很好看的波浪阴影。床上的枕头上是一只黑色的电话听筒，被子下是一把小刀。玛雅盖上小刀，放好电话听筒。她惊慌地靠在窗台旁，似乎是风吹弯了她的身子，她仰面向后倒到窗外。她翻过身来时，看到另一个自己躺在沙发上，沙发旁是打开的唱机。她下楼，把白色的唱针从黑色的唱片上挪开，经过熟睡的自己，她透过玻璃窗（据玛雅的摄影家丈夫萨沙在玛雅的纪录片中透露："实际上，这图像没计划拍到电影里，我只是一时冲动制作的。我喜欢树在她面前的玻璃中的倒影，后来我们常叫它我的波提且利式绘图，因为它让我们想起意大利文艺复兴。"——《玛雅先锋作品集》上的封面就是这张相片。）看到持花的黑衣人走在石板路上，另一个自己在追赶，然后左转身上楼，从口中吐出一把钥匙在手心里，她推门进屋后，看到持花的黑衣人上了二楼，她追上去，楼梯在摇晃。黑衣人把花放在枕头上，一张镜脸看着惊恐的玛雅，然后消失。

几个相同的玛雅不停地在墙面和楼梯间晃动。一个玛雅走下楼梯，另一个玛雅在熟睡，她身边的茶几上是一把小刀。她透过玻璃窗看到持花黑衣人走在石板路上，又一个自己在追赶……她转身上楼，从口中吐出的钥匙在手心里，它变成了小刀。餐桌旁已经坐下了两个自己，她走过来，右手贴左肩晃动着小刀一会儿，她把小刀放在餐桌上，小刀变成了钥匙，她坐下来。某个玛雅的一只手拿起那把钥匙，餐桌上又变出一把；又某个玛雅的一只手拿走了这把钥匙，餐桌上又变出一把；又某个玛雅的一只手拿起这把钥匙，钥匙在她黑色的手心变成了明晃晃的小刀。躺在沙发上的玛雅晃动着头，似乎她被梦境吓坏了：一个戴着骇人眼镜的玛雅，手持小刀，走过沙地、石板路，走向睡梦中的玛雅。刀子插向她时，她睁开眼，俯在她面前的是一张男人的脸。她用手盖住自己的嘴唇，以免叫声滑出。男人伸出双手，拉起她。他手上拿着一朵花，把花放在枕头上。她跟着他上了楼梯，她躺在床上。男人动了一下床头柜上的镜子。他坐下来，一只手抚摸着玛雅的身子。玛雅枕头上的花变成了小刀，她拿起它，扎向那张俯在自己面前的脸，那本是一张男人的脸，但碎的却是一面镜子。它的碎片掉在潮湿的沙滩上，一浪一浪的海水拍打着它们……男人走过石板路，走上台阶，看到门边的那朵花，他左手捡起那朵花，右手旋开门，地上是几张报纸，和一堆碎镜片。玛雅仰面躺在沙发上，眼睛睁着，身上是碎镜片，左手还握着小刀……

当花变成刀子时，花就不再是花，而是死亡。

《在陆地上》（At Land，1944）：爬梯和几个自己。

她来自大海。可能是美人鱼，但也有可能是《午后的迷惘》中玛雅扎碎的那堆镜面。

当海浪把她送到沙滩时，她看到鸟从眼前的天空飞过，却没有留下痕迹。

她把一蔸树根当楼梯爬……她爬上的是烟雾缭绕的会议桌和丛丛的荆棘。那些吞云吐雾、高谈阔论的人和他们面前的茶杯、烟盒，是她经过的矮树枝，她要爬到会议室的顶端下象棋的男子面前，可他起身走了，人们都起身走了。只有象棋自个儿在走动。一只白色的象棋掉下去……掉入了一个石洞下的漩涡，顺着水流流走了……玛雅追着。但水的流速比她追赶的速度快多了。

她一个人走在路上，一会儿身边冒出一个男子——那个在午后拿花的男子，好像玛雅生活中的爱人萨沙，他走进了一间木屋，关上了木门。玛雅跟过去，从窗户爬进去。看到的却是一个老年男子躺在床上。她好奇地推开一扇门，又一扇门，走出去，踏上的却是一块岩石，她滑下岩石，脚踏上了松软的沙滩。岩石在她的回望中变成了高高的木梯，像瞭望台。她来到海边，一边走一边捡石头。石头不断地从她的左臂弯掉下来，她的右手仍不停地捡着前面的石头，直到她看到两个女子在下象棋。

她好奇地走过去,看了一会儿,就扯着她们的头发,让她们看不到棋盘。她们的手仍在下象棋。后来,玛雅拿着一只白色象棋跑了。那个扯头发的她和那个捡石头的她,都扭头看着拿着象棋奔跑的她……那个在岩石上的她也在看着她跑,跑进树丛,跑进木屋,甚至那个还趴在会议桌上的她,也看着她拿着象棋走进会议室。那个爬树根的她,也转过身来,看拿着象棋的她,跑出的一串串脚印……

如此多的玛雅在陆地上,如此多的玛雅相互打量。

《为摄影机而做的编舞研究》(A Study in Choreography for Camera, 1945):慢舞、旋转、腾跳。

一个男子在树丛中跳芭蕾,镜头重复,就好像几个男子在跳芭蕾。超现实主义的灯光打下来,树干白晃晃的,像是白桦树。那些小幅晃动的叶子,让我想起塔可夫斯基的电影《镜子》中被风吹起的矮树林和树叶——那树叶上的银光,像晃动的银币。两处都美不胜收。但玛雅镜头下的美不仅是树丛里的光影,还是跳芭蕾的男子。他让灯光、速度、摄影机都成了他的伴舞……一个缓慢的跨动,是另一个舞台,他舞进了房间,镜前,最后是广场。不断地旋转,旋转,旋转,加速,加速,加速……似乎想旋离地面,进入太空……接下来是几个腾跳,越过树丛,在一个开阔处,做扎马功……

电影人回忆说:玛雅在她所有电影中做的都是,浓缩,强烈,完美,让电影就像一首诗。玛雅说散文是叙事的水平线,诗与歌是垂直线,它达到一个又一个细节,2 分半钟后它达到那点,那就到了不能再进一步的强烈。一切就位,耗尽,达到那点,完美。

如此柔美的暴动之力,竟没有一点慵倦与瑕疵。

《变形时间的仪式》(Ritual in Transfigured Time, 1946):酣畅、狂欢、奔逃。

玛雅在房间里,摇动着两条手臂松毛线,脖子上的围巾飘动着,头发飞舞着。脸上洋溢着极度的幸福感……

两个现实生活中的闺密，一个好奇地走近她，配合她卷毛线，另一个默着脸站在玛雅身后的窗边。

派对上，一群人在移动，一些女人的嘴唇在动，各种各样的手势在移动。人们拥抱、舞蹈……众你寻她千百度，蓦然回首，她也不在灯火阑珊处。

室外的雕塑，活动成舞伴。几个女人，和一个男人在舞。但玛雅不在她们之中。她在时间的外面：相亲相爱是一种仪式，手舞足蹈是一种仪式。多么狂欢、多么优美地舞着，但玛雅不在其中。玛雅在暗处，在摄影机后面，看着相爱、派对、狂欢……变形，定格为梦魇，为偏执的诡异。玛雅令闺密看到的不是雕塑，而是暂时静止的舞者。她低下头来，跨步追赶逃跑的闺密。她跑过草地、跑过长廊——那黑衣的闺密仍是一脸默然，她靠在长廊的柱子上——跑进水里……这跑进水里的，已不是闺密，而是玛雅。她跑进深水里的姿势和她在房间里摇着头松毛线的姿势一样酣畅淋漓……一团白色的人影从上空飘下来，一次，两次，三次，她手中的百合花是黑色的，她的衣裙、面纱都是白色的。电影胶片上的人影，就是一团梦幻之光。

似乎玛雅的拍摄意图，是想让片中人以场景和舞蹈触摸死亡，并让这种触摸变成一种仪式。这仪式没有一点儿声音的陪衬，但那效果却是于无声处的惊雷……

电影中那一脸默然的女子就是海拉。海拉是玛雅和她的丈夫萨沙的好朋友，曾在玛雅的电影《在陆地上》下棋，玛雅曾揪着她的头发，让她下盲棋——她酷毙了：不看棋盘，也能把白棋打败。玛雅拿走了一枚白棋，是让她没有赢棋的成就感吗？所以，现实的海拉要拿走玛雅的萨沙。是一种报复呢，还是玛雅神秘的预言？在《变形时间的仪式》中，玛雅的镜头在预示海拉在现实生活中的背叛：玛雅和萨沙离婚后，和海拉结婚了。——似乎，早在他人酣畅淋漓地舞蹈之时，海拉就在密谋背叛。

《变形时间的仪式》成了感情变形的变形的仪式。

不要怪海拉,是玛雅导演的这一切,是她的恶作剧——她拿走了白棋,游戏规则也成为仪式。可后来,那白棋掉了,她就不停地追……

所以,萨沙,还有海拉,还有后来的电影人,都在深情地想念着玛雅。

《暴力的冥想》(Meditation on Violence, 1948):

玛雅拍的中国人的武当拳,不知是不是银幕上最早的中国人的武当拳。我是中国人,但是对中国功夫一向是只知皮毛,不知内里,也不懂从艺术的角度去欣赏中国功夫。但玛雅的这部电影,充分运用她完美的电影艺术构型,对武当拳进行了非常艺术的诠释与剪裁,使人受益匪浅。

该片中的演员,晚年在回忆玛雅和她的这部电影时,深情地讲解道:"……是智者控制自然,而不是让自然占有。……力量爆发,一个受限的空间就不再合适了,只需一跳,我们就在高处了,我们有了露天,然后力量可以爆发了,直接在镜头前,她(玛雅)构思了整个计划,是从柔软浮现变为坚硬,我只简单地做我学的动作,玛雅拍摄下来,剪辑,全重新剪辑,加速,倒带,这就成为连续的相互作用,在她和原始的动作间。我在这里想做的是,达到麻痹的最高点。所以这里发生的是,动作越来越暴力,极度暴力翻转过来,到了它的对立面,成为沉默的麻痹点。就在这儿,从这里胶片回转,反相拍摄,全部倒回。现在,这种运动的非凡之处在于,你看着它回转时,如此平衡,你看着它前进时,中国人在公元5世纪发明了这种搏斗。太极的意思是,终极形式。什么才是终极形式?不是最完美或是最漂亮的,那是西方的概念。在中国,终极形式是无形,这不是自相矛盾,因为无形就是一个形状在运动,不断变化,所以不断的运动包含所有可能的形式。"

艺术无所不包。电影如何再现艺术也是一门包含无数奥秘的艺术。

这部电影,它的速度与力量非常适合这两个词——丝绸与利刃。先是丝绸,然后才是利刃。两个极端,但中间有优美的演绎过程。那过程,就像是风力在改变它的力量和空间——令人惊叹,却无法复制,被玛雅的电影捕捉了。

《夜之眼》（The Very Eye of Night, 1958）：

片首仍然是没配乐。就像是抽象画。20世纪的诗人们爱在诗歌集里插入的那样的画。

夜空出现的时候，音乐也出现了，就像是小钉子敲着铜鼓，细细的清脆声，沁人心脾。

剪影般的人影儿移入夜空……然后音乐密集起来，人影儿跳起了芭蕾，萤火虫一样的星星移动着……像是祭祀的幽灵，一群亡魂的舞蹈，夜空里的白光之舞。

《玛雅的魔镜》中的电影人回忆说："……《夜之眼》，即使到它完成时，也没有人明白，但我和少数几个人明白，是'夜之眼'，它本质是希腊的，它直接来自莎翁，是她文化的仪式。……他们说：星星只是金属片，贴在纱幕上，摇晃地移动着。我听到有人说：像是小孩的过家家。这正是要点，玛雅不想拍摄虚假的好莱坞电影，她想要它像是孩子的视点，梦游者。这是电影史很重要的主题，玛雅激动地意识到了……

玛雅说："……夜之眼，它是科学电影，它是占星术电影，它没有主张，但有月亮、星星……所有东西都在这巨大的黑暗空间旋转。这是我一生中看过的最美的抽象芭蕾，它美是因为物体和重力有关，没有因艺术的决定而错误展现。月亮走近离远，是因为真实的原因，而不是虚构的原因，因此，画面的平衡很完美，这些物体的关系都很平衡完美。"

《夜之眼》被电影人誉为"最美的抽象芭蕾"，它是玛雅的最后一部电影。

为玛雅配诗：
她曾是一个穷诗人，
也是一个舞者。
但她有了相机之后，

易名"玛雅"（这个佛祖母亲的名字，
印度教中女神的名字）
并改用电影写诗，跳舞：
她给世界写诗，让世界起舞。
爱猫，爱镜子，
花一再变成匕首割破镜子，
这不仅是电影的结局，
也是爱和时间的仪式。
她用单数
给多重、变形的复数下咒语。
看，玛雅，
她一脸无辜地捡着石子，
在电影中，
它们是金属片，
缀在夜幕里。
世界的结局也是破碎的镜子
——而她一张完整的脸，
被纯洁的纱布掩盖着，
它附着疯狂的魂
——她偷走了别人手中的棋子，
带走了男人弄丢的时间。
所以，我们看见的不是死亡，
是永生。

结束语：

看玛雅的电影，更多的人可能需要解说词的引导。有关玛雅的纪录片《玛雅的魔镜》就是玛雅电影最好的解说词。

玛雅把钥匙从口中拿出来，交出去，让它再度变成花。满天粉红的桃花，那不是玛雅喜欢的海蓝色。

完成《夜之眼》之后，小她18岁的同居恋人高桥参军了。他们的经济状况变得更拮据了。玛雅仍像和萨沙在一起时那样爱猫，手中一点钱都去买猫食了。"玛雅是那种人，感情的力量无限，她总是充满欢乐，愤怒或沮丧。"极端的情绪加上食物的极度缺乏，严重影响了玛雅的健康。雅各布医生的针剂只是暂时为她输入了一点儿生命能量，其实是一种持久的戕害——因为她打的针剂只有少量的维他命，却有大量的安非他命。1961年10月13日，星期五的凌晨2点到3点，玛雅在医院里陷入了昏迷，再也没有醒过来。她去世了。她在生前的最后一个派对结束时，在曲终人散的氛围中，她站起来，唱着俄罗斯歌，跳着俄罗斯舞，眼里泪光盈盈，似乎在追忆她的出生，她的过去，她的一生。她的歌舞就像她的电影中渲染过的某种仪式——一种要回家的感觉，一种死亡的气息……但这次不是拍电影，也不是她要的仪式感，而是永诀。只是没有人看出这是永诀，可能玛雅自己也没感觉到。

玛雅44岁去世，据说是因为缺乏食物而心力衰竭，情绪不稳定，而引发脑溢血。她本来是要再结婚的，或许还预备了一个电影般经典的婚礼，但是死亡带走了她。她被葬在富士山的一角——"东京港和海洋最忙碌的一角"。

但我看玛雅的电影后，不认为玛雅已经死了。她只是以她年轻美丽的容颜睡去，就像是走进了一个多面镜中，到处都是她的影子——爬梯的、捡石子的、看下象棋的、拿着象棋奔跑的……

玛雅在睡梦里，不断地繁衍出多种人生。像她的电影《午后的迷惘》中的玛雅，不断地做梦，不断地吐出打开门的钥匙。

博尔赫斯诗中的镜子也比不上玛雅电影中的镜子的繁殖力旺盛——她的电影令她生生不息。

只是梦和镜子，都是玛雅拉起的纱，"她在我们眼前拉起一层纱，幻觉之纱，阻止我们看到它后面的灵魂真相"。（萨沙语）

因为风,在镜中

"我的眼睛像两个伤口痛苦地望着你。"

我借翟永明年轻时写的诗句,在此献给你。

你不是别人,是镜子。我抽着烟,转身背对着镜子,走向书房。簇拥我的一些敏感,让我疼痛。我曾经说过不再年轻了,听者却说我太夸张了。但我确实是不再年轻了,这是我不再面对镜子,而把更多的时间面对纸张的原因。因为镜子显现的真实让我恐慌,而纸张上的想象则让我心安。

安德烈·塔可夫斯基说,看见母亲老去,觉得一定得做些什么,来挽留母亲、童年,或者与此有关的一切。拍完《镜子》(1975年苏联出品。导演:安德烈·塔可夫斯基。编剧:Aleksandr Misharin、安德烈·塔可夫斯基。主演:英·斯莫克图诺夫斯基、阿·索洛米欣)的安德烈·塔可夫斯基最后终于释然了,不再做有关童年的梦了,不再梦见童年的房屋、雨水、牛奶、树木……

原来,我们做什么,与其说是纪念,不如说是为了更好地忘记。但你们知道,世界的一切,归根结底,是为了纪念。电影、绘画、音乐、文字都是纪念的形式。塔可夫斯基用了电影,用了影像,而我则要用文字,而且只会用文字。

镜子,你什么都看见了,一切都在你的眼中。我能做的,就是把你看见的,你眼中的一切,尽可能地写下来。

她抽着烟,背对着镜头,望着远处。一如我现在背对着镜子。

走岔路的乡村医生乐观而富有感情:"……看这些草丛,有否想过植物、感情、洞察树、树果……它们不匆忙,我们却匆匆忙忙。因为我们不相信内心的本性。这些疑问、匆忙，没有时间停下来考虑……"

她的家就在身后，但这邂逅的人，他的家在远方，他要回到他的家。

一阵风吹过来，他驻足，回首。又一阵风吹过来，他再次驻足，回首。一阵又一阵风簇拥着他，奔向她和她靠着的围栏后的树木。这不是附和，这是风的延续，和内心的波澜……

我相信植物的感情，就是顺着风的样子，那也是我们的内心情感的样子，是那么温顺、柔软。但他不是我的家人，他是过客。

"……一切都很静，而你的手很温暖。/被锁在水晶里，河水澎湃/山峰冒烟，海水荡漾/你捧着一个水晶，睡在皇座上。/上帝，你是我们。/你醒了，改变了我们的语言。/……即使脸盆这样简单的东西，像一盆冰/躺在我们中间。/我们被拖出一个地方，那里的城市是用魔力造的，/在我们的面前被分得支离破碎。/薄荷树铺平我们的道路，/小鸟护养我们，鱼逆流而上。/当天空展现在我们眼前，/命运唤醒我们，/像疯子把弄剃须刀。"

安德烈·塔可夫斯基朗读父亲阿尔谢尼伊·塔可夫斯基沧桑的诗句，这些句子饱蘸着邂逅的忧伤和秘密，这些忧伤和秘密像伤口眨着眼睛，像镜子反照一切：久等不归的丈夫，牛奶，雨滴，水井和水井旁的水桶、母亲，无情的火，无助的人……

镜头下梦境般的树丛，和不明来处的风，这一切是神秘的、温暖的童年。

湿漉漉的长发和从屋顶上摔下来的雪水。你的笑容刚刚展开，可一转身，镜子前的容颜就已衰老。

有人死了，但活着的，仍没停止争吵。

但回忆可以让人年轻。镜头和文字都是可以引人回忆的，哪怕镜子不愿意，也没关系。镜头和文字可以让时光倒流。

她独居，带着一双儿女。她不顺的时候，不是哭，而是笑。这很好。女人都要向她学。看着火的房子时，她坐在井边，抱着双肩看。无情的火烧毁了一间木房。什么都不留下，只留下灰烬、无助和冷。她和跑到房子前的人一样无助，一样冷。

孩子们只会惊讶。

记忆之火在旷野上燃烧，从远处看，那么冷的火焰，就像在冰冷的镜中。

纪录片中的镜头：战争、大气球、原子弹……太多令人心痛的镜头。

她的舞跳得让人心烦。令人心烦的舞蹈，令人心碎的战争纪录片。传单像疯狂飞舞的蝶群……静静翻动的书页里，呈现的是大师的画和一双孩童好奇的眼睛。窸窣声不理会那树叶的书签，只是拂动那画。镜子说，我看见你了，但你是谁啊！这么经不起岁月的风霜？我说的是俄语，不是这个看电影的写字人的母语，但这没关系，镜子显现的是完完全全的真实，不需要翻译，何况她喜欢这音乐般好听的他音。

"似乎这一切曾经发生过一次，但我从没来过这里。"小伊南对母亲说。这是所有的童年在对所有的母亲说，所有的诗人在对所有的纸张说。尽管塔可夫斯基在电影里说了，但仍不是他的专利。

木椅放在安静的走廊上，端茶具的仆人静静地走过。像移动着的、不发声的影子。这一切是这么古典而美好，叫人因某种不明的怀念而流泪。爱啊，你在哪？

一双童年的手，翻到有书签的那一页。童声朗读有书签的那一页。成人命令他念有画线的句子。

枪口，你不是枪口。

她拿着一摞母亲的照片，和母亲与她的合影。在丈夫眼里不相像的两个女人，在她的眼里非常相像。

"你想和你的母亲是种什么关系？童年的那种关系根本不可能！你说起你有种罪恶感，因为她为你牺牲了一切，你对之无能为力。她想你再次成为孩子，这样她可呵护你。"

然而母亲老了，我们也不再年轻。年轻的只是镜子照见的梦。

"当我梦见木墙和黑院，我感到这只是一个梦，然后欢乐被云层盖住,我知道这是一个梦,我知道我会醒来。有时有事情发生,我会停止。梦见童年时的房子和松树,然后我会痛苦,等待在梦中自己成为孩子,然后又可以快乐,知道一切寂静根本不可能。"

吱呀的木门声,公鸡跳到窗台上,打破玻璃。风吹动银色的树丛,吹倒木桌上的油灯。白绸在风中舞动。树枝像狂舞的绸带,托不住天空向下倾倒的雨。我从树林里跑回来,在成年后的镜头中跑,在梦中跑。我打不开紧闭的门。听到妈妈的声音,总是那么亲切而疲惫。她安详地捡拾地上的土豆,仿佛那土豆不是用以果腹的,而是用来欣赏的。

是啊,镜子里的一切都是用来欣赏的,用来回忆的,是作用于心灵的,而不是作用于身体的。

而我那么年幼,就在别人家的镜子里看到自己的窘迫相……我看到陌生的敌人和一连串旧日的影像。

他背着镜子,抚摸她的手,就像在抚摸自己的手。我看到母亲躺在悬在空中的床上,一头金色的头发在黑白镜头下是闪亮的黑色,那蓬松的样子就像母亲刚刚被迫宰掉的那只公鸡发亮的羽毛。

突然发现,只有拥有过伟大母爱的人,在晚年才有可能重新成为幸福的孩子。

母亲带走了孩子们,她把自己年轻的身影留在门前的荞麦田中间。

"人只有一个孤独的身体,灵魂感到恶心,耳朵,眼珠一样大小,皮肤一团糟,衣服可怕,飞向天空,飞向天堂和鸟儿的天地,穿过监狱的栅栏,它听到树林和大海的声音。没有躯体的灵魂,就像没有衣服的躯体,没有思想、概念、行为,没有答案的谜,没有人跳舞的地方。谁会回去跳舞?我梦想另一个灵魂穿着另一件衣服,从疑问越向希望,燃烧时没有阴影,像酒精,悄悄溜走,留下记忆,桌子上的丁香花。孩子们不怕,但要坚持到底,当对脚步发生反应时,你会听到地球的回声,快乐就是它的声音……"

那个在镜子里只出现三次的父亲,那个在母亲的生活中缺席的父亲,用他的诗句贯穿了几代人的一生。

"你想要男孩还是女孩?"草地就是睡床,年轻的父亲问母亲。母亲微笑着不回答,看着远方——村庄、森林、荞麦地……和幻想,还是微笑着。

我看见她的眼角是大颗的泪珠。

我看见年轻的母亲坐在荞麦地里抽烟,年老的母亲带走了我们的一双儿女。

他们要去哪里?

风在镜子里,翻动着一切真相和记忆……我背过身去。只能背过身去。

从此,过背对镜子的生活。但童年在镜子里和文字中,保留了下来。

而我梦想着一具不同的灵魂/身着别人的服装:/且跑且燃烧/从羞怯到期盼,/神采奕奕,了无阴霾/宛如火焰漫游于大地,/将桌上的紫丁香遗弃/留给记忆。

(摘自阿尔谢尼伊·塔可夫斯基的诗《奥瑞蒂斯》)

而我要做的是,将镜子里的一切留给纸张,将纸张里的一切留给岁月。

为你而写作

《天使与我同桌》（1990年出品。导演：简·坎皮恩［新西兰］。主要演员：凯瑞·福克斯。荣获第四十七届威尼斯电影节评委会特别大奖）是一部反映一位女小说家成长史的电影。这部电影是根据一个名叫 Janet Frame 的女作家的传记改编的。该片从珍妮特·弗雷姆的童年生活一直讲述到她成为一个成功的小说家。

有关女作家的电影，总让我觉得很亲切。在看的时候，我忍不住拿起笔，写下了一些仿佛早就长在了我脑中的句子。看完电影后，我整理这些句子的时候，才惊异地发现，它竟然是人们一直爱追问的一个问题——我们为什么而写作？为谁而写作？为了得到珍妮特的答案，我在银幕前过了一次珍妮特的生活，重新经历了一次成长。短短两个小时，不仅让我见识了一位作家的经历，也遇见了遗忘在过去岁月里的感受。所以，下文的那个"我"，是珍妮特，也是我自己，确切地说，是珍妮特的经历，我的感受。

女孩们跳舞、抽烟、还寂寞，像电影上放的那样。这是因为我们总是认为自己太小，还没有长大，长得丰满、成熟和美丽。我们总是好奇，总是羡慕别人。所以，我们像别人那样走路，别人那样跳舞，别人那样恋爱，可我们却遇见了不一样的痛苦，前所未有的自己的痛苦。我还可以静下来写字吗？因为她们唱歌、跳舞的音律与节拍，也是我心里的音律和节拍。

为了看清身边的一切，为了把一切都写进自己的句子里，我总是睁着一双好奇的眼睛。很小的时候就沉浸在快快长大的愿望中，一次又一次用诗句唱着歌，跳着舞……

所以，玛丽，你要明白，我的小手是可以触摸到星星的。因为星星通过它神秘的光抚摸了我的双眼和全身，令我颤抖不已。我还这么小，和你一样，像一棵美丽的树刚刚长出它的花骨朵。可这是一个富有想象力的花骨朵。我因固执地在自己的第一首诗里抚摸了那些小星星而得到了老师的赞扬。从此，我在你抽烟、跳舞的时候写下了更多的句子。只是我不知道，一些要写下的句子，会因为你在一个下午的车祸中遇到的死亡而走向悲伤。玛丽，你让我知道，死亡是那么突然，那么简单。它过早地走进我单纯的生活中和真纯的诗句里，只留下你穿过的衣服和挥之不去的气味……

在不知不觉中，我忘掉我所受的体罚，忘掉我的小靴子、小玩具，忘掉我唯一的一次偷窃……忘掉父母的痛骂。成长的代价，就是要学会原谅我们的双眼，我们所看到的都是被禁止的。此前，没有人告诉我们这一点，所以，以后我不说，只是悄悄地做。我们什么都不懂，只知道自己没有的东西都是美的、好的。连生病都有诱惑力。所以，为了不上讨厌的课，我会谎称自己病了。原谅我们，我们只是一些营养不良、精力过剩的孩子。

我一直看着别人，看着自己。我的笨拙，我的羞怯，我的一辈子都不告人的秘密。这秘密像个伤口，在梦里不会疼痛。

时光一天天飞逝，我们一天天长大。只是我自以为是停止，只有忧伤在继续……其实，我们的生命一直在抒情，只是我们自以为太平淡、太平庸。于是，我们在无数的白日梦里变出无数的自我，这每一个自我都使我们太出神太陶醉。没有人出神的时候不迷人。可哪一个自我才是我们真正要做的、能做的。

成长的秘密像初次的经血一样带着一份懵懂的惊悸漏出来。生活在什么时候在慢慢满足我们好奇的求知的眼睛？我们在长大，忧伤在继续。死亡又夺走了我们的一个妹妹。是谁说过，"我们在某个人死亡的时候，开始写作"。可我开始写作前，从不知有死亡。只安静地等待着悄然而至的喜悦。

为了另外的喜悦，我烧掉了那些幼稚的句子，也埋葬了过去，带着梦想和火车一起出发。只有这样我才可以看似轻松地成长。我不再做一个旁观者，我在亲历。牙医用死人的全副整牙换掉了我的坏牙。我因内向、自闭、木讷、寡言，一度被看作是精神病患者，在精神病院住了很长时间。病人们奇怪的举止和言行让我害怕，我蜷缩在被子里发抖，就像一个精神病病人发病的前兆，所以，在我离开精神病院之前，医生一定要为我做测试：看我是不是正常人。我在全封闭的小房里胆颤心惊，却在房间的墙上写下了最好的诗句。……我当然是正常的，只是害怕，只是好奇，只是心怀隐秘的期待。我甚至把自己在精神病院的所观所想写成了一篇《精神病院》的小说，我成功了，成为一个成功的小说家。我带着笨重的行李和一双好奇的眼睛，敏感的心，背井离乡。我目睹了别人的生活和爱情，也经历了一场短暂的爱和因此而带来的一阵巨痛。为了和过去告别，我甚至不再为爱开门。我走了很多地方，写了很多书。可无论我走到哪，写多少书，我总是遇到爱情，见到死亡，看到忧伤。

　　只有鸟声会固执地走进我的句子里，它们唱"哈嘻，哈嘻"。所以，我总可以在忧伤之中，看到听到美丽的东西，虽然美丽的东西更多地存在于过去和未来的时光中，有时候它根本就是过去和未来，但我还是可以看到听到，就像我现在写下的这些鸟声。

　　我明白，我为什么而写作。不仅仅是为死亡，还为活着。

　　这不仅仅是女作家珍妮特的答案。它还是许多写作者的答案。

爱写作，更爱电影

我越来越确信，与写作相比，我更喜欢电影。确切地说，我更喜欢那些电影一开始主人公就在看书，或者写作的电影。这样的电影注定有一种特别的气质。

《傲慢与偏见》《成为简·奥斯汀》《波特小姐》就是这样的电影。

《傲慢与偏见》（2005年出品。导演：乔·赖特。主演：凯拉·奈特丽、马修·麦克法登、唐纳德·萨瑟兰、布兰达·布莱斯、凯瑞·穆里根）一开始，伊丽莎白在晨曦中，一边走一边看她手中的小说。电影旁白说，她不知道，那小说中的情节，即将成为她的人生经历。我当时想，莫非伊丽莎白在看简·奥斯汀的《傲慢与偏见》，现在的电影编剧什么错误都喜欢犯，越离谱越吸引人。死了的人都可以活过来再开枪，再做爱，一个尚未恋爱的淑女拿着一本她与她的姐妹们将来的爱情故事来读，也未尝不可。我喜欢这样的错误。这样的错误因为和书的结缘，可以被原谅，被喜欢。毫无疑问，伊丽莎白是爱书的，因为她是爱书的简·奥斯汀创造的，所以我喜欢爱书的伊丽莎白，喜欢这样一部一开始就读小说的电影。

《成为简·奥斯汀》（2007年出品。导演：Julian Jarrold。主演：安妮·海瑟薇、James McAvoy、沃尔特斯、詹姆斯·克伦威尔、玛吉·史密斯）是简·奥斯汀的传记电影。电影一开始，奥斯汀在写作，"……矜持的防线被猛烈地侵袭，仿佛只是注定，却尚未失守，仿佛也是天意，然而……她并不欢喜……"一段文字之后，就是猛然响起的激越的钢琴声，惊翻了仆人盘中的杯盏，鸽子惊慌地飞走，母猪突然翻身抖掉了吃奶的小猪仔，姐姐与未来的姐夫从各自的房间跑出来，相遇在走廊上，他们的睡衣令他们表情羞怯满脸通红,带电的感情由此产生:两人怀着悄然涌上的秘密暖意回到各自的房间……父母也被钢琴声惊醒了,母亲抱怨着,"哦,天哪,那姑娘需要一个丈夫。谁能配得上她呢?没人。这都怨你。"睡眼蒙眬的父亲说:"做了一个太完美的榜样。"母亲轻声而坚定地说:"我和你同床共枕 32 年了,完美这种事还从没遇到过。还没。"

是啊,谁能配得上她呢?简·奥斯汀不是在高谈阔论,就是在看书。因为爱书和写作,令她在任何场合都显得卓尔不群。即便在相亲时,她也不会放过突如其来的灵感,她把它们写在小本子上。在恋爱中,她开始写《傲慢与偏见》:"五个家境平平的女子,无限乖巧,无限热烈,一举一动与一个为爱疯狂的人无异。韦翰先生是当天最得意的男子,差不多所有女子的眼睛都朝着他看。……盲目,偏见,不近情理。彭伯林的妹妹一出现在眼前……这个回答简直使他感到从来没有的快乐。""不行,我的感情简直再也压制不住了。"

我想,简·奥斯汀的《傲慢与偏见》的初稿中,一定夹有这样一些东西:

一封情书、一首没有日期的诗、一朵被压平的花、几条不同颜色的缎带、一绺头发、几封没有寄出的信……

当然,有她写给订婚的姐姐的祝贺词。当初,她在家庭聚会上朗读时,遭到她哥哥的朋友———一位来自伦敦的傲慢青年的嘲笑。

十几年后,她朗读《傲慢与偏见》中的一段给他的女儿听,当然,不再是给他人的祝贺词,而是对自己爱情的祭奠。

就是这样,现实中我们不能爱了,可我们能在小说里爱。

就是这样,爱在小说中永生。当然,在电影里也永生了。

电影《波特小姐》(2007 年出品。导演:克里斯·努南。主演:蕾妮·齐薇格、伊万·麦克格雷格、艾米丽·沃岑、巴拉·弗莱恩)更是一部被书成就的电影。影片一开始,就是波特小姐在她的农庄里写童话故事。其时，波特小姐已经是"童话女皇"了。但此前，二十多年的时间里，她不停地写写画画，却一直未能为自己的童话书找到出版机会，直到她碰到出版商诺曼·韦恩，她的《彼德兔的故事》才得以问世。从此，她的童话书一本本地出版了，她和她的彼德兔得到了越来越多的读者们的喜爱。遗憾的是，诺曼·韦恩不幸去世，死亡阻隔了波特小姐和他的爱。失去了心爱之人的波特小姐离开了伦敦，购买了她童年旅居过的农庄。她在她自己的农庄里写作、画画。8年后，她和一位农场主结婚了，这位农场主是她童年时在农庄里结识的一位要好的玩伴。

这部电影，最让我怀念的是，画画的波特小姐，到诺曼·韦恩的哥哥们那里去联系出书的波特小姐，在印刷厂监制波特小姐童话书的诺曼·韦恩，波特小姐对诺曼·韦恩刻骨铭心的爱……

现在，让我替波特小姐多怀念一下诺曼·韦恩，因为他，波特小姐的彼德兔才得以问世，我们才得以看到彼德兔，才得以看到这部有关波特小姐的传记电影。

书是永远的，它比肉体生命活得长久。电影也是。那些拍了书的电影更是。

所以，我允许自己不但爱写作，更要爱（看）电影。

我仍在这里

　　我仍在这里，在这里。这里是这里，不是那里，这里是此地不是彼地。

　　我仍在这里！在这里，是一种坚守还是一种勾兑？是一种固执还是一种情怀？是一心一意的伫候，还是貌合神离的游移？抑或都是？

　　而且这个我，又不仅仅是我。我是手边的双面镜，是面对群山的呼喊。

　　我看到的"我"是我吗？我听到的"我"是我吗？

　　你们在文字里或者镜头前、声音里嫁接成一个双生。

　　可我在流泪的时候，她在笑；我在笑的时候，她却在流泪。

　　所以，我不必说我就是我，我就是你，我就是她。

　　我就是我，是不一样的游神或雕塑。

　　昨夜失眠的后遗症，就像宿醉后的头痛，逼我用手指戳着太阳穴，狠狠地说："就是这里，这里这里疼！干掉这种疼！"好在不是手枪，因而我的笔不必是刀。我尚有余爱给这个令我又失眠一晚的杰昆·菲尼克斯——他辉煌诱人的前半生和尴尬可笑的间歇性转身。他在《角斗士》的暴君角色中流的汗是他给自己投了盐的大海，而充满力量的人溺水时，也会拥抱更大的蓝天。他演的《鹅毛笔》，我插在世纪初的笔筒里了，我曾经用它剖析了萨德之恶，再用自己的文字盖上了印章，重新投入大海——它再也别想被人捞出大海，腾起一股烟，再蛊惑我了。

　　而我每天面对的大海，其实不过是我的手写笔蓄的一个墨水池。我寂寞时，就会把那海底的瓶子捞出来，揭开盖子，摇一摇。看杰昆·菲尼克斯的烟雾如何凝成令人寒毛倒竖的怪物。瞧，这怪物这次变成的是《两个情人》之后的《我仍在这里》。

果然，这个具有颓丧与阴郁气质的人，在RAP里，仍不见阳光与朝气。他宣布自己息影，转行做RAP歌手，一副张牙舞爪、气场嚣张的派头，而这一切却少了以前神经而不失自制、神秘而不失英俊气质的挽救，而以傲慢大胡子的邋遢形象出现在公众视线却不得不迷茫而无助地求见于吹牛老爹等歌坛大咖，而最终因期望过高毅力耐心有限而滑稽收场……所谓的转型，最后不过是一场恶搞的伪纪录。

"我并不想要息影，可我说出去了。"所以，他一再说出的息影，不过是一个优秀的演员走出别人剧本的框框，靠在另一个门窗下，说"我歇一下"，然后云山雾海地做梦了。至于能不能适时醒来，则要看他自己的心情、风向了……

糟糕的脾气、发福的体型……控制不了一场演唱会。他曾经诱人的沧桑与颓废没有助他完成RAP的追梦，却成了他人生途中最自在最自我的中场休息。中场休息当然允许载歌载舞、狂妄自负，允许衣衫邋遢、皮肉松驰，允许插科打诨、搞笑作怪，允许张牙舞爪、怒不可遏……总之，允许不犯法的一切偏激与神经质。

然而，我们发现，这中场休息，他做了他想做的自己，他是自己的王。因此，他终是有能力把他所有的争议、尴尬和不堪化作了冷幽默与另一种存在的磁场，以至于他的经纪人和这部电影的制作人都感觉被戏弄了。后来杰昆·菲尼克斯在接受《花花公子》的访谈时说："我认为现在每个人都能明白我们对别人其实都没有恶意，只是把自己放在了风口浪尖。"当被问到这次自我戏弄是否达到了他原来所希望的效果时，他回答说："嗯，对我来说也是一次自我释放的体验，不像你就在那刻意地去演，每个人都在那支持你，然后就是一条一条地做，当我去进行那些音乐演唱和影片所记录的表演时，那张安全网不见了，或者这张网还在，但是已经变得又老又破，即将瓦解。"

显然，他在这个不成功的转型中获得了另外的体验，而体验则才是他看重的，其他似乎不重要。

我们终于发现，他在这一年混乱无序的说唱生涯中，不是真的变了一个人，而只是演了一个特别的角色。

正如他自己所说："当我试图走出电影后，我的人生却成了一部电影。"

所以，他从中场休息中醒过来，万般惆怅中又添玩世不恭与无限自信——

"我仍在这里　既不恐惧也不害怕　我不会崩溃　我永远活着　我是上帝之子　我就是我　我不会跪下　除了上帝　只有我的团队知道我有感受　我从不出卖自己和我的灵魂　我会一直活下去　我是上帝之子　我听到了铃声　闹钟的铃声　虚度光阴让我很有罪恶感　历史扭曲了我　言语无法安慰我的心……只要你知道　我还是有血性的　无论你是好还是孬　还是不能有所作为　因为我站在顶端　多少年过去了　我仍在这里　既不恐惧也不害怕　我不会崩溃　我会扔掉它　你可以打赌　伙计　我就是我　我不会跪下　除了上帝"

杰昆·菲尼克斯从中场休息地站起来，穿回以前的服装，重修以前样貌，走进了新片场。

双面镜恢复成一面镜。

群山说，原来你还在这里！你还是你，是不一样的游神或雕塑！

第二辑 文字的植物园

中国新锐作家方阵·当代青少年散文读本　张海君/总策划

石头的激情

阿 毛◎著

石头的语言,我能听懂:
它坚硬而冷峻,但它有自己的热情。
生命中倾听的机器与思维的石头都一样重要,
一样让人着迷。我也有石头的思维:
冷峻而坚硬,却有内在的激情。

吉林人民出版社

热爱书中的女人

传说中的女人是一段段美丽的飘浮,飘在我们的记忆深处。而书中的女人则是具体的文字。那文字是她们的躯体。文字所表达的思想是她们的灵魂。我们阅读的眼睛,通过这些文字,感知到她们丰腴的肌肤与真诚的歌哭。因为这,她们真实又美丽。我们通过这种接触,恍恍惚惚地看到自己的影子,飘落在书中的文字里。

事实上,那些与书为伴的女人,时时会把自己想象成为书中的女人。她在阅读中与书里的女人相互重叠,喃喃自语或沉默不语地同那些通过文字说话、叹息的女人谈心。

而一种更深的接触是融入。是女性通过创作,把自己的灵魂融入文字中。写作的女人成为书中的女人,然后给另一些阅读者去触摸去感叹。

由阅读的女人到写作的女人再到书中的女人,这是多么神奇的上升。这一上升的过程中自始至终飘浮的人物,便是精神高扬的女人。

一个爱阅读的灵魂总会被书中的女人所吸引。不管书中的她们在现实生活中是怎样与我们一样俗世。但通过文字站立起来的女人永远都高高在上。即使她身处地狱,在阅读的眼睛看起来,也是那么高。从来就不会有杀伤力,只会有一种光芒的暗示。即使她是一束肥硕的剧毒花,在阅读的人看来,她们全是美人,无论是肉体还是心灵。她们在书中的千姿百态无一例外地美到极致。

作为一个阅读同时又是写作着的女人,更是无法停止热爱那些书中的女人。

很难想象,没有书的日子,心灵会是如何的空虚。一间没有书的屋子,充满了聒躁与不安。灵魂无处可去,也无处安放。很多时候,我们双手抱膝,像个被无望的爱情掏空的绝望的人。而与书相伴的日子、与书中的女人相伴的日子其实就是与精神热恋的日子。

我把我精心选购的书——贴上标签,摆在书柜里。按重要到次要——最爱到次爱。像对待藏在我心里的人。我让它们避免灰尘,也不让任何人触摸它们。

如果书也有性别,我坚持认为我的书柜里的书都是一个个美丽的女人。她们都是我心灵上的同性朋友。她们各不相同,却都暗香迷人。

工作之余的大部分时间,我在书柜前的电脑上写作。她们安静的灵魂在我渐渐蒙眬的泪眼中像一个又一个神圣的启示。往往在此时,我一遍又一遍地预见自己的未来——真真切切地由一个创作的女人成为书里的女人。

不害羞地说,我写作,是为了在她们中间排上我自己。为了让自己的作品代表我真实灵魂的一部分排在她们中间。

我爱她们。爱那些写出好书的男人和女人,更爱那些书里的女人。因为她们在我需要的时候伸手可触。她们实在比那些固执的亲人和善得多,也比那些善变的情人可靠得多。更重要的是,她们沉默着却也能让我知道一切来自她们的气息与精神。她们牵引着我们,让我们的灵魂高高在上。她们也从不会变质。我想世界上没有比这更好的精神食粮了。

我大部分的时光都是与我热爱的书度过的。她们不说拒绝,只是听任我陶醉在她们的气息里。我拒绝外人抚摸她们。只同我交欢。我在心里说:"这是我的,谁也别想拿走。"这种专一的爱,让我的灵魂单纯而富有。

我想,凡是一个热爱书的灵魂,不会不爱那些书中的女人。不会不爱。爱她从黑发到白发,从辉煌到暗淡。

除了书中的女人,世界再没有任何人可以令我们这样再有这么纯洁,这么没有条件与准则的爱。

一间自己的屋子

一些女声附和着另外的女声,说:我需要空闲、钱财和一个属于自己的房间,以便我更好地写作。这不仅仅是女性这一性别独特职业的需要,它甚至成了某一类女作家忠贞不渝的理想。

追根溯源,是弗吉尼亚·伍尔芙唤醒了她们心中骚动的理想与勇气。

其实,即使没有伍尔芙,也会有另外的女权主义者在不同的时空说出类似的话来。

不巧的是,世上先有伍尔芙,然后有"一间自己的屋子"的宣言。是上帝选择了伍尔芙,让她生在我们的前面,是独特的天赋与才情让她走在女人的前列。

在这一点上,20世纪的许多女性甚至男性也没法超过这头迷人的"狼",更多的人只能在艰苦奋斗中一遍遍重复着她那女权主义的头脑所宣言的"一间自己的屋子"。我不无光荣地成为了其中的附和者。多年前我在诗歌中写道:

一间自己的屋子,让我走在天堂的路上

我所需要的一间自己的屋子,无疑是一个纯净得非常醇美的精神空间,不仅仅是镜子和歌声,更不仅仅是大花的窗帘和透过窗帘的一缕缕波动的阳光与月光、微风和细雨,也不仅仅是记载着一个个高扬灵魂的精美书籍,它更是远大的胸怀所鸟瞰一个无数自我、无数个心灵交锋的战场。

窗前飞过的鸽子与写字桌上滴答的钟声在强调柔和或紧密的节奏。

我的手指就这样在键盘上起落。

是什么样的歌声唱着什么样的灵魂呢？我现在不能告诉你，她们在已经面世或即将面世的书里，期待你亲切的灵魂在某个黄昏与她相遇。

是的，是相遇。就像世纪经过无数的风雨与女人渐渐成熟的心灵相遇，并开始赐给女人——地位、闲暇、金钱和一间自己的屋子。

是的，伍尔芙所宣扬的，很多女作家都慢慢地得到了。可她们是如何在这些物质和精神的氛围中安置自己的躯体与灵魂呢？这正是我的写作所要探寻的意义。

"到目前为止一直默默无语的躯体开始唱起歌来，……还有红葡萄果酱，葡萄酒，接着是咖啡，接着是咖啡——然后上床，然后上床。"

"于是，余下的旅程就在我自己躯体的美妙交往中完成了。"

我仍然迷惑。拥有了这一切之后，我将如何完成自己呢？这是现在的女作家不得不深思的问题。

伍尔芙作为一个优雅的女权主义标本给了我们宣言似的精神财富。我们又将以什么样的姿态什么样的宣言给后来的人呢？

具体地说，在一间自己的屋子里，如何酝酿出醇良的精神美酒。

我只想对你说，写作永远不是愉悦，而是如何超越。

难忘乔治·桑

乔治·桑是我在书本中最早结识的女作家之一。在我所喜爱的女作家中（伍尔芙、杜拉斯），我并不最爱她的作品，但她的个性却是我的最爱。

有关乔治·桑的传记，我是百看不厌的。不论作者与版本，只要是乔治·桑的，我都爱不释手。因为在我看来，乔治·桑的故事即便是拙劣的笔写出来也仍然光芒四射。这一切，归功于乔治·桑本人的魅力。

她的作品只是一团模糊的身影。但她本人却是一轮炫目的太阳。

她那混合着贵族与平民两种不同血液的身躯时时都在酝酿着一场革命。这位集狂热的性格、忧郁的感情、浪漫的情调于一身的女作家，对于艺术异性具有不可抗拒的魅力。

她那一双梦幻般的大眼睛总是像闪电一样抓住一道道多情的眼光；她那敏感而浪漫的性格使她太容易醉入爱情；她那容易轻信的个性使她太容易透支内心完美的理想；而善悟却又使她太容易清醒；她那伟大的母性使那得到过她爱的小说家、诗人及音乐家都对她终生难忘。

于勒把与她的遭遇写成了《玛丽亚娜》；缪塞把与她的悲欢离合写入了《一个世纪儿的忏悔》，并在给乔治·桑的画像下这样深情地写道：我只同这个女人在一起生活过，怀疑她，就等于怀疑一切；诅咒她，就等于否认一切；失去她，就等于毁灭一切。她与肖邦的爱情使肖邦创作出了更多的闻名于世的乐曲。

这一切让任何一个当事者都至死不忘。我们不难理解肖邦在临终前那低沉的一句话：她对我说，除了在她的怀里，我是不应该死的。

只要她还在爱，她便慷慨大方，不断地给予。

这样激情澎湃的女性，这样无私而伟大的女性，怎能让人忘怀呢？于勒·桑多不能，缪塞不能，肖邦更不能。

音乐家死了，诗人也去了，无人再来感谢这伟大的女性，只有我们这阅读的心来感谢了。

因为追寻完美，乔治·桑一生都在寻找爱。而一个个在艺术上杰出的异性在生活上、在爱中却让她失望。

这世上爱美的人，谁都在寻求完美，可谁都在证明完美是不存在的。

现在，我敏感而忧郁的心灵也在经受着乔治·桑早已经受过的痛苦。我痛恨自己自觉但不自醒。这是所有善感的艺术女性永恒的痛苦。多少世纪过去了，这些痛苦仍没消失。

怪谁呢？这忧郁的天性啊！

我的文字不是祭奠，却是陈述。

可谁有乔治·桑幸运呢？那么多的书和音乐记住了她的爱。而现在的诗人——他们的生活中只有短命的诗，却没有永恒的音乐诉说着爱情的歌曲。

流动的花瓣

世上的一切都是流动的。我们看得见与看不见的一切东西。有的在流动中聚集,有的在流动中流失。这是上帝赋予世界最伟大的特性。玛格丽格·杜拉斯正是遵循并掌握了这一伟大的特性,在她的作品中最为淋漓尽致地呈现与发挥了这一特性。给她带来至高声誉的《情人》便是如此。这本奇特的小说,就像少女时代的杜拉斯眼中的湄公河,在她心灵的折射中以一种宏大的温柔流到我们面前,并以她本色的芳香浸透我们的心灵。杜拉斯曾就《情人》一书在一次访问中说明:"……流动的文体就是不管遇到任何事物,都不加以区别,不加选择地带着它们向前流的河流。而且,更重要的是,它洗清了万物的罪孽……以现在的情况来说,就是使哥哥、母亲、可憎的殖民地主义者都洗清罪孽的河流。"

从杜拉斯在湄公河的渡轮上邂逅那位后来成为她情人的中国男子开始,湄公河的气息就渐渐浸透了她生活中作品中的每一个角落。杜拉斯一生的情结归根结底就是湄公河情结。她的随笔集《物质生活》也是如此。她说这本书"没有一种可以预期或者现有的书籍构成形式可能容纳《物质生活》这种流动的写法,在我们共在的这一段时间,我与我之间、你与我之间,就像这样往复来去进行交流"。她的生活与创作就在湄公河这条河流里,遵循上帝的旨意捡拾着那些流动在她视域中奇异的花瓣,一片一片地聚集起来,就成了给她自己、给我们的芳香四溢的花朵。(《情人》)那些在流动中流失的花瓣也被她好奇而多情的眼光打量审视,再按照它们呈现在她眼中的原色呈现给我们。(《物质生活》)

如果说《情人》是一条由湄公河着色的花朵串成的项链,而《物质生活》则是这条橄榄色的河流蜿蜒到法国的花瓣连成的河流的花边。它们的共同点就是在杜拉斯的叙述中呈现它们流动的特性。

所以我把杜拉斯的作品看成是河流中流动的花瓣。它们在河流中的色彩真实而炫目，恣意而有力，并以温柔的力量芳香着洗涤着我们的神经。

我们坐在阅读的岸边，看见手中的河流，正是在杜拉斯的眼中不可避免地流入大海"……和印度洋合成一体，和海洋母体结合成一体。"(《玛格丽特·杜拉斯的立场》)

那位十五岁的少女在湄公河边茫然无措地走着，最后被她眼前的花瓣簇拥着成为美丽而独特的花环漂流在海洋的中心。

终于可以遗忘她了

从此以后,可以遗忘她了。可以遗忘杜拉斯了。

经历了无数个漫漫长夜,差不多读了她所有的书。把所有她的书都关上,关上了无数个漫漫长夜。于是,我在她的书静静安睡的时候写作。从此以后,可以遗忘她了。我对自己说。

可我转不转身都会遇到她。这种感觉其实一直在。避也避不了。她一直在等我。等我们。我们所有的女人。用她全部的生活、全部的爱与写作。从我们遇到她的第一本书起,我们就开始生活在她的光环下的阴影里。

我们不能抽烟、爱酒。因为杜拉斯抽烟、酗酒,一生都这样。我们不能像她这样迷醉。

我们不能戴男式礼帽、穿金边舞鞋,因为杜拉斯在十五岁半就已经这样打扮了。我们不能像她那样生气勃勃,肆无忌惮。

我们年轻时不能扎着她那样的小辫、抹她那样的口红,年老时不能戴她那样的黑边眼镜、大粒的戒指、不漂亮的手镯。不能像她那样以爱情和欲望的名义,穿过一个个男人的肉体。

我们不能写既像剧本,又像诗一样的小说。用那样执拗的、暧昧的、自相矛盾的句子。

我们不能。我们甚至不能说"我已经老了"。因为杜拉斯早就把这个令女人沧桑到了极点的句子写进了她著名的《情人》中,作了最著名的开头。

……

原来我们抽过的烟、喝过的酒,扎过的小辫、抹过的口红,爱过的爱情、说过的话，杜拉斯早就做过，爱过，说过了。也许她没做过，也没说过，但是她写了。白纸黑字的，都写下来了。在没结识杜拉斯的书前，我们的生活、爱情与写作都是自己的，隐秘的快乐。可是遭遇到杜拉斯之后，我们的一切都被看成是别人的——杜拉斯的，这公开的禁忌。

杜拉斯过早地、霸道地，把女人的生活、爱情与写作注了册，用极其感性与醒目的标签。女人稍不留神就有可能侵权。杜拉斯喋喋不休地把所有女人的爱都做过了头。似乎，我们抽的烟、喝的酒，只是她无力再抽、再喝的；我们扎的辫子、抹的口红，只是她不能再扎的、再抹的。我们爱的，只是她无力再爱的。就像她看见别的女人穿着美的服装时所说的那样，"确实没有必要把美丽的衣装罩在自己的身上，因为我在写作"。

因为我在写作，多美好的理由，多自豪的借口。——因为我写作。因为我写作，所以我可以这样生活、这样爱。

可恰恰因为写作，所以我们不能这样生活、这样爱、这样写作。

在无知之前，我们可以这样做，做一切自己愿意做的。可是在有识之后，我们不能这样。不能与杜拉斯那样的生活、那样的爱、那样的写作有关。

拒绝，拒绝与杜拉斯有关。因为只有这样，我们才能长大成人、慢慢变老。以自己唯一的方式。

可是，什么才是自己唯一的方式？也许唯一，根本就是在他人生活、爱与写作的地方开始。就像杜拉斯最后的情人——扬·安德烈亚那样。以年轻的身体和勇敢的心守过了她最后的岁月。这在杜拉斯那里可能是一种依附，可在他自己仍然是一种唯一。也许唯一，根本就是在他人生活、爱与写作停止的地方开始。在那个总督夫人自杀后的河边。在杜拉斯停止呼吸的那一刻。

其实，我们从来都是自己的。我们的香烟、我们的美酒、我们的头发、我们的鞋帽、我们的爱情、我们的写作……我们的一切，从来都是我们自己的。只不过在时间的开始或结束、在世界这一处与那一处、在这个女人或那个女人之间,会有相同的味道、相同的战栗、相同的永恒。第一个是唯一的,接下来也是唯一的,最末一个仍然是唯一的。

杜拉斯说过,"就是死了,我也还能写作"。只是这个我,并非就是她,她那样的女人。而是所有热爱生活与写作的女人。

可是,这么多的女人、这么多的爱、这么多的写作,哪个女人能有杜拉斯这么聪明?聪明地说:"我从来没有和任何人说过什么。关于我的一生,我的愤怒,还有疯狂奔向欢娱的这肉体,我什么也没说,关于这个黑暗之中,被藏起来的词。我就是耻辱,最大的沉默。我什么也没有说。我什么也不表达。本质上什么也没有说。一切都在那里。尚无名称,未经损毁。"

"我无时无刻不在写,我每时每刻都在写。即使在睡梦之中。"……

杜拉斯就是这样聪明地,把作品和生活当成一种奇遇的两张面孔。哪一张面孔都有不竭的吸引力。

我们以为,我们可以遗忘她了。但可以忘记她说的这样一句话吗?——"而小说,小说是诗,要么什么都不是。"

所以,那些既写诗又写小说的女人,如何写小说?如何写诗?又如何不被人看成永远的杜拉斯?

里尔克的玫瑰

里尔克是世界上少数几位用自撰的墓志铭陪伴自己的诗人之一。在他那里被古代的西方世界看作是喜悦陶醉和冥思凝神的一块基石的玫瑰成了象征世界真谛的奇葩。

玫瑰,呵,纯粹的矛盾,/愿意在这么多眼睑下,/做前无古人后无来者的睡梦。

里尔克的传记作者霍尔特胡森在名为《里尔克》的传记著作中解释说:铭文用玫瑰比喻"纯粹的"即和解了的、作为世界法则被纳入本身意志的矛盾。

而我看到的只是诗人的语言与玫瑰一样的睡梦。

这在诗人最后的脑海涌现与收容的诗句,让我们看到了诗人对语言近乎登峰造极的运用以及对语言内蕴诸多可能性的更深发掘。这是作为诗人的里尔克最为伟大的地方。但最具魔力的地方却是像后来很多里尔克诗迷们所效仿的那样让死成为一首诗或一团散发芳香的谜。

谜,或玫瑰般的睡梦。一切都是睡梦。这虚拟、这象征本身就是一场完美的睡梦。

肉体化作尘土消失了,只是那睡梦还在,精神的芳香还在。就像很多诗人所读过的顾城的这几句诗:在生命停止的地方,灵魂前进了;/在语言停止的地方,诗前进了;/在玫瑰停止的地方,芬芳前进了。

玫瑰在一代又一代诗人的眼里、心里芳香弥漫。可没有谁像里尔克这样让玫瑰和她的芳香成为永远存在与永不醒来的睡梦。

无数的玫瑰在开放，无数的诗人在成长。可没有一种玫瑰能模仿这一种玫瑰，没有一位诗人像里尔克这样在死时歌唱玫瑰并让玫瑰陪伴自己。

里尔克在《马尔特·劳里兹·布里格随笔》中这样写道："我的旧家具在仓库里都腐烂了，而我自己，啊，我的上帝，我的头上没有屋顶，雨落在我的眼里。"

而这境遇又多么像玫瑰：我的头上没有屋顶，雨落在我的眼里；雨落在我的眼里，就是落在我的蕊里；雨落在我的蕊里，就是落在我的心里。

这种无归感与无助感，既是自下而上的，与生俱来的，又是从天而降的。既是脆弱的，又是坚强的。玫瑰这种里尔克用来象征世界真谛的奇葩，早在他的墓志铭之前就被他在《献给奥尔甫斯的十四行诗》中歌颂过：

> 玫瑰，你高居首位，在古代/曾是单一圆周中的花萼。/但对于我们你是丰足的花朵，一个难以计数的/无穷尽的事物。

无穷无尽的事物，无穷无尽的玫瑰，在里尔克的诗中与身后被我们读到看到。是的，所有具体的事物终会一一消失，但真谛却留下来了，灵魂也留下来了。这便是一切。

里尔克这位终生在孤独感与神秘感中忠实体现罗丹"永远工作"的号召的诗人，在临终前把躯体与灵魂都交付给了那花瓣速朽却芬芳不止的玫瑰上。这一交付给他的终止挂上了一个意味无穷的象征与一串串无穷无尽的省略号。

玫瑰，呵，纯粹的矛盾。

作为文字的植物园

那绝对是别出心裁,至今仍可见其匠心独运:细心的裁缝用五彩缤纷的小布片拼成统一的图形做成枕套或被套。

他们让自己喜欢的花色由四个三角形在一个正方形里相遇、相邻,然后再由很多这样的小正方形构成大小随意的长方形(枕套或被套)。

这些小正方形在这张长方形的平面上山重水复、柳暗花明。而小布片在自己的天地里烦琐复杂,但在大环境里简单明快。我以为没有比这更纯朴、更大方与更富丽的刺激我们的视觉与想象的拼贴布片了。

它既富有审美价值又具有装饰效果。在绘画上我们不难看到这样的颜色与图形。

甚至,我们所依附的地球,实际上也是由无数的小布片构成的。它的山山水水,它的沟沟坎坎,它的动物、植物,它所有的一切,既烦琐复杂又简单明快。

那么,人呢?精神呢?

蒙田说:无人能描绘自己生命的确切图像。我们只得取其片断。……我们都是小碎块,具有如此无形而多样的结构,每一块,每一时刻,皆有自己的戏。

这是法国作家克洛德·西蒙在其小说《植物园》中所引用的一句话。换个角度看,西蒙的《植物园》是对蒙田这段文字最丰富、最详尽的解说与演绎。

本书巧妙地"把一个人于本世纪各时期在世界各个角落的零碎生活片断混杂在一起",在细部看似烦琐杂乱、无规律(就像构成正方形的小三角形),在整体看来却既简单明快,又赏心悦目(就像构成枕套或被套的大长方形)。

　　本书到处都是回忆的碎片在文字段落上不断跳跃出来,正如本书的中文版译者余中先生所说的那样:"使人觉得无处不在,随时都会重现。就好像同类、同科、同属、同样品种的花木以那绚丽的色彩和浓郁的芳香,在植物园的不同角落中反复出现,让读者如园中漫步者一般,通过一丝丝花香、一片片颜色,细细地体验那整个的植物世界。"

　　在形式上,植物园在小范围里复制了地球上的一切;而在精神上却复制了作为碎块的我们。

　　它取其多彩的片断描绘着"自己生命的图像",构成了"一种回忆录的肖像"。

　　是的,我看到了"每一块、每一时刻,皆有自己的戏"。

　　在纳博科夫的《微暗的火》与西蒙的《植物园》之后,先锋小说家们还能写出在文本上更加独特的小说吗?能,但是太难了,难到几乎不能。因为没新可创了,只奢望那些相同的小碎块里有自己不同的戏。

　　也许世间所有的植物园,所有的舞台都是雷同的,只是生长的感受,上演的戏不太相同而已!

像蝴蝶一样美

我总是喜欢作家,当然是一些优秀的作家。像纳博科夫这样的作家。语言华丽,故事惊世骇俗。但这不过是我喜欢纳博科夫最表面的原因。深刻的原因是他行文中的诗意和作品经久不衰的魅力。具体到他作品中的艺术形象,就是令亨伯特爱恨交加的洛丽塔。

洛丽塔,意思是玫瑰与眼泪的代称。以一个寡居的喋喋不休的母亲的涵养,用这样一个名字,不能不说是纳博科夫诗意的情不自禁的外露。而洛丽塔不仅是动听的,她的实体是美丽的尤物——纯真又邪恶、天使又魔鬼。因为尚未成年,所以她的调皮捣蛋、懵懂无知更使得她像随心所欲的精灵。

很少人会对精灵充满邪念。可亨伯特却正是这很少人之一。因为年轻时爱过的一个未成年少女的死亡,使他以后的岁月充满了对未成年少女的身体不知疲倦的追忆与狂想。而洛丽塔大胆、调皮,没有一丝的矜持与胆怯,专向捕蝶人的网中飞。明白处是亨伯特的追忆狂想在前,洛丽塔的大胆调皮在后,暗地里是未成年人对中年人的迎合与附就。这样的一对无耻与无畏的组合,理所当然地成就了《洛丽塔》的惊世骇俗。

亨伯特太痴迷洛丽塔了,为了达到长期占有洛丽塔的目的,他竟然违心地娶了洛丽塔的母亲夏洛特。了解真相的夏洛特在愤怒地冲出家门遭遇车祸死亡之后,他竟然以抚养洛丽塔的名义,与洛丽塔在旅途中开始了更疯狂的性爱之旅。然而洛丽塔最终似乎明白了即使是不幸福的婚姻也比乱伦好,这应该是狂躁的洛丽塔离开亨伯特的原因。可亨伯特不明白,竟然在绝望与痛苦中杀死了拐走洛丽塔的男人奎尔蒂。这便是《洛丽塔》的故事。

而我看重的并不是《洛丽塔》的故事，而是纳博科夫讲故事的能力。他用罪人亨伯特向陪审团忏悔的嘴讲了洛丽塔对他的吸引力，以及他们所有快乐与邪恶的时光。他用词华丽、深情、阴柔、痴迷。似乎他在用所有的词语说明一个道理：未成年少女的美令人无法抗拒。

其实，与未成年少女的性爱，到今天这样的一个道德标准变得模糊的时代仍然是一个被禁止的邪恶的话题。它甚至被看成是一些男人的心理疾病。这病因是对少女的美的疯狂热爱与占有，所以难以被医治。

斯坦利·库布里克很会拍文学名著。他的《洛丽塔》（1962年出品。主演：詹姆士·梅森、雪莉·温尼特、秀·里昂）比纳博科夫的《洛丽塔》另有一种美（他1971年拍的电影《发条橙》比安东尼·伯吉斯的小说《发条橙》更有名）。当亨伯特在小说中用香艳的词语向陪审团讲洛丽塔的天真与性感时，斯坦利·库布里克却只用一些含蓄、暧昧的镜头把亨伯特津津乐道的细节一晃而过。他不让我们看到一处色情的场面，这正是斯坦利·库布里克的高明之处——讲色情故事，却可以不用色情镜头，而且还讲得含蓄而优美。亨伯特可以在小说里不停地讲他与洛丽塔的性事，而在电影里他只是用了一些贪婪的眼光、一双紧张的手、用以掩饰的书报、一首别人的爱情诗，就把一个中年男人对一个未成年少女的痴迷表露无遗。我们的主人公在电影里没有一处他们在小说中的性生活。而我们得到的印象是，电影的洛丽塔比小说的洛丽塔多了些天真、肤浅、调皮、无辜，而少了无耻的挑拨、堕落。仿佛洛丽塔天生就是一只随意飞舞的蝴蝶，生来热爱自由。她飞向网中只是她的即兴舞曲，逃离网却是必然的结果。这也像一些到处飞来飞去的精灵的习性。

亨伯特爱的是一个精灵，一个像蝴蝶一样美的精灵。小说的洛丽塔和电影的洛丽塔在离开亨伯特后几年，就要做母亲了。按亨伯特的审美标准，只有未成年的少女才是精灵，他只爱未成年的少女，而洛丽塔早已不是了。按照以往的习惯，亨伯特会重新追寻另外的精灵。而不是到处寻找洛丽塔，更不会杀了拐走洛丽塔的男人。看来亨伯特也爱不再是精灵的洛丽塔。这令这份乱伦的爱到最后有了一些无法释然的美感。

而洛丽塔确实是美,她那么单纯、肤浅、调皮、无辜,喜欢撒谎,喜欢自由,用男人向她索取的美换取小恩惠。有时候她不反抗并不表明她可以被教化。她就像一个怪脾气的精灵。值得庆幸的是,这个精灵最终逃离了丑恶的人,过上了正常的生活。道德感在日渐成熟的洛丽塔心里长成了。纳博科夫安慰亨伯特的诗句,正是洛丽塔道德感长成的最好说明:"人性中道德感是义务,/我们必须向灵魂付出美感。"

当洛丽塔说她要和她的丈夫、她腹中的孩子一起到阿拉斯加开始新生活时,我松了一口气。因为,洛丽塔终于找到了一根在道德意义上比亨伯特光彩体面的树枝栖上去,不再乱飞了。

语言的蝴蝶

就像地球上除人以外的动物以飞禽走兽来分类一样，我认为文学作品也可以以此来类比。爱伦·坡的是一只怪戾的乌鸦，金斯堡的是一匹嚎叫的狼，海明威的却是一头咆哮的雄狮，……而纳博科夫的则是一只美丽的蝴蝶，我始终认为。不管曾经的乌鸦还是不是乌鸦，狼还是不是狼，雄狮还是不是雄狮。纳博科夫的作品肯定是蝴蝶，而且是美丽的蝴蝶，在沧桑的时空中优雅地飞舞着。

多年前的一个慵倦的午后，我在一家格调高雅的书店里邂逅到纳氏的《洛丽塔》与《微暗的火》，立即就为它那散文诗般华丽的语言与优美的节奏所迷惑，尤其《洛丽塔》的语言，就像轻风无意之中吹起的风铃，不仅婉转悠扬，还引人遐思。

"洛丽塔，我生命之光，我欲念之火。我的罪恶，我的灵魂。洛—丽—塔：舌尖向上，分三步，从上颚往下轻轻落在牙齿上。洛。丽。塔。

"在早晨，她就是洛，普普通通的洛，穿一只袜子，身高4尺10寸。穿上宽松裤时，她是洛拉。在学校里她是多丽。正式签名时她是多洛雷斯。可在我怀里，她永远是洛丽塔。"

一会儿光、一会儿火、一会儿舌尖，一会儿牙齿。意象的质感与颜色明快、富丽，句子的节奏紧密而优美。语言所承载的形象，在不同的场所它的颜色与情调也不同。就像蝴蝶在不同的光中、风中，它永远的姿态却是风情万种。

"这样的话，等读者打开这本书的时候，我们俩都不在人世了。但是只要鲜血还在我写字的手中流动，你和我一样参加了这件倒霉事……我想到了野牛和天使，经久不衰的色素之谜，预言般的十四行诗，艺术的庇护，这才是你我唯一可能共享的不朽，我的洛丽塔。"

语言让物质和精神，让灵与肉穿越无限的时空，就像蝴蝶穿越花朵与森林……

谁不喜欢这样的蝴蝶呢？我一直在想，纳氏的语言丰富如蝴蝶的色彩，是不是与他曾经研究蝴蝶有关？我曾在一本书上看到纳氏面带微笑手拿一只蝴蝶标本的照片。那真是一张独特的艺术家照片。它不像很多大师的照片那样在书房伏案疾书或掩卷沉思，而是双手的十指与无名指托着一个蝴蝶标本搁在他尖尖的下巴上。这只美丽的蝴蝶标本与纳氏睿智而讥诮的双眼、光洁而多皱的额头形成有趣的对比。整个画面看起来，不仅厚重，而且诙谐。

这正是纳氏作品的风格再现，不论是《洛丽塔》还是《微暗的火》，其语言不仅仅如"蝶翼的瑰丽色彩"，而且像蝴蝶本身一样轻盈调皮。它不仅优美地栖息，而且还忽高忽低地飞翔。一会儿是美丽的低谷，一会儿是壮丽的山峰，使任何一双观看的眼睛都在不断地扩大视域。

这正是纳氏与他的《洛丽塔》《微暗的火》不朽的魅力所在，也正是我把它们看成语言的蝴蝶的原因。

精神的草莓

前些年草莓在我居住的这座城市是相当稀少的。但草莓在我的精神水果中却一直是最让我心旷神怡的佳品。长久以来它滋润着我的精神，也就是说，我的精神营养并不缺少草莓。

在我大学时代的露天电影下，我与银幕上第一次走进贵族庄园的美丽而羞怯的苔丝在草莓篱旁一起享用了那位风度翩翩的男子用一只手送往她鲜红唇边的草莓。在我眼里那草莓的色泽味道与苔丝慌张而略带迟疑的惊怯的双唇一样好看，一样温润。我一直认为，只有这样的唇才配得上这样可爱的草莓。也一直认为那位男子对苔丝并非不真情。在我看来，在那样美丽的阳光下那样享用草莓的男女是可以相爱并相守一辈子的。于是心中暗暗责怪哈代不该在善良美丽的苔丝身上实践他文学中的悲剧美，更不该用草莓制造这一几乎经典的细节。如果哈代实在避免不了草莓和那一双唇的美妙结合，他就应该让苔丝心爱的那位男子（而不是这位风度翩翩的贵族公子）递送这一颗草莓！我不能原谅哈代的这一败笔。尽管如此，那晚我还是心醉神迷地在意识上细细地享用了那一颗草莓。它的芳香至今在我的唇边流连。这便是我精神上的第一颗草莓！

在后来与草莓这一名词再次邂逅的岁月中，我记得最清楚的是波兰诗人伊瓦什凯维奇的名篇散文《草莓》中的一段："它那沁人心脾的气味，在我的嘴角唇边久久地不曾消逝。这香甜就把我的思绪引向了六月，那是草莓最盛的时光。"这是诗人在九月邂逅的草莓。但这早已不是"真正的六月草莓的那种妙龄十八的馨香"。我们"不再年轻"！诗人的感伤与怀旧像他记忆中六月的草莓一样染香了我的双唇。这又一颗精神的草莓同银幕上的苔丝的双唇衔着的那一颗草莓一起芳香了我窗外淫雨霏霏的四月。而物质的草莓尽管稀少（现在并不难见）却并没有精神的草莓那样香甜，它们只是作为一种精神的祭品放在我的案头，徒具草莓的外表与色泽却没有回忆中的草莓的味道与精神内涵。

但我并不失望，注重精神的人知道物质并不总能温暖精神。如果在我的物质庭院中种上几亿颗草莓，也抵不上我的记忆深处的这两颗精神的草莓。

黑色的光辉

三岛由纪夫的天才光辉在于他从小就能把想象作为事实来接受。这得感谢他那位对他娇宠到病态的祖母夏子。

祖母整天将童年的三岛由纪夫闭锁在她那间"充满令人窒息的老朽气味的病房里",不让他逃出她的视线范围一步。

住在楼上的母亲被迫成为画上的"圣母",他可望而不可及;窗外随气候变化的大自然在他眼里隔着一层玻璃,他无法投入它的怀抱;邻居的孩子们的欢笑声真实又诱惑,他只能在心中叹息。汽车、枪一类的玩具也被祖母全部藏起来。他被迫与祖母从街坊精心挑选的几个女孩子玩折叠纸、过家家、搭积木一类的游戏。他因此别无选择地爱上了搭积木。

被祖母的溺爱创造的这种与母亲与大自然与同伴隔离的病态环境,使三岛由纪夫过早地走进了内心生活:把任何人不可能见的自我诞生的黑夜想象成有阳光照耀的临盆时刻。小小年纪在面对童话书中骑马的圣女贞德时,对她的死作美妙的幻想。他认为死是幸福的快感,承担死亡的男人美到极致。当他得知画面上的英俊骑士不是男人而是女人时,他失望极了,并对这本童话产生了永无止境的厌恶感,从而醉心于其他童话中的王子英勇的死。

幼年病态的环境中滋生的病态想象,影响了三岛由纪夫的生、死与美的美学观的形成与发展。少年时代对男性肉体偏执的憧憬与迷恋(喜爱掏粪工下半身的轮廓、士兵的汗臭味),对残酷美的幻想(塞巴蒂昂的殉教),在他一开始动手写作时就成了他文学作品的营养。"从耽溺于梦想中来到了有勇气去梦想的地方。"在作品中编排男女主人公变态的冒险的激情与残酷的死。这也许是他的作品能获得一种奇异魅力的重要原因。

我们翻开三岛由纪夫的《爱的饥渴》《忧国》等小说,你会惊骇地发现这位日本作家用制造死亡创造了多么残酷的美。他一次又一次地在作品中安置死亡这颗黑色的钻石,让它那黑色的光辉肆无忌惮地穿透他的身心。"死就是文化"那冷色的火焰最终凝成一把尖锐的刀,切向那一次又一次被奇异而残酷的死亡充溢的腹部。我们看见这位嗜血的作家从表现艺术到行为艺术的一次无情的升华。

或许,在三岛由纪夫看来,他的切腹自杀会像他想象自己黑暗中的临盆时刻一样充满不为人见的光明。

热爱向日葵

里尔克说塞尚"能赋予每个苹果以他的爱心,以画出的苹果来表现他的爱心"。而我想文森特·凡·高则是以他的整个生命来表现他的爱心了。

凡·高对工作有种非凡的热情。开始绘画生涯前,先是古皮尔公司分店店员,后因对神秘主义和宗教的热衷,成为一名助理牧师(如愿以偿一段时期)。其实,这期间,他虽然始终没找到自己真正的热衷,自己最适合的位置在哪,但他还是以常人少有的热情来投入每项工作,这中间不乏爱。作为古皮尔公司的一名艺术品交易员,他力荐那些伟大的艺术作品,而反对顾客买平庸的作品。但顾客并不领他的情,老板解雇了他。当牧师期间,他放弃自己较为优越的条件,与矿工同吃同住,打成一片。最后却因为这种热情遭到了与他在古皮尔公司一样的结局。生活又一次抛弃了他,我们的上帝退场了。

不过这一次他却找到了自己心灵的衷爱——那便是绘画。27岁时,他开始了艰苦的绘画生涯,流浪生活也就开始了。先是由埃顿到海牙,再后是纽南、巴黎、阿尔、圣雷米,最后是奥弗。他全身心投入了绘画,甚至在他成为精神病人住院圣雷米及就诊奥弗精神病专家这段最后的日子,他也没有停止过绘画。这都源于他对绘画超越生命的那种强烈的疯狂的爱。

凡·高是一位朴素的画家。擅长描绘农民、矿工的生活。凡·高自己就说过:"描绘农民生活是一桩严肃的工作,如果我不努力画出能激起严肃思想的画,我会责备自己。"凡·高的画里都是一些极朴素的物与人:土豆、向日葵、茅草房、农民、矿工、为生活抛弃的孤独绝望的女人。他一生贫困，绘画生涯靠其弟泰奥每月所寄的150法郎接济。他没钱请模特儿。他也不爱粉脂与富贵气。我想这大概是他的画在生前无人问津及现在人体绘画史上难以看到的主要原因吧。

尽管如此，凡·高画中朴素的形象与美，却足以调动我们的每一根神经，激起我们强烈的热情。那火焰般、漩涡般，燃烧与流动的色彩，使我们感受到画家内心沸腾的血与激情的思想。

在他的画前，我们没法停止生命的激情与想象。看看《向日葵》《罗纳河上的星空》及《星光灿烂》等作品，我就有此种感受。这样的时候，你会感到自己是画里所有的色彩与形象及人们想象到或没法想象到的一切。

被生活一次次抛弃，一次次惨遭不幸却仍然爱着生活与绘画的凡·高，当生命成为绘画严重障碍的时候，他拒绝了生命。他画的《向日葵》从此由奥弗的墓地辉煌了全世界的许多角落。

感谢凡·高。他让我们更深地爱着向日葵，爱着太阳，爱着朴素的美。

阅读是一种创作

没有谁的作品像罗兰·巴特的《恋爱絮语》这样让我产生一种开始是艰难后来却自由的想象。

对这样一个解构主义文本的最初阅读是一种奢侈,而贴切的理解更是一种奢望。因而我并不打算在与它的相遇之中得到些许神秘的激情,而只希望我的阅读成为对罗兰·巴特的一种最初的认识。而那些絮语的间隔与片断,却让你在阅读的停顿处产生不能言说却不得不言说的欲望。这便是罗兰·巴特的《絮语》对我的阅读的进一步推进。当想象的翅膀被自由的风触及,想象本身就成为自由飞翔的扇面,心游万仞了。

这该是阅读给我带来的最高赏赐与最自由的境界了。我怎么会不感激这最初让人望而生畏而最终让人浮想联翩的阅读呢?

在这里你不知怎样读而读,你永远不可能指望得到一个完整的故事。罗兰·巴特说"爱情无法在我的写作里面安身"。我们看到故事同样也无法在他的爱情里面安身。你只能像一支离弦的箭在作者戛然而止处依照阅读的惯性继续飞翔。这种只有惯性没有底托的飞翔,成为"生活在深渊之上的艺术"。这种继续下去的飞翔早已不是作者的本意,而是阅读者无主的意志了。在接下去的时空中,你只能依靠想象。在想象的途中,一种新的创作开始了。

这种由阅读而开始的创作当然不同于那种为创作而创作的创作,它充满的是对一种原初阅读的眷恋与感激。那种被阅读的文本就是我们的启蒙老师与精神母亲。我们的创作是从它们的怀抱中飞出来的孩子,有遗传基因,但更多更可贵的则是有意义的变异。从此到彼,从阅读到创作,从一种符号到另一种符号,从一种结构到另一种结构。这种天然的联系与递进，应该是我们每一个有心的阅读者与作者共同的期待。

没有别的目的，任何一种阅读与创作首先都是而且仅仅是对自己的一种安慰，"它仅仅在你不在的地方"开始飞翔。

罗兰·巴特让我们的阅读成为想象，而想象不自由自主地成为创作。

如果你能和我一样在阅读中获得了无穷的启迪与适时的创作源泉，你怎么会不充满感激呢？

我们的灵魂就是爱

人们对于一个诗人的认识通常是始于一首诗或某些诗句。二十岁以前我对于叶芝的认识正是始于他的那首名诗《当你老了》中最著名的一段：

> 多少人爱你青春欢畅的时辰，
> 爱慕你的美丽，假意或真心，
> 只有一个人爱你那朝圣者的灵魂，
> 爱你衰老的脸上痛苦的皱纹。

这是叶芝献给他终生爱恋的人——毛特·岗的众多情诗中最感人肺腑的诗。爱滤掉了容易变色的美丽与时光，始终爱着那似乎触及却永远没法相触的灵魂。

拥有一个诗人这样执着不变的爱的女人应该是有福的了。二十岁以前的我因为年轻对人事对爱情没有深刻的认识，常常会在多愁的黄昏梦想拥有这样一份诗人的爱情。当然，我的这份幻想是难以成真的。我的周围没有这样的诗人，当然也就没有这样一份诗人的爱情。倒是我自己常常在诗歌里倾诉这种爱。于是那在想象中飘扬而在现实中却从未出现的爱人一次又一次地走入我的诗中，成了我诗中的爱人与灵魂，与我的梦相亲相爱。

我就这样把梦变成了诗，却没法把诗变成生活。这是我作为诗人的一种安慰，也是我作为诗人的一种缺憾。

这同时是大多数诗人的安慰与缺憾。其实对叶芝来说，正是因为他未曾得到毛特·岗的爱，才促使他写出了这样感人肺腑的情诗。因为这一份缺憾才有另一份赢得。似乎人们在痛苦中才会吟诵深刻的诗句，而在幸福中只会有浅薄的甜言蜜语。爱也只有在痛失（苦）中才更销魂更长远。

所以我们又何必在现实中一定要拥有梦中的那份爱呢？

> 别忧伤我们已疲惫，另外的爱仍等着我们，/让爱与恨穿过无怨艾的时光。/在我们前面永恒展现；我们的灵魂/就是爱，是一种无尽的告别。
>
> （《蜉蝣》）

现实爱情的短暂就像朝生暮死的蜉蝣。而只有我们被爱的美梦注满的灵魂像绵绵无尽的告别与等待一样，穿过无怨艾的时光，相亲相爱。

> 虽然枝条很多，根却只有一条，/穿过我青春所有说谎的日子，/我在阳光下抖掉我的枝叶和花朵/现在我可以枯萎而进入真理。
>
> （《随时间而来的智慧》）

渐长渐成熟与深刻的头脑和"随时间而来的智慧"，使我们的灵魂拥有更博大更无私的爱，那现实的枝叶与花朵都已在时间的季节中渐渐枯萎，只有那爱的灵魂能进入真理。

在"致命的缺失"（正如毛特·岗之于叶芝）背后，是永不枯竭的灵感与爱。那一行行流泪与泣血的诗句，是如何幸福而悲伤地打动我们，让我们在现实中越来越枯燥的灵魂获得了一次又一次爱情的、圣水的灌注与洗礼。

就让此生荒废掉

看来，此生就要荒废了。要荒废了。没有被人死去活来地爱过，也没有死去活来地爱过一个人。或者说，没有被人轰轰烈烈地爱过，也没有轰轰烈烈地爱过一个人。或者说，曾经轰轰烈烈过，但终究止于平淡了，近于消失了！

我是多么遗憾啊！遗憾到孤独、伤心！

尤其在千古永远的梁祝面前，我总是流泪不止，伤心不已！

我多想有一个梁山伯，而我是那个梁山伯的祝英台。我是说，他是我的第一个和最后一个，我也是他的第一个和最后一个。千生万世，永远不变。

但是，我的现实、现世是，没有这样一个纯朴痴情的梁山伯，也没有这样一个生死不渝的祝英台！

我一直就这么孤独地渴望着一份梁祝的爱情。既便不是亲身经历，也要亲眼看到现实、现世里的一份这样的爱情。其实，我想说的并不是一定要看到人们为爱情殉情，而是要看到爱的永恒、不变。但是永恒不变的爱情，这世上真是稀少了！人们都想爱得更多，更丰富多彩，却不是爱得唯一、执着、不变。或者我们想唯一、执着、不变，但我们爱的人却不想唯一、执着、不变。所以，我们这些爱人的或被爱的只能在眼花缭乱、变化复杂的情爱世界里，边爱边怀疑，随波逐流，挣扎沉浮。感叹沧海桑田。沧海桑田啊！即便沧海桑田，还是不见故人，或不见故人的爱！

如何能成就一份现世（现实）里的梁祝呢？如何能？

我曾经饱含深情地写下了不少爱的诗句，可实际上是没有那一个深情的梁山伯,那一份深情的爱!因此,我常常流着泪写字,从孤独丛生写到被孤独淹没——

满怀前生今世的爱,却没有一个受爱者,/或者说,没有一个与之匹配的爱人。//写有万千情书,却没有一个收信者,/或者说,没有第一个或最后一个读它的人。//而爱与写作却永无终止……

而我是多么爱啊,像我在《多么爱》的诗里写到的那样——

我多么爱啊,/所以用尽世间所有的词。/以前,我用得最多的是形容词,/其次是动词。/那时候,我拥有星星/那样多的形容词和动词。/现在,我用得最多的是名词,/也只剩下名词。/昔日丰满的血肉之躯,/只剩下一张带血的皮,和一把嶙峋的骨头。//白天我写诗,是替不能再爱之人,/还原夜晚的盛宴,/是用骨中之磷,点燃星星和露珠;/晚上我写诗,是用滴血之皮,/替不能倒流的时光,/还原青春的天空和大地。/我多么爱啊,/所以用尽了剩下的名词,/也用尽了这血肉之躯。

可是多么爱又如何呢?不过是一曲我自己吟唱的挽歌!我的文字所吟唱所挽留的爱,其实是已逝之爱,是我极力还原的爱,和奢望在文字里永远的爱。是我对前世的一份回想,或对后世的一份奢想!

我常常回想,回想我的前世。我想我的前世一定有一个梁山伯。他和我草桥结拜、同窗三载。他为我相思而终,我为他殉情而来。我们生死不渝,化蝶双飞……因为,唯其如此,才能安慰我平淡的现世中满怀的孤独之爱!

我也常常奢想,奢想我的后世。我想我的后世要有一个梁山伯。我敬他如兄,他爱我如妹,我们相亲相爱,永不分开!唯其如此,我才能忍受这个平庸的现世,忍受这个现世里不美的爱情。

就因为这样满怀对前世与后世的回望与奢想，所以，我情愿我的现世荒废掉，情愿我的现世是一只毫不起眼的毛毛虫，在树荫或文字里荡秋千或发呆，只为前世是双双飞舞的蝶，后世再将化成双双飞舞的蝶！

谁说不是呢？今生我姓毛，自视"毛毛虫"。而毛毛虫的前生是蝴蝶，后世也是蝴蝶！

而蝴蝶不但在我的回忆与展望中是梁祝，在我的眼里也是！

梁兄啊，我的前世与后世的梁兄啊，你等着我，等着我们一起化蛹为蝶！

至于此生，我们的此世，就让它荒废掉吧！

如此这般孤独地用文字、用文字的丝线做茧，只为来生再爱、再化蝶！

疯狂的、邪恶的

我一直希望我们读到的文字都是干净的、美的。文字不应该给人带来邪恶的想象与示范。这种希望显然是一厢情愿。因为干净的、美的东西往往与肮脏的、丑的东西并存。其实世上所有对立的东西都是共同存在的，就像圣·奥古斯丁说的那样："天使和魔鬼都走在我们身边，除了有时它们混入了人体之内。"尽管如此，在一直对立、复杂的情形之中，人性总是喜欢干净的、美的东西，永远都是喜欢天使，而不是魔鬼。虽然天使总是一副苍白的、肤浅而没有城府的样子，但我们仍然喜欢天使而不是疯狂的邪恶的魔鬼。

世界上最纯洁的文学作品，应该算是童话了。可我们不能因此说写童话的作家就是天使，就像我们不能说写了很多疯狂的、邪恶的色情作品的萨德就是魔鬼一样。萨德不是魔鬼，但他的文字却蕴藏着魔鬼一样疯狂与邪恶的力量，这种力量对于免疫力不强的时代与人群来说，是毒淫和死亡。真有人因萨德的文字，热衷放纵与性虐而死于非命。

电影《鹅毛笔》（2000年出品。导演：菲利普·考夫曼。主要演员：乔弗瑞·拉什、迈克尔·凯恩、凯特·温斯莱特。主要奖项：2001年奥斯卡提名、2001年金球奖提名、2001年英国学院奖提名、2001年获美国国家评论协会奖）一开始就是一名年轻漂亮的女子因放纵情欲而被推上断头台砍死的惨景。画外的男声这样解释说："她是一个从没梦想过放纵的人，以祷告饱肚的人，她高贵的诞生……她是被恩赐来执行此任务的，带着欢乐的痛苦，是那么平庸。直到有一天，乐娜小姐于人类乱七八糟的世界之中，她全身都感到那痛楚。那个擅长带来痛苦的男人，把痛苦带给她了……他怎敢这么做？一名预言家的改变，就是他的祈祷，他心里的欢愉，带给了所有的人。"

　　此时的马吉士正在城堡的一个窗前漠然地看着这个女子掉脑袋。他没心没肝地哼着曲子，用他那蘸着鲜血的鹅毛笔写他的色情文字。他从不考虑他的文字会给人们带来怎样的厄运，他只是疯狂地、放纵地写，把自己写进了疯人院，他都没有停止。他把自己的手稿让漂亮的洗衣女偷运出去，印成书。书被禁了，毛笔和纸张被没收了，他竟然用红酒在床单上写。酒和床单没收了，他用玻璃划破手指，用指尖在衣服上写；衣服被没收了，他竟赤着身子对他邻室的疯子口传内心的文字。在一个大雷雨的夜晚，他把他那些大胆露骨的性描写通过一个又一个疯子的口传给洗衣女笔录。那些疯子被煽情的文字弄得更疯了，其中一个在传送"起火了"这句话时，竟不能自制地拿起蜡烛点燃了被单。更可怕的是另一个身强力壮的疯子竟然拿起了剪刀捅死了洗衣女，并把她泡在洗衣池。这个惨景竟是马吉士口传的文字里的一句写照："她嘶喊因为害怕她的舌头被剪掉。"至此，马吉士都不承认他的文字给人带来了怎样的厄运。他的舌头被割掉了，像一个没有尊严的畜牲一样赤身裸体地被关在地窖里，他居然在地窖的墙上写满了血字。血流尽了，他已没有力气写了，最后，他死得很难看——他趁神父给他做祷告时，吞吃了神父的十字架。

　　电影《鹅毛笔》其实就是萨德生命后期被囚禁于收容所的一段经历。其实《鹅毛笔》比萨德的作品要含蓄得多。它更多地张扬一个作家对自由的情欲与思想的痴狂。而不是对疯狂的、邪恶的兽行的宣扬。而帕索里尼拍的《索多玛的一百二十天》（1975年意大利出品。导演：皮耶·帕罗·帕索里尼）却正好选取了萨德的《索多玛的一百二十天》中最不堪入目的部分，因而帕索里尼的这部电影拍得太疯狂、太邪恶了。萨德在这部小说中写道："在看待邪恶的观点的问题上，邪恶几乎从来就是欢乐的最主要和最真实的魅力所在。……快乐仅仅存在于刺激中，而唯一的刺激就是罪恶，……幸福仅仅存在于感官中，而与贞操无关。"如果真是这样，人与动物又有什么区别？我们又要人类的文明干什么？

萨德的作品中一再宣扬的善者的牺牲和邪恶的胜利，永远不是人类的愿望。不管邪恶的力量有多么强大，善者的力量是多么弱小。人类崇善的愿望总是大于恶的。这是不能改变的。

　　萨德不是魔鬼，但他的名字会永远和疯狂、邪恶的文字连在一起。这是我们要用大脑清洗的文字，而不是用身体去痴迷的文字。

　　作为一个阅读者与写作者，我会永远喜欢那些干净的、美的文字。而我所说的干净和美，并不就是肤浅的、脆弱的，它用自己的风格同样可以表现出人类尴尬的欲望和人性的困境。

　　在人性的暗处，在最隐秘的地方，我们听到的不是疯狂的邪恶在喊叫，而是优雅的善良在倾诉。

如何描述生活中的恶

很多年以前就读过安东尼·伯吉斯的小说《发条橙》，我对这部小说写问题少年的残暴嗜血、吸毒纵欲、无恶不作很反感，却非常喜欢这部小说的名字。因为这一喜欢，就看了斯坦利·库勃里克的同名电影，看完电影后，又把小说找出来读了一遍。我对《发条橙》有了更多的认识，不论是小说的，还是电影的，它们都一再告诉我，恶并不因为我们不喜欢、反感而不存在，在我们看得见、看不见的地方时时刻刻都有恶发生。只是我们大都不愿意看到、不愿意承认罢了。

可是越来越多的作家、电影艺术家关注着生活的暗面，用他们的笔、镜头把生活中的恶再现给人看，一次一次地告诫我们说：在善的旁边有恶的存在。正如安东尼·伯吉斯在《再吮发条橙》中所说："……人在定义中就被赋予了自由意志，可以由此来选择善或恶。只能行善，或者只能行恶的人，就成了发条橙——也就是说，他的外表是有机物，似乎具有可爱的色彩和汁水，实际上仅仅是发条玩具，由着上帝、魔鬼和无所不能的国家（它日益取代了前两者）来摆弄。彻底善和彻底恶一样没有人性，重要的是道德选择权。恶必须与善共存，以便道德选择权的行使。人生是由道德实体的尖锐对立所维持的。电视新闻讲的全是这些。不幸的是，我们身上原罪深重，反而认为恶很诱人，破坏比创造更加容易，更加壮观……"早在19世纪，法国诗人夏尔·波德莱尔在他的诗集《恶之花》中就这样写道："……我们的灵魂和肉体/日益沉溺于阴郁、疏忽与罪恶之中，/而懊悔，这可爱的消遣，/我们以此为食，就如乞丐同他的虱虫。"而乌姆贝尔托·埃科在他的诗中说得更直接："利润战胜了思想，/因为消费了不仅想/从对善的把握中，而且想从对恶的惊怵中得到享受。"

有关"恶的诱人"之说，奥地利伦理家弗朗茨·M·乌克提茨专门著述了一本《恶为什么这么吸引我们?》伦理学著作,该书从进化论伦理学的角度对这一问题进行了细致的分析与论述,描述了人类社会行为的一些必然过程,认为"正是人类社会行为的一些必然过程形成了我们今天所说的善与恶,并照亮了我们生活中的阴暗面——正是这一面使恶能够散发出诱人的魅力。我们人类并非天使,而现在也正是看清这种形势的时候。"弗朗茨·M·乌克提茨认为:"今天所有从自己的角度描述恶的作家——不管是从哲学和伦理学的角度,还是从生物学或其他角度——都有一个共同的出发点,即,恶与我们的生活息息相关,而且还具有强大的吸引力。"

既然恶与我们的生活息息相关,所以我们不可能不描述恶。问题是如何描述?这类似"作家不仅在于写什么,而且在于如何写"的问题。《发条橙》的成功不仅仅是恶本身的吸引力,更是作家、电影艺术的描述方法、表现手段高超。安东尼·伯吉斯在小说的《发条橙》里大胆地进行语言创新,问题少年使用独特的纳查奇语汇,避免了赤裸裸的色情描述,使读者更多地注重暴力事件本身所引发的思考,而不是沉溺于细节之中进行把玩。电影《发条橙》(1971年英国、美国出品。导演:库布里克。主演:梅尔康·麦德威、柏翠·梅吉、麦克尔·贝茨、华伦·克拉克)是非常尊重安东尼·吉伯斯的原著的。库布里克在处理暴力和性时,赋予了主人公游戏和无法控制自己的成分。这种表现手法也正好符合那些在躁动的青春期中没法控制自己行为的少年。如小阿历克斯与两个小妞上床的镜头运用了卡通技术,快而模糊,看上去就像是电子游戏;阿历克斯和他的同伴在作家家中抢劫和奸淫的行为,就像是一出即兴的不由自主的闹剧;还有阿历克斯和他的同伴们走在海军码头的那一组镜头,本来是打斗,却因为导演用了慢镜头和贝多芬的音乐,看上去就像是一场好看的击剑。……总之,暴力和性在库布里克的细节处理上是游戏,而不是目的。这也缓解了恶对我们进行的残酷的视觉冲击,使人们通过树木去思考森林,而不是仅仅盯着树木不眨眼。

在森林之中成长着什么样的树木?我们的笔和镜头会停留在某些树木之上,但不必要清楚地画出每一棵树木。也许有必要画点儿阳光、水和鸟。这种取舍就是艺术。

棉裙上的午睡

下雨了。

"写作使我过上了两个人的生活。"我一直在默念着菲利普·克洛岱尔这个诗句,尚未从这个句子给我的思考中醒过来,尚不知这句诗会把我的情绪带往何处,天就黑下来,雨也要淹没万物的声音……我就像坐在一张悬空的飞毯上,不知道下降处,是陆地还是海洋。

词却像枝丫间的雨水往下落,落在纸上,是白纸,不是羊皮纸——用鹅毛笔写的珍贵信笺:童年棉裙上的午睡、中年丝绸上的怀旧、老年水洗棉的褶皱。

它们不停地倾诉着两个人的生活,像雨点不停地敲击窗上的雨阳篷。

我写作,是因为惯于过上两个人的生活,惯于在逻辑中遇上一张感性的脸,惯于用《多么专注的眼神》去看一切的童真:

一片黑睫毛,黑色的羽毛和雨点/一群黑蝙蝠,黑色的人妖/被我在梦中邂逅的那串句子照耀/在清晨,它们露珠般洒落在花园里/我无法把它们收拾在一片叶子上/保持到与你的心灵相撞/在失望转身过来时/嘿,多么专注的眼神/所有黑色的天使擅长的游戏/比血更腥比蜜更甜/我想说,你接触的不是一张嘴/而是一颗湿润的灵魂/有多少只黑蝙蝠落在你的头上?

这是最初文字里的游戏,而在实际生活中,我用透明的头巾裹住脸,以阻隔落在头上的蝙蝠、身体的冷意和软乎乎的虫子。让这些我害怕的身体藏在童年的儿歌里:"虫虫飞,虫虫走,虫虫不咬伢儿的手……"

虫虫没咬我的手，但它们的骇人颜色和肉乎乎的软体，噬咬了我的勇气。我甚至不敢像英子那样在草丛里和树下玩耍，因林海音笔下的"吊死鬼"也是我怕的（作家林海音在其自传体小说《城南旧事》中称树上垂下来的虫子为"吊死鬼"；我手里拿着一个空瓶子和一根竹筷子，轻轻走进惠安馆，推开跨院的门，院里那棵槐树，果然又垂着许多绿虫子，秀贞说是吊死鬼，像秀贞的那几条蚕一样，嘴里吐着一条丝，从树上吊下来……）。在任何地方荡秋千，我都会想到是虫子从树上掉着丝儿。蚕也是我害怕的，它们的丝线我也不动。没人从我的羊角辫上看到任何丝线。胆小使我从小爱上书房和书，书使我爱上棉裙上的午睡。午睡使我沉湎于梦境。可梦境从不考虑我的怕，它用五颜六色的丝线织成飞毯，让我不停地在空中飞……

　　长大了，我就成了在纸上吐丝线的一条虫，这些丝线被我织成一个个的字。我弯腰不断遇到自己：吐丝拉线、作茧自缚、化蛹为蝶……一次次在文字的丝绸中遥想自己的前世……我从何处来，将往何处去？我的肉体去过哪里？心灵如何升华它？

　　　　夏天在抬头的一瞬间/将温柔变成一场暴力/颐指气使，让我晕眩/将体内的暗色全部变亮/这疯狂的途中忆起的辉煌/无疑是一道伤口/甚至是亮亮的歌唱/这便是花朵/它以绝望的姿势下落/栖着的石头肯定是一次黑暗/甚至是暗暗的哭泣/让这对初次相撞的阴阳词/从此走入对方的内部/这速度令人惊讶/我以前看到的是一朵浪花/现在领受的是一片汪洋/告诉我，在文字里/如何安置它们的躯体和灵魂

　　十年前，不到而立的我在诗歌《花朵与石头》里探询在文字中如何安置花朵的躯体和灵魂。现在，我的中年使写作不停地向童年青年索要秘密、镜中的真相……丝绸承受着疲倦的肉身，灵魂却一次次兑现童年梦中的出逃。回首却发现睡在文字里的仍然是灵魂，却不是肉身。

　　"给予我这肉体，我拿它怎么办，这唯一属于我的东西？"

不是我爱拿别人的诗句质问写诗的自己，实在是灵魂有多种安置处，而肉体——这童年棉裙上的午睡，中年丝绸上的怀旧，老年水洗棉的褶皱——这越来越不像样子的肉体，却只能归于尘土。

灵魂越来越美妙，而肉体却越来越不堪。肉体像旧的、破的房子，都要漏雨了，还要为世俗生活遮风避雨。灵魂却像雨点那样唱着歌……

下雨了，人都被雨淋湿了，真的成了湿人、诗人。

我不能阻止雨倾洒，就像不能阻止这肉体衰老。这日渐衰老的肉体，在水洗棉上的褶皱，用什么来抚平呢？爱，还是文字？

没有他物来抚平，唯有死亡。肉体找到了永恒的归宿时，写作才触到它真正的核心——以逃亡的方式靠近死亡，并与之对话。

肉体找到的地址，是尘土；灵魂找到的地址，是书卷。

而写作，就是拽住不断地奔向死亡的这肉体，在《夜的结尾处》等待昼的开始：

> 没什么危险。只是一阵风而已。/一阵大叫的风，在夏天的湖边，/在一个人的暗夜，/不能持续有梦的睡眠。/他们说：忧伤是黑色的。/我不能在回忆的路上走得太远。/"香草环绕纯洁而恰到好处。"/蔓延至你的窗前。/你不在我的生活里，/你在我的言词中，/在一场文字风暴的里面，/而不是背面。/我制造一场庆典，只为了/在它的外面，/追问、定义，/辗转不眠。我已经老了，不会抒情了，/但仍愿意长皱纹，/直到最后的树都产生妒意。/让树叶和我的衣衫一起，/在雨夜成为注望的眼睛。/他们说：倦了，/从头来吧！/如果你愿意在天真里面，/我就在一首诗/不是结尾的地方结尾。

这是多年前，我的中年写作时期的一首诗。现在，我已记不住在童年棉裙上午睡的模样了，也倦于在中年的丝绸上怀旧，以后，我要做的，就是不停地用写作抚平老年水洗棉上的褶皱，因为只有这样，我才能回到童年和它的天真里面，回到白昼的开始处。

看啊，在棉裙上午睡的不是花瓣，而是害羞的花蕾。不是虫子，是做梦的缪斯。

第三辑 爱的功与罪

为天才的生前而痛哭

少有时代和它的人们疼爱过一个活着的天才。天才活着时总是备受冷落与迫害。他们的天真与单纯，被人所不齿，他们的遗世独立被人所不容。他们很少被当作天才或正常人对待，而总是被人视为怪物与疯子。

天才还往往贫穷孤独，难以得到与他们才华相匹配的礼遇。天才往往在死后，才被人理解，被人爱，他的作品也渐渐变得价值连城。他们人性中原不被人喜欢的东西，在他的后世都变成了诗意的闪光点，被人传颂，被人爱慕。

凡·高在生前一幅画都卖不出去，贫困潦倒，被人当疯子一样对待，连妓女都鄙视他的爱。他一直孤独绝望终至疯狂，终于在一次旧病复发后，开枪自杀了。他死时，才37岁。他不过才画了十年的画。这孤独无依、被疯狂的艺术激情充塞的十年，他留下了他生前不被人理解死后却价值连城的画。不难猜想，如果他那割下的左耳能留下来，那价值也是无法估算的了。后来的人仰望他的画作，感叹他的身世与早逝。可有谁疼爱过他，为他的生前而痛哭？那和凡·高同时代的人，何曾疼爱过他，为他的境遇流过泪？疼爱凡·高的不过是他的家人，尤其是他那挚友般的兄弟。只有他用他并不富裕的纸币不断地接济凡·高，让凡·高有果腹的面包、油画的画布和颜料，给他写信，像真正的知己那样，给他生存的温暖和心灵的慰藉。可这一切远远不能挽留一个长期被贫困与孤独所围困至疯狂的躯体和灵魂。除了死，绝望的人还有什么选择？

生活在19世纪的凡·高尚且如此，生活在18世纪的莫扎特又能如何呢？莫扎特，这位4岁就写了第一首协奏曲、7岁就写了第一首交响曲、12岁就写了第一个歌剧的音乐天才，却也难逃贫困孤独、英年早逝的厄运。莫扎特只活了35岁，比凡·高还少活两年。不同的是，他的作品在他的生前就得到人们的喜爱。可这并不是说，他的作品被人喜欢，他就一定会得到人们的疼爱。奥地利皇帝约瑟夫二世和他的一帮御用作曲家惊叹莫扎特的音乐才华，却并不重用他。莫扎特也不愿意为了一份稳定的薪水，把自己的作品给那些没有多少音乐耳力的庸才们审读。萨列里倒是一个出色的音乐鉴赏家，他能理解莫扎特的每一件作品，并着魔一样地爱它们。可是他对莫扎特作品的爱却恰恰促成了他对莫扎特的嫉妒与恨。他非常喜欢作曲，可他的音乐才华却远远不如莫扎特。莫扎特的每一部作品，每一个音符在被他喜爱的过程中深深地加重了他的挫折感。他觉得上帝太不公平了——它给了他音乐的欲望，没有给他音乐的才华，却让他欣赏莫扎特的音乐。萨列里痛恨这种不公平，所以他在偷偷欣赏莫扎特音乐的同时，想方设法地害莫扎特。正是他利用御用作曲家手中的权力取消莫扎特歌剧的演出，致使贫困的莫扎特更贫困；正是他催命一样斥巨资要莫扎特写《安魂曲》，致使莫扎特积劳成疾、工作过度而死……

那首《安魂曲》似一条伤感缠绵、宽大无边的黑色丝绸，其实，它从莫扎特写下第一个音符的时候开始，就慢慢变成了我们看不见的尖刀，直插莫扎特单纯心灵的最深处。刚刚失去父亲的人是脆弱的。所以，与其说是莫扎特死于贫困与疲倦，死于嫉妒与迫害，不如说他是死于安魂曲。这么说，萨列里当然是有责任的。因为萨列里像鬼魂一样，一而再地上门要莫扎特写安魂曲。那时候，莫扎特的父亲刚去世不久，他轻柔浪漫自信欢快的音乐也无法阻挡亡魂携带到面前的死亡。那首在他脑子里的安魂曲使他不安、战栗，他差不多让它逼疯了。他知道，这首安魂曲会要了他的命。但他不能阻止死亡的敲门。就这样，这首曲子首先是为他自己的亡魂而写的，其次才是为他人的亡魂而写的。而这正是不才的、善嫉的萨列里所要的结果。莫扎特的音乐天才让他发疯，让他痛不欲生。他以为，他只有置莫扎特于死地，他才能活得很辉煌很荣耀。然而他错了，他虽然在莫扎特死后还活了32年，几乎又活了一个莫扎特的年龄，但是他活得白发苍苍，满脸疲惫，充满了愧疚与失落。虽然他是他那个时代的欧洲最有名的作曲家之一，写了40个歌剧，可是这些成就，却随着他的死亡而消失了。他的名字只有在人们猜想莫扎特的死亡之谜时，才会把他当作谋杀者而联想起来。他的名字不为人知晓，他的音乐不为人熟悉，更不为人演奏。而莫扎特，莫扎特的名字无人不知，莫扎特的音乐溢满了世界音乐殿堂的每一个角落。

比凡·高幸运，莫扎特在生前虽然被看作自大、幼稚的怪物，但是他的作品还是有人理解，有人喜欢。他和凡·高一样，生前并没有得到多少人的疼爱。爱他的也不过是他的父母和妻儿。看看电影《莫扎特》(1984年美国出品。导演：米洛斯·福尔曼。主演：汤姆·赫尔斯饰莫扎特、默里·亚伯拉罕饰萨列里。该片1985年获第57届奥斯卡最佳影片、最佳导演、最佳男主角等八项大奖）吧，庸才萨列里用倒叙的手法讲述了莫扎特的一生，他的才华横溢、他的天真狂妄、他的贫困、他的爱与他的死⋯⋯

法国的贝拉克曾写过一篇评论莫扎特的文章——《他的灵魂不关心他的痛苦》。这篇文章的大意是说，莫扎特的音乐沉着、高贵，充满了喜悦与欢乐，除了《安魂曲》，很多作品都似乎与他贫穷的生活、痛苦的灵魂无关。他是一个面向他人而不是面向自己的天才。其实，莫扎特一直都是一个单纯天真的孩子。单纯天真的孩子，当然是充满了喜悦和快乐的。没有心计，没有疑心，至死都不会想到萨列里害了他，反而感激萨列里欣赏他的作品。

莫扎特死时，萨列里流了泪。他的泪是在莫扎特死后流的。在莫扎特的生前，他也流过泪，但那些泪是因欣赏和嫉妒莫扎特的音乐而流的，而不是为了莫扎特本人。

我为天才的生前而痛哭。可惜我不是与天才同时代的人。如果是，也许碰不到天才，如果碰到了天才，也许我也会因为他的自大狂妄、疯狂荒诞而不爱他。

我们身边或许是有天才的，但是我们见不到，或是根本就是不爱。

仿佛天才生来是留给后世的人去凭吊去爱的。现世的天才又如何得到疼爱呢？他们单纯天真得像孩子可又不是孩子；他们狂妄怪诞得像疯子可又不是疯子。我们要怎样宽大博爱的心胸才能够疼爱他们，不让他们贫困，不让他们孤独，不让他们绝望地早逝？我们要有怎样的眼光才不会对天才的生前造成盲视，不会等天才死后，我们才悲叹，原来逝去的是一位天才。

　　一些人是在死后才成为天才的。凡·高是一个最著名的例子。诗人海子是中国诗歌界的一个例子。莫扎特当是幸运的了，他在生前就被人看作天才。可是，看不看作天才都是一样的过程，一样的结局。——都是贫困孤独，都是英年早逝。富裕不会眷顾他，长寿也不会垂临他。所以，我们善感的心也会为天才流泪，但大都是为已逝的天才而流泪，而不是为活着的天才而痛哭。

这样，这样，爱您

俄罗斯电影《柴可夫斯基》（1969年莫斯科出品。导演：因格·塔拉克。主演：莫诺克帝·斯莫图瓦斯基。该片于1970年在西班牙圣塞瓦斯蒂安国际电影节上获奖）讲述了柴可夫斯基1840—1893年的生活经历，他的音乐天才，他的奋斗过程，并以浓重的笔墨描述了柴可夫斯基与他的红粉知己梅克夫人之间的友情。

柴可夫斯基与富孀梅克夫人的友情，一直是男女关系上的一个奇迹，像童话一样圣洁、崇高。他们两个人通了13年的信，却未曾见过一次面。梅克夫人一直在资助柴可夫斯基，让他自由、安静、幸福地工作，却并不要求回报。

梅克夫人非常爱柴可夫斯基的音乐。她说："他的音乐，当我听它时，就想哭。想为无法表达的忧郁而死，我又不想摆脱它，因为在这忧郁中我能找到普通生活中每时每刻被消磨的最高能力。我并非生于富家，我曾经每天用20个戈比维持家庭。16岁出嫁，当过保姆，替人治麻疹、百日咳。还得从事丈夫的事业。因为他在这方面不能干，性格又不强。不过这是在物质方面。……我一生渴望理想，渴望真正的精神接近。"梅克夫人渴望的理想和真正的精神接近，她在柴可夫斯基的音乐和信件中得到了。所以，不见柴可夫斯基，并不妨碍梅克夫人在柴可夫斯基的音乐中爱柴可夫斯基。事实上，在与柴可夫斯基通信交往的13年中，梅克夫人像少女一样充满了爱的喜悦。她往往能从信件中察觉出柴可夫斯基的心情，总是在柴可夫斯基心情最复杂烦闷的时候写信安慰他。当柴可夫斯基的音乐遭到小人鄙夷的时候，梅克夫人却说，您别理那些渺小、可恶、嫉妒的人，您完全知道您是伟大的作曲家，您的乐曲将永远留存……

　　柴可夫斯基也一直敬重和感激梅克夫人。他最著名的《第四交响曲》和《悲怆交响曲》就是为梅克夫人而作的。柴可夫斯基曾致信梅克夫人说："我爱你胜过其他任何一个人,我珍惜你胜过世界上所有的东西。"他把梅克夫人看作是世上最纯洁、最美好的人,并视梅克夫人为自己最亲密的人。所以,他总想作出某种牺牲来证明自己的忠诚,用什么来报答梅克夫人对他的恩情。

　　而梅克夫人深深地知道,一个太爱自己音乐的人,是难以去爱一个女人的。所以她把自己对柴可夫斯基的强烈的思念与爱,放在精神接近的美好层面上,使他们的感情,免受了世俗层面的杂质的污染。

　　在与梅克夫人的交往中,柴可夫斯基也是骄傲的。他感激梅克夫人,敬重梅克夫人,也爱梅克夫人。但他对梅克夫人的爱远远没有梅克夫人对他的爱多。为了无负担地与梅克夫人交往,柴可夫斯基最终离开了梅克夫人让他安心工作的别墅。

　　后来,梅克夫人破产了,又患了眼疾,梅克夫人没再给柴可夫斯基写信了。而是让柴可夫斯基曾经的学生、她当时的女婿鲁尔斯基代笔转告她自己的近况。柴可夫斯基经常写信来,却没收到梅克夫人的回信。因为鲁尔斯基并没有把信的内容转给梅克夫人。他同情梅克夫人痛苦的思念,却无法原谅柴可夫斯基的自私。在他看来,柴可夫斯基滥用了梅克夫人的爱慕与信赖。所以,他不愿再在柴可夫斯基和梅克夫人之间充当友好的信使。

　　柴可夫斯基与梅克夫人13年的通信往来就这样断了。但两个人之间的思念并没有停止。以前他们没有见面,只靠信件就能保持圣洁的感情;后来他们仍然没有见面,甚至连信件都没有了,可他们仍然能思念、敬重对方到生命的最后一刻。

　　梅克夫人对柴可夫斯基不求回报的爱,是伟大的无私的,像一个母亲爱她的孩子。她说,我这样,这样,爱您,比世上的任何一个人都爱您。

柴可夫斯基对梅克夫人的敬重，是真诚的永远的，像一个孩子对他的母亲，虽然满含敬重与感激，但还是远离了自己最亲密的人，过着自己的生活。

　　也许，柴可夫斯基在对梅克夫人的感情上，有着孩子般的自私，但是梅克夫人对柴可夫斯基的感情，绝对是母亲般的伟大。所以这段感情无疑符合精神接近的最佳特质——圣洁、崇高，还美好！

用莎士比亚的才情去爱

顾名思义,电影《莎翁情史》(又名《恋爱中的莎士比亚》,1998年美国出品。导演:约翰·麦登,主演:格温尼丝·帕尔特罗、约瑟夫·菲因斯、科林·弗斯、吉拉弗雷·拉什、朱迪·丹驰。荣获1999年奥斯卡多项大奖)反映的是莎士比亚的爱情。其实,影片中的爱情并非就是莎士比亚真实的爱情。它只是后人对我们尊敬的莎翁爱情的一段演绎。真实的史料是莎士比亚爱过一个长相俏丽的打扮成女子的男子。证据是莎士比亚写给他的十四行诗和他女人般妩媚的画像。

我们并不惊讶:伟大的莎士比亚原来是一位同志!这是可以理解的,伊丽莎白一世时期戏剧繁荣,可是戏剧却是男人的领地,女人是禁止演戏的。男人写戏,男人演戏。莎士比亚写戏,还演戏。他戏剧的美丽女主角都是男人演的。所以莎士比亚之爱女装的男人,就像皮利马里翁之爱他雕塑的女子,都是因为爱自己的事业,爱自己的作品。这种爱带来的艺术成就,是伟大的戏剧、诗作、不朽的雕塑。正是这些艺术成就,让我们不作道德评判,而关注爱对于艺术家异常的动力。

事实上,爱总是有奇异的动力。当莎士比亚稿债压身却灵感枯竭时,正是爱让他的才思喷涌,妙语连珠。更妙的是,这次爱的对象,却是一身男子的外衣里裹着的一个真实的女子维奥拉。维奥拉是一个把莎士比亚的诗句诵得像情人一样痴迷忧伤的女子。她的轻吟把莎士比亚的每一词每一句触抚得幸福地战栗。当维奥拉第一次站在人群散尽的舞台对着莎士比亚朗诵他的诗句的时候,他就被深深吸引住了。当他的目光和她的相遇,她却惊慌地逃了。她逃回了家,换成了女装。他追到了她的楼下,一次次地轻唤,我的爱,我的爱,就像他后来写的《罗密欧与朱丽叶》中的台词。她也爱他，在楼上吟着朱丽叶的台词。

为了与莎士比亚有更多的相聚，维奥拉在舞台上以一个男人的装扮在演戏，而在私下里，却是一个女人缠绵的情怀和优美的胴体。

戏在发展，情也在深入。罗密欧与朱丽叶爱的前途是死，而莎士比亚与维奥拉的爱却是重生。莎士比亚在远离伦敦的老家是有妻儿的，而维奥拉很早就被伊丽莎白赐婚给维拉克斯伯爵了。虽然莎士比亚在与维拉克斯伯爵的决斗中胜出，但他仍然赢不回他的情人。他和她终究是要分离的，只是他们的分离是喜剧的，不像罗密欧与朱丽叶的结局那么让人悲伤。聪明的莎士比亚让一次海难埋葬了他情人的丈夫，却让他的情人奇迹般地生还。他还让他的情人改名换姓，通过一片柔软的沙滩，走进了他的《十二夜》，和他再次相爱。

《莎翁情史》的背景取自于1585年至1592年莎士比亚在伦敦泰晤士河南岸的剧院里演戏、写剧本的这一时期。到1592年时莎士比亚的戏已经很有名。1593年莎士比亚出版了华丽的十四行诗，1594年写了《罗密欧与朱丽叶》。影片正是借这一段背景资料杜撰了莎士比亚的情史。这一情史虽是杜撰的，却是合情合理。正如导演麦登所说的那样："如果莎士比亚没有亲身的体验，他能写出这么撩人心脾的浓词艳句吗？"其实，《莎翁情史》中重要的不是莎士比亚情史的真实性，而是如他的戏剧一般感人至深的魅力。

另外，《莎翁情史》无论服装、道具，还是演员的风骨与台词，深得莎士比亚戏剧的精髓。这部电影像极了莎士比亚的戏剧，就像是莎士比亚本人写的。这正是我喜欢这部电影的原因。

我太喜欢莎士比亚，每一次与他的戏剧和诗句相遇，就像是和一个爱情相遇。每一次我在一场爱情的尾声中吻别莎士比亚的十四行诗句，却又会在另一次回忆或想象的爱情中与他的戏剧相遇。我把所有的甜蜜和忧伤都投注在莎翁华丽得透不过气来的戏剧上或诗句中。用莎士比亚华丽的诗句去爱现实中的爱情。我力图让莎翁的诗和戏剧为我们世俗的爱情恢复美感，我力图借莎士比亚的才情去爱。爱生活，爱写作，爱我们笔下的爱情。

　　我想,这种努力是美的、迷人的。这种美和迷人,正如艺术对一些热爱艺术的人的魔力。

悲伤的抗争

"一个女人要写作,必须有钱,还得有一间自己的屋子。"这是弗吉尼亚·伍尔芙在《一间自己的屋子》中最著名的观点。多少年来,写作的女人都为这个目标奋斗过。现在很多写作的女人都实现了这个目标。其实,这个目标不过是女人写作的最基本条件,并非就是她们的终极目标。她们的终极目标是自由地写作,自由地生活。

在《时时刻刻》(2002年美国出品。导演:斯蒂芬·戴德利。主演:梅里尔·斯特里普、朱莉安·摩尔、尼古尔·基德曼。尼古尔·基德曼获第75届奥斯卡电影金像奖最佳女主角奖)这部电影里,我不想谈写作。只想谈生活,女人的生活。因为在这部电影里女人的生活由弗吉尼亚·伍尔芙的写作开始,或者说弗吉尼亚·伍尔芙的写作预言了女人的生活。这部改编自美国作家迈克尔·坎宁安1998年的同名小说(该小说获得次年的普利策奖)的电影,巧妙地围绕女作家伍尔芙和她创作的《达洛维夫人》讲述了三个女人一天中的种种感悟。

一直受精神病困扰的作家伍尔芙在1923年某一天清晨的闹钟响后,开始写作小说《达洛维夫人》,这一天她将要为下午四点的聚会对仆人作些交代;罗拉·布朗是《达洛维夫人》的读者,在1949年的某一天她仍然被琐碎的家庭生活所禁锢,这一天是她丈夫的生日,她除了例常的家庭事务,她还必须准备生日晚宴;2001年的纽约,与达洛维夫人有着相同名字的编辑克拉丽莎要为自己的身患艾滋病的作家男友举办一个宴会,她要庆祝他得了一个诗歌终身成就奖。这就是不同时空中的三个女人一天中要做的事。

在伍尔芙写作的《达洛维夫人》中,达洛维夫人——国会议员的妻子克拉丽莎也要举办宴会。电影让伍尔芙在手指痉挛神情恍惚的情况下用她意识流的文字为达洛维夫人的一天作安排。她颤抖的手写下这样的句子:"达洛维夫人要自己去买花。"伍尔芙在1923年某一天上午写的句子,被罗拉·布朗在1949年的一个上午于家庭琐事的间隙中打开的《达洛维夫人》这部小说中读到。罗拉·布朗刚念完这个句子,2001年纽约的达洛维夫人就心有灵犀地说,我要自己去买花。达洛维夫人到花店买了花,她去看了她的男友,并说服他参加下午晚些时候的聚会。罗拉·布朗为她的丈夫做生日蛋糕。伍尔芙要在她的《达洛维夫人》里,用一天折射女人的一生。她写道:"在这一天里,人生岁月中的这一天,命运对她变得清晰。"

怀孕的罗拉·布朗读到了达洛维夫人的自杀倾向,这自杀倾向正好暗合了罗拉本人对家庭琐事和再次生育的厌烦与恐惧心理。罗拉产生了自杀的念头。她为丈夫做好了生日蛋糕,把儿子交给邻居照看,然后住进一家宾馆里,她把从家里带来的药放在床边,准备读一会《达洛维夫人》后自杀。

伍尔芙正在为如何安排达洛维夫人的结局而焦躁不安。"她,她将会死去?会发生什么呢?"然后是伍尔芙思维里的水淹没了躺在宾馆床上的孕妇罗拉。正在为晚上的聚会作准备的克拉丽莎却越来越变得烦躁紧迫、焦虑不安。虽然她有一个相濡以沫的同性恋女友莉莎和一个善解人意的女儿。但这一切都不能让她消除青春不再、容颜衰老的心理窘迫。问题是她还要不断地梳理平庸的生活、平庸生活的细节。因为她要办的宴会在她爱的作家男友查理那里其实不过是一件平庸的事。查理曾表示宁愿带病写作,也不愿参加一个为他这个艾滋病人获得诗歌奖举办的宴会。虽然查理上午答应了她,可是在她下午来接他时,他却跳楼自尽了。

伍尔芙的丈夫莱昂纳德问伍尔芙:"为什么你的书里有人一定要死去?"她回答说:"有人必须死,这是一种对比。"莱昂纳德又问:"那谁会死?"她说:"诗人会死,充满幻想的人。"诗人查理因不堪艾滋病的折磨,更害怕在宴会上面对昔日的朋友,于是跳楼自杀了。查理的死,应了《达洛维夫人》的结局——《达洛维夫人》的男主人公,因为不能从战争的阴影中走出来,跳楼结束了生命。

查理是伍尔芙小说的读者,他知道《达洛维夫人》的结局。罗拉也知道了《达洛维夫人》的结局——达洛维夫人没有死。罗拉也打消了自杀的念头,接回儿子。在丈夫的生日晚宴之后,天黑了,夜静了,儿子睡了,丈夫也上床了,可罗拉·布朗却一个人躲在卫生间,泪流满面地思考着"一个人如何会消失"。罗拉·布朗没有死,可是她消失了,从琐碎的家庭生活中离开了。她消失是为了为自己的人生赢得真实的生命。伍尔芙在1931年对职业妇女的演讲中有这样一段对家庭主妇的阐述:"……她具有强烈的同情心,她具有巨大的魅力,她是彻头彻尾的无私,在几乎每一幢可敬的维多利亚时代的房子里都有它的天使。当我开始写作的时候,她翅膀的影子就落在我的纸上;我听见她的裙子在房间里沙沙作响。然而这个动物,根本不具备任何真实的生命。她具有——这一点对付起来更困难——一种理想化的生命,一个虚幻的生命。她是一种梦幻,一个幽灵……"喜欢伍尔芙小说的罗拉·布朗厌倦了做一个没有真实生活的家庭天使,所以她抛夫别子,选择了属于自己的生活。在很多年后,在2001年,她的儿子查理死去的那个傍晚,她敲开了达洛维夫人的门,跟克拉丽莎讲了出走前后的真心话:"有些时候,你觉得自己不属于这个世界,你想到自杀……我抛弃了他们,我活下来,而他们却死了……我现在很后悔。"这番话似乎在说明这样一个道理——所有的抗争都不过是一种悲伤的结局——女人拥有了属于自己的真实生活,可这种拥有却以失去亲情为代价。

所以,预感自己再也没有能力承受又一次精神病折磨的伍尔芙在遗书中对丈夫莱昂纳德说:"要直面人生,永远直面人生,了解它的真谛,永久地了解,爱它的本质,然后,把它抛在一边。莱昂纳德,愿我们共度的岁月能长久,愿岁月能长久,愿爱也长久,愿那些时时刻刻能长久。"在《时时刻刻》这部电影中,伍尔芙的这番话不只是对她的丈夫说的,而且是对达洛维夫人和罗拉·布朗说的,对所有女人说的。

现在的问题是,我们有了一些钱财,也有一间自己的屋子,但是我们仍然必须在被不断打扰的写作之外,为亲人提供良好的物质生活和坚实的精神支撑。无论我们怎么抗争,女性的角色永远变不了。古今中外,有多少女子能逃离家庭的束缚?又有几个人过着自由的生活而没有良心的负担?

伍尔夫不愿封闭在宁静的小镇,她情愿面对伦敦的动荡。为此,她对莱昂纳德说:"摒弃生活,你是找不到安宁的。"除了面对无奈的生活,我们又能逃到哪里去呢?

伍尔夫抗争了时代的困扰,成了一个天才的作家和坚定的女权主义者。可她没能摆脱家族精神病遗传的困扰与折磨,当写作都不再成为逃逸的场所时,她选择了死——在河水里自沉而亡。她的死令我悲伤。很多时候,我不哭泣,却很悲伤。我知道,我所做的所有努力,我们所有女性所做所有努力都不过是一种悲伤的抗争。这悲伤的抗争也许并不有效,却是必需的。因为只有在抗争的过程中,我们才能体会到生活的意义。

爱情的功与罪

《诺拉,诺拉》(根据安·里沃斯·希冬斯的女性浪漫同名小说改编。导演:派特·马特。主演:尤恩·摩根乔、苏珊·琳奇)是一部关于乔伊斯和诺拉爱情生活的电影。该影片拍了乔伊斯和诺拉从1904年相识到1916年乔伊斯的《都柏林人》出版这一时期的主要经历。影片对诺拉坚强大胆的个性、乔伊斯异于常人的天才和懦弱都表现得相当真实。遗憾的是,它竟没能反映乔伊斯的名著《尤利西斯》的写作背景。乔伊斯正是因为有了诺拉,有了诺拉的爱,才有了他的《尤利西斯》。这是不能忽略的。诺拉和乔伊斯的爱情成就了乔伊斯最著名的文学成果。一部反映乔伊斯和诺拉的爱情生活的电影,当然不该忽视《尤利西斯》的写作背景。

读过《尤利西斯》的人肯定不会忘记它最后的一章。因为这一章整整四十页除了两个句号之外,再没有任何标点。而且这四十页的篇幅全是女主人公的内心独白。莫莉大大咧咧、无所顾忌的性格与《尤利西斯》在前面的十几章中顺序使用的抒情的、史诗的、戏剧的三种文体,和生僻古奥、艰深晦涩、扑朔迷离文风一起载入了二十世纪的文学史册。

其实,《尤利西斯》的最后一章没有标点的做法,并不是乔伊斯本人的发明,而且他妻子诺拉的书写习惯——诺拉写信从不打标点。这样的书写习惯正适合《尤利西斯》女主人公思维中源源不断的句子所构成的内心独白。可以想见,如果不是诺拉这一书写习惯的启发,《尤利西斯》绝不会有这样著名的一段。

往根本上说,如果乔伊斯没有诺拉,就不会塑造出《尤利西斯》中莫莉的形象。因为莫莉最主要的原型其实就是诺拉。

真实生活中的诺拉就是大大咧咧、无所顾忌的。她不仅长得妩媚动人，而且风度高雅，走路的姿势自信而高贵。1904年6月10日在都柏林的纳索大街上，当诺拉以这样的风姿从乔伊斯身边走过时，乔伊斯一眼就爱上了她。从此，诺拉不仅成为了乔伊斯的爱侣，而且成为了乔伊斯艺术创作中最主要的部分。这些我们可以从乔伊斯的作品中找出见证。6月16日在《尤利西斯》中被乔伊斯命名为布卢姆日。布卢姆日其实就是乔伊斯和诺拉第一次约会的日期。

诺拉非常大胆，与乔伊斯相识相爱才四个月，就与乔伊斯一起私奔到国外。而当时的乔伊斯还不过是一个贫困、籍籍无名的人。可她居然在没有婚姻保护的情况下和乔伊斯生了儿子乔治和女儿露西亚。直到1931年他们结婚，诺拉才得到了法律上的婚姻。一个女人27年中没有婚姻的保护居然和一个一直都很贫穷，还时常移情别恋的男人生活在一起，为这个男人生儿育女，这种勇气不能不让人佩服。

诺拉也非常坦诚，她从不向乔伊斯隐瞒自己的隐私，经常向乔伊斯绘声绘色地讲自己的生活经历，包括她的第一次恋爱；也讲乔伊斯不在她的身边时，一些大胆男人对她的勾引。她的这些经历曾令乔伊斯对她的忠贞产生猜测与怀疑，可正是这些猜测与怀疑却从另一方面最大限度地激发了乔伊斯的创作潜能。……所有这些都被乔伊斯运用丰富的想象力加工而成作品中的情节。

同时，诺拉长久保持的爱尔兰人的特色使在异国的乔伊斯获得持续不断的安慰和源源不绝的灵感。

可乔伊斯甚至没有给诺拉一个安定的家庭生活。乔伊斯因为工作不稳定，赚的钱少，不得不经常奔波。诺拉拖儿带女的，跟着他从一个城市到另一个城市，从一个国家到另一个国家。不管乔伊斯走到哪里，他都没有给诺拉带来富足与安定的生活。相反，诺拉不仅用自己勤劳的双手缝缝补补地赚点钱补贴家用，还通过自己的努力把乔伊斯从酗酒的恶习中解救出来。

但是，在乔伊斯和诺拉的生前，很少人能正确评价诺拉对乔伊斯的价值。更不公平的是，在诺拉的葬礼上，神甫竟然称：诺拉是粗俗的罪孽的人！但是了解诺拉的人对诺拉的贡献深信不疑。诺拉的孙子斯蒂芬·乔伊斯曾这样评价他的祖母："诺拉的性格坚强，像一块磐石，我冒昧地说，没有她，他一本书也写不出来，他将一事无成。"

这话并不夸张。诺拉与乔伊斯曾因误会分开一段时间。在这段时间里乔伊斯除了酗酒，不断地写信给诺拉之外，他再也写不出别的文字。而诺拉一回到他的身边，他就能获得源源不断的灵感，写作也就变得相当顺利了。

所以说，是诺拉成就了乔伊斯的文学天才。

可是卡米尔·克洛岱尔与罗丹的爱情却毁灭了卡米尔的后半生。卡米尔·克洛岱尔是法国天才的女雕塑家。她在认识罗丹时就有了超人的感知力和惊人的执着。罗丹第一次见她，就被她的才情与美所吸引。很快罗丹就招卡米尔为学徒。师生俩相爱了。罗丹从卡米尔的爱和作品里获得了不竭的艺术源泉，创作了《吻》《情人的手》等不朽的雕塑作品。而卡米尔从罗丹的爱中获得的却是不良的名誉和一辈子都摆脱不掉的阴影。罗丹称自己爱卡米尔，可是却不愿意给卡米尔一个婚姻，甚至霸道地要求卡米尔一直做他的情人。这是卡米尔不愿意的。为了让自己的人格和作品不受侵犯，卡米尔坚强地离开了罗丹，在不为人知的工作室开始为自己而工作，创作了一大批优秀的作品。可悲的是，这些作品没有人买，甚至都没有得到公正的评价。因为罗丹的名望令他掌握了强大的话语霸权。人们提到卡米尔，联想最多的就是他们对她曾经的情人身份的命名——"女妖精""母狗"。看到卡米尔的雕塑作品，只会认为她是抄袭罗丹，从来不认为罗丹在他作品中的某些地方抄袭了卡米尔。卡米尔离开罗丹不仅仅为摆脱自己是罗丹学生、罗丹情人的身份，更重要的是要向世人表明自己的艺术价值。可是卡米尔至死都没有获得成功。原因是罗丹不仅强大，而且自私得可怕。他竟然为了自己的声誉，不仅不为卡米尔说话，还令政府毁坏了卡米尔一件有讽刺意味的作品。为了不让自己的名誉受到一点的"玷污",竟然听任别人把卡米尔软禁在疯人院,让她在非人的环境里煎熬三十年后,孤独地死去。

卡米尔与罗丹决裂时,曾撕心裂肺地说过这样一句话:"我愿意我从没认识你。"卡米尔生活在罗丹的雕塑时代,她搞雕塑就不可能不认识罗丹。不是天地太小,而是罗丹的能量太强大了,一个女子,纵然有惊人的天才,在那样的环境里是很难得到大众一致的赏识的。何况卡米尔还曾经是罗丹的学生和情人,这种身份正好让那些媚俗的人们不能公正地评价卡米尔。

卡米尔对自己的才能有充分的自信。可她的自信终究没能抵挡住罗丹对她的毁灭。她太势单力薄了。上帝给了她克制不住的才能,却没有给她一个优势的性别和罗丹那样年长的身份所事先抢到的话语霸权。她要想摆脱罗丹的影响,就只能一个人默默地战斗,一个人在暗处默默地为自己的尊严和艺术独立性而嘶喊。

虽然卡米尔的战斗与嘶喊在当时给淹没掉了,可是,我们后来的人,有幸读到了法国女作家安娜·德贝尔写的卡米尔传记《一个女人》和有幸看到了电影《卡米尔·克洛岱尔》(又名《罗丹情人》,1988年法国出品。导演:布鲁诺·努伊顿。主演:伊莎贝尔·阿佳妮、杰拉尔·德帕迪约。荣获第39届柏林电影节最佳女演员银熊奖,凯撒奖最佳影片、最佳女主角、最佳摄影、最佳配乐、最佳服装设计等七项大奖)看到了卡米尔的天才和她不向强权屈服的孤独身影。

我们尊敬她,不仅是因为她作为一个雕塑家罕见的天才,更因为她作为一个女人、女艺术家的独特尊严。即使卡米尔最后的三十年是真的疯了,我们还是尊敬她。因为她的疯只是因为她承受不了,而不是因为她妥协与屈服。

回过头来,想一想,爱情究竟是什么呢?在幸福的人那里可能是幸福的源泉;在痛苦的人那里,可能就是痛苦的根源。可以肯定的是,爱情决不是两个人简单的相遇。这在乔伊斯和诺拉那里是天才的诞生与辉煌,而在卡米尔那里却是天才的毁灭与暗淡。

被压抑的天才或爱使人发疯

卡米尔·克洛岱尔是二十世纪法国天才的女雕塑家。可是她的天才在她生前并不被人认同，人们只是把她看成是罗丹的学生和情人。而"罗丹的学生和情人"这一身份正是作为雕塑家的卡米尔·克洛岱尔后半生极力摆脱的阴影。

当卡米尔·克洛岱尔知道罗丹只是自私地爱她，吸取她的灵感，却并不想娶她为妻时，她毅然地离开了罗丹，把自己关在一个不为人知的工作室里孤独地雕塑。她那不能克制的天才和对罗丹强烈的爱与恨都融入了她的作品，令罗丹震撼不已。他承认说，"你终于成为了我最强的敌人。"

与罗丹决裂后的卡米尔处在绝对的孤独与无助中。她拒绝与外界联系，拒绝参加与罗丹有关的一切活动，也拒绝接受与罗丹有关的雕塑订单。然而罗丹几乎就是法国雕塑界的一切。卡米尔要想与罗丹无关，那她能接受的订单就少得可怜了。所以卡米尔不仅孤独，还穷困潦倒。

其实，卡米尔并不害怕孤独，也不害怕穷困，她只是无法忍受自私的罗丹对她天才的掠夺与压抑。罗丹不仅以爱的名义汲取了卡米尔的青春活力和丰富灵感，雕塑出《永恒的偶像》《吻》等杰作，更有甚者，他《情人的手》《老娼妇》等雕塑，都在不同的角度上抄袭卡米尔的作品。可外界却持相反的看法。这当然是作为艺术家的卡米尔无法接受的。所以，卡米尔离开罗丹，不仅仅是因为她不愿意与人分享罗丹的爱，更因为她要摆脱罗丹的影响，以独特的雕塑证明自己天才的价值。

可是，罗丹太强大了。在强大的罗丹背后，是巨大的阴影。势单力薄的卡米尔还是给这阴影淹没了。无论她怎样努力地证明自己的天才，人们还是习惯地把她看成罗丹的学生和情人。只有少数几个独具慧眼的人看到了她作品中天才的价值。

罗丹只是暗地里承认卡米尔的雕塑天才,却从来没有真正帮助过卡米尔。相反,当他看到卡米尔雕塑的一件对他有讥刺意义的作品时,竟然以官方的名义砸坏了它。这件事更深地刺激了被孤独与天才的激情折磨的卡米尔。卡米尔疯了。被罗丹逼疯了,被罗丹的阴影与自私一点点逼疯了。疯了的卡米尔虽然恨着罗丹,可在她的恨中仍然包含着对罗丹的爱。然而,卡米尔感受不到罗丹的爱。自私的罗丹为了不让自己的声誉受到"玷污",竟然听任人们把卡米尔送入疯人院,让她在非人的环境中煎熬了三十年,最后孤独地死去。

菲茨杰拉德与泽尔达曾是 20 世纪上半叶美国文坛上一对令人羡慕的夫妻。美国著名女作家桃乐茜·帕克曾这样形容过菲茨杰拉德夫妇的光彩耀眼——"看上去,他们就像从太阳中走出来"。的确是光彩耀眼。两个人都才貌双全。菲茨杰拉德温柔潇洒,泽尔达美丽多情。菲茨杰拉德在 1920 年年仅 24 岁时就因小说《天堂的这一边》而享誉美国文坛,后来更因著名的《了不起的盖茨比》和《夜色温柔》而在美国文学史上占有重要的地位。泽尔达性感多情,多才多艺——会画画,会跳芭蕾舞,还酷爱写作——著有《救救我华尔兹》《南方佳丽》《与才女相伴的女孩》等小说。

这两人本来是一对恩爱的夫妻,可双方都喜欢拿对方的生活与写作较劲儿。菲茨杰拉德为了报复泽尔达的几次未经证实的外遇,频频与好莱坞的童星莫兰约会。遭受丈夫冷落的泽尔达不得不在舞蹈中寻求安慰——她学芭蕾舞,每天都跳得精疲力竭。菲茨杰拉德想过夫妻的生活,却往往因泽尔达疲惫不堪而作罢。泽尔达想要得到丈夫的帮助时,菲茨杰拉德却坐在洗澡间里唱着《到你自己的后院玩去》这首歌,还指责她没让仆人把房间里收拾干净,使他无法工作。泽尔达写作,可菲茨杰拉德说泽尔达不过是一个三流作家。菲茨杰拉德的冷漠与嘲笑令渴望成名的泽尔达更加忧伤与无助。泽尔达就在越来越深的忧伤与无助中疯了。

在电影《最后的绝唱》中，菲茨杰拉德对秘书弗朗西斯卡谈到泽尔达时，曾轻描淡写地说了一句"我不断地酗酒，慢慢地她疯了"。其实，泽尔达的疯，菲茨杰拉德有不可推卸的责任。因为酗酒，他不仅得罪了朋友，令他的朋友都疏远了他，他更冷落了自己的妻子，令自己的妻子孤独无助。泽尔达想在写作上有所成就，可是她在盛名之下的丈夫那里不仅得不到帮助，反而受尽嘲讽，她的经历和作品还不断被丈夫利用和剽窃。

他不喜欢泽尔达在她的作品里用上他们夫妻生活的素材。尽管他把他们的夫妻生活都写进了他的作品中，甚至还整段整段地抄袭泽尔达的日记和信件。泽尔达并没有因此责怪菲茨杰拉德。可菲茨杰拉德却责怪泽尔达在自己的小说中用了与他相同的素材。他甚至固执地对泽尔达说："我们做过的所有事情都属于我。如果我们外出——你和我到各地旅行——我是名作家，而且我在经济上支持你。因此我们的所有经历都是我的，没有一点儿是你的。"菲茨杰拉德一直压抑着泽达尔的才能。

难怪美国的当代文艺评论界在提到泽尔达的名字时有不少人认为她是一个被压抑的天才。她不仅是菲茨杰拉德众多小说的素材，而且一生的作品多被丈夫利用、抄袭。2003年初，作家莎利·斯类出版传记《泽尔达·菲茨杰拉德：在天堂上的声音》中认为：泽尔达是丈夫的牺牲品，在艺术上完全得不到丈夫的支持反受他利用，这导致了她不断的精神危机。

泽尔达在写作上获得的成功，尽管在菲茨杰拉德看来不过是一个三流作家的成功，可这种成功还是让才华面临枯竭的菲茨杰拉德感到了压力。这种压力令他不断地酗酒，不断地冷落泽尔达。

一个脆弱敏感而富于天才的心灵，终于在不断地被压抑被冷落之后，疯了。虽然菲茨杰拉德经常在泽尔达清醒时陪她聊天、旅游，可是菲茨杰拉德的努力并没能让泽尔达恢复健康。他自己却因身体差，创作不顺心，诱发心脏病发作而去世，死时年仅44岁。

7年后，泽尔达在疗养院的火灾中丧生。因为被困在顶楼，无处逃生,泽尔达和她的几位病友被活活烧死,遗体面目全非,难以辨认。

卡米尔曾对罗丹幽怨地说,但愿我从没有见过你。被压抑的天才和爱像一场大灾难,把卡米尔给吞没了。卡米尔在非人的环境中,除了沉默,已没有别的话可说。她最后留下的一行文字——"余下的仅仅是缄默而已"是一声令人心碎的叹息。

而泽尔达在疗养院中对菲茨杰拉德充满了爱恋与感激之情,她在给菲茨杰拉德的信中写道:"……我确信我们不该伤害对方。我自始至终欣赏你的写作才能,你的大度与宽容,以及你为我所做的一切。"这样的表白同样令人心碎。

当卡米尔被送入疯人院时,罗丹突然中风在床。

当泽尔达疯了后,菲茨杰拉德的生活变得一团糟——宿醉,没有灵感,没有朋友。

爱情在开始时往往都是销魂的,可是到后来却多半是伤害与毁灭。

死是一门艺术

大凡诗人、诗歌爱好者对西尔维亚·普拉斯这个名字是不会陌生的,对她的那些"令人毛骨悚然,有着骇人特质"的诗句保留着一种特别的阅读感觉,尤其对"死是一门艺术"的诗句更是有着一份战栗的记忆。我正是那种自接触普拉斯的诗句之后,就一直怀有一份战栗的记忆之人。我之所以一直珍惜并看重这份战栗的记忆,是因为我的女性身份,令我深刻而敏锐地体会到了西尔维亚·普拉斯的痛苦与死亡。

"诗"在诗人那里其实是"死"的谐音,在西尔维亚·普拉斯那里更是。正如电影《瓶中美人》(2003年英国出品。导演:克莉斯汀·杰弗斯。主演:格温妮丝·帕特洛、丹尼尔·克雷格)中的西尔维亚·普拉斯说的那样:"因为我与死无异,只是又重生了。"9岁的普拉斯自其父亲去世后,有一种强烈的被父亲抛弃的感觉,这感觉令她日益沉溺于忧郁之中,一次又一次被抑郁症引向自杀之路,她不得不一次又一次地求助于心理医生。最严重的一次是被送往精神病院住院电疗。她的小说《玻璃钟形罩》便是她在精神病医院的经历(这部小说在西尔维亚死后,成为畅销书,书名则成为"抑郁症"的代名词)。自负、偏执、敏感、脆弱使无力协调现实矛盾的诗人痛苦绝望;诗人因而不能逃避地成为死神的邻居。被忧郁和失眠症折磨的西尔维亚常常愤怒得咬牙切齿:"好像我的生命被两种电流操纵着,奇妙得不可思议:高兴时的正极和绝望时的负极——每当正极流经我全身时,我情绪很高,畅通无阻。我现在则充满绝望,几乎是歇斯底里的症状,好像我要闷死的样子。好像一只大而强壮的猫头鹰坐在我的胸膛上。"(她在日记中这样写道)

西尔维亚诗里的死亡更是俯拾即是。骷髅、雕像、溺死、毒蛇和装在瓶子里的胎儿、尸体等是西尔维亚诗中的常见意象。非但如此,死就像是她热衷的事物一样,充满她的字里行间:"死亡像其他事物一样,/也是一种艺术。/我会把它处理得非凡的好。/我这样处理,为的是它大概是阴间地狱。/我这样处理,为的是它似乎是真实的。/我猜想,/你很可能会说我有一种感召力。"

死,在西尔维亚的诗歌《边缘》里成为了一种"致命的艺术"。这正如伊丽莎白·哈威德所认为的那样:她正处于生命的尽头,具有她的"致命的艺术"的兼有戏剧性又有悲剧性的女主人公的双重身份,"一直在那里吓得人魂不附体。俄瑞斯忒斯常发怒,可是埃斯库罗斯却活到年近七旬。然而,西尔维亚·普拉斯既是女主人公,又是作者。帷幕降下时,留在舞台上的是她自己的遗体,为她自己设计的情节作出牺牲"。

"女子人性完美,她的尸体/显示出她成就的微笑,/……/每个夭折的孩子卷起来,一条白色有害的蛇。每人有一小罐牛奶。现在吃光了。//她已彻底失败,/然后像无数花瓣一样投到她身上,这是花卉满园和香味四溢的玫瑰花,/来自夜的深处和花的颈部。//月亮没有阴惨惨的光,从她的尸罩上凝视着。//她习惯于这类事情。/她的黑衣闪耀而随处拖曳。(引自昆仑出版社 2004 年 6 月出版的《苦涩的名声——西尔维亚·普拉斯的一生》第 336 页)。

不断的身体与文字的死亡演习,像一列停不下来的火车,带着西尔维亚·普拉斯奔向死亡。终于在 1962 年 2 月 11 日——她租住伦敦的叶芝故居——在密封的厨房里,死亡由演习成为事实。

《边缘》被认为是西尔维亚·普拉斯写的最后一首诗。我们在她的文字里,看到她一次又一次面对着死,仿佛死就像回家一样自然。其实任何自然的获得都是有代价的,都是有过程的。这点在西尔维亚·普拉斯的传记电影《瓶中美人》中表现得更直观。1956 年在英国康桥学习的西尔维亚与已经毕业的英国著名诗人特德·休斯在一次聚会上一见钟情,当晚休斯摘走了西尔维亚的耳环,而西尔维亚则咬了休斯的面颊。西尔维亚回宿舍后,在打印机上打下了这样的诗句:"神秘的掠夺者,我终将为你而死。"西尔维亚完全沉浸在对休斯的痴迷中,根本不听女友的劝告:"'我终将为你而死'——好像有点病态。别期望太高。他们那些人脑子里成天只有诗,其余的都是旁骛。从来没有固定的女友,领奖学金、骑红色单车、来自美国的美女也不例外。"西尔维亚根本听不进这样的提醒,一心只想成为特德·休斯的太太。而特德·休斯也不忘西尔维亚,主动约见她。双方的相互倾慕及在诗歌上巨大的激情,引领两人很快走进了婚姻。夫妻二人在创作上相互促进。休斯不停鼓励西尔维亚创作,而西尔维亚则不断地把休斯的诗向外投寄。休斯的诗歌《雨中之鹰》,就是经由西尔维亚投寄美国而赢得纽约诗歌大奖的,休斯则是在拿到得奖通知之后,才知道西尔维亚此举的。由此可见,西尔维亚对休斯的崇拜与支持。后来,西尔维亚更是主动地承担了教职及所有的家务,让休斯全心创作。但是好景不长,对诗歌创作怀有巨大抱负的西尔维亚,在休斯的日渐盛誉与自己的籍籍无名之间,越来越感到迷失,没有自我,尤其是沉重的家务的拖累,休斯与其崇拜者的暧昧交往,使西尔维亚的内心渐渐失衡。怀疑像毒蛇一样折磨着敏感的西尔维亚。争吵在两人之间不断升级。当休斯的婚外情真相大白后,西尔维亚带着两个孩子,愤而离开他们在德文郡的家,租居在伦敦的叶芝故居里。离开休斯后的西尔维亚创作了小说《玻璃钟形罩》及一大批优异的诗。那些有关死亡的句子,像一束束散发着神秘芳香的花,在孤独的午夜悄然怒放。"我坠落到万丈深渊,明月丝毫未曾看清,紫杉木传递的讯息是一片黑暗,黑暗与寂静。"休斯在朋友那里读到西尔维亚的如此诗句后,心痛不已,但是却毫无办法:"我不知道还能怎么办。我不能……回到她身边,但我深爱着她。"这是休斯的矛盾。

"这首诗写得太好了,《拉撒路夫人》,这首诗讲的是自杀未遂、绝望、不可抗拒的预知能力,却丝毫没有……愤怒或歇斯底里,也无意博取同情。充满了丰富的意象、深刻的恐惧,但是表达出来又如此地冷静,就好像……像是杀人犯的告白。"

"听着……我对死亡只了解一件事,那就是死亡并不是重聚,也不是返乡。"

"日子还是要继续过下去。你……听我说……你很漂亮，可谓是才貌双全，你是一位伟大的……伟大的诗人，你和爱德华，你们对彼此的了解，是别人梦寐以求的。拜托，别抛弃这一切，只为了……我想说的是……只为了一次婚外情。"

而西尔维亚则是越来越深地滑向人生的终点站，朋友兼出版商对她诗歌的欣赏、对她孤独生活的开导与宽慰及她本人偶尔冒出的对新生活的向往，也没能阻止她奔向死亡的速度。

"有时候我觉得，自己不具体，我是空心的，我的……眼珠子后面空无一物，我不是具体的一个人，仿佛我从来不曾……我从来不曾思考过，也从来没写过什么，也未曾有过任何感觉，我只想要一片黑暗，黑暗与寂静。"

西尔维亚清醒而又绝望地认识到，除了死亡，没有什么事物可以安慰她。

"死是一门艺术。我要干得分外出色。"玻璃钟形罩散发的橘黄色的光，看似美梦，其实是一个令人窒息的空间——这就是瓶中美人的死——1962年2月11日，西尔维亚在密封的厨房吸煤气而死。

"有时候我会梦见一棵树，那棵树就是我的人生。其中一根树枝是我未来的丈夫，树叶都是我的子女。另一根树枝是我的写作生涯，每片树叶各是一首诗；另一根树枝是我耀眼的学术成就。但我坐在那里定心挑选时，树叶却开始枯黄，随风飘去，最后整棵树只剩光秃秃一片。"这是西尔维亚在小说《玻璃钟形罩》中的一段话，在电影里，配合躺着做梦的西尔维亚置放在影片最开头。

西尔维亚在这段话里，预言了她短暂的一生。其实凋零的只是西尔维亚的肉身，她的诗歌之树却因死这根魔杖的点击而枝繁叶茂：小说《玻璃钟形罩》及诗歌《精灵》成为20世纪畅销的书之一。

其实，接近人生终点站的"西尔维亚已经具有写作经久耐读的诗篇的技术上的优势，不过由她做主推动诗篇成形的燃料，则是诱发她自尽的同一物质。西尔维亚不惜牺牲自己和她的幸存者,她很可能已经获得她一生中最想要的东西——在20世纪英语诗歌史上确立她永久的地位。"((引自昆仑出版社2004年6月出版的《苦涩的名声——西尔维亚·普拉斯的一生》第358页)

千真万确,西尔维亚成为20世纪英语诗歌史上最著名的自白派诗人。她在20世纪的盛誉一度盖过了她的丈夫、英国桂冠诗人休斯。

死,让西尔维亚的诗歌达到了她生前要达成的理想。

这正如她的诗里所写的那样:"死,是一门艺术。"

白雪落下了黑色的花瓣

开始,她只是偶然听了他的绘画课。

他注意到一双好奇的眼睛,看了她画的自己。

开始,她做他的爱人和模特。

他告诉她:"雨点正在说话。它说'不要哭泣,我的爱人!'"

开始,那张变形的脸上没有眼睛,只是两个浅蓝色或浅绿色的洞,和弯曲细长的鼻子、长长的脖子、自然垂落的长发一起,构成一张茫然、忧郁、超离现实的女性肖像画。

她问:"我的眼睛哪去了?"

他说:"当我了解了你的灵魂,我就可以画出你的眼睛。"

他,莫迪里阿尼,一个犹太人,一个无名的天才画家。她,珍妮·艾比坦,一个巴黎女孩,一个梦幻般忧郁的天使。

1917年的春天,在巴黎。33岁的莫迪里阿尼认识了19岁的珍妮·艾比坦。她独特的美,让他在天使的序列中发现了她。从此,她成了他的创作源泉,也成了他的生活伴侣。

珍妮不顾她的天主教父母的反对,执着地与莫迪里阿尼生活在一起,做他的爱人和模特,为他生了一个可爱的女儿,又怀了一个孩子。他则为她画了一系列优秀的肖像画。它们都是杏仁眼睛、优雅的长脖子、噘起的嘴唇,既单纯稚气,又略显忧郁。它们一律有些变形:倾斜的脑袋、大小不一的眼睛、富有变化的鼻子、世间不可能有的长脖子和比例稍稍失调的体态……美得让人既惊喜又心疼,让人在一种意想不到的精致柔美处邂逅到冷色的暖意与温和的力量。……每张画都有一种不易觉察的现代感,都在用它独有的魅力抓着观者的爱和魂。它仿佛就是要让人明白：一切艺术的致命吸引力，无不是对美的发现与热爱。

珍妮在电影《莫迪阿里尼》（2004年美国、英国、罗马尼亚出品。编剧、导演：Mick Davis。主演：兰斯·亨里特森、米里亚姆·马戈雷耶斯、安迪·加西亚、西波里特吉·拉多特）的开头说："你知道什么是爱吗？真爱。你曾经爱得如此之深，甚至觉得自己应该下地狱吗？我有过。"

珍妮之所以有如此感受，是因为出身、宗教、生活都在阻止她和莫迪里阿尼相爱。但是任何阻止，只能更坚定珍妮爱莫迪里阿尼。她和他的生命是一体的，她不能离开他。任何一次极短暂的离别，都让她深深地痛苦。——"我想他，我想他，我不能失去他。"因生活所迫，她宁愿把女儿送回父母家，也不愿离开莫迪里阿尼半步。

但莫迪里阿尼穷困潦倒，一身疾病，画的销路一直不好。生平第一次画展就被禁。那是1917年12月，莫迪里阿尼个展在维尔画廊举办，因《裸妇》画中的体毛而被警察们强行禁展。莫迪里阿尼生平的第一次画展在展出的第一天就夭折了。画的销路更不见好转。在1920年，莫迪里阿尼36岁时，他终于有些名气了，经济状况也开始好转，但不幸的是，画家因肺病复发而去世。

莫迪里阿尼死去的当晚，在才华和声望上一直压抑着莫迪里阿尼的毕加索对珍妮表示真切的慰问。面对悲伤的毕加索，珍妮轻声说："帕布罗，我是否应该告诉你呢？我什么都感觉不到。我的肚子里有个孩子，另一颗跳动的心，另一个灵魂在形成，而我却感到那么空虚，像你手中的酒杯。你将会回家，帕布罗，你们都会回家，并且过上一个完整丰富的人生。但是我可以向上帝发誓，当你的时候也到了，当你还活着躺在临死的床上，莫迪这个名字，一定会在你的嘴唇边回响起来。今晚你什么也画不出来，今晚是属于他的。"

莫迪去世的第二天，珍妮洗净泪水沾满残妆的脸，平静地对熟睡的女儿珍妮·莫迪里阿尼说："孩子记住，爸爸他是爱你的。你会知道的。"说完，就跳下了楼，接着她的不是莫迪里阿尼，而是地上的白雪。

人生的落幕，无一例外地都在验证着诗句，提供着诗句：

"死亡……仿佛在落雪。"

"无可容忍，当灵魂散失了。白雪落下了黑色的花瓣。"

穿着黑衣的珍妮落在了白雪上。

直到1923年，珍妮的父母在莫迪里阿尼家人的苦苦哀求之下，才同意将珍妮葬在莫迪阿里尼的身边。从此，一对爱人的骨头和灵魂，永生永世地躺在一起。

"画家阿梅迪奥·莫迪里阿尼1884年7月12日生于意大利里窝那，1920年1月24日死于巴黎，在荣耀降临的时候死神将他召去，妻珍妮·艾比坦1898年4月16日生于巴黎，忠实的伴侣直至最后的牺牲……"

这是巴黎贝尔·拉雪兹公墓的一块普通墓碑上的文字，记下了一个早夭的天才画家和一位痴情的天使爱人。

我们看到的是消失的躯体，记忆的却是永生的灵魂。

结果是，他了解了她的灵魂，爱了她的灵魂，就画出了她的眼睛。

珍妮的眼睛，这个世上不可能再有的眼睛，在一张天使忧郁的面庞上，在莫迪里阿尼的心里和画中。

即便白雪落下了黑色的花瓣，灵魂也不曾散失。

替天才补上童年的诗行

秋千在阳台上晃荡,童年在回忆中,在回忆中的文字里闪烁。

我们一再提到童年,是因为我们一出生,它就在欣喜的到来中远离我们。我们有过有限的童年的欢乐,在我们日后的回忆中得到了修饰与夸大。在回忆中人们把童年的苦难也视作了人生的幸福与财富。确实,不少人把大半辈子的幸福与财富归功于童年,尤其是把日后事业的成功归功于童年所受的教育,但究其实天才很少有过真正的童年欢乐,所谓童年的欢乐都是在回忆中获得的。忆者怀着初恋般纯真的情愫,以天真或沧桑的口吻,谈论童年。

——小时候,过得很苦!

——那时候,天不怕地不怕,只怕故事里的鬼跑出来!

——被管束太严,没有和同龄人玩耍的自由!

……

可这一切在回忆中都变得温情美好起来。

——小时候,日子很苦,但感觉很快乐!

——纯真被保留着,像金子一样闪光!

——幸亏父母严厉的教育,才有我今天的成就!

……

而我的童年,就是在听了奶奶讲的鬼故事后,一个人独自待着,翻拣生活中与想象里的斑驳。那时候的蓝色毛线、蝴蝶结、锡箔、纱巾、蜡染绸裙、禁书……共同在脑中搭建成一个五光十色的舞台。那个小人儿在舞台上成为她想成为的任何精灵。而这一切,在精灵而立之年所写的诗中芳香四溢:

为了你自己，成就一份爱吧/只要在瓶中投入一点盐/童年的花树就芳香四溢/那深沉而不可救药的芳香/为我恢复许多美梦的睡眠/这没有时钟的时光/比简单的记忆更深远/在什么样的边缘/我们不能回到童年？/不能沉醉于一张惊讶的面孔？/忧郁的眼神是迷人的/从一团光到另一团光/谜底发生了变化/天真的声音打乱了成人的秩序/我们不必脱身，不必停止歌唱/

这首题为《童年》的诗，洋溢着温馨的芳香，闪烁着忧郁的眼神。但我们触摸到了蝉翼般透明的幸福感，这幸福感像我们在童年的夜间碰到的露水一样湿润而饱满！

但是什么样的边缘，也不能让我们回到童年！

因为诀别之后，永不可能再拥有诀别的一切。我们的人生不断要做的是诀别之后，迎接新的到来。

诀别童年，少年到来；诀别青春，中年到来；诀别中年，老年到来；诀别老年，死亡到来；诀别死亡，新生到来。

可在诀别面前，我们总是惊慌失措，黯然神伤。不是我们诀别的姿态不够坚强优雅，确实是心有不舍……我在又一个死亡事件发生后——天才杰克逊的死亡——心如刀绞，泪如泉涌。我深知诀别是所有生命最后姿态，但我永远做不到庄子式的从容淡定，鼓盆而歌。

我太爱生命，太爱活着本身了。更别说天才的生命与活着了，我是加倍爱的。我能无视他们的缺点，像爱完美的神、天真的孩子。毫无疑问，我是这样爱杰克逊的，爱他的歌声、舞步、衣衫……爱他的惊世骇俗与面目全非……最后连那造就他艺术功绩与人生悲剧的童年也一并爱了。

此时，是在与他的肉体生命诀别之中，在与他逝去的生命所带走的时代永别之时，我们慌乱的心在准备着更加慌乱的诀别。

准备离去，背弃，/树叶落满地。//准备铺满红尘的笔记本/发黄。//——句子在句子中悼念、闪光。//露珠不见，/躺过相爱身体的床榻不见。//唯树枝、空壳寂寞，/星星在水中眨眼。//晚年的英雄主义偏爱女性的姿态、胸针、/面纱、块垒；//一个新逝的天才，偏爱过童话、玩具/和毁了生活的盛名。//他的歌声、舞步、衣衫，/令世人惊羡；//漂白的皮肤、整形的容貌，/令自己面目全非。//太多的惊世骇俗，/和完美的善良、纯真一起终结。//准备诀别吧，亲爱的！/但不准备眼泪。/一个时代的心脏停搏了，/无数人青春的尾巴被砍掉了！//我们的老年汹涌而至……

（2009年7月7日）

这首《诀别早已开始》的诗，在心痛中完成。我发现我们芸芸众生又一次犯了爱天才的逝后而并非天才的生前的错误，以前是对凡·高、莫扎特……现在是对杰克逊。

而我只能再一次无力地对天才的生前而痛哭！

"毫无疑问，杰克逊是天才，是流行音乐之王。……可是他是一个没有长大的、没有安全感的孩子！"

他在舞台上是光芒万丈的王，在舞台后，却是一个手抛西红柿的大孩子。他成名后的许多的金钱和精力，都用来了狂补被训练、演出窃走的童年的课——爬树、游泳、玩摩天轮、看动画片、跟孩子们玩耍……他斥巨资兴建的梦幻庄园，大概是他脑中童话世界的现实样子了。

想想真是心痛啊！本来可以从小免费享受的自由和童趣，在天才那里，却只能若干年后斥巨资获得，仅仅只是短暂的获得，而且还背着诬告与官司！那些诬告、那些官司像缠绕不休的爬墙虎，一直从天才生活的外墙爬进了天才的舞台中央……

而舞台更令人心痛！

舞台，那自小就开始搭建的舞台，是由高强度的训练与无休止的打骂搭成的。

舞台是强光，脆弱的天赋只是闪烁不定的光斑。有光的存在，才会有光斑的美妙变化与摇曳多姿！人性的贪婪与追求完美，令人们把光与光斑的构成、变幻、比照发挥到极致！

孩子生下来，只是孩子，应该是被幸福的童年包围的孩子。可大人们却无视孩子爱玩的天性，不断缩短孩子玩耍的时间，让他们稚嫩的双肩过早地担负起成才（成年）的重任。大人以爱的名义持着聚光灯，把可怜的孩子逼上舞台。

不仅中国，似乎全球都信奉着这样的成才观与幸福观：有幸福的童年，就会有不幸福的中年，不堪的晚年。所以全天下的父母，都狠着心，把孩子关在琴房、训练室、课堂上，逼着他们长大后成为演奏家、舞蹈家或别的成功人士。

天生之才是逼出来的。小时候是家人逼，长大后是自己逼，成功后是经纪人逼！

天才就是这样炼成的！

盛名之下，是被逼迫的人生！只是更多人的"被逼迫"，被他们在后来的回忆中视作成功的渊源与人生的财富，有的人甚至把苦难也视作了幸福。但杰克逊却恰恰相反。他的一生都在证明他童年的不幸。

他的非凡成就，在证明他童年的不幸！没有天才不是童年饱受家人高压管制的！杰克逊在受访时说，童年是没完没了的训练、演出，父亲用他能拿到的一切东西打他！

他不断整形的面貌，也在证明他童年的不幸！同样是在一次采访中，杰克逊在回答为何总跟自己的鼻子过不去时说："父亲经常用手指着我的鼻子，说它太大了，又矮又宽，像蒜头！那绝对不是我的遗传！"而杰克逊童年就开始的辉煌舞台，在日益要求他形象的完美。杰克逊在形象上追求完美，不但是他对童年遭受嘲笑的反击，更是高筑的舞台的万目凝望的期待！杰克逊在一次格莱美奖的获奖感言中说道："……在万人包围的舞台上，那种感觉很好，是一种与众不同的感觉！"所以，我想杰克逊的换肤、整形，不但是与众不同，更是与自己不同，与父辈不同！他就像是一个任性的孩子,但体验着被童年、肤色、种族……所遗漏的好奇!但他同时是一位善良的神,他爱孩子,爱梦幻,做慈善……

世人啊,如果你有良心,别再诋毁他的面目全非。因为他的面目全非并不伤害他人!要说伤害,也只是伤害了他自己!

可是爱他的人,连他的自我伤害也不允许!

噢,天才,你的成就让人羡慕,可你的生活却让人心痛!

而我除了心痛之外,只能奉上一串像这篇文字一样短的痛哭!

冷艳这个词

花并不全都是美的、雅的。比如桃花就不美，不雅。它或许在崔护的笔下、林黛玉的眼里是美的、雅的，但在现代社会却早就是粗俗的了。如今你要是说一个女人像桃花一样灿烂，或许还有人苟同，如果你说她像桃花一样美，她一定以为你是在损她。她宁愿你说她像妖精一样美，或像毒蛇一样美，或者美得像魔鬼，也不愿你说她像桃花。

不仅与艳有关，它其实就是艳本身。艳得过分了，就是俗了。但冷艳却完全是另外一种格调。她既优雅又妩媚，既纯洁又性感，既单纯又神秘。这一切就像硕大紫黑的牡丹或玫瑰了。虽然也是花，但是和桃花比起来，它简直就是稀有的神秘之物。

苏菲·玛索当然是女人，但是和其他的女人比起来，她简直就是稀有的神秘之物。用尤物这个词都不恰当。尤物似乎更趋向魔鬼这重意思。可苏菲和尤物比起来，她又是天使的，和天使比起来，她又是魔鬼的；和单纯比起来，她又是复杂的，和复杂比起来，她又是单纯的……她拥有这些对立的特质。这些对立的特质却非常和谐地统一在她身上，一点也不对立一点也不矛盾。仿佛优雅与妩媚、纯洁与性感、单纯与神秘……生来就是为了烘托她的。

如果一定要用一个词来说明苏菲的美，我想没有比冷艳这个词更合适的了。

就是冷艳，就是"冷艳"这个词。这个词就是由优雅与妩媚，纯洁与性感，单纯与神秘，卑微与高贵等共同组成的。

苏菲主演的每一部电影都仿佛是我们灵魂中一直期待的那一场场神魂颠倒的艳遇。1995年苏菲在古装史诗巨片《勇敢的心》（导演：梅尔·吉布森。主演：梅尔·吉布森、苏菲·玛索、派特里克·麦克哥汉。荣获第68届奥斯卡多项大奖）中饰演的法国王妃伊莎贝拉，冷艳高贵，野性的内心渴望着自由与爱情，浑身洋溢着一种令人惊羡的皇族气质。导演梅尔·吉布森说苏菲·玛索："她有一种属于宫廷的美，中世纪的皇族服装好像只有她穿上才不会显得突兀。"这句话同样适合苏菲在1997年主演的《爱比恋更冷》（又名《安娜·卡列尼娜》中的安娜·卡列尼娜。苏菲的每一款服装，每一个眼神与每一个手势，都尽显安娜的高贵与性感、天真与神秘的特质。使人对安娜的爱与死不能释怀。……还有《路易十四的情妇》（1997年法国、意大利、西班牙、瑞士联合出品）和《心火》（1997年出品。导演：威廉·尼尔克森。主演：苏菲·玛索、斯蒂文·迪伦），苏菲的角色虽都是下层平民，气质也是多重的，但终归是属于贵族的。所以她能把艳舞女郎玛姬和家庭女教师伊莉莎白都演得性感迷人，单纯神秘，却又各不相同。

苏菲在2000年的《忠贞》（又名《情欲写真》，导演安德烈·祖拉夫斯基）中饰演的摄影师不再有高贵的宫廷服装，可是随随便便的服装在她的身上都非常有意味。更奇妙的是，即使她裸着身子，呻吟、纠缠……都像一缕缕轻轻飘过来的清香，清冷迷人，还有一种单纯的醉，纯洁而美好。明明是欲望却又在欲望之上。因为这些原因，我一直清晰地记着这样的一句台词："为了做她的情人，他努力地当她的丈夫。"克利夫正是这样努力地做着克莱亚的丈夫，他们的每一次做爱都像是一场生死离别。更多的时候克莱亚是用克利夫的爱和肉体，抵抗着尼莫的爱。她在肉体上忠于了克利夫，但是心却给了尼莫。克利夫爱着这样的妻子，怎么不会因爱而死呢！事实是克利夫死了，克莱亚也并没有和尼莫好。克莱亚一直坚守着一种高贵的忠贞。

我不知道苏菲和安德烈·祖拉夫斯基曾经拥有怎样的一份感情。但我想苏菲16岁的时候就与比自己大24岁的安德烈在一起，一直过了17年了，还有了一个7岁的儿子。这说明两个人是非常相爱的。17年哪，这当中可以发生多少故事啊，可这一老一少的两个人却没有婚姻而爱着，不能说不是娱乐界的一个奇迹。现在苏菲又有了一个女儿，虽然不是和安德烈，而是和美国的一个演员。我就此疑心电影《忠贞》其实是苏菲和安德烈感情的一个解说本。通过这部电影我似乎看到了两个人感情的变故与归宿。不过，这对苏菲来说，够奢侈的了。17年，一个女演员，一个男导演，四部电影，一个儿子，还有许多成长的愉快的经历。这几乎比一生一世都要长，都要完美。这种结局虽然不是电影《忠贞》里预言的那样。可是这种感情的结局也够冷艳的了。爱着苏菲的安德烈应该可以释怀了。毕竟苏菲的影迷们不会再戏言安德烈，不会再猜测安德烈说过这样的话："我们维系这段感情的秘诀很简单，就是我还活着。"

　　苏菲是不是会开始另外的人生呢？她现在又有了一个女儿。还将有多少部电影与冷艳这个词串起来？我还是要细细品味的，一直品味到我们都变老，连冷艳都变老、变麻木为止。

我为何深爱无法拥有的女人

杰瑞米·艾恩斯在1997年的电影《中国盒子》（导演：王颖。主演：巩俐、杰瑞米·艾恩斯、张曼玉、卢宾·布雷兹、许冠文、张锦程）里饰演的男主人公约翰的一句台词，几乎为他此前主演的所有爱情片的男主角提了一个相同的问题——"我为何深爱我无法拥有的女人"。

在《烈火情人》（英文片名：Damage，1992年英国出品。主演：朱丽叶·比诺什、杰瑞米·艾恩斯）里是作为父亲的史蒂夫对儿子马丁的女友安娜即准儿媳的畸恋——因为偷情败露直接导致了儿丧妻离、身败名裂。最后隐居在偏僻小城的史蒂夫回忆早已回到初恋男友身边的情人仍然无悔——"我们坠入情网，为了找寻真爱。其他都不重要。"

在《蝴蝶君》（1993年美国出品。导演：大卫·柯南伯格。主演：杰瑞米·艾恩斯、尊龙、巴巴拉·苏科瓦）里是法国外交官高仁尼对中国女伶宋丽玲的爱。他不知他爱了多年的"蝴蝶夫人"宋丽玲竟然是一个男儿身，直到他们因泄露情报而被捕。宋丽玲在囚车里脱光衣服让高仁尼看他的男儿体，高仁尼才真正明白他爱了一个完美的谎话。他曾经的拥有不过是一个东方女性的意象而非女人。"我有一个幻象，东方的幻象。在杏仁般的眼眸深处，仍然有女人，愿意为爱一个男人而牺牲自己。即使那个男人的爱是完全没有价值的。轰轰烈烈的死去好过庸庸碌碌的活着。……终于，在远离中国的监狱，我找到她。我的名字是高仁尼，还有一个名字叫作——蝴蝶夫人！"——这是高仁尼最后的台词，高仁尼在掌声和欢呼声中用镜子割破了自己的咽喉。他至死也没有后悔——因为他在爱中，确确实实地感受到了一个完美女人的爱！而《蝴蝶君》竟然是真人真事的改编！与其说是世事的荒唐，毋宁说是我们对爱的幻象的执着!

在《偷香》(1996年意大利、法国、英国联合出品。导演：贝纳尔多·贝托鲁奇。主演：杰瑞米·艾恩斯、丽芙·泰勒、西妮德·库萨克、约瑟夫·费因斯、蕾切尔·薇兹)里是一位身患绝症的作家亚历克斯·帕斯对少女露茜痛苦的爱。就像一瓶不能饮的美酒在身边，饮都不能饮，更遑谈拥有了！但亚历克斯·帕斯仍然是有福的，因为露茜的纯洁友情与青春活力成为亚历克斯·帕斯生命最后日子里的阳光与空气。

在《洛丽塔》(1997年美国、法国联合出品。导演：亚德里安·林恩。主演：杰瑞米·艾恩斯、多米尼克·斯万)里是作为继父的亨伯特对女儿洛丽塔的不伦之爱。短暂的肉体占有并不是爱情的真正拥有，最后狂躁的洛丽塔偷偷地离开了亨伯特。直到几年后，他根据洛丽塔信中提供的地址找到了她，他才知道洛丽塔自始至终都没爱过他。无论他怎样哀求，小可人宁愿跟男友去阿拉斯加受穷也不愿回到他的身边。

我不知道这个把受伤的男人演得性感迷人的杰瑞米·艾恩斯扮演了多少个不能拥有深爱女人的男人；也不知道人世间、电影里、书籍里有多少人深爱自己无法拥有的人；更不知道，我们为何深爱无法拥有的人。

在电影《中国盒子》里约翰临终前留给薇安的信中说——"有生之年能片刻拥有你，我肯定的是，纵使失去，纵使到了未来，你爱我的这一刻便是永恒。"

这何尝不是对"我为何深爱无法拥有的女人"的一种回答呢！

你爱我的这一刻便是永恒！我爱你的这一刻便是永恒！我们相爱的这一刻更是永恒！

所以，我们为了这一刻飞蛾扑火，踏上不归路！

把路标拍成双人床

这里说的是《色,戒》,张爱玲的小说《色,戒》(写于20世纪50年代,到80年代才发表,中间修修改改近30年)和李安的电影《色,戒》。(导演:李安,原著:张爱玲。编剧:王蕙玲,James Schamus。主演:梁朝伟、汤唯、王力宏、陈冲。内地上映日期:2007年)

小说《色,戒》是一个优秀的作家写的一篇并不优秀的小说文本。它的不优秀主要在于,该细腻、显影的地方,它却粗糙、藏闪,不是一笔带过,就是用说明性的引文。我们可以设想一下,这篇小说如若不是张爱玲写的,那么它一定不会有那些笔战、是非与风波,一定不会如此出名。我认为《色,戒》的价值,不仅在于它是张爱玲写的,还在于它有原型,在于它的原型后面站的是张爱玲本人。尽管她用了近30年的时间来藏闪——那在一件花色不清的袍子里的褶皱中政治与爱,爱与欲……一种晦暗下的渐渐沉迷与醒过来的委屈、克制与辩解。

《色,戒》的最内里的价值,其实就是等同于张爱玲与胡兰成的爱——这个爱就像是一根长在骨头里的钢筋,她把张爱玲的青春与中老年顽固地连在一起了,根本无从开刀取出。可是环境或天气等的缘故,这无法取出的钢筋总是令人疼痛,张爱玲只能依靠文字。所以,《色,戒》的写作过程,是孤傲的张爱玲剖析自我情感的过程,也是她给好奇的世人一个漫长的交代,同时也是张爱玲自我疗伤的一个过程。这个交代,这个过程的结果,就是《色,戒》这个小说文本:这个是小说,但又不同于通常的小说,是虚构,但确乎有原型的一个文本。因为张爱玲的笔面对的是自己,或者是她那样的一类人,所以她有充足的理由让自己的笔法藏闪。这本是人之常情——对自己肯定要比对外人手下留情。

这也是我们理解和原谅张爱玲这个优秀的小说家写出如此不优秀的《色，戒》的原因。这篇小说是个交代，尽管这个交代如此躲避、模糊，但毕竟是一个交代。在这样一份特殊的交代材料里，我们还是看到了那长在小说里的爱。这个小说其实是一个走向爱的通道，这个通道，令一个女人走向一个"敌人"，令一个"敌人"成为爱人。张爱玲在这个走向爱的通道里，精心地设置了路标。

"权势是一种春药"是一个路标。它暗示读者，在易先生看来，王佳芝走向他，更多的是权势的吸引力。对于年老秃顶矮瘦的易先生来说，自己能吸引女人的最大资本，也是最心安理得的资本，其实就是权势。"本来想不到中年以后还有这样的奇遇。当然也是权势的魔力。那倒还犹可，他的权力与他本人多少是分不开的。"小说中的这句话，其实就是在替易先生解释权势这种令他心安理得的资本。

"到男人心里的路通过胃。"不是一个路标，它出现在小说中其实是为了引出"到女人心里的路通过阴道。"这个路标的。小说中这样写道："又有这句谚语：'到男人心里去的路通过胃。'是说男人好吃，碰上会做菜款待他们的女人，容易上钩。于是就有人说：'到女人心里的路通过阴道。'有如此赫然醒目的路标，张爱玲当然无须细腻地、大笔墨地去写情色了。因为路标已经够色的了，何况还有接下来的"戒"呢？在这里，我不谈动词的"戒"，只谈名词的"戒"，名词的"戒"就是"戒指"。爱仅仅有身体的拥有与被拥有、精神的牵挂与被牵挂是不够的。爱肯定要有所附丽，这样才够直接，才有力量。当易先生为王佳芝买那枚有市无价的"鸽子蛋"时，王佳芝已经可以判断出易先生是爱自己的了。这种"鸽子蛋"正是易先生的老婆要易先生买给自己而易先生没买的那种钻戒。王佳芝可能没有想到这一点，可细心的读者应该不会忘记。物质往往就是衡量爱与不爱、爱多还是爱少的一个重要砝码。唐太宗之爱杨贵妃最物质的表现就是驿道上不断的"红尘飞骑"和杨氏家族的鸡犬升天。爱往往就是投其所好。当然王佳芝从没表明自己爱"戒指"，但在易先生看来，她应该是爱的。因为太太们的麻将桌上早就攀比过戒指。女人们不爱钻戒的唯一理由是爱不起。何况买戒指的易先生,"此刻的微笑也丝毫不带讽刺性,不过有点悲哀。他的侧影迎着台灯,目光下视,睫毛像米色的蛾翅,歇落在瘦瘦的面颊上,在她看来是一种温柔怜惜的神气。这个人是真爱我的,她突然想"。有了对爱的体会与认知,王佳芝才会放走自己爱上的"敌人"。

张爱玲在小说中设置的路标,其实就是王佳芝和易先生两人由性至爱的过程的最好说明。由身体的占有与被占有,到心里的爱与被爱。这是王佳芝用生命做代价获得的认识。

李安是读懂了遮遮掩掩的张爱玲的,读懂了在遮掩之后有意显露标识的张爱玲的,所以他把路标拍成了双人床——这个两性最本能与最直接的战场——身体的噬咬、掠夺、缠绕——在后来慢慢变成了爱。

李安的双人床,就是张爱玲精心设置的由性生爱的温床。搬掉了这温床的电影删节版《色,戒》,其实就是切断了两人由性生爱的通道中的最重要的部分。难怪观众会突兀,会认为王佳芝放掉易先生的理由就是无名指上的"鸽子蛋"了。所以,删节版的电影《色,戒》不是一部成功的电影。

同样,如果张爱玲把那两个路标删去,那么小说的《色,戒》别说谈优秀,就连成立都谈不上。

所以,李安要把路标拍成双人床。

幻想：爱和性，床和帽子……

因为喜欢米兰·昆德拉的小说，所以就看了由他的小说《生命中不能承受之轻》改编的电影《布拉格之恋》（1988年美国出品。导演：菲利浦·考夫曼。主演：丹尼尔·戴·刘易斯、朱丽叶·比诺什、丽娜·奥林）；因为看了电影《布拉格之恋》就又去重读了小说《生命中不能承受之轻》。

读米兰·昆德拉的小说是很费脑子的，但是值得的。是因为米兰·昆德拉把哲理和诗意、睿智与幽默非常自然非常神奇地融合在他的小说中，产生了一种奇异的气息，这种气息让爱智慧爱思考的阅读者容易产生迷幻的幸福的沉溺。任意翻开他小说中的某个章节，都会遇到一则则哲学随笔，这些哲学随笔里的句子和段落弥漫着抒情的情绪和浓烈的情感，这令他的小说任何时候读起来都耐人寻味。

有些东西我们似乎理解了，又似乎总是误解。《生命中不能承受之轻》就有这样的魅力。拿托马斯泛滥的性生活来说，托马斯因为对每一个女人身体百万分之一差异的幻想，致使托马斯的性从一个女人走向另一个女人，从一个女人的身体滑向另一个女人的身体。"他并非迷恋女人，是迷恋每个女人身体内不可猜想的部分，或者说，是迷恋每个女人做爱时异于他人的百万分之一的部分。……可以肯定，这百万分之一的区别体现于人类生存的各个方面，但除了性之外，其他领域都是开放的，无须人去发现，无须解剖刀。……只有性问题上的百万分之一的区别是珍贵的，不是人人都可以进入的领域，只能用攻克来对付它。……即使今天，……性爱看起来仍然是一个保险箱，隐藏着女人那个神秘的'我'。""是一种要征服世界的决心（用手术刀把这个世界外延的躯体切开来),使托马斯追寻着女人。"

"想占有客观世界里无穷的种种姿色,他们被这种欲念所诱惑。"这是米兰·昆德拉对托马斯的界定,他称托马斯对女色的迷恋是叙事性的。"……这种男人对女人不带任何主观理想。对一切都感兴趣,也就没什么失望。"托马斯正是这样在女人的身体之间行走,这种行走只是为了去征服,在征服中享受,却并不携带爱。所以,生命在托马斯那里是自由和轻松的。

他最佳的呼应便是萨宾娜。萨宾娜是托马斯性冒险的最佳搭档,她理解托马斯的性与爱分离的自由,就像托马斯理解她在画室的正中如虚置的舞台一样宽大的床和她总爱在做爱前戴的那顶男式礼帽。托马斯是一个好色之徒,一个温文尔雅的好色之徒,萨宾娜却是惹眼的另类,一个尖锐的情人,像清澈的水一样泡着的石子。你必须同样尖锐,同样独特,才有可能欣赏她——她的热爱自由、反对媚俗。明白她画室里的床为什么那么宽大,不合时宜的礼帽为什么那么惹眼。

她给托马斯的信中这样说:"我想与你在我的画室里做爱。那儿像一个围满了人群的舞台,观众们不许靠近我们,但他们不得不注视着我们……"而礼帽是她通向祖父的一个模糊的记忆,是她父亲的纪念物,是她的家族留给她的唯一的遗产,是她与托马斯性爱游戏中的一个道具,是她精心培养的独创精神的一个标志,是她住在国外时回忆过去的一件伤感物。用米兰·昆德拉的原话说:"这顶礼帽是萨宾娜生命乐曲中的一个动机,一次又一次地重现,每次都有不同的意义,而所有的意义都像水通过河床一样从帽子上消失了。……这顶帽子是一条河流,每一次萨宾娜走过都看到另一条河流,语义的河流:每一次,同一事物都展示出新的含义,尽管原有意义会与之反响共鸣(像回声,像回声的反复激荡),与新的含义混为一体。每一次新的经验都会产生共鸣,增添着浑然回声的和谐。"

托马斯明白萨宾娜的礼帽的含义,而弗兰茨却不懂。每当萨宾娜戴着这顶礼帽出现在他面前的时候,他就感到不舒服,"好像什么人用了不懂的语言在对他讲话。既不是猥亵，也不是伤感，仅仅是一种不能理解的手势"。弗兰茨也有自己语义的河流，他甚至不能在同一个城市和妻子之外的女人做爱。包括他深爱的萨宾娜。所以萨宾娜不能在她的床上拥有与她同一个城市的女人的丈夫弗兰茨，就像弗兰茨不能与萨宾娜的性爱中拥有萨宾娜的男式礼帽。有些秘密是不能同存的、共享的。

萨宾娜似乎不介意把床搁在舞台的中央，而特丽莎极力把床藏在暗处，永远只有两个人的暗处，而且是永远不变的两个人。总有一些东西是我们生命中最狂热最眷念的部分，它在我们理解和不理解的地方存在着，突然和某个人在某个场所相遇。我们似乎漫不经心地走过，其实，我们从不曾回避。托马斯从不在女人的地方过夜或带女人回家过夜，可特丽莎在睡梦中都攥紧着他的手，这个被托马斯看作躺在草篮里顺水向他漂来的孩子，从一开始就是带着爱来的，并且一直带着她纯洁的爱和忠诚，奢望着她的身体能成为托马斯唯一的身体。她的执着和痴迷是多么的顽固，以至她做梦都不能理解托马斯在别的女人那里没有负担的性。在托马斯与众多女人的身体交往中，特丽莎只是一个带着爱的眼泪坐在角落里伤心绝望的观众。这个观众痴迷于爱与性和谐的主题，可她看到的却是爱与性的分离。虽然托马斯是爱特丽莎的，可是他把更多的性给了别的女人。这是特丽莎始终不能理解的。虽然他们后来到了乡下，托马斯终于只属于特丽莎一个人了，可特丽莎仍然是沉重的。因为她知道，托马斯生活中的一切，都是她的错。从布格拉到苏黎世，从苏黎世到布格拉，从布格拉到乡下。她说："由于我的错，你的句号打在这里。低得不能再低了。……外科是你的事业。"托马斯却说："……认识到你是自由的，不被所有的事业束缚，这才是一种极度的解脱。"话虽然这样说，可特丽莎"却体验到了奇异的快乐和奇异的悲凉。悲凉意味着：我们处在最后一站。快乐意味着：我们在一起。悲凉是形式，快乐是内容。快乐注入在悲凉之中"。

这是小说的结尾中的几段话。而在电影《布格拉之恋》的结尾部分，托马斯和特丽莎从乡村舞会上离开后，住进了一个乡村旅馆的6号房。6

这个数字正是特丽莎对托马斯产生好奇与爱恋的密码。"我6点下班，而你住6号房。"这是7年前，在小镇做侍者的特丽莎初遇托马斯说的话。这个偶然的数字6，把托马斯和特丽莎带入了爱情的必由之路。这途中的轻与重，欢乐与痛苦，在米兰·昆德拉的小说里比在考夫曼的电影中讲得更晦涩、更迷人。

我看了四遍电影，却看了无数遍小说。每一次都像重新踏入一条新的河流，全新的感觉，全新的认识，都使我深深迷醉。这正如昆德拉在解释萨宾娜礼帽的含义时所写的那样："每一次，同一事物都展示出新的含义，尽管原有意义会与之反响共鸣，与新的含义混为一体。每一次新经验都会产生共鸣，增添着浑然回声的和谐。"

正是这样的原因，使米兰·昆德拉的小说对我有恒久的魅力。

爱,欲,和日记

其实,阿娜伊斯才是一位真正用身体写作的女作家。她的一生都在复杂混乱的爱欲世界里,只是她掌握了一种非凡的优雅平衡力,这种优雅平衡力令她在复杂混乱的爱欲世界里游刃有余。

说起来,有些不可思议,阿娜伊斯令人瞠目结舌、惊羡不已的爱欲生活的源起,并非因为自信——她对自己容貌的自信,而恰恰是因为自卑。

这自卑可以在她对心理医生艾伦迪的陈述那里找到证据:"我认为男人偏爱高大健康的大胸脯女人。小时候母亲为我的身体瘦弱发愁,常用西班牙谚语告诫我:'骨头专门喂狗。'我怀疑自己是否有能力取悦于人,是否能赢得一个大个子爱人的心,于是我来者不拒,感恩戴德地。正是为了忘却,我选择做艺术家、作家,让自己风趣、迷人、多才多艺。我知道有美是不够的……"(《阿娜伊斯·宁日记,1931—1934》,江苏人民出版社2007年8月版,第64页)

她在日记名作《火》中的坦言——"不论什么爱情,我都无法抵抗,我的血液开始起舞,我的双腿张开。"——这正是"于是我来者不拒,感恩戴德地"此种说话的诗性解释。

电影《情迷六月花》(Henry&June,别名:第三情,亨利与琼,1990年美国出品。导演:菲利普·考夫曼。主演:乌玛·瑟曼、佛瑞德·沃德、玛丽亚·德·马德瑞奥斯)的一开始,导演考夫曼就让阿娜伊斯顺从出版商一双颤抖欲望的手,探入她的酥胸,一张干渴的嘴唇砸向她羞怯但丝毫不想躲避的嘴唇。……她回到车上时,对丈夫说:"他吻了我……只是一个吻罢了,我是出于同情。"其实,她说出的只是冰山之角,在她那不允许任何人看到的日记本里却写下了他们从吻到性事的整个感受和过程。

与其说是阿娜伊斯同情年老丑陋的出版商,还不如说她是同情自己内心强烈的欲望。从她看到日本的浮世绘开始,或者更久,她一直就在渴望更多的爱欲、性,丈夫之外的。所以,她接下来爱亨利,爱亨利的妻子琼,爱心理医生,爱……正是她强烈的心理意识的身体泄露。

阿娜伊斯连丑陋的出版商都顺从迎合,对"温暖、快乐、轻松、自然"的亨利的动心则是再自然不过的了。阿娜伊斯和亨利是那种一碰面就注定了有旖旎悱恻故事的人。一个是细腻优雅,一个是粗暴野性,两种极端的品味相互产生巨大的好奇心与吸引力,所以,他们第一次见面就通电了,然而催生和巩固他们之间的灵肉关系的,却另有他人。这他人不是别人,是琼,亨利的妻子琼。亨利跟阿娜伊斯谈得更多的除了写作,其次就是他的谜一般的妻子琼。这令阿娜伊斯对琼产生强烈的好奇心。她的潜意识里甚至希望自己是琼那样的女人,那样身世不明却为男人和女人们都迷恋的女人。她的好奇与希望为后来她与琼的关系作了充分的准备工作。何况琼正是一个她所认为的能吸引男人的那一类美丽女人——"高大健康的大胸脯女人"。"我生平第一次看到了世界上最美的女人。许多年前,当我尽力去想象一个纯粹的美女,我在自己脑海中创造的形象就是这样一个女人。……我早就知道她头发的颜色,她的轮廓,她的牙齿。她的美貌淹没了我。当我坐在她的面前,我感到自己会去做任何她要求我做的事。亨利暗淡无光了,她就是色彩、光亮、新奇。她在生命中的角色本身就占据了她。我知道原因何在:她的美丽把故事和戏剧带给了她。思想毫无意义。我在她身上看到对戏剧角色的一种模仿。服装,态度,语言。她是个一流的演员。……我抓不住她的核心。亨利说的关于她的一切都是真的。那天晚上我像个男人,疯狂地爱上了她的面孔和身体,如此的诱惑。我恨那个由他人创造在她体内的自我。他人因她而生的感觉,为她写的诗,为她恨;他人,像亨利,不顾自己地爱她。琼,夜里我梦见她,似乎她非常小,非常脆弱,我爱她。我爱她谈话时显露在我面前的渺小:不成比例的骄傲,那伤人的骄傲。……她活在别人眼中她自己的映象里。她不敢做她自己。……她越是被爱,越是知道这一点。一张惊人苍白的脸退入了花园的暗影中。她离去时向我致意,我多么想跑过去吻她那惊人的美丽,吻她并说:'你带走了我的映象,我的一部分。我梦想过你,我渴求过你的存在。你永远会是我生命的一部分。如果我爱你,那一定是因为我们曾分享过同样的幻想,同样的疯狂,同样的舞台。'"

阿娜伊斯第二次见到琼时,她这样写道:"……我愿弃自己于不义,无限地向往奔向她,就像奔向死亡。"

阿娜伊斯不仅在身体上爱上了琼,在心灵上也爱了。阿娜伊斯在1932年2月22日给亨利的信中写道:"我们失魂落魄了——为了琼。你和我,在某些瞬间,都要追随她到死了。她摧毁了现实。她摧毁了是非。(你说你没有是非,我说我也没有,但我们谁也没有琼那样没有。)琼不会为真实困扰。她前行时创造着她的生活——她看不出故事和现实的区别。我们是多么爱她那一点——她对幻想那么认真。"

其实,在此之前,亨利就对阿娜伊斯讲过琼爱幻想:"别的女人要珠宝,她要幻想。"她幻想亨利成为陀斯妥耶夫斯基那样的作家,而她则成为作家笔下人人羡慕的主人公。

可是琼太迷人了,以至于文学对她而言,不过是一种点缀。就像亨利写的那样:"她像鸟儿穿羽毛一样穿文学。"

"穿文学",美丽的人,有足够的魔力!她不必像亨利和阿娜伊斯那样写鸿篇巨制,她甚至可以一个字都不写,就可以载入史册。尽管琼没有成为人人羡慕的人物,可是她在亨利和阿娜伊斯的笔下成为了斯芬克斯之谜似的人物。越是猜测不清,越是令人着迷。而阿娜伊斯和亨利却必是疯了一样地爱她,才会以她为原型分别写出《乱伦之屋》《北回归线》《南回归线》。

在电影的最后部分,琼对私情败露的阿娜伊斯和亨利扔下满地的写她的书稿,她愤怒而不失骄傲地给出了最后一章——一个摔门而去的背影。

琼与亨利的决裂，也预示着阿娜伊斯以琼的身心爱恋亨利的时光的结束。从此，三个情人变成三个朋友。

对于阿娜伊斯和琼的关系，心理医生兰克是这样解释的：阿娜伊斯和琼并非同性恋，而是阿娜伊斯在模仿父亲追求女人。

"你通过模仿替代失去的爱，这也是对男人纵欲好色行为恐惧的一种表现。男人这种行为在你孩提时代就伤害过你。"（我知道，以前家里所有的暴风雨和战争都源于父亲对女人的兴趣。）"我成了自己的父亲，成了母亲理智的顾问。我爱上写作和阅读。"（《阿娜伊斯·宁日记，1931—1934》，江苏人民出版社2007年8月版，第222页）

似乎阿娜伊斯所有的爱欲，不是为了填满她的身体和心灵，而是为了填满她一生的日记。

阿娜伊斯的情人从她的钢琴家父亲、银行家丈夫雨果、心理医生艾伦迪、兰克，到文艺批评家爱德蒙·威尔逊，……到她暗地里重婚的小她16岁的丈夫鲁伯特等无数的爱欲纠结与混乱激情，这些性，和她的自我与女性心理分析一起占满了她一生中的一百五十卷日记。

阿娜伊斯是从什么时候开始写日记的？她是如何坚持把自己的一生记载在日记里？日记的开始，要追溯到阿娜伊斯11岁那年，她的父亲抛弃了母亲和她们姐弟四人，阿娜伊斯就开始以日记的方式写信挽留父亲，尽管很多信她并没有寄出，但她写日记的习惯却坚定而牢固地保持了下来，日记也成为了她的一种强烈而隐蔽的恋父方式："儿时，为了不让父亲离去，我拼命抓住他的衣角不放，直到被人强行拖走。这种失败的姿势似乎延续了一生，我奇怪地重复着这一姿势，总担心我爱的一切都会离我而去。"

"父亲留给我的一些思想：爱意味抛弃和悲剧，要么被他人抛弃，要么抛弃他人；爱不仅能跨越死亡的障碍，还能完整地、艺术化地演练创造性本能。这种创造性本能通过完全的重生，或者说第一次真正的出生来实现人生的跨越。要完成这种人生的跨越，单单重复使我痛苦的童年时代是不够的，还需发现我积极活跃的个性，从而找到一个和我所沉浸的悲伤王国一样强大的领域。兰克认为我的写作能力是使我真正成熟的最主要核心部分。"(《阿娜伊斯·宁日记,1931—1934》,江苏人民出版社2007年8月版,第234页)

"……悲伤使我创造了保护自己的洞穴——日记。"阿娜伊斯称日记是她的护身之穴。

"日记是我的毒品、麻醉剂、鸦片烟斗,是我的毒药,我的罪恶。不写小说时,我仰面躺下,拿着日记本,攥着一支笔,枕着一席梦,专心致志,把两个自我拼接起来。……我需在梦中再活一次。梦是我唯一的生活。我在梦的回声和反响中看见变形的东西,这种东西保持了神奇的纯洁,否则魔力顿失,不然生活暴露的会仅仅是她的畸形,质朴会化身惰懒……所有的所有,一定通过我的罪恶镜头融合起来,否则慵懒的生活会减缓我啜泣的节奏。"(《阿娜伊斯·宁日记,1931—1934》,江苏人民出版社2007年8月版,第4页)

用什么来填满慵懒的生活?唯有激情与斑驳的爱欲;用什么来填满空白的长卷?唯有激情与斑驳的爱欲,和对激情与斑驳爱欲的剖析。

对爱、欲和日记,不必像阿娜伊斯那样洋洋洒洒写得太多,只需记下这些关键词:

乱伦,双性恋,不克制的混乱的、惊世骇俗的爱欲生活,一百五十本厚厚的日记,和由其中的一本日记改编成的这部电影《情迷六月花》;

"日记可与奥古斯丁、佩特罗尼乌斯、阿尔伯特、卢梭、普鲁斯特的作品媲美。"(亨利·米勒)

结束该文前,录一则阿娜伊斯的简介,以作纪念:

阿娜伊斯·宁,世界著名女性日记小说家,西班牙舞舞蹈家,作曲家琴·宁的女儿,金融家雨果的妻子(晚年同时也是演员鲁伯特的妻子),著名作家亨利·米勒的情人,被誉为西方女性文学的创始人之一,"身体写作"的先驱。1903年生于巴黎,1977年卒于美国洛杉矶。

最后,再打上这样一行字幕:"某一天,我会因爱成疯,被关起来。她爱得过度,这句话可以刻在我的墓碑上。"

第四辑 玫瑰与黄金

感觉像在爱自己

很多时候，我爱一个人，爱一个女人的时候，感觉像在爱自己。爱自己的这一面，或者另一面；爱另一半的自己，或者爱一个完整的自己；爱自己的前生，或者后世；爱自己的现在，或者将来；爱无奈的现实，或不可能的理想；爱一个完整的女人，爱一个完美的女神。

我爱李清照，是爱她的婉约与豪放；我爱乔治·桑，是爱她的浪漫与母性；爱伍尔芙，是爱她的优雅与疯癫；爱杜拉斯，是爱她的任性与放纵；爱波伏娃，是爱她的女权与睿智；爱弗里达，是爱她的顽强与疼痛；我之爱奥斯汀，是爱她村姑般的自然；我之爱狄金森，是爱她修女般的自闭；我之爱勃朗特三姐妹，是爱她们在世纪文坛上的天才集束与稀有；我之爱莎乐美，是爱她以女性的美丽之躯与理性之脑在诗人、哲学家与心理分析学家之间自如穿行的能力；我之爱阿娜伊斯，是爱她的150卷日记和放纵而幸福的一生；我之爱奥姬芙，是爱她画笔下神秘的花和大师般、老祖母般的长寿；我之爱卡米尔，是爱她青春时天才的光焰与困入疯人院后的寂然余烬；我之爱普拉斯，是爱她诗中骇人的特质和对死的钟情……我爱她们，是爱簇拥她们或离弃她们的爱人或仇人，成就或者毁灭她们的天才或疯子；我爱她们，是爱她们穿过的衣服、睡过的床铺、走过的街道、看过的书卷、弹过的钢琴、写过的书和画过的画……她们有多少面，我就爱了多少面；她们有多少个，我就爱了多少个。一面爱不完，我就用女人的许多面来爱；一生爱不完，我就用女人的许多个一生来爱。如若我的身体和灵魂爱不了，我就用文字，对了，用向她们致敬的文字来爱她们。

我爱她们。我之爱她们，是爱她们的天赋与独特；爱她们的盛名与孤寂；爱她们在时间长河中钻石般的光芒……

我爱，我爱啊！我爱这一长串闪亮的名字！

现在，我还要加上一个因我的阅读视域狭窄而漏掉了很久的一个名字：阿尔玛！阿尔玛·申德勒！但我之爱阿尔玛，不是爱她本身的光焰，而是爱她那种把天才网罗在她身边的魅力！

我之识得阿尔玛·申德勒，是因为先识得奥地利画家古斯塔夫·克利姆特的甜蜜而颓废的《吻》和奥斯卡尔·考考斯卡忧伤如风暴般掀动情欲的《风中新娘》。克利姆特的《吻》和考考斯卡的《风中新娘》一直就像我记忆中的艺术名片一样，醒目地存在着。我无数次地在脑中和书本里爱它们的美以及它们的美给予我的视觉惊喜、我诗歌创作的想象力与灵感，却从不曾去挖掘这两幅画的成因和人物原型，直到我邂逅到影碟《风中新娘》（2001年派拉蒙经典电影公司出品。导演：布鲁斯·贝尔斯福德。主演：萨拉·温特、乔纳森·普莱斯、樊尚·佩雷）。影碟《风中新娘》的封面，其实就是一幅具有古斯塔夫·克利姆特的油画风格的碟影，它的人物造型和色彩与油画《吻》几乎一模一样，如果不是男女人物的真实面庞，你一定要误认为它就是克利姆特的油画《吻》。相拥而吻的人物周围，是五颜六色的小花朵般繁复而华丽、密不透风的装饰。五颜六色的小花朵般繁复而华丽、密不透风的装饰，其实就是克利姆特的油画风格的标识与符号。我眼之一触《风中新娘》的片名，脑子里猛然就涌现出考考斯卡的蓝色风暴里纠缠的男女。我想这部电影可能就是某个画家的传记片了。可看到影碟封底的介绍，才知道它竟然是一个女人的传记片，一个与三四个天才男人有情感纠葛的女人传记片。这个女人不是别人，正是阿尔玛·申德勒。我由此记住了这个名字，记住了这个把天才男人网罗在自己身边的女人。

记得法国有一位女演员曾说过这样一段话："我希望我有一幢大房子，能把我爱过的男人，都装在这幢房子里！"而阿尔玛却是一个把自己爱过的天才男人装在自己的身体房子和心灵房子里的人。阿尔玛本人就像是天才男人的小型陈列馆。这个陈列馆就权当作她的第二任丈夫沃尔特·格罗皮乌斯设计的吧！阿尔玛在这个艺术陈列馆里穿行，她的身体和灵魂浸着她的第一任丈夫马勒的交响乐，墙上挂着情人考考斯卡以他们的恋情为原型的画，书房里堆着她的第三任丈夫弗朗兹·魏菲尔的诗集和小说。阿尔玛想要身体舒服，就想想沃尔特·格罗皮乌斯的英俊身体和他的伟岸建筑；想要心灵愉悦，就倾听马勒的交响乐，欣赏考考斯卡的油画，诵读弗朗兹·魏菲尔的诗文；再或者弹弹钢琴，回味自己初为人妇之前的音乐成就：9岁就开始作曲，少女时就弹得一手好钢琴；青年时就是维也纳出名的女钢琴家兼作曲家。她自己创作了100首曼妙的歌曲，虽然它们在当世很少有人唱起，也无力流传于后世。但这样的才华对于女性来说，仍是稀有的，值得推崇的，所以在维也纳，她的音乐才情与她的美貌一样有名。

"她惊人的美貌、脱俗的气质和独特的魅力"注定了她的石榴裙的花边和她的乐谱、她的钢琴手法一样风生水起。

所以，别指望阿尔玛给这个陈列馆当导游，因为她本身就是这个天才陈列馆的一部分，一个重要的组成部分。在这里，我就权当一次导游吧，暂且把这个陈列馆，命名为"阿尔玛和她的天才男人们"。

看看阿尔玛的背景资料。阿尔玛·申德勒（1879—1964）出身名门，父亲是一位画家，母亲是名噪一时的演员。她很小就表现出在音乐上的天赋，并接受了良好的音乐教育。16岁时，她已经吸引了无数艺术家拜倒在她的石榴裙下，不仅仅因为她的美丽优雅，她的博学多才也令人刮目相看。20岁时她已经创作出一些相当有水平的乐曲，这些作品到后来才发表，其中显露出她独特的趣味和准确的技巧，并得到了很高的评价。她留给后人的精神财富，似乎不是她的音乐才情，而是她和一帮天才男人的感情经历，她给予他们的艺术灵感和激情。

据阿尔玛晚年的回忆录称，古斯塔夫·克利姆特（1862—1918，奥地利画家）著名的《吻》是以她给克利姆特的初吻为原型画的。克利姆特喜欢阿尔玛和她惊人的美，阿尔玛喜欢克利姆特和他独特的画，但是克利姆特的画家好友、阿尔玛的继父却并不鼓励这对男女交往，再者阿尔玛当时年轻,心性未定,喜爱拿着自己的玉照,到处调情,吸引追求者。两人终究没有成为恋人。于是,后人对于阿尔玛和克利姆特的亲密关系的猜想与推测,就只留下了由这张《吻》里发挥的想象了。但这对于一个喜爱搜集天才男人的女人来说,这个《吻》无疑是一个美好的开端。不管这个吻是吻在嘴上,还是吻在心里,但它最终是吻在永恒的画上了,这就意味着它吻在永恒的岁月里。——如此开端,就意味着不朽,何况不久就有一位相当著名的音乐家来接力。

接下来的是阿尔玛的第一任丈夫:古斯塔夫·马勒。据相关资料介绍:"古斯塔夫·马勒是奥地利籍波西米亚作曲家、指挥家,他作为以维也纳为中心的著名交响乐派最后一位作曲家享有很高的声誉。影片中涉及他与阿尔玛的女儿的死,他为悼念女儿所作的《大地之歌》,是他的代表作。阿尔玛的音乐才华被马勒遏制,如果没有弗洛伊德对马勒的治疗,恐怕我们永远也无法听到阿尔玛的歌曲了。"阿尔玛初识马勒之前,并不喜欢马勒的音乐,但她很快被对她一见钟情的马勒的才华和盛名所吸引。两人很快结了婚。阿尔玛听从婚前马勒给她的一纸信笺的忠告,放弃作曲弹琴,当起了马勒的缪斯和贤内助。其实,阿尔玛心里清楚,以她的才华无论如何追赶也超过不了著名的马勒了。她愿意当这个天才的守护神,为他操持家务、生儿育女、誊写乐谱。有时,她还会给马勒提出乐谱的修改意见。阿尔玛的自我彻底退隐在一个天才音乐家的后面。人们似乎不记得她是一个很出色的女钢琴家,她自己也少有感觉。可是幸福平静的婚姻生活后面,总有风光旖旎的情感在招手。阿尔玛不可能看不到。在疗养院,阿尔玛邂逅到当时尚无名、后来却非常有名的建筑学家沃尔特·格罗皮乌斯。离别后饱受相思之苦的建筑学家把一封写给马勒夫人的信错寄给了马勒先生。于是两人的地下恋情被马勒知道了。马勒突然明白自己多年来都忽略了妻子的才华和美貌。想通过送礼物和呵护妻子来弥补,但为时已晚,阿尔玛崇拜马勒,但是并不爱他了。妻子的背叛,女儿的夭折,再加上重病在身,马勒从美国演出回来,5个月后就去世了。整天守在病床前的阿尔玛,向死神送别了她的音乐家丈夫之后，成了维也纳著名的寡妇。不论寡妇不寡妇，阿尔玛的门前从来就不会鞍马稀。于是我们就看到了一位疯狂画家跌跌撞撞地出场了。

这就是天才的奥斯卡尔·考考斯卡（1886—1980，奥地利表现主义画家，以肖像画和风景画著称）。他的绘画致力于对自然和人物精神世界的理解和挖掘。有关资料介绍说："他在1913年遇见阿尔玛，并与她同居旅行。两年之后他为恋人创作了成为其代表作的《风中新娘》。这张充满幻景与寓意的画以飘忽的造型、运动的线条和冷酷的蓝色调暗示了这段对他而言十分不幸的爱情。他在画中表现出一贯的激动不安的神经质情绪，这亦是恋情动荡不定的体现。"考考斯卡个性张扬，狂放，躁动不安，嫉妒心和占有欲极强。他反感阿尔玛把马勒的头像放在他们同居的房子里，更对阿尔玛对其他男人的吸引力担心不已。阿尔玛或许是忍受不了考考斯卡感情上的霸道和行为上的暴力，最终离开了他。对阿尔玛爱恨交织的考考斯卡，做了一个真人大小的假阿尔玛玩偶出入歌剧院和沙龙。一战爆发后，考考斯卡上了前线。从前线回来没多少年，考考斯卡就成为了维也纳著名的画家之一。二战期间考考斯卡逃到了英国，战争结束后还和古斯塔夫·克利姆特等画家共同举办过画展。据阿尔玛在回忆录《爱的桥梁》中透露，他和阿尔玛两人晚年孤寂时，还偶尔通通信，互致问候，聊聊往昔的爱情旧事。我本来是因为考考斯卡的《风中新娘》，才记住他的名字和画风的。现在却因为《风中新娘》而记住了阿尔玛。尽管从艺术史来看，艺术家和他的作品是主角，其他的是附属，但阿尔玛是一件不得不提的附属。因为我们谈论考考斯卡绕不过《风中新娘》，谈论《风中新娘》就绕不过阿尔玛。我想这同样是阿尔玛的天才和伟大之处吧。更何况，阿尔玛做了太多天才男人的附属。哪一个能绕过她呢？

现在上场的是她第二任丈夫沃尔特·格罗皮乌斯。格罗皮乌斯（1883—1969，德裔美国建筑师，包豪斯建筑学派创始人。他曾经在哈佛的设计学院任教授，波士顿的肯尼迪联邦政府大楼、纽约的Pan Am大楼，现Metlife大楼等著名的建筑都是他设计的）。上文提到过阿尔玛和他在疗养院的初识以及他们较长一段时间的地下恋情。马勒去世后,阿尔玛并没有想起这个当时还无名的建筑师,但是格罗皮乌斯的日渐有名,使阿尔玛把注意力转向他,阿尔玛跑到柏林见格罗皮乌斯,两人旧情复燃,很快就结婚了。格罗皮乌斯上前线不久,阿尔玛就为他生了一个孩子。格罗皮乌斯从前线回来后,阿尔玛就移情别恋了。从阿尔玛有关的回忆文字中,我们了解到,阿尔玛之所以嫁格罗皮乌斯是她"就是想看看两个漂亮的人在一起,能够造出什么样的漂亮小人来"。其实,更深层的原因,是她征服天才的虚荣心。但是世上任何人,他最终最关心的还是自己的内心、自己真正的自我。而阿尔玛的自我,除了美丽之外,还是才情的。但是她的才情却是被她身边的天才男人们所遮蔽。她只是强光制造的阴影下的美人儿,却并不是耀眼的强光本身。想必阿尔玛是知道这一点的,在风光旖旎的人生道路上,阿尔玛也要有光,要有人发现她的光。

她的第三任丈夫,也就是她的最后一位丈夫是一个发现了她的自我之光的人。他欣赏阿尔玛的才华,鼓励她歌唱作曲。他还弹奏她谱写的曲子。这位欣赏她的他,还是一位诗人,一位小说家。他就是弗朗兹·魏菲尔(1890—1945,奥地利作家。他的作品包括1941年的小说《伯纳黛特之歌》和1921年的戏剧《山羊颂》)。魏菲尔是布达佩斯籍的犹太人,父亲是手套经营商。阿尔玛认识魏菲尔时,魏菲尔还只有一点薄名,身材矮胖,头发微秃,但他性格好,热情开朗,嗓音好听,很会唱歌,诗朗诵也相当有感染力。阿尔玛初遇他时,就被他吸引住了。绅士般的格罗皮乌斯见两人经常深情地演奏和弹唱,只得忍痛将美丽的阿尔玛拱手相让。

也许真的是天作之合。魏菲尔和阿尔玛从没有分离过,厮守到了白头。他们在一起的时光里,魏菲尔欣赏阿尔玛,阿尔玛和魏菲尔患难与共,跟随自己的丈夫到处逃难。他们逃亡在法国时,曾经访问了鲁德市,他们的访问得到了该市的天主教神职人员友好接待。魏菲尔在那里得到了创作的素材和灵感,后来,他们逃到美国。安定下来之后,魏菲尔就开始着手写《伯娜德特之歌》,这是一部由一个犹太出身的作家写的关于一个天主教圣女的故事,此小说1941年一问世,就获得了很大的成功。于是,阿尔玛的最后角色,不但是一位有时间和心情演奏自己曲子的钢琴家,同时也是一位诗人兼小说家妻子。

以上大致就是阿尔玛和她的天才男人们的故事了。阿尔玛的那些天才男人们,个个都是出类拔萃的,令人倾慕的。这样的男人,一个女人一生拥有一个,都是令人羡慕的,何况阿尔玛曾经拥有过四个天才男人。这真是女人的至高荣誉与至福啊!她有足够的骄傲,贡献一个身体和灵魂的陈列馆,来供后世瞻仰这些天才们。

我感觉,阿尔玛替所有的女人,爱了所有的天才男人;替所有的艺术家,爱了所有的艺术。

所以,我说,当人们爱这些天才的时候,阿尔玛会感觉,他们爱的是她自己。

所以,我说,阿尔玛爱他们,感觉是在爱自己。

爱与美的女神

我们看到的神都是静止的,即便那诞生于大海和森林的爱与美的女神也是静止的。但当我们看到伊莎多拉·邓肯的舞蹈时,才相信,神其实是一直在舞动着。所有的爱与美都是舞动的!不是静止的浅浮雕、瓶绘、雕像,而是翻滚的海浪、歌唱的森林、深情的母爱……是女神飘逸的薄纱、芬芳的花环……是浅浮雕、瓶绘、雕像等一切美丽的艺术通过翻滚的海浪、歌唱的森林、深情的母爱……通过女神飘逸的薄纱、芬芳的花环……通过伊莎多拉·邓肯这位爱与美的女子复活了!从此,那位诞生自海上、长久活在希腊和罗马神话里的全部女性美的代表者和体现者的阿芙洛狄特通过伊莎多拉·邓肯的舞蹈活在我们的现实传奇中。

在邓肯这里,舞蹈成为了合唱。是舞蹈和雕刻、绘画、诗歌、音乐等一切爱与爱的艺术的合唱!

"使各种艺术聚合在悲剧合唱的周围,使舞蹈重新获得它在合唱里的地位,这就是理想。每当我跳舞时,我总是力图使舞蹈成为合唱:我曾像年轻姑娘们的合唱那样欢呼凯旋的舰队,我曾以舞蹈歌颂过战神,歌颂过酒神,我从未孤零零地跳过舞。舞蹈,当它和诗歌、音乐结合在一起时,它必将再次承担起悲剧合唱的使命。这就是舞蹈的唯一的和真正的目的。这就是它想再度成为一门艺术的唯一出路。"

邓肯认为舞蹈艺术是一种"伟大而原始的艺术",一种能够唤醒其他所有艺术的艺术。为了这所有艺术中的艺术,邓肯让自己的一生时时都"迸裂着岩石般的热情,将生命、爱情与舞蹈一起燃烧"得耀眼夺目、令人惊叹!

邓肯这位对爱与美有着自己非凡追求的女性,一生热爱天才,挚爱一切美丽的人与艺术。她在这一生的热爱中，把自己活成一种爱与美的艺术。她不但在文学家、艺术家、诗人那里寻找舞蹈的精神与灵魂，还把她所感受到的、掌握的爱与美的艺术毫无保留地传给人们。这些我们可以从她的舞蹈中，从她的自传《我的爱我的自由》及《论舞蹈艺术》里深深感受到。

孩子们应该总是穿着宽大随意的薄纱舞衣，直到有一天她们学会了轻松自如地用动作来表达自己的感情，就像其他人用语言或歌声来表达自己那样。

她们的学习和观察不应该仅限于艺术形式，应该首先学习自然界的各种动作。风吹云动、玉树临风、飞鸟展翅、树叶飘落，这些自然现象对她们来讲都应该具有重要的意义。她们应该感受到在心灵中有一种别人无法感知的神秘意志，引导她们探究大自然的秘密。因为她们身体的所有部位都训练有素、柔韧灵活，能与自然的旋律协调一致，与大自然同声放歌。

她的舞蹈创作不但源于大自然，她所热爱的古希腊艺术、音乐名曲，还源于她所感受与吸收的画家、雕塑家、音乐家、作家、诗人、演员的灵感与智慧，源于现代社会。

她把起伏的波浪、摆动的树叶、飞舞的蝴蝶以及飞鸟的优美姿态……化为她的舞蹈语言。

她身披古希腊艺术中瓶绘或雕像中女神那样的宽袍，摒弃了芭蕾的紧身舞衣舞鞋和僵硬的程式化动作，主张动作由意念而生。让心灵随着无穷无尽的美丽的线条起伏连绵而如醉如痴……她深谙卢梭、惠特曼、尼采等人的思想与诗歌。经常背诗，教她的学生们用舞蹈动作来表现诗的含义。就像惠特曼的诗里写的——"每一个人都唱着他或她自己而不属于别人的歌"。她要她的学生们不要模仿她的舞蹈，要随心而舞，"怎么感受就怎么跳舞"。要求一举一动，都具有精神内涵和优雅神韵。

正像邓肯宣称的那样,最自由的身体,包含着最高的智慧。邓肯的舞蹈做到了如此。这一切使邓肯及她的学生们在大庭广众面前具有磁石般的吸引力。邓肯一生的很多时光都把这种吸引力发挥到了极致。

因而邓肯不但是一位因开创了"高度个性化"、不可模仿的舞蹈先河的"现代舞之母",而且还因为她浪漫传奇的一生而成为一位人们热爱与追随的新女性,一位激发了很多艺术家、画家、音乐家、诗人的创作灵感与激情的爱与美的女神。

邓肯之前,代表和体现全部女性美的女神阿芙洛狄特是静止的;邓肯之后,代表爱与美的女神阿芙洛狄特是灵动的。

她的灵动启发和引领着一切爱自由、爱爱与爱美的女性,启发和引领着她们总是意志昂扬、全心全意地跳起新生的舞蹈。

流落在人间的天使

无数个清晨或暮晚，身躯臃肿的她身着灰蓝旧衣，提着柳条篮，步履蹒跚地走过石子路……

无数的街道还有雇主的厨房、客房，还有教堂……无数次地行走过这样的身影，仿佛她生来就是臃肿笨拙、赤贫如洗，生来就是到处奔忙的帮佣。其实，不是仿佛，而是就是——她1岁丧母，7岁丧父，在姐姐家寄宿几年之后，进修道院做了女佣。后来在巴黎北边的中世纪古城桑利斯，仍旧靠做女佣维持生计。其实，无数世纪里无数个这样的她，并不为她所走过的街道记住，更不为她生活过的世纪偏爱。因为她没从她那一类中独特出来，所以注定不会被记忆。

然而，萨贺芬却从她那一类中独特出来了，并且被人们记忆着。原来历史侥幸收藏了她那些给人以惊奇感、让人触目难忘的绚烂画卷。

这个她，这个萨贺芬，原来她平庸的肉体里居住着一个独特的灵魂！她艰辛的生活中和劳累的身躯里暗藏旺盛的生命力和惊人的创造力！

萨贺芬，她用她世俗的白天喂养着她灵魂的夜晚。她白天做佣工，抽空收集动物血、教堂里的灯油、河床田野里的淤泥、植物的汁液、普通的油漆，晚上她将这些收集来的"宝物"在她那昏暗的租房里捣鼓配制成天然颜料，然后面对圣像，用手指画画。每一幅画画成之时，她都会唱起圣歌。这样，她那白天无神无光的双手、面颊和眼睛在夜晚满是喜悦的光。她那白天世俗卑微的身躯，夜间像受圣浴一样灵性高贵起来。

于是，我们透过她的夜晚去看她的白天，发现她其实就是一个天使，一个被上帝选中的天使。

原来，她那双每天给人收拾房间、清洗被单、擦洗地板、端茶倒水的粗糙双手,会深情抚摸河水和树木;她那爱沐浴河流的臃肿身躯会在树丫间或草地上焕发出被自然与神灵照耀与眷顾的光芒。因为信仰,她坚信自己能与上帝交谈;因为爱自然,她能与自然谈心;因为画画,她能听到自己灵魂的真音。她确信有守护天使在引导她画画,所以她画画时,要面对圣像,每完成一幅画都要唱圣歌;她像孩子那样爬到树上,坐在树丫上,晃动双腿;她悲伤时,跟树木、花草、虫子说话;她在草地上小解时,双眼也要看着太阳光。她活在自己的世界里,她没有师承,她从未接受过正规的绘画训练;她没有亲人、朋友、财产,但这些都没关系。她说:"我的灵感来自天上,是上天引导我去画。"所以,只要她勤劳的双手能动,她就能一直画画。画画就是她的老师、她的亲人朋友、她的果腹食物、她灵魂的饕餮大餐。她的画就是植物昆虫、水果花朵的奇妙盛宴——它们夸张地铺满整个画幅,每一笔都饱蘸着蓬勃的生命激情、忧郁与狂喜,点缀在植物昆虫水果花朵之中的睫毛、灵眼、血管、火焰,使画上的一切恣意奔流,质朴而绚烂,直接而繁复,缤纷而有序,拥有着教堂彩色玻璃般的妙构、神光与她命运中率真而神秘的个性化美感……这一切冲击着观者的感官、视野、灵魂。所以,当德国著名收藏家威廉·伍德在1912年无意发现她的绘画时,以为这是"历史上最强烈最奇妙的作品"。于是,他像珍视收藏毕加索、卢梭的画一样,珍视收藏着她的画,并把她归类为"原始画派"画家,于20年代中后期,让她的画开始参加各种展览。由此,一个在生活中饱受嘲讽的佣工,开始受到画界的瞩目。名利开始垂青于她,她终于可以无须做佣工,而一心画画了。但不幸的是,她开始出现幻觉幻听,情绪变得日益不稳定,后来被送进精神病院,在精神病院度过了混沌的十年后去世。在这十年里,她忘记了她的信仰,忘记了她的守护天使,忘记了曾被她视为神迹、恩典的绘画,忘记了她的伯乐,她甚至忘记了她本人,这样的她更不会预见,她的作品后来会被世界各大博物馆收藏!

上帝对流落在人间的天使是如此残酷——只让她留下画作,却不让她怀着喜悦唱着圣歌退场。仿佛只有如此残酷,才能让她独特于她那一类；只有如此残酷，才能让人深深地记着他独特子民独特的光芒与色彩。

　　萨贺芬，这位女佣黯淡的生命神奇地折射出的艺术之光，让我们明白，每个人都是流落在人间的天使。无论贵贱，无论美丑，只要足够独特，有惊人的生命力、创造力和个性化美感，就有可能被上帝选中。

从疼痛的身体上开出的魔幻之花

有这样一个女人，小时候得了小儿麻痹症，右腿瘦细；18岁遭遇了一场车祸：她腰围处的脊骨断了三处。锁骨断了，第三第四根肋骨也断了。右腿有11处碎裂。骨盆有三个地方破碎。她虽然在不断的治疗中站立起来，可以行走，可是她却成了瘸子。她虽然可以怀孕，但总是流产。因此她至死都没有一个健康的身体和一个孩子，可她却留下了一个坚强的灵魂和一批奇异的画。

如果你读过她的日记，你会为她所遭受的肉体和灵魂的痛苦而心痛不已；如果你看过她的画，你会为她画里触目惊心的血腥和伤口中开出的花而震撼。我说的是墨西哥女画家弗里达·卡洛。

世界上有无数痛苦的女人，有无数的痛苦存在，但从来没有一个像弗里达这样躺在床上都穿得整洁与惊艳的女人；世界上也有不少的女艺术家，但从来没有一个像弗里达这样阐述痛苦的女画家。弗里达的丈夫里维拉曾从艺术家的角度对弗里达的画作了这样的评述："我钦佩她。她的作品讽刺而柔和，像钢铁一样坚硬，像蝴蝶翅膀那样的自由，像微笑一样的动人，悲惨得如同生活的苦难。我，我，我不相信……曾有过别的女艺术家，在她们的作品中有过这样痛苦的阐述。"

因为车祸的后遗症，弗里达的身体一生中的大部分时光都处在疼痛中。所以弗里达一生都在阐述她的痛苦。她的日记有一些断断续续的文字，"我毫无希望……我不相信幻觉……真是无所适从。一切均不可名状。我不关注形式……被淹死的蜘蛛。生活于酒精之中。孩子是明天而我却终于此"。这段文字表明了弗里达对自己不育的悲哀。这种悲哀是终生的，弗里达在临死的那一年对一位朋友说："我的绘画承载着那种痛苦的信息……绘画由生命来完成,我失去了3个孩子……绘画是一种替代品。我相信工作是最好的事。"弗里达一生都在用绘画表达她的痛苦。她画中的很多身体都有伤口,带着血腥,有的还有刀、钉子。这些画让人头皮发紧,心中隐隐作痛。在《我的出生》里,女儿在血泊中出生,而母亲在血泊中死去。那只奔跑的《小鹿》身上扎着九支箭,伤口流着鲜红的血。她还画过一张身体上沾着很多铁钉的自画像。……这些画,这些画中的利器让人疼,是麻药醒了的那种疼,一点点地升上来,止都止不住。你只能让那种疼一点点地将你淹没,然后在疲惫时倦下去。但整个过程都令人刻骨铭心。看过她的画的人,一辈子都会记得这种疼。它的钉子和血腥提醒我们:我们一直疼着,只是因为麻醉,让我们暂时不知道疼痛。

尽管弗里达的身体一直不好,但是她非常坚强。即便痛得不能下床,在床上她都在画画,或者在床上写日记,写了很多迷离、纷乱的句子,就像一个痛苦的诗人的昏厥与陶醉。以一个诗人的经验,我知道,写下这些句子的人无疑是悲伤而又幸福的。她悲伤的是她身体从没减轻的疼痛,幸福的是疼痛给灵魂带来的奇异的想象。"他来了,我的手,我的红色梦幻。更大。更多你的。玻璃的殉道者。伟大的非理性。柱子和山谷。风之手指。流血的孩子。云母微粒。我不知道我的好笑的梦在想什么。墨水。斑点。形式。色彩。我是一只鸟。我是一切,没有更多的慌乱。全部的钟。规则。大地。大树林。最大的温柔。汹涌的海浪。垃圾。浴缸。明信片。骰子,手指演奏那渺茫的希望。布。国王。如此愚蠢。我的指甲。线和发。我自由自在的思想。消失的时间。你从我心里被偷走了,我只有哭泣。"

她日记里的这些美妙的句子,就像一个诗人断断续续的梦语,清冷又温暖。这清冷与温暖意犹未尽,似一种就要分离的爱情。这就要分离的爱情同样是令人疼痛的。这种疼痛以美丽的服装为包装,以抽烟、喝酒、吸毒、双性恋为表现形式,以绘画为终极目标。

弗里达是这样一位在尖锐的疼痛中过着独特生活的女人,抽烟、喝酒、吸毒、双性恋——爱过许多优秀的男人和女人，也被许多优秀的男人和女人爱过。法国超现实主义诗人及散文家安德烈·布雷顿说弗里达"是一位有着全部诱惑天赋的女人，一位熟悉天才们生活圈子的女人。……没有比她的绘画更女性化的艺术了。为了尽可能地具有诱惑力，只有尽量地运用绝对的纯粹和绝对的邪恶。弗里达·卡洛的艺术是系在炸弹上的一根带子"。虽然弗里达不认为自己是一个超现实主义画家，她的画全是她的现实的反映，更多是疼痛的身体带给她的奇异的想象力。但那奇异的想象力落在画上，却是超现实的、魔幻的。她的画就像从身体的伤口中开出的魔幻之花。这花有诡异的气质，艳俗的色彩。

在这诡异与艳俗中，硕大的阔叶，和那些利器与血腥一起在孤独中安慰了孤独的灵魂。我们在隐隐约约的疼痛中，竟会有温暖与心动的感觉。

哭泣的玫瑰

虽然好莱坞的歌影双栖明星詹妮佛·洛佩兹早在1996年之前在影视方面就有绝佳的表演，但真正令她迅速成名的则是1997年的一部由她担纲主演的影片《哭泣的玫瑰》（又译《塞莱娜》，1997年美国出品。导演：格里高利·纳瓦。主演：詹妮佛·洛佩兹、艾德戊德·詹炽·奥利莫斯）。詹妮佛因生动而逼真地塑造了一位歌星，而受到影评界的一致好评。她从此星途灿烂，一路散发玫瑰的芳香……

《哭泣的玫瑰》是一部再现1995年2月26日遭枪击的墨西哥音乐王后塞莱娜生平的电影。塞莱娜生于1971年的美国德州，父母均是美籍墨西哥人。这位聪明美丽的小女孩从小就受酷爱音乐的父亲的熏陶，梦想有一天穿着漂亮的衣服站在舞台上纵情歌舞。塞莱娜有着绝好的歌唱天分。她的嗓音美妙动听，表演热情奔放。塞莱娜9岁那年，父亲组建了一支以塞莱娜为主唱的家庭乐队。她的哥哥任吉他手，姐姐打架子鼓。父亲任指导老师和调音师，母亲偶尔弹弹电子琴。塞莱娜的父亲到处为他的家庭乐队寻找舞台。塞莱娜就随着这支家庭乐队辗转奔波地表演于餐厅、舞厅、露天广场……

长成少女的塞莱娜出脱得越来越美丽越来越性感，她的表演风格也日渐成熟与迷人。18岁时候她就以美妙的歌喉，热情、激烈的舞姿迷倒了亿万歌迷。20岁那年她第一次回墨西哥演出，就受到了十万观众的狂热欢呼。痴迷的观众差点把广场上搭建的舞台都挤垮了。情急之中的塞莱娜仅用一个温柔压低的手势和轻柔的嘘声就使观众平静下来，着魔般地和她一起唱着抒情的慢歌。塞莱娜就有这样的魅力。5分钟之前的性感歌舞挑逗得观众把舞台都要挤垮了，可5分钟之后的深情慢歌把观众安抚得像温柔的水草左右摇晃。歌迷爱死了塞莱娜。

克里斯也爱。克里斯这个塞莱娜家庭乐队的外来人口,从他一出任乐队的吉他手的那年就爱上了塞莱娜。塞莱娜也深深地爱着克里斯。可是塞莱娜的父亲亚伯翰强烈地反对她与克里斯相爱,他认为克里斯不过是一个小混混,根本配不上他的女儿。塞莱娜不想再受父亲的摆布,她要和克里斯结婚,亚伯翰威胁说:"你如果和克里斯结婚,我就解散乐队。"克里斯不愿意心爱的人放弃唱歌事业,只好万般不舍地离开了塞莱娜。塞莱娜不堪相思之苦,经常偷闲去跟克里斯幽会,后来干脆先斩后奏,与克里斯在教堂秘密结婚了。面对亿万歌迷都知道的事实,亚伯翰只好接受了克里斯。因为他和塞莱娜一样清楚地知道,塞莱娜失去舞台会心空,失去爱情会痛苦。

塞莱娜是那种天生为舞台而生的歌者。20岁就获得了美国唱片界最高的奖项——格莱美奖。她常对她的亲人好友这样说:"只要我一站在舞台上,我就有一种特别的感觉。我就是觉得,我和观众的梦想好像一样。"所以塞莱娜对她的歌迷非常好,还专门成立了塞莱娜歌迷协会,经常找时间和歌迷交谈。可是她遇人不淑,不仅被她的好友,她的歌迷协会的董事长沙玉兰偷走了很多唱片,而且竟然在德州的巨蛋形体育场的演唱会上遭到这位好友的枪击。谁做梦都不会想到会有这样的悲剧发生。我们看见朝舞台飞来的是一支粉红的玫瑰,可事实上是一代巨星的殒命。这不能不让人痛心疾首。这活生生的悲剧,让世上所有的烛光都流泪,让所有的玫瑰都哭泣。

在《哭泣的玫瑰》中我相信我看到的就是塞莱娜本人,而不是詹妮佛·洛佩兹。在这部影片中詹妮佛与塞莱娜是一体的。事实上詹妮佛和塞莱娜有着惊人的相似。两人同是美国籍的拉丁后裔(詹妮佛的祖籍是波多黎各),两人都有浑然天成的节奏感和全身散发热情魅力的拉丁性感美女的特质。塞莱娜从小就唱歌,成名后才演电影。而詹妮佛却是从小跳舞,长大才进军影视再进军歌坛。塞莱娜从小就对舞台有一种特别的感觉。詹妮佛4岁时就梦想成为明星。两人的经历太像了,甚至两人的年龄都相当。詹妮佛生于1970年,塞莱娜生于1971年。她们不仅同根同源,还有相同的梦想和追求。所以我们不奇怪詹妮佛何以能如此生动而逼真地塑造塞莱娜。

我甚至相信詹妮佛就是活着的塞莱娜。只是活着的塞莱娜是不是会像詹妮佛一样绯闻不断,一样频繁地结婚频繁地离婚?我不知道。但我理解詹妮佛,理解所有优秀的女人。她们身边优秀的男人太多了,想不受到诱惑,想不爱都不行。虽然詹妮佛在公众场合总是穿得非常性感(曾因此获得过最省布料奖),但生活中的詹妮佛却是一个相对严肃的人,不抽烟,不喝酒,不吸毒。她每天只睡4至5个小时,却能保有旺盛的精力投入工作中。她爱工作,爱自己。为了保护自己,她为自己的身体投保10亿美元。

相对时间和永远的艺术来说,女人的美太容易流失了,就像玫瑰太容易凋谢。这世上的人啊,都要好好爱惜玫瑰。因为我们不愿听到玫瑰的哭泣。尽管诗人说,花朵停止了,芳香却前进了。但我仍然不愿看到花朵的凋谢。因为每一朵花的凋谢,都会有我们听到或听不到的哭声。

文字拼缀的华丽光斑

童年的音乐宫变成废墟之前,四岁半的英格丽在父亲的海军基地的营房里,以梦幻般的甜美歌喉唱着《平安夜,圣善夜》……

当战争的炮灰让她丝绸般的皮肤布满奇奇怪怪的伤口时,她正在一个颤抖的高音处。随后灾难性的巨大声响停下来了——她绷着一身隔期变态反应的皮肤跋涉在通往辉煌音乐舞台的路上……然后就是舞台……这个舞台由她的祖父从废墟中寻找的一架钢琴开始的音乐教育、会演奏四种乐曲的海军指挥官父亲的激励和她天使般的金嗓子奠定。

这是一个从小就懂得用音乐治疗病痛的女孩:"……(音乐训练)也是一种毒品,能减轻我这副混沌的身体的病痛,抚慰我变质的面孔。"

这个坚强地与病痛对抗的女孩,褪去了童年饰有绒球的毛皮大衣——就像褪去一身变态反应的皮肤——拾起了华丽与颓废的艺术气息熏染的时尚,长成一个酗酒、吸食毒品、热爱时髦的女人,长成一个以姿势、神态、行为、手势、变幻无穷的声调……汇成的无尽魅力的歌唱家。

这个女人,这个歌唱家以她的魅力吸纳了20世纪六七十年代的音乐、电影、时尚界繁荣景象下的耀眼光斑。这个光斑同时成为令人注目的光源,这个光源在英格丽这里成为一个磁场,成为不断变幻色彩的石榴裙……裙裾窸窣飘逸,仿佛她在舞台上轻轻的背景音乐。

她掌握了身体和歌声的魔法,用来蛊惑爱的视线和耳膜。

一个作家,一个起初只写了两部反响平平的作品的作家,早就准备把没有显露的不凡才能、旺盛而克制的精力、欣赏性的窥视、似乎漫不经心其实谨慎的、不自禁的跟从同后来不愿再雪藏的诡秘文字一起,倾向了一朵诱惑性的昙花开放的舞台、舞台的背景、周边的人,和他们的风雅……他蓄时良久,似乎只是为了成为一个无可替代的见证人。当然,他做到了,他以25年时间备下的羊皮纸般珍贵的纸张,铸就了这部2000年获得龚古尔奖的传记小说《英格丽·卡文》。(法国让-雅克·舒尔著,金龙格译,译林出版社2008年1月出版)

他掌握了视域的多重闪回和语言的繁复组拼等诸多魔法,并用这种魔法拼贴出过去时光中的种种人物、事件、文化思潮和社会背景……烘托出英格丽的事业、爱情、生活……

一个有心机的追随者,把她身体里和声音中的乡愁、惆怅与爱恨,以"生动活泼、文雅诙谐和多样化的语言风格"翻译了出来。

当舞台暗下来,人群散尽时,他满怀深情地,用文字连缀出她华丽的出场,她辉煌的人生。他所有文字的聚光灯只是对着她。她身边那些人,名人,都不过是她的阴影,她的陪衬。法斯宾德的所有出场,圣罗兰的所有百合和剪裁的裙子……再怎么传奇,在他的文字里,也不过是一个他爱的女子英格丽的陪衬。

只不过这陪衬不必羞怯与自卑,他们可以非常自如与坦然——爱或者不爱,骂或颂,全由他们的心性与才情。

所以,法斯宾德可以在与英格丽的婚宴上说:"玻璃杯和幸福多么易脆!"

所以,圣罗兰可以在她半裸的身体上剪裁出时时都有可能掉下来的绸裙。

让电影天才、服装天才、写作天才都尽量使出他们的才华吧,他们在各自的领域可以是永远的主角,但在英格丽这里只能是惊鸿一瞥的嘉宾——法斯宾德的骂声和砸电视机的声音和他爱英格丽时的掌声具有一样的效应;圣罗兰的百合花和服装是英格丽在舞台上的传奇……或许他们的光芒曾经照耀过英格丽,但他们的肉身已经化作尘土了……从前,现在,只有让-雅克·舒尔还一直坐在英格丽的身边,用他心甘情愿的黯淡来衬托英格丽的光亮。

一直以来,他在旁边抽着烟,当她需要时,他就熄掉烟走过去,接住从她的身体中滑落的衣裙,再看着她满怀才华和欲望走向舞台中央……

他在别人不鼓掌时鼓掌,他在别人鼓掌时鼓得更响。

他在别人追随时追随,他在别人离开后仍然追随……

他拿着一个看不见的布袋装上了他所有看到的片断。

现在,暮年的他,坐在暮年的她的身边,用一支注了魔法的笔,把他装在记忆的衣袋中的片断用文字——连缀起来。他看着它们像时光河流中的波浪此起彼伏,他的意识流也此起彼伏……

他爱她,所以他把星星看成月亮,把月亮看成太阳。于是,她在他的书里,受光体变成了耀眼的光斑,甚至变成了发光体。

从前的英格丽捧着圣罗兰的百合花,穿着圣罗兰剪裁的仿佛要掉下来的长裙演出。

从前的英格丽走在法斯宾德的电影里,唱着动听的歌。

现在这个暮年的女人,捧着让-雅克·舒尔的书……在回答记者提问时,说:"多年来,我知道他在写,在写一本真正的书……舒尔是一个很出色的'组装者',他没有改变基本事实,但是他很好地加以组装,他把几件遥远的事情连到一起,就变成了一个新的故事。……书出版了,我生命中的一部分就不再属于我自己。我对那些想了解我身世的人说,去看这部小说吧,那里面没有谎言。"

但我并非是想了解英格丽,而是想看舒尔这个先锋作家,这个"懒鬼作家",是如何在《英格丽·卡文》中做了一个出色的"组装者"。

"她和她的影子就像转瞬即逝的生动的象形文字,面对这幻影,我们混乱无序的生活好像不存在。

"历史,她的和我们的历史消失了,把这个昙花一现的痕迹留在了舞台上。"

这是《英格丽·卡文》中的一段话,也是中文版封面上的文字。

现在我掩上了这本书。

而这些文字拼缀的华丽光斑，多么耀眼！——舒尔让他笔下的文字把"昙花一现的痕迹"留下来……

他从她的身体和精神中淘出的黄金和钻石，多么耀眼！

那些变幻的光斑，在他音乐般流动的文字韵律中，多么耀眼！

杰奎琳的眼泪

"我能演奏时,人人都爱我。我不能演奏了,人家不理不睬!"

这是不能再演奏大提琴的杰奎琳在重病中的一句感叹。

多锋利的一把刀啊!一下子剖开了人间的世态炎凉、冷漠与背叛!

而我们,竟然用《杰奎琳的眼泪》这悲伤的河流,这华丽的丝绸,濯洗肮脏的世俗与抚摸渺小的自我!

如同此刻头痛的我,任由忧伤的音符汇成的河流,濯洗我的疼痛和孤独……虽然满含热泪,却终是心安地畅饮。仿佛上帝给过她惊世的才华原本是给我们的。上帝只是借用了杰奎琳·杜普蕾这个肉身,现在他把它们夺回来还给了我们!我们感激涕零,又嫉羡丛生!

难道没有人同杰奎琳的姐弟一样嫉羡她吗?嫉羡上帝给予她的才华吗?

不要以为我们给予杰奎琳的仅仅是爱,却不是嫉妒!

哦,必定是的。像任何一个不被羡慕的平凡的人一样!不才,善嫉,冷漠,绝情。不理会我们的天才姐妹的寂寞与孤独!不理会她小孩般的任性!不肯陪伴她到弥留!

一个非分的索求又怎样?答应她吧!——她用大提琴给予这个世上太多的惊喜与感动,给她的家人带来太多的荣耀。她受伤时,只需一小段田园时光,像小时候同姐姐互享勤奋激励、荣耀与梦想……一样,分享姐姐的爱情与家庭的温馨。她需要姐姐向她证明有人疼她!——所以,姐姐"不介意"借出自己的丈夫"同她上床,来疼她"!

一场游戏般的演奏会又如何?为她操办吧!——她需要丈夫的陪伴,

她需要音乐，需要有人注目！所以，她敲一下电子鼓，都赢得如雷的掌声。

温馨的回忆可慰人啊！给她一段美好的回忆吧！——她需要童年的回忆，需要海滩上萦绕的梦景——她已经像捧沙子一样把黄金般的美丽展现给了世人。

能给的都给她吧，只因她拥有的美好均被上帝残忍地夺过来给我们了！

她已经向舞台谢幕了！——十年的大提琴演奏生涯浓缩在她那些美妙绝伦的音乐唱片里！

她已经向人生谢幕了！——四十二年韵华带着华丽的孤独、遗世的绝唱逝去了！

而她把琴声——她那"凝结的泪珠"——留给了我们！
任我们这些忘恩负义之人，自由地倾听。
因为杰奎琳是用她的生命在拉琴。我们倾听她，就是索取她的生命！
因为我们的掌声，我们的鲜花，我们的含泪倾听，更像十二万分的索取！

我一直在听的这首《Jacqueline's tear》"杰奎琳的眼泪"，是 19 世纪法国作曲家奥芬巴赫写的大提琴曲。这首曲子在辗转近百年后，碰上了天才的杰奎琳·杜普蕾！杰奎琳·杜普蕾的演奏阐释了它，给了它鲜活的生命，使它声名远播。而杰奎琳·杜普蕾天才的、短暂的一生，又令这首曲子成为了杜普蕾的人生写照——令人惊羡又令人扼腕的悲剧，漫溢在催人泪下的琴声中……抚慰着这世上千千万万的人！

我们要以多少掌声，多少公里的鲜花长队来悼念她的离世呢！她离世时世人的泪水比全世界的雨水还多！

而我们是多么贫穷啊！只有轻薄的掌声和鲜花！只有无奈的叹息与眼泪！

而我们又是多么富有！这天才的琴音从没停止过抚慰我们的伤痛！可我们终究是无能的，只能让逝者的琴音淹没生者的眼泪……

一件最重要的衣服

香奈儿审视着镜子里抽烟的自己。

她与镜中的自己,有时有一种高高在上的距离感,有时又有一种爱恋不已的缠绵。因为她看到的几乎就是她想看到的样子——她所希望看到的女人的样子——她们全部穿着黑色小洋裙,脖子上戴着白色的珍珠项链。

"博伊,为了纪念你,我让全世界的女子都穿上了最美的黑色。因你是我一生中最爱的人!"

香奈儿喃喃自语。

此前,博伊打电话来,要和香奈儿一起过圣诞节!他还要给香奈儿一个惊喜,送一份昂贵的礼物给她。可是夜深了,珠宝行都关门了。博伊好不容易找到朋友,在他的珠宝行买了一串漂亮的珍珠项链。他深爱香奈儿,也知香奈儿深爱他。但他却因为家父的门第之见,没能娶香奈儿,而是和一位贵族小姐结婚了。现在,他不想再错下去了。他要告诉香奈儿,要永远和她在一起。他加大了小轿车的油门,脑海里蒙太奇般地放映着甜蜜影像:

——他驱车到朋友的庄园,路遇一位穿白衬衫黑马裤、脚蹬马靴的骑手,他的马受了一点惊。后来在朋友的家里,他发现那位骑马的翩翩少年,竟然是一位漂亮的女士。她别出心裁地把男人的骑马装改造成她自己的衣装。

——他们在舞会上跳探戈。香奈儿一袭白裙,舞动在满目斑驳丽色中,像一朵盛开的山茶花单纯妩媚,令人着迷。

——两人游玩归来,碰上暴雨。博伊脱下自己的灰色风衣披在香奈儿的身上。香奈儿就像一位罩着袍子的圣女,清丽娇小,楚楚动人!

——她摆弄出一顶顶别致可爱的帽子。它们总是在博伊的面前变出一个又一个迷人的香奈儿。她们一起来爱他!

她戴绅士帽、打领结、穿衬衣、穿男裤,英姿逼人。女士们纷纷效仿。但香奈儿永远是最美最特别的那一个。博伊爱极了这个香奈儿。

她本来不做围巾。可她为博伊亲手做了一条白色的丝绸围巾。博伊戴着它上了战场,在战场上戴着,返回巴黎时也戴着,现在仍然戴着。

想到这里,博伊用手抚了一下飘在脖子上的白围巾,突然一串刺耳的紧急刹车声……甜蜜就进入了夜一样深的睡眠里……

当香奈儿赶到车祸现场时,她看到的是翻了的车,车玻璃上的血迹……不见了亲爱的人,只见挂在树上的白围巾,她轻轻地取下来,围在自己的脖子上,闻着亲爱的人余留的气味……

还有那些怀着爱情的珍珠,散落在地上。香奈儿把它们捡起来,擦去尘土,重新用珠线穿好,戴在脖子上。

香奈儿做了一条黑色小洋裙,这是她为悼念博伊而专门做的孝服。

没多久,香奈儿就把黑色这种葬礼用色穿成了新女性们喜欢的颜色。就像香奈儿懂得什么叫至爱一样,她懂得什么叫至美。她说:"黑色是能够包容一切的颜色,白色也是。它们都具有一种纯美。穿着黑色或白色的女人,永远是舞会上最受瞩目的美女。"

是的,香奈儿的一生都是最受瞩目的,她就像是她那个时代的女皇,被人羡慕爱戴。她之所以受爱戴,并非是她总爱穿的黑色或白色的衣装,而是她设计的风靡全球的时装,她的天赋,她的美貌,她的个性,她的自信,她的骄傲……还有她的风流逸事。

她从不缺少追求者,不缺少传奇。香奈儿几乎一生都在恋爱中。博伊去世后,先后走进香奈儿感情生活中的是音乐家斯特拉文斯基、流亡法国的俄国沙皇亚力山大二世的长子狄米拉、英国首富威斯敏斯特公爵……还有不少爱慕她的美貌与天赋的名流,如毕加索、雷诺阿、莫朗、达利,还有丘吉尔、温莎公爵。

一生有这么多显赫的追求者，可香奈儿谁都没有选择。她选择了不嫁。不嫁的原因，或许是因为她最爱的是博伊——"（博伊）卡伯让我明白我可以照自己的方式生活，照自己的意思经营事业，照自己的欲求选择爱人，这是卡伯给予我的最好的礼物。"但更重要的是她的自我，她的自信、独立、骄傲的自我。

看看她回拒威斯敏斯特公爵求婚时说的话："公爵，这世界有很多公爵夫人，但是，可可·香奈儿只此一个。"

"你为什么终生不嫁？"面对此问题，她轻松地耸耸肩说，"大概我没找到一个能和'可可·香奈儿'媲美的漂亮名字。"

她在自传中透露说："我命中注定独立，无法与个性比我强的男人相处。"

香奈儿的自我非常强大，强大到可以独立地面对世界。活而不为生活所累，爱而不为爱所奴役。她最大限度地挥发天赋才情，成就辉煌事业，醉心地挥霍美貌魅力，谱写美妙爱情。而这些天赋才情、美貌魅力、事业爱情，共同成就了香奈儿这一完美惊艳的自我。

从12岁时母亲病逝，父亲把她和姐姐遗弃在孤儿院开始，她就慢慢地磨砺自己，慢慢地变得坚强而独立。18岁离开孤儿院到一家缝纫店里做帮工，然后是恋爱、开帽店、开服装店、成立双C时装公司……

她让女人们为她设计的服装着迷：裤装、小黑裙、无领夹克；绅士帽、衬衣、蝴蝶结；宽松海军服和针织衫；粗呢套装；人造宝石；5号香水；……她把女人们从繁缛装饰的衣束中解放出来，为她们设计优雅简约、奢华又与众不同的时装。让每个女人都可以找到她们需要的香奈儿。

她让男人们为她的美貌才情、个性魅力着迷——音乐家、画家、政治家、同行或是敌人，都对她爱慕不已。

香奈儿说："我爱过的男人，永远会记得我。"

毋庸置疑的是，爱她设计的衣服的女人，也会爱她。

她浑身散发着一种特别的美。这种美是由天赋、才情、自信、果敢、骄傲等铸成的。

我们来听听香奈儿名言：

"时尚既是毛毛虫，也是蝴蝶，我们要钻进一条裙子里展翅高飞。"

"时尚存在于制造幻觉的艺术里。"

"时尚可不仅仅关乎衣服。时尚无处不在，随风而生。它在空中，在路上。只能用直觉来把握。"

"我们应该用一种天真、纯洁的眼光看待珠宝，就像坐在疾驰而过的车上时刚巧瞥见路旁盛开的苹果花一样。"

"我崇拜美，但是讨厌所有仅仅只是漂亮的东西。"

"女人也许会过度打扮，但绝不会过度优雅。"

"骄傲是我的孤僻与茨冈人式的独立的原因，同时也是我成功力量的秘诀。"

"20岁的面容是与生俱来的，30岁的面容是生活塑造的，50岁的面容则是我们自己得负责的。"

"……诚如拿破仑所言，他的字典中没有'困难'两字，我的字典中也找不到'不成功'三个字。"

再看看人们怎么评论她：

马尔罗说："20世纪的法国，三个名字永垂不朽：戴高乐、毕加索和香奈儿。"

丘吉尔曾在给妻子的信里称赞香奈儿："她是最能干、最出色的女性，她的强烈个性连兴奋剂也相形见绌。"

毕加索称香奈儿是全欧洲最有品位的女人。萧伯纳则认为她是世界时尚奇葩。

尚·考克多赞美香奈儿有"黑天鹅般优雅的姿态"。

柯雷说香奈儿有"如野牛般强壮的心"。

卡陶说："这简直是奇迹——她把那些只适用于画家、音乐家和诗人的准则应用到时装上来。"

普拉达说："她真是一个天才。很难确切地讲为什么；可能和她总要与众不同，总要独立无羁有关。"

总要与众不同，总要独立无羁。这正是成就香奈儿的自我的关键词。

她提醒女性说："你可以穿不起香奈儿，你也可以没有多少衣服供选择，但永远别忘记一件最重要的衣服，这件衣服叫自我。"

"一件最重要的衣服"，而且是一件终生都不能丢弃的衣服。我突然明白了香奈儿为何在博伊逝后的余生都穿着黑色的香奈儿。我想不仅仅因为黑色是一种纯美，更因为她是一种灵魂上的东西——她说"博伊是我灵魂上的朋友""他是我的兄长、爱人、……"——一句话"一生中的最爱"——香奈儿不但用黑色来悼念最爱，也用来表现她的自我、她灵魂里的珍藏与人生的辉煌。

所以，在香奈儿这里，服装不仅仅是身体的遮饰，它更是身体发光、身体燃烧的外在形式。它既是一种表现、一种发光、一种燃烧，还是一种抚慰，香奈儿让身体欲望的外在形式得到了全面的关照与抚慰。我们随心所欲，我们与众不同。香奈儿看似在表现身体，实则是表现自信，表现灵魂。因为我们不是以赤裸的身体立于世上，而是以身体的衣饰，立于人前的。

所以与身体比起来，服装是更重要的表现人的精神面貌与灵魂的形式与手段。

香奈儿把镜中的自己看成无数个自己，或者把香奈儿之外的他者看成无数个香奈儿。所以，香奈儿是为无数个自己、无数个他者设计服装。

让我晃动，成为无数个我。

这不仅仅是服装艺术所需要的，也是其他艺术所需要的。

不要以为香奈儿让所有爱上黑色香奈儿的女性，都在替她悼念爱情，而是香奈儿在替女性表现自我，成就自我，进而达到超越自我。

披着俄罗斯披巾的阿赫玛托娃

最开始接触阿赫玛托娃的诗歌,始于很久以前读到的乌兰汗翻译、外国文学出版社出版的那本《阿赫玛托娃诗选——爱》,以后又陆续读到不同译者翻译、不同的出版社出版的《阿赫玛托娃诗文集》《阿赫玛托娃传记》《哀泣的缪斯:阿赫玛托娃纪事》和散落于各种诗歌刊物翻译栏目的阿赫玛托娃……似乎每次吸引我读阿赫玛托娃的,已经不是她那些我经常吟诵的名句——"世上不流泪的人中间,/没人比我们更高傲、更纯粹。""别人对我的赞美——不过是灰烬,/你对我的非难——也是嘉奖。""让恋人们祈求对方的回答,/经受激情的折磨,/而我们,亲爱的,只不过是/世界边缘上的灵魂两颗。"——而是一个固执的意象:俄罗斯披巾。这个意象,它每次变幻各种颜色、各种图案落在一位身高1.81米的俄罗斯女性肩上。这位女性雍容华贵:云髻高绾,双手交叉胸前,面色从容淡定,目光如皇后。像一尊无声的雕像矗立在我眼前。我多想听到阿赫玛托娃的嗓音念她有五个"A"字的名字和朗诵她自己的诗句,多想看到她在"在窗台上或者某物体的边上"写诗的样子。显然,我这是奢想——似乎没有这种万分珍贵的录音资料和影像资料保存。我脑子里重叠放映的就是一尊披着俄罗斯披巾的雕像。一切都是静止的,唯她身上的披巾抚慰着她的双肩和臂膊,陪伴我读着她的诗歌和人生。

披巾就像标签,夹在她诗集的这一页或那一页,人生的这一段或那一段。阿赫玛托娃的诗句——"深色披肩下紧抱起双臂……"我完全被这样的阅读主观幻想缠住:所有身材高挑气质高贵的俄罗斯女性都是披着披巾的阿赫玛托娃。任何时候的阿赫玛托娃都是披着披巾的——不论是古米廖夫初遇时的少女阿赫玛托娃、勃洛克写献诗时的阿赫玛托娃、莫迪里阿尼画速写的阿赫玛托娃、曼德尔施塔姆流着泪听朗读的阿赫玛托娃、还是连着十七个月每天在监狱门前排队等待探监看儿子的阿赫玛托娃……无论是爱中的阿赫玛托娃，还是苦难中的阿赫玛托娃；无论是青年的阿赫玛托娃，还是中年、老年的阿赫玛托娃，无一例外地都披着披巾。

别以为这样固执的主观意象来源于勃洛克《致安娜·阿赫玛托娃》这首写披巾的献诗：

> 有人对您说："美是可怕的"，/您却慵懒地把西班牙披巾/披在肩上，/一朵鲜红的玫瑰，戴在头发上。/有人对您说："美是朴素的"，/您却笨拙地用五颜六色的披巾盖住婴儿，/一朵鲜红的玫瑰——掉在地板上。/可是，当周围的人们纷纷发言，/您却心不在焉/忧郁的您陷入沉思/您对自己说：/"而我既不朴素也不可怕；/我没有可怕到可以让人随便杀死的地步；/也没有朴素到/连生活是可怕的也不知道的地步。"

后来，阿赫玛托娃在一篇名为《忆勃洛克》的散文中写到，她从来没有勃洛克在这首用西班牙抒情诗体写成的诗中说的西班牙披巾。阿赫玛托娃认为当时勃洛克对卡门着了迷，所以把她也西班牙化了。她的发髻上从来也没有戴过红玫瑰。这样说来，勃洛克诗中的阿赫玛托娃披巾，是他本人的主观幻影，他诗中的阿赫玛托娃不但肩有西班牙披巾，还头戴红玫瑰。而我脑中的阿赫玛托娃，则是肩披俄罗斯披巾，头卡珍珠发卡。阿赫玛托娃是不是经常这样打扮，我并不知道。阿赫玛托娃也不可能在文字里回应我她是否这样打扮过。我也是主观的，而我的主观绝对是我自己的主观，而非受勃洛克诗歌的暗示。再说，我在最开始接触阿赫玛托娃的诗歌时，脑中的阿赫玛托娃就是披着俄罗斯披巾的。因为在我看来，俄罗斯披巾是俄罗斯女性最日常却尽显高贵的衣饰。阿赫玛托娃就是所有披着披巾的俄罗斯女性代表，唯一不同的是，阿赫玛托娃是披着披巾写诗的诗人。现在，她们在我的笔颂之中：

她们肩上的披巾/都是阿赫玛托娃的：五个 A 标识的/高贵、端庄。矗立在北方/……漫天风雪，和她们一起号啕：/坟里的丈夫，狱中的儿子。//爱情，背叛；祖国，苦难。/但她绝不离开，/一直在俄罗斯的某个窗边/写着《没有主人公的叙事诗》和《安魂曲》，/为缺失的主人公叙事，为俄罗斯安魂，//也试图安慰自己千疮百孔的心——/"我是无法被安慰的！"/祖国之内、屋檐之下，/那么多的苦难、爱与献诗，/共同织成一尊俄罗斯女神的披巾。//它们肯定不是飞毯，/也早已不是简单的衣饰，而是标志，/是阿赫玛托娃的俄罗斯标志。/她顽强地活着，/哀悼着她年轻时代的朋友们。//那些诗中、画中的披巾就是见证。/我如披上它，/就如同写诗、作画，/皆是由衷的颂扬或是纪念。

从现存的很多阿赫玛托娃图像资料来看，无数的艺术家速写、绘画、塑像、拍照的阿赫玛托娃都是披着披巾的，所以说，我认为阿赫玛托娃总是披着披巾的说法是正确的。我甚至还认为莫迪里阿尼为阿赫玛托娃作的二十几幅画，也都是披着披巾的。这一认定，我以为可以从阿纳托利·耐曼所著的《哀泣的缪斯：安娜·阿赫玛托娃纪事》（华文出版社2002年1月第1版）中的一段文字里推断出：

"她身体笔直，傲然不群；她走路缓慢，甚至在走动时，也宛如一尊厚实的塑像——猛然看去就像凿出的一尊经典之作，仿佛已被视作雕塑的典范。她身上披了一条破旧的长巾，可能是披巾或者穿的是旧和服，很像雕塑家工作室里搭在已雕塑好的作品上的一块薄布。许多年过去了，这一印象仍清晰地浮现在我的眼前，使我联想起阿赫玛托娃关于莫迪里阿尼的笔记。莫迪里阿尼认为值得雕塑和作画的女人，一旦穿上衣服便显得笨拙不堪。"

阿纳托利·耐曼是阿赫玛托娃晚年的文学秘书，是她最亲密的朋友之一，他与布罗茨基等人组成了一个四人诗歌小组，经常得到阿赫玛托娃的指点和帮助。所以，诗人耐曼的所述更真实于洛勃克诗中的主观幻想。这样想来，我的总是披着披巾的阿赫玛托娃，从来不是我一人脑中的主观影像，而是客观存在。

1911年，曼德尔施塔姆在伊万诺夫的沙龙里，初识古米廖夫和阿赫玛托娃，第一眼就被后者的高贵气质所折服，当时就作诗献给阿赫玛托娃：

> 侧过身子了，——哦，悲哀！——/瞥一眼冷漠的人群。/那条伪古典主义的披巾/从肩膀上滑落，变成了石头。

（汪剑钊译）

看来，曼德尔施塔姆眼前的阿赫玛托娃也是披有披巾的。不知为何是"伪古典主义的披巾"。

我无意去追究阿赫玛托娃究竟都披过一些什么颜色、什么图案的披巾，但我始终相信，一条破薄布披在阿赫玛托娃的肩上，都是一种不言的高贵与美丽。尽管它们已从时光的肩膀上滑落，变成石头，却仍然是恒久的高贵与美丽。就像我们心上矗立的不朽的诗歌女神！

谨以此文献给我敬爱的俄罗斯诗人阿赫玛托娃。我不仅爱她的诗，也爱她披着的披巾。

以文字取暖

常常会感到极度的孤独与寒冷,即使在人群之中,在炎热的夏天。这孤独与寒冷,不单来自皮肤、血肉,还来自心底与骨髓里。在如此极端的状况下,还能活下去的人,那必定是怀有至爱之物。我的至爱之物不是华丽的丝绒与昂贵的皮毛,不是爱人的眼泪与怀抱,而只是诗歌。我一直怀揣的也就是诗歌。我靠着诗歌,取暖。像一些爱爱的人,以爱取暖。

半夜了,/这个女人似乎掉入了某个陷阱,/还在想着一首诗。/就像年轻时爱上某个人,/迟迟不愿放手。/全然不顾那个人的/灵魂穿什么颜色的衣服/说什么语气的话//她由此掌握着/密不透风又不着边际的光线,/成为诗中不可思议的部分。//她是被祝福的:/如此醉心地爱一首诗/比爱一个人更可靠,/更幸运。

这是一首写于2005年春夏之交的诗。或许我也是早已蹚过爱情河、经历过人世的沧桑的人了,知道爱情到底是什么,人生几何。所以,与爱人相比,我更爱诗歌。于此,有上面这首《爱》诗为证。

更多时候,我不是以爱,而是以自己的诗行取暖。

是谁说,"你一个人冷。"/是的,我,一个人,冷。/我想,我还是抱住自己,/就当双肩上放着的是你的手臂。/就当你的手臂在旋转我的身体:/就这样闭着双目——头发旋转起来,/裙子旋转起来;/血和泪,幸福和温暖旋转起来。/"你还冷吗?"/我似乎不冷了。/让我的双手爱着我的双肩，/就像你爱我。

　　这首《取暖》写于 2005 年的冬天。那时的冷，似乎是身体的冷到心里的冷。但更多时候的冷，是由心冷至身冷。取暖是灵魂在诗歌上的诉求。虽然很多时候，我看似是在以爱取暖，其实是在以诗行取暖。也就是说，最终温暖我的，不是话语，不是手臂，也不是双肩，而是诗行，是那些从逝去的岁月中冶炼出来的忧郁的诗行。

　　因此，我常常醉心地爱着诗，爱着诗一般的文字。因而，他人的诗文，也是我的取暖器。也就是说，我还以他人的诗文取暖。

　　比如，三伏天里，我阅读的茨维塔耶娃的诗文，浸透我的是一阵阵战栗，这战栗就像是一种冷来抵制炎热，像暖一样贴心，而不是热一样烤心。

　　"关于鲍里斯我知之甚少，但我爱他，如同人们只爱那些从未谋面的人（早已逝去者，或尚在前方者：即走在我们之后的后来者），爱从未谋面的或从未有过的人。"（摘自《一九二六年五月十日茨维塔耶娃致里尔克》，见 1999 年 1 月中央编译出版社出版的《三诗人书简》第 39 页）

　　"我对你的爱已经分化为日子和书信，钟点和诗句。由此而来的，是不安。……这就是爱，时间中的，忘恩负义的、自我毁灭的。我不喜欢爱，也不尊重爱。"（摘自《一九二六年六月三日茨维塔耶娃致里尔克》，见 1999 年 1 月中央编译出版社出版的《三诗人书简》第 108 页）

　　一九二六年四月至一九二七年一月，在帕斯捷尔纳克与茨维塔耶娃、里尔克与茨维塔耶娃之间发生的"书信三角罗曼史"，充分地流露出相隔三地的两对人的爱情，从一开始就是纸上的爱情，与纸上的创作。虽然有澎湃的激情、心灵的拥吻，但终归是纸上的、精神上的。他们之间心灵的爱有时候也强烈地需要身体的在场，可是他们最终只是飞鸿频传，却无身体的相拥。在俄罗斯的帕斯捷尔纳克终没有去见流亡巴黎近郊的茨维塔耶娃，在瑞士的里尔克也没有前去看望他在书信中爱恋不已的茨维塔耶娃。里尔克的病体不是他没见茨维塔耶娃的借口，茨维塔耶娃的旅资也不是她没见里尔克的障碍,帕斯捷尔纳克对茨维塔耶娃与里尔克的爱的嫉妒与克制,也不足以阻止他去见茨维塔耶娃。最真诚的原因,应当是茨维塔耶娃的爱情观。茨维塔耶娃认为"爱情只活在语言中","我不活在自己体内——而是自己的体外。我不活在自己的唇上,吻了我的人将失去我。""我——在最隐秘的深处,处在所有的界限之外——在不可触及的地方。"(摘自《一九二六年八月二十二日茨维塔耶娃致里尔克》,见1999年1月中央编译出版社出版的《三诗人书简》第204、206页)所以她追求的爱,是"无手之抚,无唇之吻"。她喜欢高山般的友谊,却不喜欢大海般的爱情。她说:"我不爱大海,因为大海是激情,是爱情;我爱高山,因为高山是恬静,是友谊。"所以,她之爱帕斯捷尔纳克,她之爱里尔克,是以无手之抚无唇之吻,以那些炙热的心笺情书和忧郁的诗简在爱。套用茨维塔耶娃本人的一句话就是"诗人,就是在超越生命的人",而茨维塔耶娃在与她爱的异性中,同时是一位越超了爱情的人。她的爱炙热而忧郁,泛滥而纯洁。就像她同时之爱帕斯捷尔纳克、里尔克和她自己的丈夫埃夫隆。狭隘或无能的人是无法理解这些爱的差别、真诚与纯洁的。她之爱,就如同她是一片海洋无私地接受着奔向她的江河。它以同样开阔的胸怀迎接着奔向她的爱,而不去眺望它们的源头,打量它中途的支流或转弯处。他们之爱,不但是超越作为诗人的自己,而且是超越作为人类的自己,是要一起欢心愉快或是惊世骇俗地奔向一个博爱的神。爱之人在同时使用世界上最稀有的珍贵之物——即卓越的诗歌的灵感和天赋之光,因而这爱更像是卓绝的创作。它自产生之日起,就在预示它将是一份难得的遗产,关于诗歌的、爱的遗产,文人道德观念的遗产,而非简简单单的信件。所以,帕斯捷尔纳克把里尔克和茨维塔耶娃写给他的信,装进标上"最珍贵"的字样的信封中,再装进皮夹,揣在上衣口袋里。这是贴进心脏的地方。他终生珍藏着。

"我们爱男人,却不愿意看到他们的身体。"是谁的诗句,似乎是阿赫玛托娃的,但我更愿意相信它是茨维塔耶娃的。一九二六年十二月三十日,里尔克在瑞士拉加茨疗养院病逝。三十一日,茨维塔耶娃写了一封致里尔克的悼亡信,信中写道:"……我与你从未相信过此世的相见,一如不信此世的生活,是这样吗?你先我而去,为着更好地接待我,你预订了——不是一个房间,不是一幢楼,而是整个风景。我吻你的唇?鬓角?额头?亲爱的,当然是吻你的双唇,实在地,像吻一个活人……"(摘自《一九二六年十二月三十一日茨维塔耶娃致里尔克(悼亡信)》,见 1999 年 1 月中央编译出版社出版的《三诗人书简》第 217 页)

她就是这样从没相信过相见,就是这样用文字去爱,所以他们之间最终活下来的只是文字,是文字里的爱。

后来,归国后茨维塔耶娃与她在文字里爱着的帕斯捷尔纳克见过几次面,但终归是平淡的,而不是情书里那般炽烈。所以,与相见相比,她更相信远离,更相信文字。

"我生活中的一切事物我都喜爱,并且是以永别而不是相会,是以决裂而不是结合来爱的。"茨维塔耶娃的这一段文字,其实就是她处世态度的自白。

写字的人,终归是清醒的,明白的。一切的爱,一切的憎,一切的一切,在他们那里始于文字,也终于文字。文字是起点,也是终点;文字是身体,也是灵魂;文字是爱人,也是仇人;文字是工具,也是武器。

文字,当然还是取暖器。茨维塔耶娃终生珍藏着里尔克和帕斯捷尔纳克写给她的信,她经常一读再读这些信件。它们陪她度过了许多孤独与寒冷的日子。她知道这些信是世上珍贵的遗产,所以她在离开莫斯科,将要疏散到鞑靼共和国的叶拉布加城前,把这些信细心地包好,亲手交给了国家文学出版社的一位她非常信赖的女负责人。后来,她在疏散地自缢。

赴死者,当然不需要取暖器了,但是生者会需要。所以,她把文字留给了生者后,走向死亡。

记不得我自己是多少次读这些文字了,只记得无论是在极热或极冷的季节,还是在孤独与绝望的心境下,每每看到这些文字,心中都是一阵阵战栗般涌起暖意。

当然，这种暖意，我很早就从茨维塔耶娃的诗行里获得。20世纪90年代初，我读了《茨维塔耶娃诗选——致一百年以后的你》后，写了一首《茨维塔耶娃》：

我们心爱的诗人已经永恒/茨维塔耶娃，也许我无法/超越百年到达你的灵魂/如果我们一样苦难深重/且身陷绝境/一切家园都感到陌生/生命与爱又如何？/我想通过缪斯，提前向你走近/美丽动听的歌声没有错误/茨维塔耶娃，我们心中的女神/生命与爱一样高傲/你的形象比天地更旷远而久长

就是这样，那些文字的暖意，繁衍了这些文字，这更多的暖意。所以，我不怕冷，因为有永生的文字取暖，不绝的文字取暖。

隐居在诗歌里

容我以惺惺相惜的心之柔软，把足出不户的、独身的女诗人看作艾米莉·狄金森，艾米莉·狄金森再世，把自己自闭写作的时期称为"艾米莉时期"。

或者，每个在外风餐露宿、跺脚打拼，为稻草谋、为成功谋的女人身上都有另一个自己——隐居在家中：着单色衣衫、做家务、做白日梦；身居咫尺，心游天涯；白天在花园里做园艺，晚上在书桌上写诗歌……任他人怀着万般好奇，视她为白衣的"爱默斯特"修女、幽居的安静天使、神秘的女巫、"有点疯"的独身者。这修女、这天使、这女巫、这独身者，你只能偶尔在西窗外的篱笆外，瞥见她的惊鸿照影，或者作为好友的你收到她如诗句般清丽哲学般智慧的信笺。

你只知她身居闺房，每天做家务，按父亲喜爱的口味做好面包——就像所有囿于琐碎家务的女子那样，不知她怀揣着一个丰富的奇异的世界，更并不见她有何痛苦隐忍的秘密或惊慕世人的才能。但她知道自己的天赋，她知道有世界在她的脑子里翩然起舞，她必得用巨大的热情把它们写下来。有人用雄心去征服世界，有人用脚步去丈量理想，艾米莉只需用笔——闲时经由笔落在笔记本里，忙时经由笔落在旧报、信封、纸片……的空白处、食谱的背部——这样，不但她的抽屉里全是她写的句子，她的裙衣口袋里、桌椅上、房墙缝里……家用的纸片上、本子上……全是她晚年整理好的诗歌母本，它们随着她思绪的河流奔涌而来，她来不及给它们标点（标点就是破折号代替），来不及雕琢、修饰，一切浑然天成，仿佛她自己就是一尊宏大的诗歌容器，她只需拿起笔，倾斜一下身子，诗句就哗啦啦地流出来：

"原野穿起鲜红的衣衫/枫树披上艳丽的头巾——/为了不显得古板/我别了一枚别针。"(《晨曦比以往更柔和》)

"花冠,可以献给女王——/月桂——献给卓越的/灵魂,或剑。/啊,但是赠给我——/……啊,但是赠给我——/豪侠的自然——/慈善的自然——/公正的自然——/请规定,用玫瑰!"(《花冠,可以献给女王》)

别针,这女性优雅的饰品,我有过那么几枚,却很少用在衣衫上,原因是我曾经一度不愿见外面的任何人、任何事,只想和自己喜爱的书亲近。但是在书房里,我穿着随意的衣衫,决不会想到用别针。阅读、发呆、写作,用开花的文字编织花冠……偶因外购生活品出门一趟,也不会用别针,而是让它在首饰盒里暗自闪光,自己却让脑中绵绵不绝的思绪翱翔在天空般辽阔的空间,任卓绝的想象力如同华丽的绸缎,抚慰着身心的同时,托着手中的利箭飞点黑墨在洁白的纸页上……

"她的心,宜作家室——/我,一只小麻雀——/用香甜的枝蔓,在那里/构筑我久居的巢穴。"(《她的胸前宜佩珍珠》)

一只小麻雀,用文字做枝蔓,构筑了久居的巢穴。这巢穴里有父爱,一生衣食无忧;有"友善的厨房,可以好好地观察自然";有姐妹,梳理琐事;有飞信,纸短情深;有爱之不能爱,深藏于心。一个衣食无忧、内心自足富有的人,无须为了生活四处奔波,为了爱情做侍奴。她可以骄傲地紧闭门扉,安安静静地偏居一隅,做自己想做的任何事,甚至无须把日渐堆积的字稿邮寄出去发表,以博名利。因为名利只让她觉得无聊与羞辱——"做个,显要人物,好不无聊!/像个青蛙,向仰慕的泥沼——/在整个六月,把个人的姓名/聒噪——何等招摇!"(《我是无名之辈,你是谁》)——"发表,是拍卖/人的心灵——/……切不可使人的精神/蒙受价格的羞辱。"

阅读、思考、写作,确实能为一个内心有定力的人赢得巨大的心理平衡、独自面对自己的能力与盈盈自爱。艾米莉深谙书籍文字的影响力——"没有一艘船能像一本书/也没有一匹骏马能像/一页跳跃着的诗行那样——/把人带往远方。"

文字就是远方，文字能让我们变得富有！

"他饮食珍贵的文字/他的精神变得强壮。//他再不觉得贫困，/他再不感到沮丧。/他跳着舞过黯淡的日子/使他飞翔的只是一本书，能有多么大的自由——/精神摆脱了束缚！"

这自由让我们隐居在文字里。因为文字里自有全世界全人类。即便一个足不出户的女性的文字，也能抵达整个世界，——抵达自然、生命、爱、死、永恒……

她的诗里写自然界、写科学、写外科医生举起手术刀、写"果真会有一个'黎明'"，写"我们有一个黑夜要忍受"——这里一颗星那里一颗星，/有些，迷了方向！/这里一团雾那里一团雾，/然后，阳光！

她的诗里有泥土、小船、旅店、鹿、蜜蜂、蝴蝶——"有人叫它鳞翅目幼虫！/而我，我算什么，/却道出蝴蝶有趣的秘密！"（《一个毛茸茸的家伙》）

"我有钻石，戴在手指。/……我有红宝石，像黄昏的血——/还有，像星星的黄玉——"（《今天，我是来买笑容的》

她的诗里有美酒、有未经酿造的饮料……有设想同心爱的人在一起时"豪奢的喜悦"般的"暴风雨夜"。

有对活着的赞美，对死亡的慰藉——

"活着，多么好！/双倍活着，美好无比——/由于我出生人世——/再由于，在你心里！"

"我们学完了爱的全部/词汇，字母——/短篇，巨著——/然后闭合启示录——"

"就这样，像亲人，黑夜相逢——/我们隔着房间谈心——/直到苍苔长上我们的嘴唇——/覆盖掉，我们的姓名——"

她的诗中拥有稀有的体悟与智慧——

"我从未见过荒原——/我从未见过海洋——/却知道石楠的形态/知道波浪的模样。//我从未和上帝交谈/从未访问过天堂——/却知道天堂的位置/仿佛有图在我手上——"

"失去你，比得到/任何别的心更加甜美。/不错，干渴确实受罪，/但是过后，我有了甘露水！"

"写诗跟被爱一样重要。如果现在'妻子'是我的头衔，那我会是诗人吗？'得到家庭却失去灵魂'有什么好处？一个被抓到的鸟就不会歌唱了。"

"我给我的心一个更宽的跑道。"

狄金森的诗文其实就是解开她自己生命与爱的钥匙，仅仅从上面几段话，我们都可以看到她为何弃绝社交，回避爱情婚姻。她的心有着自己的疆域，在那个疆域里，她让纸页吸收她的痛，见识她的天赋，她把自己的生命托付给了诗。就这样诗行与日记承载了她的整个生命。她生前不爱投稿，仅仅发表的8首诗，还是亲友瞒着她寄出的。她写诗时，也是悄悄地写，极少随信寄给朋友，大部分诗歌锁在柜子里，连家人都看不到。她就这样隐居在她的诗歌中和日记里。

她对自己的文字这一隐居地，有足够的认知与自信：

"如果有一部书能使我读过之后浑身发冷，而且没有任何火能把我暖和过来时，我知道那一定是诗。如果我有一种天灵盖被人拿掉的感觉，我知道那一定是诗。"

"我的心不断地飞翔！……诗就像一缕金色的线穿过我的心，带领我向梦中才出现的地方前进。……我知道我的生命可以用来织这条线，它会变成一匹够亮的布，充满乐趣，也强韧到能抗拒焦虑；它是所有人的衣装。许多人都将生命托付给神，我却将我的生命托付给诗。"

"我的诗一定得亮着自己的光芒，无须其他人的擦拭。要不然，我会藏起来直到适合的光出现。为盲者阅读是懒惰的行为。伟大才是耐心。"

"今天世界将黄金当成垃圾，但时间只会让它更珍贵。"

晚年的狄金森把自己的诗文一一整理好，大部分交付妹妹维妮，日记则私藏在家宅的墙缝里。她死后，诗歌被一一整理出版。日记则在几十年之后重见天日。正如狄金森自己在日记里所写的那样，适合的光终于出现了，时间让黄金闪耀着珍贵的夺目光辉。

人们发现弃绝了社交的狄金森,不仅仅是隐居在家宅里,更是隐居在诗文里。

年轻的时候,我就对诗歌有自己的见解与追求,但我的生活有羁绊,这羁绊现在还缠着我,我从来都不可能如狄金森那样生活——在25岁以后弃绝社交,终生隐居在家里,做家务,写诗。因我没有殷实的家底,我19岁时父亲因车祸去世了,安慰母亲,照顾年幼弟弟的责任就落在我这个大学二年级学子的身上。我在学习之余,就是做家教,写日记,写诗。那时的我,就像狄金森所写的那样——"让纸页吸收我所有的痛"。我把狄金森"写给世界的信"——诗歌与书信看成了写给我的,因它们和我的诗歌与日记一起代替我承受了生命中不能承受的疼痛,就这样我开始了对狄金森的热烈而长久的爱。

自我接触狄金森的诗歌和日记的那一天起,我就对她的诗歌及她谜一样神秘的一生一见倾心。在中国的朦胧诗晦涩诗界之时,我读到的中文版的狄金森诗歌却以它简洁明白、清新自然的诗风赢得我的热爱。读她的诗和日记,就似在倾听她以亲切调皮却不乏矜持高傲的口吻在倾诉她的世界——她热爱生命,却弃绝外界;她心有爱情,却隐忍回避;内心丰富,却终生孤独……一切只为了她的诗歌——这个鲜有外界知晓的事。"……我躲进诗里,它是苦闷时刻的救赎。……晚上诗行常会吵醒我,韵脚常在我的脑中走动,文字占领我的心。接着我就知道世界不知道的,那是爱的另一个名字。"

我深深懂得,"爱的另一个名字"在我年轻时的夜梦中一再变身为诗行安慰我,只等从梦中醒来时记下它。诗是我的心灵从白天到夜晚、从梦里到清醒时的全部依托。再后来,它由文字的枝蔓筑成的小巢成长为故乡、家园,和不弃左右的亲爱之人。

我的肉身不能如狄金森那般隐居在家里,但我的心灵可以隐居在我自己的诗行里。或者我的心灵也无法隐居在诗行里,但可以托付给诗行。

"我安安静静地活着,只为了书册,因为没有一个舞台,能让我扮演自己的戏,不过思想本身就是自己的舞台,也定义着自己的存在。"

还是狄金森的话,不断地打动着我。我多么愿意自己是狄金森的一个隔世的闺密,因我在狄金森逝世 100 周年时,邂逅她的诗歌,并爱上她。这当然是不可能的,因为狄金森生前的女友,并没成为欣赏她诗歌的闺密。可她无疑是我心灵中的另一个自己。——弃绝一切外界的烦扰,彻底地隐居在诗歌里。

所以,请理解我把每首诗都作为初试啼音一般单纯天真,或者作为离弃红尘的绝笔来写。你们看见的是一个肉身的我,没见的是一个心灵的自我。

这后一个自我代替肉身的自我,"从我们阁楼的斗室/一身洁白的,去见洁白的上帝——"

"人蛾"飞舞

每遇一本好书,都像是一次小小的死亡和一次大大的重生。

10月6日,我遇到一本诗人的传记《南方与北方——与伊丽莎白同行》。我在地球的东边读地球西边的伊丽莎白·毕肖普传记的这天,正好是伊丽莎白·毕肖普逝世29年的忌日。

29年前,我12岁,记得一些唐诗和宋词,大概也读了几本中外名著,也许读过几首现代诗,知道萨福,但绝对不知道伊丽莎白·毕肖普;我22岁出版第一本诗集时,也不知道伊丽莎白·毕肖普;我32岁时,读过几首伊丽莎白·毕肖普的诗,但遗憾的是没有爱上她和她的诗。这么多年,我一直都不太喜欢诗句中细节的精准和优雅,所以我一直没能欣赏和喜爱毕肖普。

我一直过多地沉湎于内心,却忽视对生活的打量与关注。很多年以来,我的诗歌只关乎灵魂,却与物质生活保持相当的隔离。新世纪以来,进入中年的我,在写作道路上拐了一个方向,那就是将生活气息带入诗歌中,带入心灵中,而不仅仅像以前只把内心情感和风暴带入诗歌,带入心灵。2000年写的《女人辞典》是我与过去的告别作。它是一个转折点,由此我经过《雪在哪里不哭?》和《当哥哥有了外遇》转向了痛彻心扉的生活现场。我的诗歌涉及了很多的生活场景和细节,但我的阅读仍没能爱上毕肖普的诗歌。今天读了在书房里睡了一年多的毕肖普传记和传记后的诗,终于发现我以前没爱上毕肖普和毕肖普的诗,不但是因为翻译版本的原因,也是因为我没有读到毕肖普相关传记的原因——具体地说,翻译版《伊丽莎白·毕肖普诗选》没能让我爱上毕肖普和毕肖普的诗,但是传记版《与伊丽莎白同行》(诗人蔡天新著)和此书后的十几首诗却让我爱上了毕肖普和毕肖普的诗。所以,我对毕肖普及其诗歌的热爱,不是一见钟情式的,而是充分了解和阅读之后,才喜爱上的。

　　今夜,毕肖普令我无法入睡。我听任双手在键盘上敲下这样的句子:沧桑的心俯身向下,用一支疼痛着的笔,触击生活中的褶痕和岁月中的针尖和光芒。过去被我视若无睹的细节,现在像被镜子折照过来的强光逼视了的眼睛,让我无处躲避——毕肖普的诗句瞅准时机过来逼视我的阅读视域和心灵——我接受了这个私生活放荡不羁的双性恋诗人,她的诗歌与生活反方向的精确与节制、优雅——我已经学会理解毕肖普的生活欣赏她的诗了——还要学会让这理解和欣赏,令我已经俯下的那颗仰视天空的头,更低地俯向生活与大地、自然。我早该有这样的姿态,因为毕肖普的诗歌传授的观察生活的技艺,是让我们的眼睛去发现低处的、细处的星光的投影——它们不是太阳,也不是月亮,而是生活、旅行在诗歌中的投影——是一只"人蛾"匍匐生活脚下的阴影,是匍匐,不是"睡在天花板上"的悬挂。

　　　　此地,上方,/建筑物的缝隙充满了碎裂的月光。/人的整个影子只有帽子那样大小,/伏在脚边,犹如玩偶足下的圆圈。/一枚倒立的大头针,针尖被月光吸引。他没有看月亮,只是观察她的大片领地,/感受着手上那古怪的亮光,不冷也不热,/那温度没有任何仪表可以测量。

　　正如《人蛾》(蔡天新译)中的开头一段的倒数三行所说的那样——"他没有看月亮,只是观察她的大片领地,/感受着手上那古怪的亮光,不冷也不热,/那温度没有任何仪表可以测量。"——我已经学会了观察光晕消散之后的生活,爱它,并抚摸。尽管"月亮好比苍穹顶端的洞穴,/……天空的庇护是根本靠不住",但光亮在生活逼仄空间的希望,就是让我们学会在"人行道的开口处","攀缘建筑物的表面",目光向下,但"必须尽可能地向高处探索"——这是我新世纪以来的生活与诗歌的姿态，这姿态被毕肖普 24 岁时写出。或许我像一些幸运的诗人一样，仍怀着小小的期望在生活与诗歌的窄仄空间中，以谦虚向下的目光，寻找着向高处探索的意义，但更多的诗人，已经"失败、受惊、跌落"。我不想提到他（她）们的名字，是因为"失败、受惊、跌落"就像死亡一样，同样不是别人的死亡，是我们自身的某一部分的死亡。不是毕肖普的诗歌的精准适合于任何时代，而是诗人根本就是时代中荒诞的"人蛾"。

毕肖普的异性情人、美国著名的诗人洛厄尔生前曾把《人蛾》与卡夫卡的小说相提并论。这不是没有道理的。卡夫卡在小说《变形记》中把人异化为虫，而毕肖普的诗《人蛾》也是人的异化。我们被迫反向：明明心向高处，头和目光不得不向下；火车在向前行驶，人蛾却必须背对前方坐着：

  而后他返回/他所谓的家，那苍白的混凝土的地铁。/他轻盈地展翅飞翔，恨不得尽快赶上/那沉默的火车。车门急速地关闭/人蛾自己总是背对着前方坐着/火车立时全速前进/，没有换挡/或任何渐快的过程，可怕的速度，/他说不准自己后退的速度究竟有多快。

是的，只有低头，我们才能更好地看清楚脚下的路；只有回头，才能更好地看清楚后退的路。这几乎是生活的经验！

我写下一行行的诗句，是为了让心灵更好地向上、向前。为了这心灵的向上、向前，我愿意在生活里向下、向后。不是妥协，是骄傲的心灵不愿被生活抛下、扼杀。我们的姿态虽然是反向的，但心灵却是在前进。

写作是心灵前进的推动力。写作是强光，照亮并温暖了我们。写作还是帮助我们清洁与医治生活的良药。写作就像服药，就像人蛾"每晚他必须/乘车穿过人造的隧道，做着相同的梦。/犹如枕木在冲锋的脑袋和车箱下面/反复出现"。

他日,你若读到这篇文章,就像我今天读到毕肖普的传记和《人蛾》一样,一定要逮住心里的想法,并尽可能写下来。这样你患病的时候,就有可能被治愈。因这文字,正如人蛾眼睛里的泪水,是蜜,是良药。

若你逮住他/举起手电照他的眼睛。里面全是黑瞳仁,/自成一个夜晚,他瞪着你看,那毛刺的/天边紧缩,而后闭上双目。从他的眼睑里/滴出一颗泪,他仅有的财产,像蜜蜂的刺。/他隐秘地用手掌接住,如果你没有留意/他会吞下它。但如果你发现了,就交给你,/清凉宜人犹如地下的泉水,纯净可饮。

一个诗人午夜在我的博客里留言:"将生活的气息带入心灵,让你的诗歌成为我必读的范例!"

哦,已经是午夜了。让我们再饮一口,以治失眠症!但我听见洛塔(毕肖普在巴西的同性情人,两人在巴西同居了十多年。后来毕肖普移情别恋回到美国,洛塔赶至毕肖普的身边,服过量安眠药而自杀)借我的笔对毕肖普说:"我是那么爱你,千里迢迢地赶至你的身边,是为了推迟另一份同性情感的到来。被欲望淹没的睡眠也那么优雅。爱人,你写诗。我不打扰你。我爱上过量的安眠药。但你不要爱过量的酒精。她们需要你,和你的诗。"

今晨我要带着同性的诗入眠,明天我要带着同性的诗旅行!

我爱的都是消逝了躯体的灵魂,它们和我的写作一同抵御我的心灵向生活的泥沼跌落……

遥远边界的回声

听着

我在黑夜夺走了
你嘴唇的玫瑰,
以使女人找不到饮料。

那拥抱你的女人,
偷走了我的战栗,
是我把它们画在你的四肢周围。

我是你的道路边缘。
那与你擦肩而过的女人,
将会坠毁。

你是否感觉到我的生命
无所不在
就像遥远的边界?

(谢芳 译)

  这首诗是拉斯克-许勒写给她同时代的表现主义诗人戈特弗里特·贝恩的众多情诗中的一首。这首诗的语气异于她把贝恩当异教徒的献诗——"但愿我是一个盲人——/然后我就能想象,我躺在你的身体里。"

异于她把贝恩当国王的献诗——"我如此孤独/但愿我能找到/一颗甜蜜的心的影子。"异于她把贝恩当游戏王子的诗歌——"我为自己构筑了一个强盗的巢穴——/直至——你把我全部吃掉。"异于她把贝恩当老虎的小暴力——"在阳光中/你的老虎眼睛变得甜蜜。//我总是把你含在牙齿间/随身携带。"异于她把贝恩当野蛮人的血腥诗句——"你的金刚石的梦/切开了我的血管。"

拉斯克-许勒这几首情诗与她的大多数抒情诗一样，袒露着孤独而强烈的想象、甜蜜而无助的渴望、狂喜与痛苦的感情……让我们感受到她诗中火山般震撼的极端力量。而《听着》则是拉斯克-许勒的情诗中相对舒缓的一首，像是火山爆发后的休憩。它的语气与口吻更符合43岁的拉斯克对26岁的贝恩之爱的最终现实。这份爱有着一份长者的自信与专横——我夺走了接近你的"嘴唇"，使别的女人得不到你的吮吸；有清楚明白的切肤指认——"是我把它们（战栗）放在你的四肢周围。"有身处边界时的深情而残酷的宣告——"我是你的道路边缘。/那与你擦肩而过的女人，/将会坠毁。"而看似霸道、专横的爱，却被最后一节的茫然问句无奈收回，像就要熄灭的火山向长空与大地收起了她最后的一缕热焰——"你是否感觉到我的生命/无所不在/就像遥远的边界？"

遥远的边界并非情敌的坠毁之处，而是诗人自己的穷途处。因为退回，时间不允许，前行，空间不允许；因为没人能让这爱与爱的生命还原或永恒。诗也不能。你听着，你记着：这爱，这无奈之躯，只拥有那相爱时的短暂时刻！我是你的道路边缘。其实，坠落的不是你，也不是另一些爱你的人，而是我，我这个怀着深深的绝望之爱的人。所以，遥远边界的生命，最终其实只是几首诗，占据在人生这本书的薄薄几页里！

拉斯克-许勒的诗不隐晦，不矜持，不温文尔雅，明白晓畅，却携带着巨大的情感力量！即使在《听着》这首语调、节奏和情感较其他诗歌相对舒缓的诗中，我们仍能感受到诗人袒露出的爱之强烈与无奈——我夺走了"你的嘴唇"，而拥抱你的女人却"偷走了我的战栗"。此诗前两节一胜一败，第三节终于有了强势的定音，最后却落入无奈的问语——

你是否感觉到我这无所不在的生命，无所不在的爱?！

这是令人心酸的问语，听起来像是风的一阵自语自怜。回音呢？

爱必得有受爱者，有受爱者的感受与回声，才令人欣喜，而不自怜。不然，爱只是自爱，情诗只是写给自我的情诗。

贝恩是否有写给拉斯克-许勒的情诗，我没有读到。但我读到了贝恩在他去世的前四年给他曾经的情人拉斯克-许勒写的悼词："她的饮食毫无规律，她吃得非常少，常常一连几个星期只靠花生和水果充饥。她经常在长凳上过夜，总是过着穷困的日子。这就是特拜的王子——约瑟，是巴格达的蒂诺，是黑色的天鹅。她是德国曾经有过的最伟大的女诗人。"

拉斯克-许勒"不但在现实生活中有意拒斥了中产阶级的舒适和平庸，她在诗歌创作中也彻底背叛了传统的温文尔雅"。她一生生活动荡、穷困，却拥有很多表现主义诗人的友情，而她和其中的一些诗人（如特拉克尔）的相知、和其中的一些诗人（如贝恩）的相爱，却永远载于德国的诗歌史了。

如果你得到了全世界的爱，却没有得到一位你爱的人的爱，那终是遗憾的。拉斯克不遗憾，因为她不但得到了众多人的爱，也得到了她爱的人的爱。《听着》的边界是情人发自内心的爱的回应，不但是对诗，更是对诗人！

所以，所有的情诗都有回声，都有互为见证的相爱之人的体温。即使回声很远见证很短，但在相爱的人那里依然有荡气回肠的永远。

把世界当成自己的故乡

我想这句话是我说的。

可事实上,这句话在2300多年前就被一个人说过了。一个伟大的人说的。一个伟大得近乎于神的人说的。

在2300多年后某段时间,我在埃及旅行,在美丽的亚历山大城,我跟所有旅行者一样,把这座城市与"亚历山大(大帝)"这个人想当然地联系了起来。其实,我年轻时学世界古代史时,对"亚历山大"这个词和它所涉及的内容,是有了解的,可后来我就没再想它了。但是现在,尤其是我从埃及回来后,脑中尽是美丽的亚历山大港——

> 绿色的海浪滔天,和湛蓝的天空缠绵/倒掉的灯塔、废墟上的城堡/以倾斜的玻璃面做顶的图书馆/吸被天光、海色和朝圣的人群/热情的阿拉伯兄弟姐妹/深情的海边情侣/和飞翔的海鸥、停泊的轮船一起/成为亚历山大港至美之景//旅行者身体的门窗,飞出灵魂/鸟和惊呼——仿佛回到前世遗落的梦境/和家园/一片绵延的金色、绿色、蓝色的/光线与波浪/扩大它的眷恋——/悬浮的白云眷恋开阔的海面

而此诗写的不过是我对亚历山大港的喜爱。但我最爱的还是"亚历山大""亚历山大大帝"。我因此查阅了所有与"亚历山大"名词有关的资料,我发现我的狂热是有道理的。因为,追根溯源,亚历山大城是一座向亚历山大大帝(公元前356—323年)致敬的城市。据载,亚历山大大帝的帝国版图上先后兴建了七十多座名为"亚历山大"的城市。这位

大帝,有着一颗探险家的灵魂。自幼聪慧过人,十岁时驯服了一匹无人能驯服的烈马,得到了马其顿国王、他的父亲菲力普极大的鼓舞——"我的儿子,去找一个与你相称的王国吧!马其顿对你来说太小了。"从此,他跟随菲力普征战希腊各城邦。20岁父亲被谋杀后,他继位马其顿国王,开始了13年的东征西讨,他以他的足智多谋与雄才伟略,聚集起无穷的远征的魅力。史载:"他先是确立了在全希腊的统治地位,后又灭亡了波斯帝国。在横跨欧、亚的辽阔土地上,建立起了一个西起希腊、马其顿,东到印度河流域,南临尼罗河第一瀑布,北至药杀水(现在中亚位于咸海的锡尔河)的以巴比伦为首都的庞大帝国。创下了前无古人的辉煌业绩,促进了东西方文化的交流和经济的发展,对人类社会的进展产生了重大的影响。"

亚历山大大帝占领并征服了当时的已知世界。他的移动帝国修路、搭桥、筑城、与异族通婚,实行了希腊与东方的大融合。他每征服一个地方,收编投降的波斯士兵,并安扎他的一小部分军队,或者把被征服地奖给臣服的波斯将领或酋长。他不仅鼓励马其顿军人与波斯女子通婚,自己还娶波斯女子为妻,身体力行地实行了希腊与波斯的联姻。并对联姻的子女给予公平的、正规的教育或军事训练。后世不少评论说:"他向来入乡随俗,礼貌周全。"他尊重被征服地的文化、传统,他并不把波斯、印度视为蛮族——不像他小时候的老师亚里士多德及许许多多的希腊人所认为的那样视希腊之外的世界为蛮族世界。

亚历山大征服了希腊神话中只有神迹才到过的已知世界,甚至更远。如果不是公元前323年意外死亡(他的死因是个谜团,有中毒说或激光照射说或流感说等多种),他一定还要继续他的探险,找到更大的未知世界,建立更多的亚历山大城,找到更多的家。他把他征服的世界,看作自己的故乡。是的,就像他自己说的那样——把世界当作自己的故乡。

有此梦想、目光与胸怀,并身体力行的人,自古以来,恐怕只有亚历山大一人。仅此,我们就可以认为亚历山大是最伟大的梦想家、探险家和实践者(而不仅仅是世界古代史上著名的军事家和政治家),而且,他伟大于航海家发现新大陆的地方,不仅在于他足智多谋与雄才伟略,不仅仅在于英勇无畏身先士卒,把士兵视作知己,与士兵生死与共而被人深深爱戴,更在于他对后世的启发,那就是,世界可以统一,可以由一个王来统治,可以东西方融合。整个世界的人,可以像一个家里的人那样相亲相爱。

当然,这是亚历山大的梦想,伟大梦想。因为,他死后,他的帝国被瓜分。因为这个世界上的人,大都想自己当王,谁还服一个王?

因而,亚历山大是一个神,是一个永恒的神。

因为只有神力的人,才可以这样梦想,这样实践——把世界当作自己的故乡!

我一再品味"把世界当作自己的故乡"这句话,我想现在最人性、最诗人的解释应该是,把全世界当作自己的故乡一样来寻找,来热爱!

所以,我有必要补上我的诗歌《亚历山大港》的初稿中的开头和结尾。

在此,绝对适合把亚历山大大帝的/"把世界当成自己的故乡"/翻译成"把自己当成世界的故乡"。

我们眷恋的/不仅仅是自然美景、先人的足迹/还有天使般的人群

还有,亚历山大是喜欢诗的,尤其是荷马史诗。他的移动帝国里,有不少他热爱的艺术家与诗人。他自己也经常吟诵荷马的诗。

所以,亚历山大应该还是一位诗人,一位不写诗的,却用行动实践伟大梦想的诗人!

多才多艺是一件容易的事

跟很多人一样，我知道达·芬奇是因为他著名的《蒙娜丽莎的微笑》。但我除了知道他是一位著名的画家之外，还知道他是解剖学家、建筑学家、音乐家，可看了电影《达·芬奇的一生》（1971年意大利出品。导演：雷纳托·卡斯特拉尼。主演：菲利普·勒鲁瓦、朱利奥·波塞提），才知道他还是发明家、军事工程师、哲学家、文学家、诗人等。我还以为这些名目全是电影虚构的呢，当我查了一些可信的权威资料后，才知道这些都是真实的。房龙在《与世界伟人谈心》中说："列奥纳多·达·芬奇是画家，是建筑师，是工程师，是雕塑家，是运动员，是物理学和弹道学研究者，是诗人，是作曲家，是乐师，是哲学家，是发明家，同时还精通军事事务。"看来，达·芬奇真是一个十项全能型的天才。一个人何以有这么多的才能，而且每一项都有独特的建树？这是我看完达·芬奇的一些资料之后，想得最多的一个问题。

据说达·芬奇曾在科学笔记本上写过这样一句话："多才多艺是一件多么容易的事啊！"这句话不是达·芬奇的自夸，而是他对自身能力的一个客观说法。

可是，我还是忍不住好奇："一个人何以有这么多的才能？"世上不乏天才，但大多数天才都是专项型的天才，而像达·芬奇这样全面的天才还真是不多见。

达·芬奇之所以如此非凡的原因，我认为是他充分有效地运用了自己的时间发掘了自己各方面的天赋。达·芬奇在笔记中这样写道："当你一个人的时候，一切与你同在；而当你有人陪的时候，你拥有的却少之又少。"达·芬奇正是充分有效地运用了"一个人的时候"。

他一个人的时候，一个人面对水的时候，看到水中的涟漪，他思考的不是涟漪的好看，而是涟漪的成因。"它是如何形成的呢？"他不仅仅发问，还寻找答案。达·芬奇对水的钟爱，始于他童年就开始的对水的观察与冥思。长大后，他构思并设计了浮动雪鞋、水下呼吸装置、救生设备，以及从水下袭击船只的潜水钟。他对声音的传播也非常着迷。他发现声波与水波是一样的原理。

他一个人的时候，一个人面对天空的时候，看到蓝色的天空，他并没有沉醉于享受天空的蓝色，而是研究这蓝色的成因。达·芬奇通过观察研究得出结论：天的蓝色是因为空气分散光的方式造成的。达·芬奇是世界上第一个解释天空为什么是蓝色的科学家。

"鸟是多么自由啊，它们在天空里自由地飞翔。"很多人都会发出如此的感叹。而达·芬奇却是动手研究鸟是如何飞上天的。他通过鸟的飞翔原理发明了飞翔机和降落伞。

"达·芬奇曾设计了一辆装甲车、一辆带刺刀的战车、一台打桩机、一辆回旋起重机、一辆滑车、一辆礁湖挖泥机以及一艘飞船。"

……

不让他事缠绕的一个人的时候，正是达·芬奇进行发明创造的宝贵时光。达·芬奇的"一个人的时候"是非常之多的。因为达·芬奇的情感生活也没有什么枝枝蔓蔓，他一生没结婚，身边也没有女人。

据说年轻时与男模特有过一段时期的暧昧关系，却因"鸡奸罪"被起诉，后因证据不足而撤诉。也许是这段不名誉的感情生活伤害了达·芬奇。达·芬奇的壮年和老年不再有任何爱情生活了，所以人们对蒙娜丽莎身份的猜测永远都不能固定在蒙娜丽莎是达·芬奇的情人这一说法上。没有爱情生活羁绊，这对于别的天才可能是一种欠缺，但对达·芬奇来说，却是一种丰盈的获得。因为达·芬奇把别的天才被过度的情感羁绊的时间用来发明、创造、绘画。达·芬奇理智地运用了一个人的时间，享受了一个人的孤独。所以，他获得了更多的时间来发掘自己的才能。

任何人的多才多艺，我都会惊奇无比，但达·芬奇这样的多才多艺，我却觉得理所当然。因为此人天才得、完美得像不是人，而是神。谁会惊诧神的多才多艺呢？

可达·芬奇临终前却遗憾地叹息道："我一生从未完成一项工作。"

这句话可以理解为："我用太多的天赋做了太多的事，可是没有干成一件事。"可见达·芬奇是一个非常追求完美的人。

这句话还可以理解为："我还有许多天赋没发挥出来，可是上帝不给我时间了。"达·芬奇活了75岁，如果他健康地活到85岁，不知他还会有多少发明创造！有多少绘画杰作呢！

应该说达·芬奇的成就是足够杰出，足够伟大的了。再多，我们真要确认他是神而不是人了。

达·芬奇孤独而完美的一生，簇拥着多种辉煌灿烂的身份。当我们确认达·芬奇的艺术家身份时，要动用科学的手段来分析他的艺术作品，而当我们确认他科学家的身份、面对他的科学发明时，又要运用艺术家的联想。有时候，我们用科学的角度来分析达·芬奇时，他是艺术家，而当我们用艺术家的套路来分析达·芬奇时，他又是科学家。或许达·芬奇还适合这样的称呼"科学艺术家""艺术科学家"。

后世的学者这样称谓达·芬奇是："文艺复兴时代最完美的代表""第一流的学者""旷世奇才""世界上智商最高的人"。

但是毫无疑问的是，艺术家身份却是达·芬奇更为著名、更为卓越的身份。但他的艺术性格却是一个严谨的科学家的性格，所以，后世的人们不但要从艺术的角度来评价达·芬奇的艺术作品，还要从科学的角度用寻找密码般的热情和手段来分析来研究达·芬奇的艺术作品——它们在镜中的反射形象、它们隐藏的宗教图案……

"为什么观众从任何角度看蒙娜丽莎，她的双眼都是看着观众的呢？""谁能解开蒙娜丽莎的微笑之谜？"我在巴黎卢浮宫观看蒙娜丽莎时，把无数人问过的问题在脑中打了无数个问号。

达·芬奇在这幅画里运用了某些科学原理，而当时的画家（包括现在的一些画家）有多少人懂得那些科学原理呢？

可以说，让达·芬奇成为伟大画家的是他的画作，让达·芬奇成为永远的传奇的却是他科学家的眼光和成就。他用科学的手段在画里藏了太多解不开的谜，正是这太多解不开的谜，让他成为永远的传奇。

圣·罗兰的诱惑

"一个把白领职业装穿得暮气沉沉,而把奇装异服穿得像极品艺术的女性,会是一个什么样女子?"

这是我一直想要向伊夫·圣·罗兰问的一个问题。当然,我从来不曾也不可能问伊夫·圣·罗兰了,一则他以前远在巴黎,二则他现在已不在人世。

我看到伊夫·圣·罗兰的传记片(《伊夫·圣·罗兰:传奇的诞生》,2002年法国出品。导演:David Teboul。主演:皮耶·贝乐、凯瑟琳·德纳芙、伊夫·圣·罗兰)时,已经是2008年秋天了,距离2008年6月1日,圣·罗兰去世已3个多月了。

现在,我清点自己的衣柜时,才知道我钟爱的喇叭裤、喇叭裙、骑士装、嬉皮装、中性装等差不多都是圣·罗兰服装或圣·罗兰服装的仿制品。也就是说,很多年来,我都拥有着一些圣·罗兰服装或圣·罗兰服装的款式,却从来不知道它们是圣·罗兰品牌(我向来买衣服,都只看样式,不记品牌)。原来,我是一个身体穿着圣·罗兰但心里还没有住着圣·罗兰的人。这是否也像皮耶·贝尔——圣·罗兰的情人兼合伙人——在追忆圣·罗兰的功绩时所说的那句话:"全世界女性都欠他一个人情。"我也是这"全世界女性"中的一个——身上披着圣·罗兰的自由而浪漫的服装款式,脚下生风,心里自信满满。——也欠着圣·罗兰人情。所以,我决定从今天起,心里也要住着圣·罗兰。心里要住着圣·罗兰,不仅仅是因为饮水思源,更因为圣·罗兰值得我爱。

所以——

当我看见黑人模特在T台上娴娜走过,我就要想到第一个起用黑人模特的圣·罗兰；想到他对黑人模特的一番评价："1962年，我开始创业时，就聘用了一个黑人模特。巴黎第一个黑人模特！但后来当黑人模特的风潮兴起，我不得不说，和黑人模特合作棒极了。因为她们的身体，抬头，迈步的样子，她们的身材真的很有诱惑性，令人兴奋。它赋予整个设计意义以及现代感。色彩观会在她们身上产生不一样的效果。"

当我看见一个穿着西装裤的女子，我就要想到圣·罗兰的话："穿裤装的女人，可以将其女性特质发挥到极致，并超越它……"男装女穿，"将女性带到她们以前不能到达的宇宙"。还要记住法国服装界的一位女士对圣·罗兰西装的评价："……他直接使用了男式西装，而不是对其进行修改。或者让女孩打扮成男人的样子。他将这种时尚女性化，甚至达到没有男人再能穿它的程度。所以，他从男式服装里，创造了女性时尚，让它符合女性需要。各种各样的衬衫、色彩、妆容、帽子、发型，所以这不只是改进，而是一个性别到另一个性别的调换，这是真正的性别颠倒。再一次地，男性化的西装，被赋予极端阴柔的气质而且异常高贵。"大学毕业后两三年的时间里，我穿着西装，打着领带，给高校文学社团的文学爱好者们，讲舒婷的《致橡树》、北岛的《无题》和我自己的《为水所伤》。我那时还不知道女性的裤装，来源于服装设计师们对圣·罗兰的模仿。如若知道，恐怕我会讲圣·罗兰服装的魅力而不是诗歌欣赏。

还有在文学笔会上，上镜率最高的那一套柠檬黄短外套和深蓝高腰裤的搭配。现在我在《旋转的镜面》这本诗文集里，像临水的那喀索斯，迷恋年轻时的美胸与细腰。我从不照裸体照，也羞于对镜看裸身的自己，但我会通过服装欣赏自己的身体。一本本的影集，一张张的相片，是那一套套的浪漫的服装裹住的激情身体。我的那些浪漫服装很多都是圣·罗兰式的。以前我不知道，现在我知道了。

我也曾身着黑色缎子的紧身裙，背后顶着一个硕大的玫瑰色蝴蝶结招摇过市。一种担心裙子随时都要掉下来的感觉，一种危险的刺激令内心紧张的幸福感扑棱棱地飞，眼里惊慌的羞怯荡漾。身边的男人虽然不是很近视，但他的眼镜也像圣·罗兰的那副深色玳瑁边框的眼镜一样坚定型。以前我不知道我身边的男人打扮是圣·罗兰式的，但我现在知道了。以前我也不知道那裙子随时要掉下来的感觉，正是圣·罗兰要的效果。因为他说过："一条成功的裙子应该给人一种要掉下来的感觉。"

我的骑马装在1991年夏天的甘南草原和青海湖边的沙丘上，展露了它在中国西部的野性。我的创意是在头上裹着缀着金色玻璃珠的纱巾，就像一个现代版的楼兰女子。坐骑是黑骏马和白骆驼。我那时想得更多的是丝绸之路和楼兰女子，还有西部的诗景，但决不是设计了骑马装的圣·罗兰。即便是2008年我翻阅十七年前的骑马装照片时，写下的诗句，也仍然是楼兰女子的《决绝之路》："门外。/风乱，头发乱。/一把乱糟糟的细铁丝，/穿着树叶的叫声，/和离家的步子。//沙尘不厌烦地吹口哨……//心中的一万个褶皱被撕扯、封锁。//这样走着，身下就会长出白骆驼；//这样走着，头上就会飘起长围巾。//千百年来的决绝之路，/埋藏着你们爱恋的楼兰女。"我想象的楼兰女，除了她的美丽容貌，就是她的漂亮服饰。现在，我设想更多的是，如若圣·罗兰在世，若他了解楼兰女的美丽，很可能在圣·罗兰的骑马装上加入中国西域的服装元素。这样《决绝之路》上的女子，也许会有一种现代的狂野。

然后是，记住黑色，圣·罗兰最爱的颜色。他在服装设计中，把黑色的魅力运用到了无人能比的地步，以至于评论家们这样感叹道："昨日，黑只是黑，今日，黑即是色。"以前我不知道，有人这样评价过圣·罗兰的黑色，现在我知道了。现在我知道了，我年轻时深爱的黑色，有个天才的设计师一生爱着；知道了，我曾是一个被圣·罗兰的服装祝福的女人——"所谓幸福的女人，就是穿黑裙子、黑毛衣、黑袜子，戴新奇首饰，并且身边有一个爱她的男人。"但是现在——准确地说，我没爱别的男人，却爱了别的颜色——我星座里的幸运色——孔雀蓝。其实，圣·罗兰也爱别的颜色，他在很多服装系列中丰富多彩的颜色运用，就说明了这一点。圣·罗兰本人的看法，即是摩洛哥的色彩给了他对颜色认识的拓展与改变。

还有必要记住的,是圣·罗兰的中性装,中性装中的中性。可以不记住他是一个浪漫、敏感、羞怯的同性恋,可以不记住他的酗酒嗑药、过度的夜生活,可以不记住他谜一样的感情生活,但一定要记住他的中性。记住他的中性,记住他曾经的同性恋爱人贝蒂·卡图的一段话:"……(我们在一起的岁月就像是)一个漫长的派对。我们做了许多匪夷所思的事,醉生梦死。一些已经被人遗忘的事,因为那个时代已经过去了。……那些夜总会就像是探险,遇见各种各样有趣的人,你可以做任何事。我意思是,完全的自由。当时,这也是他的造型。(长发,墨镜……)我一直这副打扮,我们有许多相似之处,或许我给了他灵感,给女人穿男性化的衣服。……这是个梦想,半男半女的人!一个人兼有两种性别是个梦想。这是理想化的人。……这一定是某种幻想,我想是的。或许它来自于诗歌……他也喜欢阴柔的特性、经典的造型,他还喜欢事物的阴暗面,我们对阴暗的东西怀有同样的爱好。这是我们的共识。所有带着一点怪诞和危险气息的东西……但也很艺术。我觉得阴暗面充满诗意。这是我们的共识。黑色皮革……你之前也提到过,它和夜的世界是一体的。"还要记住圣·罗兰对记者提问——"你兼有光明和阴暗的一面,分别是指什么?"——的回答:"……让我说是阴影和光,为了触到光……必须穿越云层。以前我用黑色表达自我。我害怕色彩,我不能使用它。我不知道如何使用。但在我年轻的时候……事业初期,去了一趟摩洛哥的马拉喀什后,我开始进行色样创作。要多谢摩洛哥让我了解到色彩。我极致的敏感,造就了这一切……给了我……不可思议的创作动力,与此同时……这种逾常的敏感侵蚀着我。我不能将创作……看作是某种……它本质是快乐的,但创作的过程非常痛苦。只有在完成后才感到快乐。"

关于光明与阴暗面,关于创作的痛苦,很多艺术家都有此共识。显然,圣·罗兰真心说了真话。可见,他的心是袒露的,没用纱布掩盖,不像他的服装做的那样——自由浪漫奔放的气质中运用着掩盖与包裹,而不是全然的袒露。圣·罗兰说自己是一个在女人的身体上作画的画家,但我认为他是一个通晓了诗意的画家。一个爱毕加索、披头士和普鲁斯特的画家。这样的画家,也是我爱的。最初是身体情不自禁地爱(圣·罗兰服装),现在是灵魂不由自主地爱(圣·罗兰)。以前是身体爱了(圣·罗兰服装)样式,却不知它的名字,现在是知道了它的名字,就更爱它的灵魂与样式。

我的身体一直被诱惑着,所以我的灵魂一定要记住那个诱惑者——圣·罗兰。

或许,我不会再欠着圣·罗兰一个人情,就像圣·罗兰从来不欠我一个问题——"一个把白领职业装穿得暮气沉沉,而把奇装异服穿得像极品艺术的女性,会是一个什么样女子?"

生活在别处

"我哭,我看见黄金——竟不能一饮。"

这是兰波在诗歌《远离了飞鸟》里的最后一句。兰波就像一只不停地飞向远方的飞鸟,从不曾在一个地方有更长时间的停留。正如他自己所说,如果不是经济条件的限制,我在任何地方待的时间都不会超过两个月。这样不停漂泊的愿望和状态,正符合他那著名的诗句:"生活在别处。"

不断地到达别处,又不断地丢弃别处,到达另一个新的别处。16岁的兰波乘着诗歌的"醉舟"开始驶向太阳与大海交相辉映的别处。这个落拓不羁的天才少年,15岁开始写诗,16岁写出轰动巴黎诗坛的《醉舟》,至19岁封笔前,共有《诗》《新诗句和歌》《地狱一季》《彩图集》等四部作品,其中以《地狱一季》最为著名。兰波短短的五年时间写成的诗歌已留名世界现代诗歌史。封笔后的兰波,从20岁至他长肿瘤去世的37岁这十几年时间里,不停实现着"生活在别处"的疯狂的漫游,他的足迹遍布欧亚非三大洲的几十个地方,他的身份和职业变动频繁(兰波做过马戏团翻译、食品商的经纪人、采石场场主、咖啡出口商、商行职员、海员、雇佣兵、沙漠驼队的领队、武器走私贩……),经济状况也常常处于两个极端——有时腰缠万贯,有时身无分文。

这一切无不实现着他在诗歌创作期间萌生的另两个愿望——"我愿意成为任何人","要么一切,要么全无!"

写作和封笔后的漫游,只是形式上分割了兰波的生活,其实二者还是被诗性串联着支配着。用现在的诗人们的解释就是"诗意地生活、写作"与"诗意地居栖"。

15岁至20岁的兰波在放荡不羁的生活与写作中经历着让人惊异的语言冒险。他的《醉舟》让大名鼎鼎的魏尔伦一见倾心。在魏尔伦的邀请下，兰波从法国的边境小城夏尔维勒来到首都巴黎，他的身份也由一个天使般的英俊少年变成了一个放浪形骸的天才诗人、魏尔伦的同性恋爱人。

《全蚀狂爱》（别名：心之全蚀，1996年英国、法国、比利时联合出品。导演：艾格尼依斯扎·霍兰。主演：莱昂纳多·迪卡普里奥、罗马内·贝林、戴维·泽尔利斯）是一部关于19世纪法国诗人兰波与魏尔伦的生活经历与独特关系的电影。影片的开始，魏尔伦的独白回荡在轰轰前驶的火车画面中：

"有时他用多愁善感的语调，述说引人悔恨的死亡，述说活着的悲伤人群，述说悲伤世事，生死离别。在我们的酩酊小屋，他泪眼观望围绕在身旁的那些贫贱牲口，他在乱街扶起醉鬼，他同情惨遭恶母虐待的孩子，他的动作如教义课上的女孩那般优雅。他假装通晓一切，商业、艺术、医学……

"我追随他，我必须如此。"

是的，魏尔伦必须如此，因为兰波的到来激发了魏尔伦的生活与创作激情，所以他宁愿抛妻别子，也要跟兰波厮守在一起。而兰波也确实是太富有吸引力了，不仅有美貌与天赋，而且还富有诗歌的野心与征服世界的愿望。兰波对魏尔伦说：

"去年夏天战时，我离家出走的一回，到河边去装水，有个不比我大的普鲁士士兵，在空地上睡，我看了许久才明白，他不是睡着，是死了。这使我想通了，我若想成为本世纪第一诗人，我需要做的，用我的身体力行一切，作为一个人已不够，我决定成为每个人，我决定要成为一名天才，我决定要开创未来。"

魏尔伦深情倾听，他深深地欣赏并懂得兰波，他要和兰波一起开创未来。于是他与兰波一起前往比利时、英国流浪，一起吸毒、酗酒、写作，魏尔伦还常常品读兰波的诗歌。

"'我变成传说中的歌剧,我看见一切生物皆注定快乐。'……我常奇怪你为何写给我,你太超前,让我看不懂你的符号。你让我觉得你来自另一个世纪。'我研究快乐的神奇形式,无人能逃脱。'真妙。"

兰波直率地说:"选择你是有原因的。是这样的,我一向知道该说什么。而你,你却知道如何去说。我认为我能跟你学习,我也学到了。"

在兰波和魏尔伦流浪同居的两年时间中,他们两人相互欣赏、相互追逐,也常常争执不断、相互伤害,后来关系恶化,决裂到来。兰波经常做梦看见太阳和大海的交相辉映处,嘴里不停地叫着"前进,前进,前进,前进,前进……","我是这样,漠然的外表下翻搅着的并缓缓浮现着的,是新的体制。坚持扬弃浪漫主义,抛弃辞藻,直达要害。我终于见到了想征服世界的下场。……流落到此。寻觅普遍经验地落到如此,活在闲散、无意义的贫困中,被一位老诗人宠幸,他又秃又丑,酒气昏天,他死缠着我因为他老婆不让他回去"。

当兰波意志坚定地要离开魏尔伦时,魏尔伦开枪打伤了兰波的手腕。魏尔伦因故意伤人罪和有伤风化罪,被比利时当局判了两年徒刑。

兰波从布鲁塞尔步行回到罗什,在很短的时间内,他用散文体形式写成了著名的《地狱一季》——这一被公认的象征主义文学的代表作。两年后当魏尔伦出狱时,兰波已封笔。在黑森林见面时,兰波对魏尔伦问他为什么不写作的回答是"我已无话可说"。这时的兰波已决定漫游世界了,曾经两个人沉湎的"醉舟"变成了一个人的"醉舟",诗歌的"醉舟"变成了生活的"醉舟"。

四处漫游的兰波,对诗坛风云,对他的作品的出版及人们关于他的传奇的传说,毫不关心,似乎人们谈论的是与他无关的事与人。他20岁以后的生活,是不断变换的别处的生活,是浪漫主义者眼中的冒险流浪,是悲观主义者眼中的自我流放。

兰波的"醉舟"不断的"前进,前进,前进……",直到驶入太阳与大海的交相辉映处,驶入了永恒!

> 找到了！/什么？永恒。/那是太阳与海/交相辉映//我永恒的灵魂/注视着你的心/纵然黑夜孤寂/白昼如焚
>
> ——兰波《地狱一季·永恒》

兰波在十几年的漂泊中从未回过法国，1891年5月因腿部肿瘤回国治疗，同年11月病逝于马赛，年仅37岁。

痛失兰波的魏尔伦，在巴黎的那家他们以前常去的咖啡馆喝着苦艾酒，念着兰波的诗句，幻想着年轻而英俊的兰波用匕首再扎一次他的手掌心。

> 就像死者，在坟墓的深心/唱着寂寂的歌，/情人，请听我嘶哑的嗓音/爬向你的居所。//当然，我还要尽情地颂赞/我钟爱的身体，/它浓郁的香气总让我想念/在不眠的夜里。//在歌的最后，我还要描绘/你的唇你的吻，/它们摧残我，却令我沉醉/——天使！仇人！//请敞开灵魂和耳朵，迎接/曼陀铃的乐声：/这首歌是为你，为你而写/残忍，又痴情。
>
> （摘自魏尔伦的《小夜曲》，灵石译）

不知魏尔伦的这首《小夜曲》是唱给谁的。但我愿意把它看成是写给兰波的。"这首歌是为你，为你而写/残忍，又痴情。"

魏尔伦常年在巴黎写诗、酗酒、挥霍着他的诗歌版税，嘴里常常默念着兰波的遗言："告诉我，什么时候才能把我送到码头……"

宿醉以后醒来，仍然是别处，别处的生活、爱与痛。"我流太多的泪，心碎的黎明。"（兰波的诗句）

兰波去世后的第四年，魏尔伦病逝于巴黎。

从不曾失掉唯美与高贵

天堂和地狱，巅峰和低谷，王子和贫儿，至美和至丑，爱人和仇人……

这些两极词，都适合王尔德；适合这个19世纪英国唯美主义艺术运动的倡导者，著名的作家、诗人、戏剧家、艺术家、童话家；适合这个被同性恋拖入地狱的殉道者。

王尔德的一生就像他的童话《快乐王子》里的王子一样，先是宝石金银镶嵌的高贵，后是落入阴沟里的低微。

我不知道这世上还有哪位艺术家如王尔德的一生从天堂到地狱从王子到贫儿，这样急速地跌落。

但我知道，似乎完美的人生，不值得记忆、回味与感慨，所以，上天一定要让天才的一生，既有让人惊呼的辉煌，又有让人揪心的疼痛！莫扎特是一例，兰波是一例，王尔德又是一例！

王尔德这一例的两极对比则是格外鲜明！

王尔德说他的人生有两大转折点，第一转折点，是父亲送他到牛津；第二转折点，是社会送他进监狱。

的确，第一转折点，是王尔德辉煌人生的起点。他的古典文学获得第一名，诗歌也获得了大奖。得奖诗作由牛津大学出资付梓，成为他第一本出版的作品。这部诗歌作品成功地拉开了他辉煌文学生涯的序幕。然后是从牛津到伦敦，王尔德这位"唯美主义教授"倡导了19世纪英国的唯美主义艺术——从谈吐到衣着，从诗歌到童话，再到戏剧、小说，他的"为艺术而艺术"渗透了他的生活、艺术。他对待生活与艺术的唯美态度，近于偏执。据苏联作家巴乌斯托夫斯基的描述，王尔德亲自指导伦敦的裁缝为他寓所附近的乞丐做了一身美观、昂贵的乞丐服，以免乞丐败坏他的审美趣味。王尔德认为"即便贫穷也应该优美"。

所以，我们不难理解，为何王尔德的童话那么优美。一个主要的原因，是他的童话里始终有一种高贵的至美！

"诸神几乎给了我一切。天赋、名望、地位、才华、气概。我让艺术成为一门哲学，让哲学成为一门艺术；我的所言所行，无不使人惊叹。"

这是王尔德对自己人生巅峰时期的总结。

然而，神的惩罚却随着一位天使与恶魔双重身份的同性爱人的到来降临了。

先锋、前卫的王尔德无限风光，他在那些门徒般的青年才俊的簇拥中，过着放浪形骸的生活。放浪形骸，一度在王尔德的艺术标准里也是唯美的或拥有唯美的必要手段。就像他的小说《道林·格雷的画像》中的主人公格雷追求的那样——永存的美貌与青春以出卖的灵魂为代价。当然，王尔德后来的唯美与高贵，不是以灵魂的堕落为代价，而是以他的同性爱人波西的父亲把他告进监狱里为代价的，以他的名誉、地位、财富、家庭的失去为代价的。王尔德人生的第二个转折点，毫无预兆地到来了。但是两年的监狱生活和他余生的落寞与赤贫，只是使王尔德从艺术家的阴柔走向了宗教美学的彻悟，却未曾夺尽他骨子里的唯美与高贵。

这正如王尔德自己说的那样："我们都在阴沟里，但仍有人仰望星空。"这在阴沟里仰望星空的人，就是高贵之人！

道林·格雷在爱情面前彻悟——"享乐并不是幸福，有些东西的珍贵在于它的消逝！"

王尔德在《自深深处》里彻悟——"神是奇怪的。他们不但借助我们的恶来惩罚我们，也利用我们内心的美好、善良、慈悲、关爱，来毁灭我们。"然而王尔德对他至爱的，从未后悔过！这不能不说是一种绝对的唯美与高贵！

王尔德在监狱里写给波西的长信《自深深处》虽然有控诉、有责怪，但从无后悔。——就像王尔德本人认为的那样："同性恋是高贵的。同性恋也是发现美，实现艺术的一种方式！"一百多年以来，王尔德已经成为同性恋文化的偶像。

"为了我自己，我别无选择，只得爱你。"

与其说这是爱的宿命，不如说这是王尔德艺术的宿命！

王尔德长眠的拉雪兹公墓，他的墓碑上，每日都会新添大大小小的深深浅浅的红唇印，像永不凋谢的玫瑰！

"美在任何时代，永远都不会缺少真正的爱慕者。"

王尔德一定泉下有知：他早已成为唯美的化身。

追随他的罗比是知道的！不知道的是他又爱又恨的"缺乏想象力"的波西！

崇拜王尔德的人也是知道的——他做了很多那个时代的人不能做的事，爱了很多人不能爱的人！

曾经的谩骂与唾弃是一种反向的证明，就像后来的鲜花与唇印是一种不朽的证明一样。

对等的精神状态

这天的雨,像琴童反复练习的一个乐句,起初还感觉灵动,似乎还能闻到芬芳,但是后来的感觉就只是简单的重复,没完没了。

琴声就这样响个不停,雨就这样下个不停。扰得人心神不安!

突然发现:一整天练琴多么枯燥啊!一整天下雨多么可怕!

乱石堆心!堆心的是成不了星星的石头!

手指梳发!碎发回不到头上,雨水回不到天上!

但中年老年的普鲁斯特在街上摔跤的镜头连接了他的青年少年甚至童年。

他在闭门卧床的中年至老年追忆的似水年华,成为一本我们永远读不完的巨著。我把这部巨著从书房移至床头,从床头移至窗边,移到客厅,再移至书房……从失眠、到茶、到小玛德莱娜甜点、到舞会、到斯万的爱情……一条流逝的河……我企图抽刀断水,企图取瓢一饮,却终是老眼昏花、手足无力了!

不是欧洲的法国巴黎太远,也不是巴黎的普鲁斯特离贡布雷太远,更不是病榻之上的普鲁斯特离浮华喧闹的上流社会太远。是逝去的时间太远,年华流逝得太快。所以追忆就尤其重要!

在普鲁斯特这里,被追忆的才是真正地活过的、存在的……被在追忆中记录的人生才是真实的人生、永久的人生。

在普鲁斯特这里,如果不被追忆,石雕上的人像并不比流水中的花瓣、茶里的玛德莱娜甜点、女孩丝绸上衣的袖口装饰更真实、更永恒……

在普鲁斯特的追忆中,他把出现在他脑子里的每把椅子都坐一下,因为它们在他眼里,也是时间的具体形式。

他以追忆的方式雕塑出流动时间的立体感。他对人与物的描写,是人与物在立体的时间里以流动感的形式出现的千姿百态与精神分析似的孤情俏立。如:与希尔贝特初见的时间表现为站在开满粉色山茶花树旁的希尔贝特对他做的一个奇怪的手势上和她嘴角扬起的微笑。对教堂塔尖和灯塔的描写,他以神圣而优雅的细致笔墨写尽它的庄严感与高耸入云的意旨……

普鲁斯特对心灵追索的描写对普通事物的描写,细腻、华美、引人入胜……在他的笔下,任一不经意的眼神、任一微小的事物都具有一个浩荡且富有诗意与哲性的世界!甚至对卑微人与事的描写,也能显示他(它)们的伟大、不凡与深情来!

安德烈·莫罗亚在《追忆似水年华》的序言中这样结尾:"阿兰曾经指出,小说在本质上应是从诗到散文,从表象到一种实用的、仿佛是手工产品的现实过渡。普鲁斯特是纯粹的小说家。没有人比他更善于帮助我们在自己身上把握生命从童年到壮年然后到老年的过程。所以他的书一旦问世,便成为人类的圣经之一。他简单的、个别的和地区性的叙述引起了全世界的热情,这既是人间最美的事情,也是最公平的现象。就像伟大的哲学家用一个思想概括全部思想一样,伟大的小说家通过一个人的一生和一些最普通的事物,使所有人的一生涌现在他笔下。"

据说,全球读完普鲁斯特这部巨著的不超过四十万人,但这数量丝毫没影响评论公认它为"二十世纪最重要的文学作品之一的长篇巨著",它"以其出色的对心灵追索的描写和卓越的意识流技巧而风靡世界,并奠定了它在当代世界文学中的地位"。

我每天读几页普鲁斯特的似水年华,每天都能感受到我自己逝去的年华在流逝的时间长河里一一复现——每一刻都那么鲜明,那么动人,令我的眼睛潮湿！我经历过所有的时间都被打通了，连接了过去现在和将来，都是我，多个我或一个我，同时存在或形单影只，任凭追忆的河流的推动！就像电影中童年的普鲁斯特跟中年的普鲁斯特对话，或者中年的普鲁斯特远远地望着走向大海的童年普鲁斯特一样——"在那一刻，我已经超越了时间，超越了所有的外在事件和快乐，每一次似曾相识的奇迹把我带离现在。……我日后才明白，我一边诠释感情，就像诠释法律和理念的符号。一边试图思考，把我的感觉带离阴影之外，转化为对等的精神状态。唯一的途径就是，创造一部艺术著作！"

毫无疑问，在我这里，响了一整天的琴、下了一整天的雨和被我搬来搬去的似水年华，也会被追忆！也会以文字的形式转化为一种对等的精神状态！这篇文字就是此刻的转化！还会有彼时的转化！

写作如探案

我在卡夫卡死去的那个年龄,爱上卡夫卡。

本来我只看了卡夫卡的一些小说,记住了他笔下那个著名的"K",他的城堡,一只由小职员变成的虫子——自从他变成虫子后,母亲一见他就昏倒,后来索性不看他。妹妹倒是每天都进他的房间来送食物,偶尔也做一下清洁;父亲根本就不看他,却突然在一天回家后用苹果砸他,一个苹果嵌入他的背里,他昏瘫在地。后来,背长好了,但身子却越来越干瘪。不知他变形前家人对他的爱现在都跑哪去了。现在已没人爱他了,怕他,还恨他。他伤心欲绝,根本就没有食欲。妹妹扔给他的东西也越来越不对他的胃口了,所以一连好多天,他什么也不吃,后来就饿死了。他死后,父亲和妹妹把他锁在屋子里,到城里找更好的房子去了。——卡夫卡的小说里,城堡、客栈、地洞,都可以理解为洞穴。城堡是堂皇令人可望不可及的洞穴,客栈是人来人往的洞穴,而地洞则是幽暗秘密的洞穴。——在《地洞》里,另一只动物建筑的地洞,如K的《城堡》一样,卡夫卡没写完,但这地下城堡的设施也非常严谨,阡陌纵横。既是战壕,粮仓;也是睡床,娱乐场所;既是生活,也是理想;既是出发的地方,也是结束的地方。"他吃饱了,就爬出由薄苔藓掩蔽的洞口,放一下风,天真地守护洞口,然后再假装漫不经心地由秘密通道回到洞里。"《城堡》和《地洞》让我对卡夫卡小说的荒诞了然于心了。但我对卡夫卡本人的气质记忆却是模糊的。

现在,却因为传记电影《卡夫卡》(1991年美国、法国联合出品。导演:史蒂文·索德伯格。主演:杰瑞米·艾恩斯、特里萨·拉塞尔、乔尔·格雷、伊恩·霍尔姆)而记住了他的眼神,风衣和雨伞,还有他的两个助手。

两个助手,两个从天而降的助手,相对坐在打字机前,浪费纸张。导演给他的卡夫卡安排的这两个小助手,很早以前,在卡夫卡的《城堡》里显身,在 K 的身边,又小心又轻率地蹦来蹦去,不关心 K 和他的未婚妻弗丽达的婚姻,不帮 K 寻找可以进城堡的文件,听任得痛风瘫痪在床的村长的妻子米齐翻箱倒柜,而他们自己则没心没肺地在外面的雪地上打哈欠……他们在城堡外绕圈子,有机会就进城堡向官员告 K "不懂开玩笑",还借机诱走 K 的未婚妻弗丽达。这两个助手,在电影里倒是没干小说中的无聊事,却是城堡里秘密机构的帮凶,就像《城堡》的 K 说的那样:"表面上他们是善良、天真、快活和无责任心的小伙子,是从上面来的,从城堡吹来的,还带着一点点童年的回忆,这一切当然都很讨人喜欢……"但卡夫卡在夜晚的布拉格秘密跟踪一个暗杀他同事的团伙时,才发现两个助手的真实身份——他们是秘密团伙为监督卡夫卡而安插在他身边的间谍。

"也许,让他们当助手,受他们折磨,比让他们这样无拘无束地游荡,自由自在地搞阴谋——他们似乎有搞阴谋的专长——甚至要聪明些。"(摘自《城堡》,见《卡夫卡精品集》,作家出版社 1997 年 2 月第 1 版第 231 页)电影里的两个小助手是不游荡的,他们以天真痴傻的模样掩盖他们的惊天秘密。

但他们没能架走卡夫卡,卡夫卡被"卡迷",一个喜欢读卡夫卡小说的掘墓人,石艺雕刻家给救了。"卡迷"告诉卡夫卡一条由一块活动墓石掩盖的地下通道。卡夫卡由此地下通道,进入了城堡。他发现城堡,根本就是一个暗杀机构(可不是他小说里写的那种工作作风拖沓缓慢的行政公务机构)。受害者被暗杀前,都要被他那样的两个助手架着秘密送进城堡里,让先进的仪器吸走脑中的智慧。卡夫卡明白爱德华·拉班就是在这里被暗杀了后,扔进荒邻野外的(警察局的侦查员也参与了暗杀行动),现在他透过玻璃窗看见爱德华·拉班的女友正在一间密室里忍受酷刑。卡夫卡在通向医疗档案室的走廊里被人发现了。几番奋力打斗,才打败杀手们，沿途返回秘密通道。他精疲力竭地回到地面的街道上，碰到警察局的侦查员和他的同事。他又被他们带到医院的太平间，去认他同事的尸——上次是认爱德华·拉班的尸，这次是认爱德华·拉班的女友的尸。

"你曾告诉过我们罗斯曼小姐失踪过。"侦查员对他说，"她被找到了，我们正打算拟定一份自杀案定论的报告。你有什么看法？"

卡夫卡看到罗斯曼手上的印记，无奈地说："自杀，我必须赞同。"

"也许她过度紧张于失去心爱的拉班先生。"警察局长说。

卡夫卡咳嗽了一声："这……会解释此事。"

"你非常……你非常有帮助作用，卡夫卡。"警察局长赞赏地点了点头。

卡夫卡回单位上班后，被主干事召见。主干事对说他："我收到了两封信。一封信召唤你去城堡，第二封下令收回第一封。"

"他们说了原因吗，先生？"卡夫卡问。

"我的上级没有义务解释他们的指示，当然也不会对你这样。"

"我明白了，长官，我只是有这样的想法，今天也许会有不同。"

"今天为什么会不同？"长官反问道。

今天会有什么不同呢？卡夫卡走回办公室。他的那两个助手礼貌地对他点点头，继续埋头工作，仿佛他们从不曾置他于死地。

也许，此前的一切，都只是卡夫卡某部小说的构思吧！现在，卡夫卡坐在桌前，提笔给从没爱过自己的父亲写信："亲爱的父亲：我一直相信事实会更好，与生活在无知中相比。现在我应该发现我是否正确，我不再否认我是在我周围这个世界的一部分。"他咳得更厉害了，这次咳出了血，手绢上都是，"尽管我们不同我也不能否认，我仍然是你的儿子，而且最后的这些日子，我也只希望如此。也许无关紧要。实现这一点，也许会让我们两人更豁达些，而且让我们的生活和死亡更容易。"

玻璃窗格里，是卡夫卡一张清瘦的脸，眼睛空茫地落向前方。

然后是剧终。黑幕上滚动着一行行的白色德文单词。

最后，同音乐一起销声匿迹了。

卡夫卡一直拒绝加入任何组织，他曾对劝他加入无政府主义组织的罗曼斯小姐说："我自己创造自己。为自己。"他拒绝参加同事们的酒会："我在考虑一个男人的事情，他玩起了变形的花样。"其实，卡夫卡是在写作。他除了上班，就是写作，但他终因爱德华·拉班的非正常死亡和罗斯曼的失踪，而不知不觉地卷入了旋涡的中心，他发现了秘密机构暗杀无政府主义者的可怕真相。电影让卡夫卡一身冷汗地由地下回到地面，回到枯燥平静的办公室，回到正常生活中。回到正常生活中的卡夫卡，就是办公、写作。在办公的间隙中发呆，再写作。所以，电影让卡夫卡由城堡、地洞回到办公大楼——由死亡现场回到生活现场——真是一个荒诞离奇又有据可依的构思。从表面上看，《卡夫卡》是卡夫卡在探案，寻找同事死亡的真相，但是更深里，却是《卡夫卡》套用了卡夫卡的《城堡》的路子：通向真相的道路是无限的，对于真相的联想也是无穷的，但是真相却是残酷的。《城堡》和《地洞》都是卡夫卡的未竟之作。主人公都在通往真相的路上，但是却无法到达。它们的作者卡夫卡却是以肺痨之体和疲倦之躯支撑着一支笔，到达了。卡夫卡用写作揭示真相，抵达真相。电影《卡夫卡》用探案来解秘，其实就是对卡夫卡的写作与内心的一次冒险的仿写。

卡夫卡探案，看似荒诞，实则不然。因为作家写作的过程其实和探案一样，是离奇的神秘的；人变成虫子是荒诞的，但生活中变异的人性却是真实的。

我们的写作都是在揭示真相，我们在揭示真相中走向死亡。

卡夫卡又咳出血了，他把带血的手绢，装在西服口袋里。他起身，缓缓地披上风衣，戴上帽子，拿着雨伞，出了公司大门，走在回家的路上……

卡夫卡，他穿着西装坐在办公室里，是公务员；穿上风衣时，是侦探；坐在书桌前，就是一个作家。三种身份帮助他捕捉真相，思考真相，揭示真相。哪种身份他都没浪费。

不，卡夫卡害怕做丈夫，他没给自己浪费丈夫身份的时间。即便在重病辞职后的一年多时间，他也只做了最爱他的女人多拉的情人。卡夫卡在多拉的关护下享受了从来有过的家庭般的温暖，他准备和多拉结婚，但上帝已经不给他做丈夫的时间了。

从前，卡夫卡曾与另外的女子订婚三次解约三次。也许卡夫卡的过于慎重，在上帝看来反而像儿戏。这次卡夫卡要结婚，上帝已经不相信他了。上帝带走他，留下了当时悲痛欲绝的多拉，和后来热销不衰的小说、一代又一代的"卡迷"。

"饮者,你的红酒里有毒"

为了暖身,我坐在阳台上,喝了一杯狄兰的酒,全然忘了他诗中的告诫:"饮者,你的红酒里有毒。"

一个过敏者,一个环境的过敏者、时代的过敏者、生命的过敏者……竟然忘了过敏原,忘了毒素。

一枚边境上的松果,挂在白雪皑皑的松树上。我在雪地里蹦跳老高,拉它下来。我蹦跳的高度,如果把一端放在界碑上,另一端就已越界。

但是我从没越界,那枚松果也没有越界落在他处。它被我带回来,放在书桌上。

一本从电脑里下载的《狄兰·托马斯诗选》打印稿,放在书桌上。打开的页面是这样两首诗:《这片我切开的面包》《永远不要去触及那忘却的黑暗》。

"这杯酒原是一株异国果树上/畅游的果汁;/白天的人,夜晚的酒/割倒一地的庄稼,捣碎葡萄的欢乐。"《这片我切开的面包》中这样的句子,使我幸福地战栗,似乎那枚松果,也是异国树上的松果,像这些诗句有我喜欢的美丽与神秘、有我喜欢的旅行与未知。

我要这些美丽与神秘、旅行与未知来围绕我,围绕我的写作!

我要在一枚松果里想象无数枚松果的生长,想象给予它们生长的土壤、阳光、空气与水分。

我要在一句诗里想象一个诗人的一生:他的生、他的欲、他的死。

这枚松果上的雪花,是乡愁。这乡愁起先是果汁,后来是酒,是越来越浓的酒。这酒,引来一千枚松果上的雪花,覆盖一千零一个夜晚的乡愁。

我畅游的不是果汁，是阳光酿制的酒，是酒，是诗歌酿制的美酒！

你切开的肉汁，你畅饮的血/在脉管中流动着忧伤，/燕麦和葡萄，/原是天生肉感的根茎与液汁。/你饮我的美酒，你嚼我的面包。

我得承认，读这样的诗句时，我醉了，不断地飘忽忽沉入一个无底的地方……那里既是前世，也是今生；既是异域，也是故乡；既是欢乐，也是痛苦；既是生，也是死……

而去岁的疼痛感与烟火气，由一个我的《无底洞》再次升上来：

从窗外传来/呼啸。/（她在厨房里擦油烟……）//从隔壁传来/尖叫。/（她在卫生间洗拖把……）//从天花板掉下/蛛网。/（她在书桌上写诗歌……//从纸里传来/呼救。/（枯叶和它上面的灰尘……）//……黑咕隆咚的……

那时，我在首都，备有一只暗夜的手电筒。每夜都写诗，仿佛诗神只光临我一个人的夜晚。

白酒，在黄昏的盛会上；红酒，在午夜的低柜里。我不饮。

忧伤的人，喜欢夜晚饮酒，因为酒里的阳光可以治疗忧伤。我不饮吸收阳光酿制的美酒——不饮"肥沃的光线转变成的可爱的血液"（引自法国随笔作家让-吕克·海宁《酒的情色》，吉林出版集团有限制作公司2009年10月版，第125页），我害怕阳光灼伤我，害怕"血液"贲张我的血脉，让我更加忧伤。

所以，我不用酒治疗忧伤，我用诗。我只饮诗，只饮诗酿的酒、诗酿的甘醇，和着行内韵畅饮……

而在武汉的年饭上，我体内的阳光过剩，阳光与阳光碰撞，因而三杯红酒令我醉至休克……

我终是知道的，酒对我是有毒的，就像我知道，诗对我有毒一样！

狄兰·托马斯，当然也是知道的。他一边啜饮，一边吟诵："饮者，你的红酒里有毒！"

然而，在痴爱面前，毒是微不足道的，是能置之度外的。

在酒精的幻觉中，叫喊的血液，涌成诗句，无路可走，只能栖落在纸上……

在诗歌的感召下，狂欢的灵魂，酝酿新的诗句……

所以，我不是在饮酒，我是在写诗。你们看我似在饮酒，其实，我是在写诗。

所以，天才的、疯狂的狄兰似在喝通宵的酒，其实是在写通宵的诗。

狄兰成了一位酗酒的诗人。因长期酗酒，死于纽约。生前曾在美国举办公开的诗歌朗诵会一百多场，引起轰动。他用他在二战期间在英国广播公司播音的那副嗓子，朗诵诗，他用那副被二战的风云吹拂、被酒精浸泡的嗓子朗诵诗。

    永远不要去触及那忘却的黑暗/也不要去知道/任何他人或自己的苦痛——/否定印证着否定，/光的空白里黑暗在闪烁——/不要谈论可怕的梦魇，/也不要从睡梦的伤口中流出/用知识去玷污/破损的头脑是无用的，一文不值/也无须徒然争论死后的事情；/在血液和躯体内寻找甜美的空白，/这脓液潜得太深，就算提着脑袋撞墙也无济于事。/饮者，你的红酒里有毒，/它蔓延下去沉淀成渣滓/留下一条彩色的腐败的脉管，/和衬衫下的锯屑；/每一只手上必有邪恶/死或者生，/泡状物或片刻的运动/组成了全部，从无到无，/甚至，这文字也是无/当太阳变成了盐，除了空虚，/还能是什么？一声如此古老的哭喊，/永远的无，没有什么比这更古老，/尽管我们被爱和困惑所销蚀，/我还是爱着而又困惑着，/尽管知道这是徒劳，这是徒劳，/爱和困惑像一个垂死的人/设想着美好的事情，尽管当春天来时，/仍只能是冬天，/这长寿花，这喇叭。

                        （《永远不要去触及那忘却的黑暗》韦白译）

即使塞住我的双耳,我仍能听见他早已缄默的噪音里的狂放、沧桑与高傲!

趁留声机还没有失真,再听狄兰·托马斯朗诵这样一句诗:"太高傲了,以至于不屑去死!"

然而,桌面上早已没有留声机。只有一枚异乡的松果,和一摞他的诗。

我饮他的美酒……

我写我自己的诗……

今天的阳台上堆满昨天的酒瓶;今天的书桌铺满将来的诗句。

以你的诗句,俘获她的爱情

我打开一张碟。

不是在黑岛上(聂鲁达晚年居住的地方)的岩石旁,也不是海岬上的"下海湾"(聂鲁达流亡意大利期间居住的地方),甚至不在海边,只是在书房里,一间被我称为"兰波轩"的书房里。

这张碟与兰波无关,但是与聂鲁达有关。是一张名叫《邮差》(1994年意大利出品。导演:迈克尔·雷德福。主演:菲利浦·诺瓦雷、马西莫·特罗西、玛莉亚·嘉西亚·古欣娜塔)的碟。

不愿做渔民的马里奥,当上了一名临时邮差——给流亡到意大利"下海湾"的诗人聂鲁达送信。他认为聂鲁达受到千千万万女人的爱戴是因为聂鲁达的诗,聂鲁达的爱情诗,所以他想获得聂鲁达的题字去赢得女人的爱。但是他并不满足手拿洋葱的聂鲁达在诗集上漫不经心草就的四个字"聂鲁达题",他想要的是一种聂鲁达与他的友谊的题字——他认为只有这样的题字才会为他赢得女人的爱情。

出于这种强烈的愿望,马里奥开始阅读聂鲁达的诗歌:"……我走过服装店及电影院/完全凋谢……无感觉地,像一只受伤的天鹅/在一片骨灰海上航行/理发店的气味令我号啕大哭/我厌倦了做人……"。当他读到"理发店的气味使我号啕大哭/我厌倦了做人"的诗句时,陷入了沉思。他被一种说不出的感觉深深地打动了。次日他对聂鲁达说:"你的诗歌说出了我想说却说不出的……为什么理发店的气味使我号啕大哭?"聂鲁达告诉他说:"解释诗歌就变得无味了,解释诗歌永远也比不上诗人揭露的亲身体验的那种感性经验……诗歌就是隐喻……多观察,你也可以写诗。"当然邮差马里奥没有写出诗句,但是他懂得了什么叫做隐喻,他开始面对以前不喜欢的海水,思考诗句。他对聂鲁达说:"总有一天(我也会成为诗人),当然,不是现在。"马里奥提着邮包,在浅海边漫步。他开始用自己的眼光和感觉去触摸诗句;在父亲沉默的晚餐桌旁,他靠着墙拿着笔在纸上画……

"海浪,忽前忽后地动……就像船在你的文字里荡漾。"邮差在海边,对聂鲁达谈自己对海浪和读诗歌时的奇怪感觉。聂鲁达告诉他:"这就是韵律,你也说出了隐喻。"

……但是,还没等到马里奥谋得他想要的聂鲁达的题字,也没等到马里奥学会写诗——本来,他要拿着它们去那不勒斯吸引可爱的女孩——他就对小酒馆美丽的比阿特丽斯一见钟情了。他心潮澎湃,但姑娘似乎对他无动于衷。他连忙跑去找聂鲁达代他写一首情诗给他心爱的姑娘。聂鲁达说:"我甚至不认识她。诗人要有对象才会有灵感!我不能无中生有。"马里奥说:"看,诗人,如果这样一首诗都难得倒你,那你休想赢得那个诺贝尔奖……周围都是渔民,没有人能帮我。"聂鲁达说:"……渔民也需要谈情,你要懂得示爱。"求诗不成的马里奥,晚上寂然地在纸上画弹球(那只比阿特丽斯嘴里含过的弹球,他攥在手心),白天守在小酒馆里的门帘内,对无声而过的比阿特丽斯背诵诗句:"你笑容一展如蝴蝶拍翅。"送信时,对着聂鲁达的录音机说:"……岛上的奇景:比阿特丽斯·罗素。"马里奥对比阿特丽斯的痴迷打动了聂鲁达。他戴着帽子,骑上自行车,和马里奥一起到小酒馆去会比阿特丽斯,当着比阿特丽斯的面,在他送给马里奥的诗歌习作本上题词——"致马里奥,我亲密的朋友和同志。聂鲁达题"——他对马里奥说:"你已有自己的诗作,如果你想写下来,这里有笔记本。"聂鲁达的题字和话语,比阿特丽斯看在眼里,听在耳边,她不会不懂得它们的所指。她也懂得马里奥的暗喻:"你笑容一展如蝴蝶拍翅。"是夜,她在沉思,回想马里奥在浅海边对她说的诗句:"你的笑像蝴蝶一样飞过你的脸庞,/你的笑像一朵玫瑰花,/未出鞘的矛,清澈的水,/你的笑像银色的波浪……""就像置身于纯白的海边/我喜欢你这样沉默不语/仿佛你并不存在……""你有月亮的线条,苹果的内径/赤裸的你如光秃秃的小麦/赤裸的你蓝如古巴的夜晚/葡萄和星星躲在你的发间/赤裸的你如夏日镀金的教堂……"这本是聂鲁达写给妻子玛蒂尔德的诗,马里奥从聂鲁达的诗集里抄下来献给了心爱的比阿特丽斯。他对聂鲁达如此解释他的"借用":"诗歌不属于那些写作它的人,而属于那些需要它的人。"渐渐地比阿特丽斯被这些文字迷住了,她不理会姑姑所说"文字是最可怕的东西"的警告。比阿特丽斯像她的姑姑对聂鲁达投诉的那样:"他(马里奥)的暗喻如火炉般令她火热……"姑姑的阻挠没有用,比阿特丽斯被马里奥朗诵的诗句俘虏了,她爱上了马里奥,爱上了喜欢诗歌致力于做个诗人的马里奥。

不久,比阿特丽斯嫁给了马里奥。聂鲁达受邀做了他们的证婚人,并在喜庆的婚宴上朗诵了一首诗:"以纯洁的心,以单纯的眼睛,我歌颂你的美,束着血液的绳好让它跳动,依着我的线条,让你躺在我的诗里如在森林,在浪里,在沃土,在大海的歌声里。"好消息同时到来,通缉聂鲁达的文件被撤回,聂鲁达和他的妻子玛蒂尔德被允许一周后回到他们的祖国智利。

送走聂鲁达的马里奥失业了,但他仍然不忘记读诗,即使在厨房帮忙,他看着蔬菜和香料,也会想起聂鲁达的诗句:"西红柿,红肠,鲜艳至极,/洋葱,穿着勇士的衣服,被擦得如西红柿般光亮,/大蒜,如象牙般珍贵。但我们得伤害它,唉/用刀切进它那新鲜的肉里……"同时不忘关注有关聂鲁达的任何消息,他用聂鲁达留下来的录音机录下了一些声音,准备寄给聂鲁达当礼物:"第一,是海湾的海浪,小小的;第二,滚滚的海浪;第三,绝壁上的风;第四,灌木丛间的风声;第五,爸爸忧愁的渔网声;第六,教堂的钟声,哀伤的圣母,还有神父;第七,我从不知有这么美:岛上布满星星的天空;第八,我儿子的心跳声。"至此马里奥已经成了一个真正的诗人,他会用一个诗人的眼光发现和寻找美了。

马里奥也懂得关心岛上渔民的生活,后来,他加入了共产党(因他崇拜的聂鲁达是共产党人)。一次他到罗马去参加了共产党的集会,当他拿着他献给聂鲁达的诗,准备上台朗诵时,却被当局军警用乱棍打死。

五年后,当聂鲁达和他的妻子来到下海湾的小酒馆时,他们见到的只是马里奥的妻子和他五岁的儿子。

这是电影的《邮差》。电影的《邮差》改编自智利流亡作家安东尼奥·斯卡米达的同名小说。电影基本上忠于原著,但是人物生活的地点由聂鲁达晚年的居所黑岛改在了意大利的西西里岛的下海湾(聂鲁达流亡期间确实在此居住过),结局由聂鲁达的死,变成了马里奥的死。

无论是对电影,还是对小说,我都不考究其故事的真实性,因为故事的真实性并不重要,重要的是诗。因为正是诗,才使聂鲁达蜚声国际;也正因为诗,马里奥才赢得比阿特丽斯的芳心;也是因为诗,他们的人生才有意义,才会被吟诵,被追忆……

《二十首情诗和一支绝望的歌》永远不会终止于它们被完成时,它们在时间的长河中被人们不断地吟诵着:

> 我们甚至遗失了暮色。/没有人看见我们今晚手牵手/而蓝色的夜落在世上。//我从窗口看到/远处山巅日落的盛会。//有时一片太阳/像硬币在我手中燃烧。//我记得你,我的心灵攥在/你熟知的悲伤里。//你那时在哪里?/还有谁在?/说了什么?//为什么整个爱情突然降临/正当我悲伤,感到你在远方?//摔落了总在暮色中摊开的书本/我的披肩卷在脚边,像只打伤的狗。//永远,永远,你退入夜晚/向着暮色抹去雕像的地方。"

(程步奎 译)

我以前读过的诗句,现在仍散发着它的悲凉。它的悲凉在这秋末午夜比黄昏更甚,但我仍无须用毛线和风衣裹身,因诗暖着我的心。我也无须用诗句去俘虏爱情,但仍用诗句去抵御污浊的世俗。

心中有诗的人,即使行走在腐殖土里的枯枝败叶上,也能吟出清新动人的句子。

另外，诗歌捕获爱情，这一点无须怀疑。无论在多么世俗的时代，诗歌仍会有它征服人心的魅力。我一次又一次地被它们征服：

"爱情那么短暂，遗忘却如此长久。"
"今夜我能写出最悲凉的诗句。"

面对今夜之最，明天之最，将来之最，我要写出今生之最。

"我不会完全死去"

普希金 1799 年 6 月 6 日出生于沙俄莫斯科，1837 年 1 月 29 日逝世于圣彼得堡。普希金短暂的一生中，为俄罗斯留下了丰富的、珍贵的文学遗产，成为俄罗斯著名的文学家，伟大的诗人、小说家及现代俄罗斯文学的创始人。他是 19 世纪俄罗斯浪漫主义文学的主要代表，同时也是现实主义文学的奠基人，现代标准俄语的创始人。他在多种文学体裁——抒情诗、叙事诗、诗剧、小说、散文、童话等都成绩杰出，为俄罗斯后代的作家提供了典范。因此，他被誉为"俄罗斯文学之父""伟大的俄罗斯人民诗人""俄罗斯诗歌的太阳"。

普希金的作品中对自由、对生活的热爱，对光明必能战胜黑暗、理智必能战胜偏见的坚定信仰，以及他"用语言把人们的心灵燃亮"的崇高使命感和伟大抱负深深感动着一代又一代的人。普希金的杰作，激发了不少俄罗斯音乐家的创作激情和灵感。以他的诗篇作脚本的歌剧《叶甫根尼·奥涅金》《黑桃皇后》《茨冈》等，皆成为了伟大的音乐作品；他的抒情诗被谱上曲，成了脍炙人口的艺术歌曲；还有的作品被改编成芭蕾舞，成为舞台上不朽的经典。

同时，普希金因作品崇高的思想性和完美的艺术性而成为具有世界性重大影响的文学家、诗人。他的作品被译成全世界的主要文字被阅读、吟诵……

假如生活欺骗了你，/不要悲伤，不要心急！/忧郁的日子里需要镇静：/相信吧，快乐的日子将会来临。//心儿永远向往着未来，/现在却常是忧郁；/一切都是瞬息，/一切都将会过去，/而那过去了的，/会成为亲切的回忆。

1825年，普希金这首以赠诗的形式写给他的邻居奥希泊娃的女儿叶甫勃拉克西亚·尼古拉耶夫娜·伏里夫纪念册上的诗歌，很快被广为传诵。一百多年来，在全世界的范围里，它都成为了人们至爱的自励诗或赠言诗。这首诗与他的许多爱情诗，如《我记得那美妙的一瞬》《我曾爱过您》和童话诗《渔夫和金鱼的故事》、长诗《叶甫盖尼·奥德金》《青铜骑士》、小说《黑桃皇后》《大尉的女儿》等一样，成为世代流传的名篇，受到全世界范围读者的热爱。

因此普希金的文学不但是俄罗斯的文学遗产，也是世界的文学遗产。他不但受到俄罗斯人民的尊敬与爱戴，也受到全世界读者的尊敬与爱戴。这个不但可以以被译成全世界很多文字的普希金作品为证，还可以以世界各地耸立的普希金雕像为证。俄罗斯究竟有多少普希金雕像，我们难以统计，仅在中国，上海和宁波等地就竖有普希金雕像。还会有更多的普希金雕像在不断耸立……

普希金这座伟大的纪念碑，一直耸立在人们的心中和眼前！一百多年来，从不曾失去他的伟岸！这座纪念碑正如诗人在一首《纪念碑》中所写的那样：

我为自己建立了一座非人工的纪念碑，/在人们走向那儿的路径上，青草不再生长，/它抬起那颗不肯屈服的头颅，/高耸在亚历山大的纪念石柱之上。

这是世界的公认："普希金以他歌颂理想、赞美自由、蔑视残暴统治、抨击农奴制度、同情劳动人民的诗歌，高高树立起一座俄罗斯现实主义诗歌的不朽的丰碑。"

《纪念碑》是普希金1836年写的。次年（1837年2月8日）普希金遭受沙皇尼古拉一世的阴谋而陷入决斗被打成重伤，两天后，不幸逝世。

普希金虽然去世了，但他的灵魂却永久地留在他的作品里，留在人们的心中，激励着更多的人热爱理想、热爱自由，和专制暴政做斗争。他去世"两天之后，他的家就成了他的祖国的一块胜地，世界还没有见过比这更完满，比这更灿烂的胜利"。（自阿赫玛托娃《谈普希金》）在数以万计的悼念普希金的诗篇中，丘特切夫的两句诗"就像铭记自己的初恋一样，/俄罗斯心中不会把你遗忘"成为了不朽的诗句，随着普希金的姓名一起，流传在俄罗斯和世界人民心中。普希金至今仍然深受俄罗斯人民的尊敬和爱戴，正如他自己在一首诗中所写的那样：

不，我不会完全死亡——我的灵魂在遗留下的诗歌当中，/将比我的骨灰活得更久长，和逃避了腐朽灭亡——/我将永远光荣不朽，直到还只有一个诗人/活在这月光下的世界上。//我的名声将传遍整个伟大的俄罗斯，/它现存的一切语言，都会讲着我的名字，/无论是骄傲的斯拉夫人的子孙，是芬兰人，/甚至现在还是野蛮的通古斯人，和草原上的朋友卡尔梅克人。//我所以永远能和人民亲近，/是因为我曾用诗歌，唤起人们善良的感情，/在我这残酷的时代，我歌颂过自由，/并且还为那些倒下去的人们，祈求过宽恕同情。

普希金为理想、为真理、为正义、为人民而讴歌而献身的大无畏精神，至今在全世界范围内仍有着现实的意义。因为为理想、为真理、为正义、为人民而讴歌，不畏惧残暴和专制，勇于献身的大无畏精神，现在甚至以后的很多世纪，都依然是文学、艺术等现实与终极的理想与意义。所以，他的这座"非人工"的纪念碑会永远高耸在世界各地。

普希金非但"不会完全死亡"，而且"将永远光荣不朽"！
因为伟大的灵魂是不死的，精神的丰碑万世长存！

"一曲未唱完的歌"

诗人们所流传下来的不朽诗篇中,那些预示了诗人命运的诗篇总是令人震颤与心伤!

普希金的长诗《叶甫盖尼·奥德金》和短诗《纪念碑》正是令人震颤与心伤的诗篇——诗人在自己的作品中预知了自己的命运——诗人叶甫盖尼·奥德金和普希金的文字树立的纪念碑正是普希金对自己遭受决斗而逝及身后声誉的预知。

其实,真正的作家、诗人的写作就是在写命!普希金是这样,被视为普希金继承人的莱蒙托夫也是这样。

莱蒙托夫,这个与普希金一样从小就表现出非凡的文学天才与绘画天才的诗人,在他写出令他声誉鹊起的《诗人之死》之前,就有小诗预知了他自己的命运:

如果能够举世皆知:/拥有希望、幻想的人生/不是别的——正是一册/久享盛名的诗歌抄本。

(自《莱蒙托夫诗画集》,黎华编译)

最初让莱蒙托夫举世皆知的,就是日后让他盛名不衰的《诗人之死》手抄本。普希金因决斗去世后,莱蒙托夫在悲痛中写出了《诗人之死》,愤怒地指出杀害普希金的凶手就是俄国上流社会。这首短剑般锋利的诗篇震撼了俄国文坛,并奠定了莱蒙托夫作为普希金继承者的地位。莱蒙托夫和普希金生前一样遭到沙皇反动当局的仇视,并多次遭到流放。最后同样像普希金一样因遭受沙皇当局的挑唆而陷入决斗的谋杀而死去。

是巧合吗？不，当然不是。

是冷酷对诗人命运的无情催逼，从而令他们敏感异常，天眼常睁，因此他们不可避免地在他们笔下的文字里预知了自己的命运。

莱蒙托夫前期的抒情诗中，有一首《不，我不是拜伦，是另一个……》的诗歌，与其说是他对挚友们赞扬他诗才前程远大如拜伦的回答，不如说是对自己命运的预知——

> 不，我不是拜伦，我是另一个，/还默默无闻而命运选中的人，/像他，被尘世折磨的漂泊者，/但只是怀有一颗俄罗斯的心。/我早早开始，也将早早结束，/我的才智不怎么会得到发挥；/在我心底，犹如在大海深处，/各种破碎了的希望沉淀堆积。/有谁能够，阴郁忧闷的海洋，/洞悉你深藏的奥秘？又有谁能/向人们道尽我奇幻的遐想？/是我——或上帝——或竟然无人承应！
>
> （自《莱蒙托夫诗画集》，黎华编译）

同普希金和十二月党人一样崇拜拜伦的莱蒙托夫，在他诗歌（早期）写作中借鉴了欧洲（首先是拜伦）的诗歌成就，也借鉴了长他15岁的普希金的诗歌成就。但莱蒙托夫的整个诗歌成就仍然是异于他的这两位精神师长的。评论公认他后期的创作——在他的诗歌和散文体小说中似乎运用了普希金的一些方法。但莱蒙托夫散文体小说的基本架构（诗歌亦是如此）在许多方面与普希金是对立的；普希金散文体小说的简约和诗歌"和谐准确"的风格不是他的特点。他的作品中渴望自由的浪漫主义激情和反抗专制的斗争精神同普希金的作品一样滋养了后代的俄罗斯文学，但他深刻的心理分析手法却是独有的，后为屠格涅夫、托尔斯泰继承发扬。

这里且不详论莱蒙托夫与拜伦、普希金的诗歌有何传承与发扬，仅就诗歌的预言性而言，它同普希金的诗预示性一样令人震颤与心伤。

……/我早早开始，也将早早结束，/我的才智不怎么会得到发挥；/……

　　很早就开始自己诗歌创作生涯的莱蒙托夫，清醒地认识到自己作为一位俄罗斯民族诗人所肩负的使命，也预感到他在黑暗现实中将遇到的特殊坎坷。莱蒙托夫在决斗中被阴谋杀害时年龄不足27岁。虽然他给俄国文学留下了丰富遗产——12年创作生涯中写下400多首抒情诗、若干长诗、诗剧及小说，但是就他本身的才能而言，他才刚刚开始他创作的黄金时期，他的艺术天才还没有得到最大限度的发挥，他对人生的奥秘还未及一一道出，他就逝去了。这不能不说是一种令人捶胸顿足的损失。

　　高尔基说："莱蒙托夫是一曲未唱完的歌。"这话里有多少痛惜啊！

　　人们在痛惜中，含泪吟诵莱蒙托夫留下的珍贵诗篇。

"只有一片蓝色啄着双眼"

他的眼睛呈浅蓝色,像蔚蓝的天空和湖水一样美;他的头发柔软,自然的鬈发金光闪闪;他的嘴唇灵活多变,富有表情……

叶赛宁不仅在米克拉舍夫斯卡娅眼里是罕见的美男子,他在丽吉娜·伊万诺夫娜·卡申娜(叶赛宁长诗《安娜·斯涅金娜》女主人公原型)、安娜·伊兹里亚德诺娃、吉娜伊达·拉伊赫(叶赛宁第一任妻子)、加琳娜·阿尔图罗夫娜·别尼斯拉夫斯卡娃(在叶赛宁坟前殉情的少女)、伊莎朵拉·邓肯(现代舞之母,叶赛宁第二任妻子)、索菲娅·安德烈耶夫娜(列夫·托尔斯泰的孙女,叶赛宁的第三任妻子)等所有爱他的人那里都是美男子。

然而我们读者从他那饱含深情和略带哀愁的眼睛里,从他那"捕捉了俄罗斯乡土气息"的诗句里,看到的是一位情感真实、诗风独特的诗人对家乡、对自然、对祖国、对人民、对人性、对爱情、对美丽的爱,对乡村与城市矛盾的困惑与疼痛。

美不可言,蔚蓝,温柔/故乡在疾风骤雨后沉寂/我的心,也像无际的田畴/呼出蜜香和玫瑰的气息

在天空的蓝色的盘子上/黄云吐着蜜香的炊烟/夜幻想着,人们入梦乡/唯独我受乡愁的煎熬

荒村没入了坎坷的地城/森林掩映着茅舍间间/从土墩和洼地极目望去/才见一片茫茫的蓝天

——叶赛宁热爱乡村,热爱大自然。他的诗篇充满对乡村、对大自

然的深情赞美。乡村、大自然的蓝色在他的笔下就像他天生的蓝眼睛一样童真而明亮，美丽而忧伤，宁静而深邃，一望无际。

我辞别了我出生的屋子，/离开了天蓝的俄罗斯。/……/唯有老枫树单脚独立，/守护着天蓝色的俄罗斯。

啊！你，我亲爱的俄罗斯，层层的农舍，披着袈裟的圣像……无际的空间，深蓝一片——两眼望得酸胀……

——美丽的蓝色忧伤从对乡村的深深依恋，抒发成一种拳拳的爱国情怀，恰似一种浅蓝浓郁成深蓝！

拉起来，拉起红色的手风琴。/美丽的姑娘到牧场上会情人。/燃烧在心中的莓果，闪出矢车菊的光色/我拉起手风琴，歌唱那双蓝色的眼睛

暴风雪的啼叫，像吉卜赛提琴。/亲爱的姑娘，难猜的微笑盈盈，/我需要很多很多，但太多也不必，/我不感到羞赧么，由于那蓝色的一瞬

我在你明眸深处看见大海，/它正闪射着浅蓝色的光芒

——红色的手风琴、暴风雪的啼叫或吉卜赛提琴将代表所有的抒情，歌唱情人的蓝眼睛，歌唱那蓝色的一瞬。红色的莓果、矢车菊的光色、白色的暴风雪……或其他的颜色一起来歌唱蓝眼睛的情人，那蓝色的一瞬！那蓝眼睛的情人那蓝色的一瞬藏着的大海，正闪射着浅蓝色的光芒。

叶赛宁曾经说过："我的抒情诗洋溢着一种巨大的爱。"确实，大自然与人的和谐里，蕴藏着巨大的爱。这巨大的爱，是凝聚在一个诗意盎然的自然与人、祖国与人民、爱与美的"浅蓝色的欢快的"国度里。

但是一切都是最初的时光，最初的理想。当叶赛宁在城市里孤独地

吟诵"我是乡村的最后一位诗人"时,他看见蓝色的乡村、蓝色的俄罗斯已经有了他不能接受的变化。

每当蓝色的幕帘垂挂/你眼前浮现同一幻象/仿佛有人在酒馆厮打/把芬兰刀捅进
我用德黑兰的蓝色鲜花/在茶馆治疗心灵的创伤
我长得结实,有力/我要摆动这个月亮/撞击蓝色的大钟/把你的覆亡敲醒

然而,城乡强烈的冲突、现实与理想的强烈冲突……已使诗人无力用他蓝色的笔把他蓝色的眼睛看到的一切敲醒,他绝望地睡下了。在天空和大地还没有改变它们的蓝色之前,他睡下了。因为只有大地才是最终的慰藉。就像多年前《写给母亲的信》里写的:"唯有你是我的救星和慰藉,唯有你是我无法描绘的光亮。"

他躺在人们无法描绘的光亮里。

在叶赛宁短短的一生中,他出版了30本书,每一本书都是这个伟大的俄罗斯灵魂的深情厚爱。而蓝色在那本名叫《天蓝色》的书里是无边无际的俄罗斯无边无际的蓝、是他没有入睡的爱。

从看不见的丛林的蔚蓝中,/传来星星的赞美诗。/手风琴在急急歌唱,/歌唱天堂和春天。/望不到边也望不到头——/只有一片蓝色啄着双眼。

而看到的人、读到的人,眼睛感到了不息的疼痛。因为眼睛被啄成了不愈的伤口……

"嘴唇上是你的名字"

如果有人吩咐他到战场上去把自己杀死，/那么最后一个/凝结在被炮弹打飞的嘴唇上的，/将是你的名字。

这种出生入死、忠贞不渝的爱情表白，是马雅可夫斯基在1915年秋天创作的长诗《脊柱横笛》一段。《脊柱横笛》是马雅可夫斯基继《穿裤子的云》之后的又一首阐述了爱情主题的长诗。这首长诗是献给他终生爱恋的莉丽亚·勃里克的。莉丽亚·勃里克和她的丈夫奥西普·勃里克是马雅可夫斯基在1915年7月的一天认识的新朋友。马雅可夫斯基在他的自传《我自己》中声称那一天是"最快乐的日子"。不久，马雅可夫斯基爱上了莉丽亚。当莉丽亚告诉奥西普说马雅可夫斯基与她相爱时，他们三人就决定永不分开。从此，他们之间形成了一个奇特的三人之家，这三人之家前后维持了十余年的时间。20年代下半期，马雅可夫斯基虽另有所爱，但他心中一直是深爱着莉丽亚。他的爱直到生命的最后一刻也没有停息。——"莉丽亚，爱我吧。"这是马雅可夫斯基临终前的绝命书中最后一次深情的呼唤。这呼唤终止在一声绝望的枪声里……

马雅可夫斯基对他最后一位恋人的挽留也终止在这枪声里。他最后爱的一位恋人——维洛尼佳·波隆斯卡雅是莫斯科艺术剧院的一位年轻秀丽的女演员，已婚。据说，她的容貌与马雅可夫斯基远在巴黎而不能相见结婚的恋人雅柯夫列娃惊人地相似（马雅可夫斯基首次出国，在巴黎邂逅俄侨维洛尼佳·波隆斯卡雅。两人相爱，并相约下次马雅可夫斯基来巴黎时结婚。至今无人说清，为何马雅可夫斯基再次出国巴黎时不被批准）。波隆斯卡雅也爱马雅可夫斯基，但她不愿辞掉工作,也没找到时机跟她丈夫提出离婚。她不知道,她永远没有这样的机会了。当她为着一场排练,推开马雅可夫斯基的臂弯,跨出房间时,屋里就传来一声枪响。她只有在悔恨中回味她"一生中最不幸,也是最幸福的一年"。

更多的人,守着他的诗集和绝命书《致所有的人》悲恸。

少数人——包括文坛上排挤、打击他的那些"拉普同志们",依然没停止对诗人的诋毁。

爱革命爱党的人,说他不应该写那么多爱情诗。而不爱革命不爱党的人,说他不该写那么多政治诗、那么多爱国主义的诗。

(马雅可夫斯基不但写出了《穿裤子的云》及《脊柱横笛》等著名的爱情诗,也写出了政治诗《列宁》和《好!》、爱国主义的名篇《苏联护照》《吃喝颂》《贪污颂》《开会迷》等讽刺短诗)

文坛上受排挤,爱情上遭失意,再加上流感缠身,终致马雅可夫斯基"爱的小舟在生活的暗礁上撞碎"!

1930年4月14日10时15分,马雅可夫斯基扣响了15年前他在长诗《脊柱横笛》里预知的那枚子弹——

我经常在想——/让子弹给自己的末日打上句点,/岂不更美。

但他洪亮的声音飘过穿裤子的云,长久地停留在爱他的人们心间。他的光头形象,成为特立独行的先锋艺术家的效仿。他的楼梯诗,深刻地影响了后人。贺敬之、郭小川在某种程度上,可以看作是马雅可夫斯基的中国传人。

一开始乘上"未来主义快车"登上诗坛的马雅可夫斯基,其实是一个"真正的现实主义者"(列宾语),"他的作品中丝毫没有未来主义,而只有马雅可夫斯基。一个诗人,一个大诗人……"(高尔基语)

马雅可夫斯基的诗歌与时代的关系——它们对时代的巨大的爱与对不良现实巨大的憎,以及他诗歌中的大都市特性等,对至今的诗歌写作仍然有着启示与指导意义。

比如，具有深远历史意义的长诗《列宁》和《好!》和至今仍有强烈的现实意义的讽刺短诗《吃喝颂》《贪污颂》《开会迷》等。

当今的诗坛上，人们可能更喜欢马雅可夫斯基的《穿裤子的云》《脊柱横笛》等爱情诗。但《列宁》《好!》《吃喝颂》《贪污颂》《开会迷》等，其实是更难写的诗。

对此，每一个真正的诗歌写作者是深有体会的。因为诗人对时代的爱与恨，对现实的抨击与揭露，一直是诗歌写作中的难以处理好的难题。——不论是情感上，还是诗艺上诗人们都难以把握。诗人们写作这类诗不是流于直露的口号，就是流于肤浅的愤怒。这就是为什么诗人们不歌颂时代，不讽刺现实的主要原因。

叶赛宁因为诗歌里吟诵乡村被视为"乡村的最后一位诗人"。我们不知是否可以因为马雅可夫斯基诗歌中的大都市特性而视马雅可夫斯基为第一位都市诗人？因为马雅可夫斯基的"未来主义诗歌——就是都市之歌、现代的都市之歌"。

叶赛宁羞怯地吟诵着乡村的诗歌走进都市上流社会的客厅时，就像"一头牛受到了惊奇的欢迎"，而马雅可夫斯基从乡村走进都市时，"黄色上衣犹如斗牛场上挑逗公牛的红布条"，让上流社会感受到了"一种嘲弄与挑逗"。

两位同时代的诗人，诗风迥异，水火不亲。叶赛宁是蓝色的湖水，而马雅可夫斯基则是黄色的火焰。但水与火都有不少的追随者，都以自己的诗篇流传于世。

还有，他们离世的方式都让人悲恸，都是自杀。

再见，朋友，不必握手诀别，/不必悲伤，不必愁容满面，——/人世间，死不算什么新鲜事，/可活着，也并不更为新鲜。

这是叶赛宁1925年12月28日在旅馆自缢前写的血书中的最后一段。

妈妈,二位姐姐和同志们,原谅我吧——这不是个办法(我不劝别人这样做),但我没有出路。

这是马雅可夫斯基自杀前的绝命书中的第二段。

"在这人世间/死去/并不困难/创造生活/可要困难得多"。这是马雅可夫斯基在1926年写的诗歌《致谢尔盖·叶赛宁》的结尾。他怎会想到当年对"叶赛宁性格"的有力打击,变成了他四年后的"没有出路"。

这是真理,被以残酷的方式道出。被打击的是说出的那个人,也是听到的每个人。

黄金在天空舞蹈

秋天太多雨了，思绪也淅淅沥沥的……这雨积在心里、血液里、皮肤里……溢出来，到手上、头发上，最后到衣上……全是湿湿的。

一个湿人去碰诗集，曼德尔施塔姆的诗集。愿望是暖的，但这暖，温暖不了自己的哆嗦和诗里的哆嗦：

我冷得直哆嗦——/我很想从此沉默！/但黄金在天上舞蹈，/命令我歌唱。

前两句和我低下倾听的头，就要沉溺在雨水中。但后两句及时地挽救了我。我举起头，看着天空的黄金，高声歌唱。淋在身上的雨水也是黄金，我歌唱着，连哆嗦也变成了一份黄金……

去痛苦吧，/惊惶的歌手，/去爱吧，去回忆，去哭泣，/去接住轻盈的小球，/它被昏暗的天体所抛弃。

很多诗人都一样，有着尖锐的痛感——多数情况是痛苦不明来处，也没有着落。但可以肯定的是，诗人们的痛苦都非一己之痛。涅克拉索夫说："我泪水涔涔，却不是为了个人的不幸。"曼德尔施塔姆所痛的，也不是他自己。"惊惶的歌手"爱的、回忆的、哭泣的，绝非是个人的悲欢，即便是，也必定指向永恒的某处……家园、乡愁、祖国……1912年，曼德尔施塔姆写作这首《我冷得直哆嗦》时，刚刚21岁。距离1905年的俄国革命有七年的时间；距离他1910年初次写诗发表诗作两年的时间;距离1911年他与阿赫玛托娃、古米廖夫等人创办阿克梅主义的机关刊物《阿波罗》和他1913年出版第一本诗集《石头》,前后都是一年的时间。这几年,是作为诗人的曼德尔施塔姆一生中较为顺利的时期。21岁的曼德尔施塔姆还没有遭受他后半生的任何劫难。所以此诗所痛的,绝非为他自己所痛。

> 正是它,一根真正的引线,/联系着一个神秘的世界,/什么样肝肠寸断的忧伤,/什么样的灾难,已经发生!/倘若有过反常的哆嗦,/这一颗永远闪烁的星星,/为什么要用生锈的饰针,/扎进我的身体?

(汪剑钊译)

我看着这诗句,这黄金,这痛苦的黄金的舞蹈……突然想到,诗人过早地预言了自己的一生——目睹革命,写诗;被逮捕,写诗;在苦役中,写诗;病,写诗;精神恍惚,写诗……写诗,不明原因的死。

1923年,距离诗集《石头》出版后的第十年,曼德尔施塔姆的第二部诗集《忧伤》出版了,同年他开始写作《时代的喧嚣》——1925年出版,被誉为俄罗斯"白银朝代"最出色的两部自传之一——另一部是帕斯捷尔纳克的《安全保护证》)——没几年的时间,《诗集》《有关诗歌》(论文)、《埃及邮票》(散文集)、《亚美尼亚旅行记》先后出版,但写作上的巨大成就,性格里天真、善良的一面,也没能让他避开他因锋芒毕露而得罪的人的陷害。厄运从此开始:1933年,他写诗讽刺斯大林,次年他遭到逮捕和流放,最初被流放到乌拉尔的切尔登城,后转至沃罗涅日。一年后,即1937年5月被释放。1938年5月2日,曼德尔施塔姆再次被捕,被以"反革命活动"的罪名判处五年苦役。苦命的诗人,没能熬到获释的那一天。1938年底,曼德尔施塔姆神秘地死去。死亡原因、死亡日期、死亡地点,至今仍是谜。

"套用一位哲学家的话来说,写诗也是一种死亡的练习。"布罗茨基在一篇专论曼德尔施塔姆的文章《文明的孩子》中写道。很多时候,诗人开始写作时,其实就是"死亡练习"的开始,只是曼德尔施塔姆的"死亡练习"太过苦难。

"为什么要用生锈的刺针,/扎进我的身体?"诗人在诗中透露的或许是一个国家制度的对个体的刺痛,这刺痛必然要以个人未来的命运的印证作为代价。这就是写作的普遍代价——诗歌在唱,他人、"各项法则——万有引力、压迫、抵制、消失"(布罗茨基语)则"用生锈的刺针"在"扎"……

布罗茨基认为曼德尔施塔姆的命运,并非是俄国在走的道路带来的,而是因"……他的世界是高度自治的,难以被兼并。……俄国在走他自己的路,对于诗歌发展独自高速行进的曼德尔施塔姆来说,俄国的这一走向只会带来一个东西——可怕的加速度。……其诗崇高、静思、充满休止的流动转变为一种急速、突然、阵雨般的运动。他的诗成为一种高速度的诗,暴露精神、有时甚至暴露秘密的诗,常以某种简洁的句法跳过众多不言自明的东西。因此,他的诗比从前任何时候更像一支歌,不是游吟诗人的歌,而是鸟雀的歌,带有尖厉、意外的变调和升调,有些像金丝雀的颤音。像那只鸟,他成了他祖国慷慨地向他投掷的各种石块的目标。……但是石头已经飞来,鸟也已经飞去。这两者的飞行轨迹在诗人的遗孀的回忆录中得到了完整的记录……"(刘文飞译布罗茨基《文明的孩子》)

"高度自治的,难以被兼并"的个人世界,几乎是任何制度都要打击的世界。他的厄运在劫难逃。"正是它,一根真正的引线,/联系着一个神秘的世界,什么样肝肠寸断的忧伤,/什么样的灾难,已经发生!"曼德尔施塔姆的这首《我冷得直哆嗦》诗,已不单单是预言了。它其实是"高度自治的,难以被兼并"的世界的真实写照。

所以,诗人早年诗中的这痛,这冷,这哆嗦,这生锈的刺针的"扎"……几乎贯穿了诗人的一生……这是异质诗人无法逃避的,他最亲的人也不能逃避。曼德尔施塔姆的遗孀娜杰日达·曼德尔施塔姆在曼德尔施塔姆去世后,东躲西藏。她把她的丈夫在流放期间写作的诗,藏在长柄锅底,得机就拿出来默诵,烂熟于心。她早已不相信纸张,所以出版了的诗集,她也会拿出来,悄悄背诵……娜杰日达·曼德尔施塔姆相信禁锢不可能是永远的,它终有被解禁的那一天。或许正是这样的信念支撑着她度过了漫长的苦难岁月。1974年,曼德尔施塔姆的选集在苏联一推出,很快就销售一空。

任何专制从来都不能永远地禁锢世界文化的人道主义传统,不能永远地禁锢诗人的思想、精神。曼德尔施塔姆清晰地知道这一点,所以他从来就没有停止过歌唱:"哪里给我更多的天空,/我就准备在哪里流浪,/而清醒的忧思却抓住我不放。/不让我离开还年轻的沃罗涅日山丘,/不让我去托斯卡纳那人类共有的明媚峰峦。"这是诗人在1937年3月16日写的一首诗《不要比较:长存者无与伦比……》中最后一节。

曼德尔施塔姆对他自己及他的诗歌,也有清醒的认识和充分的自信。他在1937年3月的一首《我在天空中迷路》一诗,写道:"你们不要,不要把尖利而温存的桂冠戴到我的头上,/你们最好把我的心撕裂/变成蓝天上一段段碎音……/当我睡去,尽完义务而长眠,/作为一切生者的好友。/我这声音将高扬而远播,/天际的回响将传入我冰冷的胸膛。"

此诗距离他在1938年底神秘死去的日子,不到两年的时间。

现在,不论在雨中,还是雨后,仍然是冷,是哆嗦。

"……应该倾听这充满爱、恐怖、记忆、文化、信仰的不安、高亢、纯净的声音———一个颤抖的声音,也许像是一支在强风中燃烧却绝不会被吹灭的火柴。这声音依然存在,但他的主人已经离去。"(刘文飞译布罗茨基《文明的孩子》)

但黄金在天上舞蹈,/命令我歌唱。

所以,生生不息的声音,仍然响彻天宇!

"许多日子,像烟"

当我的眼睛触到这个句子的时候,心头猛地颤了一下。心尖很痛。

我不知道 1983 年 9 月的顾城写下这个句子、写下以这个句子为题目的诗句时,是一种什么心情。

"没有时间的今天/在一切柔顺的梦想之上/光是一片溪水/它已小心地行走了千年之久"。

写下这样句子的人,肯定是对许多日子有深切记忆的人,对许多日子怀有无限感叹的人。但我们终究只能记忆,只能感叹。我们回不到过去的那许多日子里。很多东西我们都留不住,一些新的日子来到了又溜走了。像烟一般消散了。我们能如何呢?

我们这些爱过他的诗的人,只能记下他的《远与近》、他的《黑眼睛》,只能在发黄的书卷里看到他的白房子、他的小岛、他的女儿国——他的雷米、他的英儿、他的墓床……

"你们是我的妻子,我爱你们,现在依然如此。"

这决绝之时如此深情的话语,却也只是深深的悲凉与绝望。

谁是谁的谁呢?一切终究是一阵叹息,一抔黄土。

没有人再愿意做他的妻子,留下的是他自己铺设的墓床:

我知道永世降临并不悲伤/松林中安放着我的愿望/下边有海,远看像水池/一点点跟着我的是下午的阳光//人时已尽,人世很长/我在中间应当休息/走过的人说树枝低了/走过的人说树枝在长

这个"最深处从来没过八岁"的孩子,这个任性的孩子,在《生命

幻想曲》（1971年7月）里写下这样的句子——"睡吧！合上双眼，世界就与我无关"，在《简历》（1980年10月）里写道——"我是一个悲哀的孩子/始终没有长大"。

"走了那么远/我们去寻找一盏灯//你说/他就在大海旁边/像金橘那么美丽/所有喜欢他的孩子/都将在早晨长大"（1980年11月《我们去寻找一盏灯》）。后来，他到欧洲、美国、再新西兰，到新西兰的激流岛，走了很远，可能真的找到了一盏灯，但他仍然没有长大。因为他拒绝长大，拒绝世上的烦扰，他只想生活在他的梦中、伊甸园里、他的女儿国里，只愿把生活、爱与写作，当作一场永远不醒的美梦。然而梦早就醒来，应验他少年时写下的诗句——"梦像雾一样散去/只剩下茫然的露滴"。（1971年《幻想与梦》）

这位曾经感叹"梦像雾般散去"的诗人，依然只能感叹"许多日子，像烟"。这感叹不只在诗句里，更在醒着的疼痛里。

"一切都是烟云"。这是与顾城同时期的诗人北岛的《回答》中的诗句。

然而，顾城这位童话诗人，终究是纯洁而疯狂地活过，他写的诗依然活着，还将活过很多世纪。

他无奈举起的利斧是一首血腥的诗。而我们不忍看到他生命尽头的血和绳索，只愿看他的黑眼睛，他的黑夜里的灯光，写过的云，爱过的蓝裙，他的小岛，他的大海……

然后，像他在诗句里感叹过的那样说："许多日子，像烟。"

那些起风的日子，那些下雨的日子，那些飘雪的日子，那些远行的日子。

那些花开花落的日子，那些月圆月缺的日子，那些听音乐的日子，那些画画的日子。

那些写诗写到忧伤的日子。

……

我们不能回过头去，把过过的日子再过一遍，把爱过的人再爱一遍。

你也不能从墓床上起来,把受伤的爱人、头发悔白了的人拥在怀里……

你甚至不能知道你爱过的人是否到过你的坟前。不能!

但你知道——"夜太深了/你没有羽毛/生命量不出死亡的深度"。(《不要在这里踱步》)

但她知道——她去了别的地方,将在别的时间里,变成别的尘土。

当我合上你海蓝色的《墓床》,坐上另一列出发的火车,我不忍再读你的诗句,不忍这样的句子跳进自己的下一首诗里:

很多日子里/都想爱一个人/或者把爱过的人/再爱一遍//亲爱的——亲——爱——的/爱啊!

闭上眼睛,我要爱我自己,爱无数个自己。像大海爱他的波浪。太阳爱向着他的葵花!

虽然爱也不过是烟云,但诗歌会永生。

所以,在白纸黑字面前,我们听任"梦像雾一样散去/只剩下茫然的露滴",听任"许多日子,像烟"。

第五辑 火焰与歌声

我在呼喊

影子找到肉身

常有这样的时候：早晨起床，人像影子，听不到外面的鸟鸣，人声的喧哗，轿车的启动……一切的一切都听不见，也看不见。全然一个玻璃墙里的模特儿，甚至模特儿都不是。因为模特儿在橱窗里，穿着好看的衣服，有玻璃外行人的目光。我没有这玻璃外的目光。我自己的目光也是散漫的，活得像一张纸，没有重量，没有呼吸。

中午的情形更不好。懒懒的，恹恹的，连一张纸的白也没有，尽是零乱的笔迹与灰尘，还有碎发。依旧是听不见人们进出门栋的电子门铃声、保安协调轿车停位的吆喝声……我的目光依旧是散淡的，仿佛前世、此生甚至后世的一切都散失了。晚上，这影子同空虚一起掉入了夜晚的无底深渊……

万念俱灰吧！万念俱灰，是让人有深切的绝望的。我知道，这绝望都不是。仅仅是无感。

其实，这对我来说，正是暴风雨的前夜，火山爆发的前日。

毫无感觉、毫无行动之后，我必会在意念里杀几个自己的影子，写几行虚幻的文字，然后气急败坏地进入写作。

于是，我又有感觉了，我又活过来了。我又以文字自救了，用文字思考了，用文字生活了，用文字爱与恨了……于是，鸟声从窗外飞起来，人声从窗外跃进来，轿车的启动声也动听了，橱窗里的模特也走出来……进入浩浩荡荡的人群之中……

我就成为了这生气勃勃的浩浩荡荡的人群中的一员。唱着歌儿,哼着曲儿,给路边乞儿几枚硬币,或者爱理不理地招摇过市,或者在写字楼里低眉顺眼地倒茶水,写文案,或者在暧昧的人前暧昧,在疯狂的夜店疯狂,或者指点江山激扬文字,或者英雄气短儿女情长,或者寻找前世的爱人此生的仇人后世的冤家……但是,万丈红尘的这人,不是我!

我的文字被万丈红尘裹挟而去。我喜欢这气势!我在窗前,孤魂野鬼,或千军万马都在纸上。

或者,在影子想望恢复重量与呼吸时,被某种媒质,某个来历不明者点活了!于是,影子找到了肉身与灵魂。

这肉身与灵魂就是写作。

听鸟鸣

凌晨的第一阵鸟鸣,是一只鸟的独唱团。她的鸣叫是一个频率,却是语调不同的长句子,仁慈、悲悯、优美,有启示意义。

这么多年,我还是第一次在凌晨这样专心致志地听鸟鸣。我以前听鸟鸣,入耳不入心,偶尔会赞叹鸟鸣的动听,但并不思考,而这次我着迷的是鸟鸣为什么动听?

这好比我爱上诗之后,一直想弄清楚的是,诗到底是什么、诗为什么美一样。

我想,我尚可以对诗是什么或何为好诗说出一二或者三四来,但是我绝望地知道有些美的奥妙我永远都不知晓,比如这窗外的鸟声。

——有时候,它迅如一声轻叹;

——有时候,它重如一阵长息;

——更多时候,它婉转悠扬……

节奏、韵律、语调、力量……像波浪一样相似,自成体系与景观,却绝非自我重复!纵使人类掌握了万种口技或模仿术,我们还是学不来它的丰富多姿,不知道它丰富多姿的奥妙!

或许只有美丽的嗓子知道她美丽的奥秘，或许美丽本身并不自知！

这又如同诗！

终于有附和声了，小小的、轻轻的。有时像游丝一般时隐时现、若有若无；有时则如断线的珍珠在落地前的空中弹跳与碰撞……游丝不断出现，珍珠不断断线……复杂多变，但仍是低音部的和声。它的出现似乎只是烘托和彰显高音的主唱。如果高音停顿，低音部的声音就像高音低下来的余音，或者就是低音的练习与试唱！与高音相比，这低音只是游丝一般出现又游丝一般消隐，而高音激情不退地唱着！终于，有一天，她歌唱的旋律连最耳背的也听得入迷了。

这便是激情与生命力！

这或许就是诗人的激情与生命力！这或许就是诗歌的激情与生命力！

我在呼喊

我在呼喊。我每天都在呼喊。我每时每刻都在呼喊。

我呼喊窗外的树枝动一动，不管有风没风；我呼喊天外的云彩移一移，不管有雨没雨；我呼喊门楣展一展眉毛，木桩摇一摇头；我呼喊雷，我呼喊电，我呼喊电闪雷鸣；我呼喊风我呼喊雪，我呼喊风雪交加……

我呼喊你从阴影中走到阳光下，我呼喊你从孤独的灯光下走入朦胧的月光下，我呼喊你和仇人握手，我呼喊你和爱人拥抱；我呼喊你孤独的人世，充实地活过……

我呼喊！

而我不是上帝，没有超人的能力！

我只能呼喊我自己，呼喊对这个世界的感受与爱怜，悲悯与疼痛！

我只能呼喊白纸，吸收身体和灵魂的痛，并把这些痛转化为无尽的爱……并企望这无尽的爱能传达给他人！

这是我写作的奢望！

然而，我是这么痛！这么多的痛如何转化为爱？如何传达给他人？

我是这么孤独！在孤独里写成的诗句也是这么孤独；《孤独啊》——

满怀前生今世的爱，却没有一个受爱者，/或者说，没有一个与之匹配的爱人。//写有万千情书，却没有一个收信者，/或者说，没有第一个或最后一个读它的人。//而爱与写作却永无终止……

这是我在某个孤独的时刻写下的所有时刻的孤独！

孤独驱使我写作，写作却使我陷入更深的孤独。写作其实是一个陷阱。写作者知道，却心甘情愿地往里跳！

写作者以为孤独的陷阱可以发掘出令人欣喜的宝藏。这宝藏可以令人赶走孤独，赢得幸福与爱！

事实上，我们发掘出宝藏来了，而且这宝藏可以暂时抵御一会儿孤独，赢得一丁点儿爱、喜悦与荣耀！

因为我们写出的文字就是宝藏。它的光抚摸着我们的双眼。

这抚摸是多么真实而又虚幻啊！我呼喊这光……

爱和想象

某个上午的 10 点左右，我到小区附近的街边饺子馆吃早餐。这个时段是早餐过了但中餐未到的时段，售票员较悠闲，可以干些自己的活儿。比如嗑瓜子，玩手机，或者看画报，却绝不会是我想看到的看小说，更不会是读诗歌。但此售票员并没做我通常能看到的任一活计——她在售票的间隙绣十字绣。我突然心中一暖，眼里也有点儿湿润。我以为我找到了某个知音，一个时刻不忘在烟火味浓郁的城市里做女红、擅长手工艺的艺术家，但很快我的鼻子一凉，心中的温暖与眼里的湿润没有了。因为，我发现她做的并不是艺术的活儿，她做的甚至不能叫女红。绣花本是手工活，是女红，但不在闺房却在饺子馆绣花，因太重的烟火气而丧失艺术气，何况是十字绣，按买来的固定脚本走线，全然没有自己的想象。

　　从饺子馆回家的路上，我要经过一间咖啡书吧。里面有些大众的、小众的书，但少有人翻阅，因而书成为飘着咖啡香味的书吧的一种摆设。猛然一看，里面似有书香，但其实这里的人也像网吧里的人一样玩着电脑里或手机里的杀人游戏。甚至我们家里的书房本是书香浓郁之地，而有人却用来玩文字暴力的游戏，使书房成为看不见硝烟的战场……

　　因此感触，回到家后，我在电脑前写下了一首名为《来自饺子馆与书房的观察报告》的诗："她不在闺房/她在卖饺子票的间隙/十字绣//他不在书房/他在电脑上/练习杀人游戏//猫穿过/烟霾笼罩的时代广场"。

　　我是想用这首诗传达出我在日常生活细节中的发现与感触，表达出生活甚至时代的变异与问题——没有爱与想象或少有爱与想象。在此，我说出这首诗的诞生过程，其实，是想说爱与想象，是想说爱与想象是所有创作最基本的能力，也是我们活在这个俗世的恒久力量，更是艺术家们关心灵魂与未来的源泉与矿藏。但很多时候，一些人，是没有爱或没有想象的，或者少有爱与想象，或者他（她）们有爱与想象，却只关心身边、关心粮食和蔬菜，却并不关心人类灵魂的未来。在我看来，真正的诗人是关心灵魂的未来的人，真正爱诗爱诗人的人也是。

　　2012年12月26日我在雪中武汉的午后写下这些，以我自己的爱与想象关心不可知的未来！

我的诗生活

有关诗歌的观念，我似乎表露得太多了。我所说的"表露"不仅仅是指自己在诗歌理论、创作观和访谈等方面的表露，更是指这种"表露"在我的诗歌作品里的自然呈现和对生活的指导与浸染。

其实，表露从我一开始诗歌写作不久就出现了，从20世纪90年代初的《诗歌让我敌视人群》到世纪末的《敲碎岩石，让它成为星星》，再到2001年以来写作的诸如《我和我们》《午夜的诗人》《由词跑向诗》和2007年写作的《原则》《有关生活与诗》等，都从不同的程度和角度表达了诗歌现状及我自己对诗歌的期许。最直接的表露，要数2006年创作的这首《爱诗歌，爱余生》了："毫无疑问，我爱诗，／我只爱诗，／只爱了时间可爱的部分。／我想，我不能再爱别的。／这是福分——／一个人，和忧伤，和忧伤的诗句／住在一起，是一种福分。／所以，我看不到别的，／也不屑于看别的。／一本午后的诗集，／照亮了光阴荒暗的余生，／当然，这被诗歌环绕的忧伤，／也是我爱的：／'一个人独自心碎，／一直是更好的忧伤。'／费尔南多的诗句安慰着我，／安慰着孤独的眼光。／所以，我愿意去抚慰风，／抚慰夜晚毫无深意的灯光和阴影。／愿意刚刚获得的激情像一种感伤，／像一种危险的战栗，／在不安分的字词中获得，／获得永生的诗。"

早年我写诗，仅仅是为孤独与痛苦寻找出口，后来还间或表达喜悦，而现在我写诗，其实就是我在生活。

这在我这里绝不是夸张之词。确实是言为心声。这同样有诗为证，这是我2007年6月23日写的一首《有关生活与诗》的诗歌："常常这样：我不为衣食而犯愁，／但会因不写诗而心慌。／／丈夫说：你像孩子，不事家务，只读书写诗。/你的诗，藏着秘密，//可任何一个句子都经不起生活的推敲。/我不想遏制你的自由。/你写吧，我不读。//儿子说：妈妈的跳跃性太强，/她没有江湖经验。/……//唔，身边的人不读。/我写什么？为谁写？为那不明确的极少数？//亲人啊！原谅我，这么单纯，笨拙，/不尚生活的技艺。"

"我这么单纯，笨拙，不尚生活的技艺。"可见"生活"的外延在我这里被纯化与缩小了，而"诗生活"的外延却丰富与世俗地扩大了。所以，生活在我这里就是诗生活，诗生活在我这里就是生活。

我的生活是被思考、阅读与写作充满的生活。具体到每天，思考占最多时间，一种是因为阅读与写作而产生的思考，另一种就是乱想，无边际的想，诗歌往往就是在这种乱想、无边际的想中产生。一天中，如果我没有写诗，我也必定思考过诗或者阅读过诗。思考诗、阅读诗、写作诗，这三种如果不是都发生过，那也必定发生过一种。要不然，我会有一种强烈的空虚感——觉得这一天都白过了。诗歌在我的生活中，就像是我吃的食物、呼吸的空气、喝的水、穿的衣服，我就是那个吃诗歌、呼吸诗歌、喝诗歌、穿诗歌的人。当然诗歌不是物质的食物、空气、水和衣服，但诗歌肯定是我的精神必需品。2007年1月29日，我曾写过一首名叫《原则》的诗：她决不喝啤酒，如果身边没有诗人。/饿了，也不吃别的，/只吃诗，吃骨头坚硬的诗。/有时候，还啜几滴珍珠一样珍贵的眼泪。//她这样纯粹而固执地/喂养着自己，/好让她的肉体和灵魂/都长成一个绝对的诗人。这首诗不仅仅是在表明自己的原则，同时也在表明诗歌在我生活中的位置。

诗歌对他人可能是无用的，对我来说，是绝对不可缺少的。我很难想象自己没有诗歌的生活会是什么样的。那一定是物质生活没有情趣，精神生活也萎靡不振，活得没有方向没有指望，现在和未来都暗淡无光……

如此强烈的感受，让我悲哀地意识到自己已陷入了这样的一种宿命：我活着，就是为了更好地写诗；我写诗，就是为了更好地活着。

我从没怀疑过诗歌在我生活中人生中的力量，就像我从来没有怀疑过自己的理想与执着："在诗歌际遇不好的年代，我仍然/活成了一首好诗。"这是我的诗《我和我们》中的一句。"活成一首好诗"的理想鼓励我把"我"从"我们"中凸现出来，也激励"我"来承担"我们"的现实与疼痛。我打通了写作与生活的通道，诗歌的素材也就变得丰富了：遭遇家庭变故的人、乡村空下来的老屋和床、两性的和谐与对立、跌宕的股市、冷清的书市、地震、车市、被折断的秋天、理想国……世界，人生，悱恻缠绵、跌宕起伏的爱……感恩而不怀恨，透彻而不绝望……我发现，我的视域无限广阔地爱着生活的时候，我的诗歌也在无限广阔地爱着生活。

在我这里，爱了诗歌，就等于爱了生活，爱了世间的一切！

木头、手机和诗

弗罗斯特在回答为什么写诗的问题时说,写诗是为了关心灵魂的未来。

我非常赞同这句话。诗人就是为了关心灵魂的未来而写诗的。

而如何在生活的现场生命的现场发掘、关心灵魂的未来则是一个诗人要具备的理想和预见能力。

我们的人生更多时候是为流水账,为对焦不准的快照、没调准的乐器所充塞。但是你如果有敏锐的感受与准确的观察,又掌握了相当的诗歌技艺,电视机上枯燥的对白你也能写成诗句。这是一个诗人的能力。一个诗人必须要有作为"一个写作者的开通与智慧,处理复杂经验的能力和控制语言的技艺。开放的艺术感觉,良好的艺术鉴别能力"(柳宗宣语),等等。

这就关涉到如何写诗的问题。"如何写诗"也就是诗歌技艺的问题。杨克主编的《中国新诗年鉴》的标准,我们可以借鉴。他认为:"……注重个性化的、自由的语言态度;诗人对所置身的世界、人和事物特别的敏感力;较好的想象力、思考力和内在深度。当然这些最终都体现在一首首具体的诗对节奏、呼吸感、结构、新颖性的直感上……总之,必须有所'看见',有所'发现',有所'动心',还要有所'写出'。"

"对所置身的世界、人和事物特别的敏感力",我认为是写作、诗歌写作最基本最关键的一条。一个写作者如果没有特别的敏感力,是难以有兴趣去动手写作的,也难以写出好的、有个性的作品。所以我特别看重特别的敏感力。如果我在生活中、写作中一旦麻木或不敏感,我就会非常焦虑。我有一个时间段就是这样的状况。我常常拿着笔面对白纸,或者打开电脑面对屏幕，写不出一首诗或一段文字。这样的时候，我就不停地摇头，想弄明白自己到底是怎么了，是不是真的麻木了。我一边不停地问自己，一边不停地摇头。突然，一个词，跳入我的脑海，那就是"木头"这个词。很快不到3分钟的时间，我就写了一首叫"木头"的诗。

很多时候，我的写作，尤其是诗歌写作，是被某个或某些词的特殊含义带进去的。《木头》这首诗其实就是"木头"这个词和它的特殊含义对我的带领。因此我非常重视自己对生活、对人生等诸方面的敏锐感受力与认知能力，也一直希望自己任何时候都拥有这样的能力，所以，一旦这些能力稍稍迟钝或麻木，我就会很痛苦。当然这样的时候毫无疑问地存在，我爱把这样的自己、这样的人或事称为"木头"。我们江汉平原，有句方言称反应迟钝、麻木的人为"木头"。小时候，奶奶或妈妈喊我，我要是不理，她们准会问我一句："你木头了？"为了表明自己不是木头，我就摇摇头。所以，这首诗中的不停"摇头"，不是无缘无故的"摇头"，而是对自己不是木头的动作证明。与其说"木头"这个词是我童年的经验在我诗歌中的"重现"，不如说是我自己对敏锐感受力的努力与验证。"手机"这个词，这个现代物品，这个常用的与外界沟通交流的工具，在这首诗中，也是有深意的，手机是对自己不是木头的最好证明——因为小木头有时候会迎风摇头，但是木头却是不能接通手机的！——我接通了手机，我就不是木头；我能接通外界，我就不是自闭的。即便我足不出户，我也保留了感觉与认知的出路。所以，我说木头的不是我们，但可能是生活。如果我们愚笨了，那一定是生活先愚笨了。

我每天都要有让自己思考的时间、发呆的时间……这样的时间，让我处于兴奋、幸福而又无奈的状态。诗歌的媒质就在这样的状态中闯入我的脑子，撞到我的笔下，我就是这样进入一首诗的创作的。如果在路上，我会把眼见的山水、人文摄入自己的脑海，细细思考。某一天的某一刻，它们就会跑到我的笔下，汇成诗句。诗歌《大瀑布》《暴雨之后》

《李白江上短信汪伦》《杜鹃已过盛花期》《藏白鹭》《居山猫》《雪山远眺》《乌桕树下》《羊群转场》等就是这样写成的。

生活是美好的，有意义的，就像睡眠是美的，是必需的一样。但我们不能沉湎于琐碎的生活，而不能进入到思想的高度。写作就是让我们把生活暂且放在一边，到思想的高度上去。就像我们要离开睡眠，到火热的生活中去一样。于是，我写下这样的诗句："亲爱的，叫醒我。如果我不早点醒来，就会一直在梦中做考题。"

有时候，一闪念的一个词，都可以成为一首诗的生成方式，甚至构成诗的某种特质。有时候就是一种跳跃，一些碎片，但是它却也可以构成一首有震撼力的诗。

但在具体的诗歌写作中我们既不要夸大诗艺的技术意义，也不要忽略诗艺的精神内涵。当然，这个度是很难把握的，写作的过程，习诗的过程是修炼的过程。

也就是说，这些都是在写作的过程中要慢慢摸索和体悟的。炉火纯青的诗歌技艺也不是一天两天都能掌握得了的。诗歌技艺是诗歌写作者终生都要去把握的，它是和诗歌写作者共同成长、成熟的。

以诗发光

对我来说,被诗歌簇拥的人生,才是充实的人生。

我是被诗歌庇护的人,所以也希望他人也能被诗歌庇护。我也坚信有许多被诗歌所庇护的人。他们深深知道,诗歌对他们的抚慰,所以也深深地爱着诗歌。这样的人并不少,至少一些写诗的人是这样,都坚信诗歌是无用之用。也就是说,诗歌或许对他人是无用的,但是对诗歌写作者自己是有用的;对他类是无用的,但是对同类却是有用的,甚至是不可缺少的。我想,写诗写到一定程度的人,都有如此的认识。

诗歌虽然不能改变我们的物质生活,但它可以影响我们的精神生活,也就是说,"诗歌不关物质,但它关乎心灵"。一个爱诗的人,他(她)的精神生活肯定是丰富的,他(她)看待生活与世界的眼光和方式都会是不同的。我非常赞同这样一种说法:"不爱诗的一代,是荒凉的一代。"如果他(她)爱诗,懂得诗歌的美——音韵之美、节奏之美、力量之美……还有它对我们心灵的充实与温暖,他(她)怎么会内心荒凉呢?

另外,诗歌是一种教人慢下来的艺术。现代生活节奏太快,生存压力太大,人们急功近利,浮躁不安。我认为与他(她)们不爱诗有关。因为,如果一个人爱诗,那他(她)就会从更深的层面上了解世界,关注生命,体验惊喜和愉悦,苦难与疼痛。而这些关注与体验,是需要在思考的情况下进行的。诗歌语言的多义性及理解上的多维性,决定了诗歌是一种让人费心思考的艺术,而思考无疑会使我们慢下来。因为只有慢下来,我们才会有思考的空间和余地,才能理解和懂得诗歌之美。如果一个人养成了欣赏诗歌的习惯,他(她)的生活节奏自然会慢下来,生存压力会在精神上得到某种程度的缓解。可以说，诗歌在某种程度上也是一种心理安慰术。诗歌对人的心理功效只有爱诗歌的人才会有深深的体会。但这对不爱诗的人来说，可能是不可理解的。

不必听见鸟来鸣叫，早晨会以窗帘上的光现身。所以，我不唱歌，只用眼睛来发亮、发光。诗歌是我的眼睛。即使在合上的书卷里，也自有一种光。这是我现在的生活与精神状态。

我想，写作要有这样的气势与想象力，就像这样的句子：像高的树，长得很高，但感受的不仅是地下的、地面的，还有空中的。就像首师大驻校诗人公寓前的那两棵高大的白杨树一样。

它的反应是：一点小风，它都挥动手臂制造风暴，大风就更不用说了，它简直要掀起海洋的底座。

敏锐的感受、观察，去生发语言，由语言出发，然后由语言去安慰生活中、身体中、心灵中……各种各样的痛。

我的诗歌的语言不高于生活，也不低于生活，而是要与生活水乳相融。语言在生活中就像是寻求光的一种形式，使暗处闪亮或者使刺目的光变成柔光。诗在我这里，它对生活是一种矫正、一种修补、一种抚慰；同时，生活对诗歌，不仅是装着诗歌原材料的一种器物、一些媒质，也是一种引导、一种启示。我所说的生活既是生活的，又是诗歌的；而诗歌，既是诗歌的，又是生活的。我把这些都视作生活本身。形式上似乎是一种生活启发另一种生活，一种生活去安慰另一种生活，实际上是两种生活融为一种生活。这就是我追求的诗生活。

我希望我的诗歌能感染人、给人信任，能让人产生赞叹与感激之情。所以，我在诗歌中的自传性的细节与自白，在减少，而渐渐成为一种类别，甚或一个性别的传记，而最终要成为生活、时代的传记。这是我的诗歌在走的路。

面对我们的时代、面对我们置身的场景、面对我们的生活，我想写的诗歌要表达我的感受、体验、思想……并把这些变成一种光、一种能量，传达给他人。我希望我的诗歌能让人理解、具有可读性，不仅是理解与可读性,而且是完善的理解与完美的可读性。

我更多的诗看起来是简单的。其实简单的未必是肤浅的,简单的表象下往往藏着深刻的思想,但我的诗从来不是哲理诗。虽然,诗歌它不仅是对生活、对世界……的一种翻译,它更需要诗人敞开心扉去融入生活的种种和"谜"。我所追求的是在看似简单的句子中呈现生活的深度,世界的深度,甚至是生命的深度。

在看似简单的句子中"蕴含深刻、精辟的思想和强大的(一定的)批判力量"。

我天生爱动人句子以及跳跃感性,仅此而已。学哲学的经历,对我不过是一种反向的规劝与提醒——那就是我不善理性与哲学,而善于感性与诗歌。

我不会写太空歌剧,但要写地上诗歌。我要我的诗歌有地气、有体温、有芳香、有血液;有我的、你的、我们大家的生活、梦想、爱与疼痛……

世界有沙子,爱里有针。我心中有悲悯,字里有刀子和麻药,有无尽的感恩和慰藉……

更重要的是,要有光。以诗发光!

十字绣、数字油画、桃核雕刻

多年来，我们常见大街小巷里都有人做十字绣。小区花园、日用品店、饺子馆……甚至菜场。场合就像常见的织毛衣一样。

近年来，贴钻绣代替十字绣（用专用的绣线和十字格布，利用经纬交织的搭十字的方法，对照专用的坐标图案进行刺绣，任何人都可以绣出同样效果的一种刺绣方法）而变成一些人的新宠。贴钻绣比十字绣操作起来更为简单，无须像十字绣在流水线上制作的画幅上穿针引线，只需在标有数字的图上对号贴上各色水钻就行。有的钻石绣只需几小时就能完成。

还有数字油画更招人喜爱。流水线制作的画上由数字标出了各种颜色，画者只需用油彩标号对着画，装裱后，就是自己的作品了。

不论是十字绣、贴钻绣，还是数字油画，手工者都无须动脑筋，也无须投入情感，只需耐心和细心就可以做出来。如果我们在相同的画样上，或绣线或贴钻或着色，装框后，这些十字绣、贴钻绣、数字油画等工艺品，除了极其细微的运针（或运笔）之差，再无分别，像一个模板制作出来的工艺品。这些模板没有提供原创的空间，所以这些工艺品不具唯我性、独立性、原创性。因此我从不喜爱这类工艺品。即使它们再精美，再大气，我依然视之萝卜或青菜一般随处可见的消费物品或艺术品的拙劣赝品，从不曾收藏一份。

但我的抽屉里藏有一条由红绳串结的桃核手链。桃核上雕有我的头像，眼角下还有颗滴泪痣，头像旁刻有我的名字。

在我心目中，此手链贵于美于黄金白银钻石。它不仅是父亲在我童年时给我的一件护身符，也是一件珍品，艺术品。因为它不但雕功细腻、独特,更因为它带有父亲的深爱与希望。因我小时体弱多病,并不会雕刻的父亲,雕得此物,为我避邪护身,求平安健康。此桃核手链是独件,非批量生产,是原创,具唯我性!

在此说到桃核手链,是想说它这一类木质的、拙稚的手工雕刻品的原创性、原创力,它所蕴含的创作者的匠心、体温与情感。这是看似热闹、精美、大气的十字绣、贴钻绣甚至数字油画不能比的,甚至是那些昂贵的珠宝首饰不能比的。

现在,女子左手腕上的桃核手链被各类珠宝手链取代,乡村的竹床也被树丫间紧系的吊床取代。外来的元素浸入了我们最初的情感、原生态的生活。到处都是灿烂耀眼的矫情之光,而非树木的纯朴之香。一些人的诗歌写作在全球化的语境中,都像一人所写。众人之诗都像一人之诗,不见其独特性,不见其唯我性。这是一种可悲的、没有前景的写作。

我们父辈为我们雕刻的桃核手链是一种根,一种出发点。我把它转喻到此是想要表达我所崇尚的创作是极具独特的、原创力的创作,而非丧失了唯我性的复制、拷贝的批量写作。

有的写作者,像按固定模板走线着色的十字绣、钻石绣、数字油画的爱好者一样,写出一些没有个人特点的批量作品。有的写作者,则一定要像桃核雕刻者那样,一刀一刻都饱含独特的匠心与情感,让每件作品都是独特的、具有原创力的!

我愿意做后者!

呼啸的子弹

我是一个有着不短诗龄的写作者。我的每一首诗几乎都是饱蘸着内心幸福或痛苦的泪与血写的。这其中的过程非一个敏锐者是不能理解的。所以,我从不谈论我的任何一首诗的诞生过程。因为这对于我就像是重新经历一次生或面对一次死。而我不是一个喜欢在诗歌创作之外面临生死的人,所以我不愿谈论诗,尤其不愿谈论自己的诗。

但是,这次,由不得我不愿意。我的一首诗竟然成了一个风中的靶子,被人一冷枪一冷枪打来打去。他们射击它的理由竟是"一点都不精练,音乐性更是谈不到"的"庸诗""假诗"。我第一次在2003年5月份的《华夏诗报》看到朱子庆的《无效的新诗传统》中对《当哥哥有了外遇》这首诗的评论时,只是轻蔑地笑了一下,自言自语地说:朱子庆对新诗的发展不是胡闹,就是短视。

批判我的诗是由朱子庆的评论而起(听说后来还有人也写了批评文章,我没有看到,所以也就不管它了)。既然周良沛老先生赞同朱子庆的观点,所以还是让我回到朱子庆的观点上来。他说:"现在的新诗一点都不精练,音乐性更是谈不到。"

诗当然应该讲究精练。至于音乐性,那要看是什么内容、什么情绪的诗。不能拿着这样的标准去乱套。如果要求每首诗都有音乐性,诗人们都去写歌就行了,何必写诗呢?谁都知道歌和诗是有区别的,不必我在此赘述。精练也有讲究的。一首诗再精练,也不能缩得没有道理、莫明其妙——"哥哥成了家里的害群之马/我真想杀了他。"如此精练,可它说清了什么呢?是"哥哥"为爱的无情,还是"亲人"的切肤之痛?还是一个"妹妹"的愤怒?这两句,既不抒情,也不叙事,干巴巴的,一点力量都没有，更谈不上诗的节奏、语调、内在的情绪。而《当哥哥有了外遇》正是它的批判力震撼了编者和读者。所以我从不质疑为什么有不少人说这首诗写得好，也不奇怪它为什么入选了2002年诗歌精选的多种版本。这首诗的力量太强大了，强大到你任何时候看，都觉得不能置身事外。这正是这种内容的诗所需要的力量，也是我想达到的效果。

而这种力量应当归功于口语的节奏与语调。我曾经想把外遇这种对于家庭来说近乎"灾难性事件"写成一个中篇小说，但是我认为小说在这种素材上没有诗歌的批判力量大。既然我是要批判要表现愤怒，我得找最迅疾的子弹。所以我用了诗这个载体。一行，两行，当然是不够的，十行都远远不够，所以最后我用了四十一行，才觉得舒畅。我非常清楚，我是在用文字打一场道德战，一场关于亲情的保卫战，这样的战争必须讲究艺术，不能像一些被弃者，冷不防地刺人一刀或甩人两耳光。我必须调动那些被这种事件牵动的每一根神经，用强有力的文字传达出它们的情绪与感情，表现这一事件的灾难性或亲人的愤怒。我在诗里不能有一点儿抒情，更不能有音乐性。因为任何抒情与音乐性都会削弱这首诗的批判力度。打个不恰当的比方，一个人在盛怒或吵架时，他不可能用歌调。那样太不真实。记得一本书上说，当一个人恨一个人时，最好用他懂得的最土的话骂他。这足以说明人们在吵架时不可能像唱歌一样。所以要用诗写这样一个愤怒的内容，就只能使用口语，不能用别的。不能。因为口语得天独厚的在场感和亲和力，使它在日常事件中的力量非常强大。因此你们看到的这些噼噼啪啪的、让人喘不过气来的诗句，就是这首《当哥哥有了外遇》这串愤怒的子弹要达到的效果。

我认为它是成功的。虽然有些诗人在肯定这首诗的诗艺的同时，认为我的思想太传统太古典，竟然不能理解"哥哥的外遇"。我的回答是："谁能理解那些被背弃的嫂子和亲情呢？"

不是我的思想太传统太古典，我只是不愿意看到一些过火的爱毁掉一个又一个家庭。我们的生活中有太多这样的悲剧。作为一个有良心有责任的写作者，她不可能无视这样的悲剧。所以我在悲愤之中写了这样一首诗。

　　我要让这首诗成为一串射向外遇的子弹。可现在它却成了被人射向新诗的靶子。真是出人意料啊！像背后的冷枪一样出人意料。

涌向波斯猫的蓝色和诗句

《波斯猫》是我在 2008 年 1 月 3 日写的，距今已有些年头了。我不记得这首诗是在早晨、中午、傍晚还是在午夜写的了，不记得这首诗是在厨房、卧室还是沙发、书桌上写的了，不记得这首诗是在家中随手可拾的纸张、书报还是在电脑里写的了，也不记得这首诗是在这一天某个时间段去菜市、散步还是坐公汽时写的了，或者它干脆就诞生在楼梯扶手上。但可以肯定的是，这首诗的写作日期一直挂在最后，与这首诗的最末一句隔着一个空行的距离。

还可以肯定的是，这种诗的诞生是因为我一直钟爱的那种"冰蓝，或者宝石蓝，或者孔雀蓝，或者色谱中找不到的一种绿（这种绿，在我眼里是蓝绿）"的颜色。

而对我这颜色的喜爱是自童年就开始了。

我的第一双凉鞋是蓝色的。我喜欢的第一个精灵也是蓝色的。我的各种小零碎都是蓝色的。小学时的同桌每年都送我各种蓝的毛线、头绳。尽管我家里的蓝色毛线多到可以织成头顶的天空了，我还是禁不住将各种蓝揽入怀中。

哎，我对蓝色没有免疫力！

是的，《对蓝色没有免疫力》是我 2006 年 6 月 16 日开新浪微博的第 2 天写的一篇博文。

"今天下午有事上街，顺便逛了服装店。结果买回来的四件衣服中，有三件裙子是蓝色的。那种宝石蓝的或海蓝色的裙子。这些裙子的样式自然是好看的，可在我看来，我更爱的是它们的蓝色。我其实是对它们的颜色着迷。衣橱里已经不下二十条宝石蓝色的衣裙和围巾，可每次逛街,仍会对这种蓝色格外钟情。哪怕我已经是一个宝石蓝色的人了——眼睛发出蓝色的光,头发和手指变成了蓝色的海草,脚也变成了蓝色的鱼尾……我啊,我还是会对它爱得一塌糊涂。

"记得前几年到大冶开笔会,参观大冶古矿石时,当时在展室里见到蓝色孔雀石时,抑制不住内心的喜爱,竟然惊叫(记不清是多少次遇到这种蓝色了,只记得我每次见到它,都会如此。我爱上这种蓝色的年龄是3岁。3岁的夏天,父亲为我买了一双这种蓝色的凉鞋。我每天穿着它,到晚上睡觉时都舍不得脱下来。家人起初都以为我喜欢那凉鞋,后来才知道我更喜欢的是那蓝色。从那开始,我的第一条裙子是蓝色的,第一根发带是蓝色的,第一件首饰是蓝色的……现在连我家的沙发和窗帘,和厨房的橱窗也是蓝色的,衣服更不用说了。蓝色几乎包围了我的生活)。

"一走出大冶古矿,坐在车上,我就写了一首名为《我生活之外》的诗。2004年参加《诗刊》的青春诗会,它作为组诗《夜晚的秘密》中的一首发表在当年的青春诗会特辑中。

"比我活得更好,我不知道的/夜幕降临,那内部的光还亮//孔雀石一直在那古矿里/几千年后,我看见的//那蓝色和我命中的颜色/成为姐妹,成为相亲相爱的部分//爱和光一起走进生活/石头也走进来了//成为首饰,像词走进句子/成为含蓄的短语//我生活之外的光与爱/同那神秘的蓝色一同走进来//裹住身子,裹进生活/连毛孔也附着它的柔情//从头发到眉毛,从手指甲到脚指甲/从里到外,改变了光和色//你无法理解,我也不能说出:/颜色怎样成为奇迹石头怎样成为爱

"我知道我还会写有关蓝色的诗,下次写的一定是一首纯粹给蓝色的赞美诗。现在我要离开博客去写了。

"哦,那蓝色,不是杜拉斯的《披巾的那种蓝色》。是此刻我穿的连衣裙的这种蓝色,戴的瑞士手镯的这种蓝色。是那种欧洲的天空和眼睛的蓝色。

"嗨,去年去欧洲,恨不能带回一双蓝眼睛。"

当然，我没能带回一双蓝眼睛，但真写过一首以《蓝色》为题的诗——

> 宇宙：蓝色。星球：蓝色。/天空：蓝色。大地：蓝色。海洋：蓝色。//衣服：蓝色。头发：蓝色。眼睛：蓝色。血管：蓝色。/人心：蓝色。/我称之为"印度蓝"的/纱丽之蓝：/我的第一双凉鞋，第一条裙子，/第一件头饰之蓝，第一只手镯之蓝。/我称之为"孔雀蓝"的/孔雀屏之蓝：/我的第一次举足，第一次扬眉，第一次喜悦之蓝，第一场爱情之蓝。//我称之为"宝石蓝"的/宝石之蓝：/我的第一次登高望远，第一次海底捞月，/第一次羞怯之蓝，第一次疯狂之蓝。//一个人住在蓝色里，/一首诗溺死在爱里。

我对蓝色的爱太沉溺了，沉溺到我自己成为蓝色；我写蓝色的诗句太多了，多到我无法统计。终于无穷的蓝色和不尽的诗句像不可阻拦的洪潮在2008年1月3日这一个时间的断面跳成《波斯猫》这样一首诗。与以往任何蓝色不同的是，这蓝色是跳动的、不能摘取却能发出"喵——喵……"之音又能被我反复观赏的"钻石"……

从此，我真正拥有了以前没有真正拥有过的蓝色。因为《波斯猫》替我贮存并养育了神秘的无尽的蓝色与美……

我想说，邻居家其实没有孤独优雅的波斯猫，只有一条欢天喜地的哈巴狗！

我的案头也从没有"两只眼睛望着我"的波斯猫，只跳跃过一只黄褐色豹纹的猫咪多多！

但这些已没有关系，因为世界、人心都是邻居，都有神秘、优雅、沉溺……都有看与被看、距离与防范……

我知道你会来

因为租房陪读,家中的花草疏于照料,所以我们把它们从家里搬过来,放在租房的阳台、客厅、卧室。因为有的花草需要阳光,所以我们又在阳台的外墙上装上花架。

于是绿萝、白掌、红掌、一品红、富贵竹、双线竹芋、金边吊兰、茉莉、栀子花、长寿花、发财树、芦竹……在客厅、卧室、阳台、外墙的花架上日益光鲜、茁壮起来。我每每于买菜、做饭、看书、发呆之余,拿着花洒,从这一盆花草到另一盆花草,给它们沐浴洗尘,摘去黄叶,让它们一一显出可爱的光泽与良好的长势。

这些时候,我心中总会涌出缕缕绿意,仿佛我与它们一样,也愉快地显露出浴后的光泽与长势。

而诗歌也在这光阴中生长……

这种生长是我时刻等待又时时惊喜的,它们经由各种途径来到我的笔下!

其实是我从没停止过等待。无论我居家,还是旅行,也无论我买菜、做饭、洗衣,还是俯看中华路的车水马龙,眺望实验中学的楼牌、操场,远望长江上的往来船只、昙华林的建筑光影……诗句会随时跑到我随手可抓出的纸片上。

家中、旅途、街道、校园、长江、昙华林……它们按我感受到的在我的诗句里伸展、歌唱。我是多么欢喜它们的到来啊,所以我把每一次细小的生长之纹都当作时光的馈赠。我一遍遍地用眼睛、声音抚摸它们。通过这种抚摸,我抚摸了花草、街道、长江、楼群……甚至抚摸了以诗歌与影像刷屏的微信朋友圈。

万物都在生长，连压着水培绿萝的石子也在增添它们的光泽。它们或者来自甘南草原、巴丹吉林沙漠，或者来自腾冲的火山口、阿尔山的地质公园，或者来自阿尔卑斯山、涅瓦河畔、红海沙滩、科罗拉多大峡谷……

无论我到哪里，也无论我把它们从何处带来，它们随着我的思绪一同生长，它们跟随我的笔在我的诗句里生长。

你看，你来到我的笔下，还有更多的你纷纷到来，等着我一一写下来！

我正在写，快递打来电话。

原来是我的蓝色奥黛到了。我在一家奥黛旗袍店定做的。浪漫优雅端正秀丽，于万千服装中，有其独特的和谐与不合时宜……这是这件蓝色奥黛的气质！也是我的诗歌追求的某种气质。

而一位读者读了诗评家霍俊明先生多年前访谈我的那篇《她仍穿着海蓝色的绸裙》后，在博客上问我："蓝色诗人，现在你是否仍然穿着蓝色的裙子？"我复以微笑的表情。

而我给闺密题赠的诗文集《旋转的镜面》，里面直接收入了那首《橱窗里的蓝丝绒旗袍》："这里挂着一个标准身材的/外在形式：/蓝色的海水，/和玫瑰红的嘴唇。/一个信使的密件，/被一双摇曳多姿的眼神拆开，/被爱它的人三番五次地，/贴进皮肤。//从这里出发，游出一个人的蛇腰，/由那里回来，迷上一个人的身段。/这些婆婆的步履中，/是天鹅绒的歌喉，和带褶皱的唱词。/碰巧，我拿着折扇，/碰巧，买走它的是位佳人：/她有高贵的云髻、鹅蛋脸上的小雀斑，/和金合欢树的谜语。//这些，被我在橱窗前爱了三次。"

很显然，这首写于10年前的诗歌，远不止被我爱了三次。

所以，一切的蓝在我的爱里，都长成了诗句："纵容蓝色的缎带飘成大海，纵容笔下的文字/预示你全部的成长"。

一切的蓝在我眼里都是辽阔而澄明、单纯而神秘，它们也如此生长在我的诗句里。我的诗句如我所愿地预示着我所感受到的全部成长。

而你就是蓝，就是爱，就是海，就是一个诗人的全部波浪……

我知道你会来。你会来覆盖我。令我的钢笔挥洒如神使，令我的眼神翻卷如大海！

在爱中永生

几年前的一个雨夜我接到一个电话。电话里一个悲咽的声音告诉我——她去了。我当时恍恍惚惚,还以为是做梦。不慌不忙地问:"去哪了?谁去了?"对方回答说:"白玉得了肺癌,去了半年。你搬家换了电话,我们一直与你联系不上。"我这才听出给我打电话的是在南方工作的大学同学,也猛然明白自己不在梦中。我记不清电话是怎么挂掉了。只记得自己当时浑身颤抖,体温渐失,而心口升起一种尖利的痛,一阵比一阵紧。

从那夜开始,我强烈地感到我生命中的某个部分也已逝去。可是对于逝去部分的记忆却一日比一日地深刻起来。我一天也不能停止对白玉的怀念,对大学与青春的怀念,所以在写了一首《我们不能靠爱情活着》的诗后的四年,我终于提笔写了《在爱中永生》的长篇。在这部长篇里,我满怀激情地写了我们的大学,我们的青春,写了白玉纯洁动人的爱情。

我知道在这样一个日渐缺乏激情的时代,写爱情是一件吃力不讨好的事情。现在的爱情早已是一个似是而非的东西,是一个我们再熟悉不过的地方。但我不想在陌生的地方发现新东西,因为这太简单了,我就是要在似是而非的地方,在再熟悉不过的地方发现新东西。在一个爱里发现永恒,在一张面孔上发现新的笑容。当然这是难的。但是不难的事是没有意义的。

我知道,一个急功近利的时代,做吃力不讨好的事和写似是而非的东西,对一个讲究艺术品位的写作者来说是一件相当冒险的事。实际上我用自己的笔锋刺激人们日益麻木的神经,就是在做一次没有归途的旅行,就是在匆忙繁杂的人群中作无意义的尖叫。我不能对我碰到的偷窃视若无睹,如果我不能钳制,但我一定要叫。也就是说,我一定要做一个勇者,哪怕面对的是锋利的匕首。在这样的时代,智者遍地都是,可是勇者却太少。

我一定要这样做,或者碰得头破血流,或者面对的是没有回声的风。我会觉得有意义而倍感欣慰。因为我的良心与责任感时时告诉我:去寻找一些日渐丢失的东西,在寻找中发现新的东西远比在虚无中寻找更重要。

爱情也在成为我们日渐丢失的东西,成为一个我们似乎去过的地方,一个去过却永远找不回来的地方。

我,和我的文字,一直在途中。在途中,是在爱中吗?

是的,我是在爱中。你看我如此疼痛,我就是在爱中。可如果不是在爱中,我会更加疼痛。

我的文字也在爱中。她说:一个天空的疼痛,是为了找到一片云;一片云的疼痛,是为了找到一阵雨水;一阵雨水的疼痛,是为了找到一些泪水;一些泪水的疼痛,是为了找到一张脸庞。

而我永远都抚摸不到你的脸,你的手,和头发,还有你泪眼中的烟雾……我永远都抚摸不到了。

我只能带着一只漂泊的旅行箱与几本流泪的日记,在你无力走过的地方,用文字抵达。

先是在六月的木兰湖,在电信度假村的栀子花清香中写下了第一行字:一个人的离去,开辟了另一个人永生的回忆之路。正是在回忆的路上,我的文字开始开启大学、青春与爱情这些已经对现在的我关闭了很久的门扉。同时,八本尘封了十多年的大学日记也一一打开。

七月我在东湖白宫酒店继续这部长篇小说的写作。门前的湖面荷叶田田,芳香四溢。每天傍晚,我一个人在湖边漫步,想着白玉的第一场爱情和她的每一个浅笑低吟,想着我们在大学里的每一个动人的日子。我们的第一篇诗文,第一次约会……我仿佛又回到了大学,回到了那散发着淡淡清香的忧伤的青春与爱情里。我的心充满了一种微醺的甜蜜。这种写作是幸福的,我宁愿这种写作的过程再长一些,再长一些。所以,八月九月我在家居的写作中也是在这种还没消退的幸福回忆中进行的。

  终于,幸福发酵了。在孝感秀丽的双峰山,在松树掩映、红山果和白茶花点缀的星桥山庄,我写完了这部芳香沁脾的长篇。

  现在,我终于可以说,白玉,你的善良、美丽,你的感人的爱情连同我们的大学我们的青春活在我的文字里。或者说我的文字代替我们的青春我们的爱情活着。

  因此,我要让我们的青春、我们的爱情感谢《在爱中永生》里的每一个字,因为这些字成了那些亲爱的身体和灵魂居住的房子。

  同时,我要让《在爱中永生》里的每一个字感谢木兰湖,感谢东湖,感谢双峰山。它们凭着这"双湖双峰"的秀水灵山完成了我对于大学、青春与爱情的一次隆重的回望与纪念。

风中的秋千

七月底,在江夏。我们从汤逊湖度假村到龙泉山风景区再到白云洞,再由青龙山森林公园回到汤逊湖度假村。整个旅途缠绕在我脑中的思绪就像黄昏时分汤逊湖畔风中的秋千,在绿茵茵的芳草地上,在金灿灿的天空下飘荡出美丽的弧线。

汤逊湖度假村内最具文化特色的要数图腾广场及龙文化艺术长廊。在图腾广场上,用土陶烧制而成的五十六个民族的大型图腾陶雕群,集中地展现了我国各民族的图腾文化。那一尊尊形象生动,意蕴神秘的图腾,引人充满遐思。龙文化艺术长廊则绘制了从夏、商到清朝不同朝代不同风格的龙图腾。它们千姿百态,活灵活现的样子绘在艺术长廊上,就像飘游在历史长河中,庄严神秘,让人充满想象。

为了触及那些我的思绪怎么也解不开的历史文化之谜,请原谅我的目光忽略掉汤逊湖畔轻巧别致、浪漫多情的童话小屋与蒙古包和那一座有着冰糖葫芦般尖顶的白塔。这些浪漫的休闲去处会在我们下一次的旅行中与汤逊湖鲜美的汤圆一起成为独一无二的期待与享受。

在风中的秋千上,我的思绪飘荡到龙泉山。在龙泉山风景区的楚昭园,导游问:为什么昭园楼座角上的龙脖子全是白色的?有人说可能是因为雨水冲刷的缘故。导游说:龙肚子也被雨水冲刷,可为什么它没有龙脖子那样晶莹洁白?可见被雨水冲刷一说是站不住脚的。这些六百多年前用巨石雕刻而成的龙,龙头龙身龙尾上全是土褐色或黑色的斑斑点点,只有那龙脖子如白玉般晶莹冰润、洁白无瑕。它决不是另外的镶嵌品,而是龙身浑然一体的一部分。明代的龙雕中均有这一至今不为后人知晓的独运匠心,这一直是考古学家和史学家都解不开的谜。如果龙身下石基座上那一代代丝绒般的青苔有思维有记忆的话，她是不是知晓这一不为人知的谜呢？我知道，这一设想只是我对那些与石龙朝夕相处的青苔们天真的奢望。青苔们只是繁荣着、枯萎着，再繁荣着、枯萎着。那些解不开的谜依然会在岁月的沧桑中慢慢地风蚀。

  还是在龙泉山风景区。就因为楚昭王朱桢强占了西汉舞阳侯樊哙的墓地，将樊哙墓东移了二百米，致使我在参观楚昭王陵园里想到的总是樊哙，而在参观樊哙墓地时想到的竟是这样一个问题：楚昭王干吗跟樊哙过不去？此问一出口，随行的很多人都说：是呀，干吗跟死人过不去呢？仅仅是因为迷信风水吗？我认为，还有一个重要的原因是后人自以为比古人强，比古人聪明。是的，死人早已成为尘土。他们别无选择，因为他们只能成为尘土。而活着的人在成为尘土之前是有很多选择的。楚昭王请风水先生看风水、择墓地，能掩埋其强权之躯的宝地还是很有几处的。但当他知道最好的宝地还是"五龙捧圣"的樊哙墓时，便威逼风水先生带领人挖墓。活人强占死人的墓地，这说明那墓地自有其独特的魅力。是的，这里山幽林深，水清石美，无论如何都是一处绝美的寝宫。让我们原谅那蛮横的楚昭王吧。他挖上迁坟的不义之举在某种程度上成就了人们对并不知名的樊哙的怜悯与祭奠。这恐怕是楚昭王生前做梦都不曾想到的。肉身终要化作尘土，我们又何必在乎它成为哪里的尘土呢？

  不能否认的是，世间万事万物都要证明自己是强悍的存在。樊哙强悍过，楚昭王也强悍过，与他们同时代的芸芸众生早已灰飞烟灭，而他们的尸骨化作的尘土还在，祭奠他们的文字也在。这便是强悍的力量。世间还有一种坚强的存在，一如昭王陵园右前方百米处那棵生长了六百多年的古树。在植物中，这棵被称为"婆婆树"的古朴树算得上是一个最奇特最坚强的存在。这棵树形态奇异，她的奇异不在于要两人手拉手才能围住的粗壮的树干，也不在于她枝繁叶茂遮天盖地的浓荫，也不在于她隔一年结出的饱满金黄的硕果，而在于她那长出地面、占地方圆几十步的根部。盘根错节，真像群龙舞动，那龙头、龙身、龙爪和龙鳞清清楚楚，活灵活现。而她的坚强不仅在于她历经几百年沧桑却仍然旺盛而美丽的生命力，更在于关于她的那一段动人的传说：明朝初年，灵泉古市的乡亲们不仅敬重为官清廉爱护百姓的曾泰，还非常珍惜曾泰的母亲为纪念曾泰的出生和悼念曾泰父亲的早逝而栽的那一棵小朴树。朱桢得知后，担心深得民心的曾泰影响他独霸灵泉市，因而派了几名打手找碴要砍掉朴树。曾老夫人和左邻右舍的几个婆婆手挽着手，用身体护住大树，咬牙忍受着打手们举起的砍刀，宁死也不肯放开。就这样那棵树越长越粗，血流到哪树根就长到哪。血流到方圆几十步远，根就长到方圆几十步远。血重重叠叠、汹涌澎湃，根脉就盘根错节、威武雄壮，像一双双粗壮有力的手臂牢牢地护住树干。这奇特的形态这坚强的姿态真是世间少有。参观者怎能不震撼？

遗憾的是，当年洞幽泉清的白云洞的幽静已被闲杂人员斗地主的喧闹声所破坏，清凉的泉水也已被人们随手扔下的纸屑所污染。更遗憾的是青龙山森林公园的青青秀竹因干旱而枯死。人为的或自然的原因正在毁坏上天赋予我们的美丽资源。这怎不令人黯然神伤？！

在七月底，在江夏。我所思索的那神秘、那强悍、那奇特、那坚强、那没能避免的一点儿遗憾——在汤逊湖畔风中的秋千上飘飘又荡荡。这飘飘荡荡的美丽弧线收容我纷纷扬扬的万千思绪。这便是游历带给我的绝妙好处。我怎能不用文字歌唱？！

我的武汉地理

从街道口开始，穿过武汉大学经双虹桥、东湖梨园、岳家嘴、徐东路、长江二桥、永清街、解放公园路至黄孝河路口的武汉市文联，这是新世纪以来我的上班路线。而我的下班路线则是，从黄孝河路口开始，经惠济路、三阳路、一元路、南京路、江汉路、航空路、武胜路、江汉一桥、汉阳琴台、长江大桥、黄鹤楼、阅马场、大东门、傅家坡、丁字桥、洪山回街道口的家中。这样的上下班路线，让我一天内把武汉的二环圈了一遍。武汉的许多著名景点都在其中。而我竟然今天才在自己的思维里圆了这个圈。

1985年9月以来，我回仙桃老家则是过长江大桥走钟家村、经龙阳大道过今天的盘龙城上318国道回仙桃；90年代后我去大别山的夫家，则是过长江二桥（近年来改经天兴洲大桥至新洲过团风再到罗田。我几乎每年都要把武汉的外环足量一次，因此武汉的众多卫星城市也在其中。而我竟然今天才在自己的思维里画上这两条线。

1985年9月至2000年6月我在蛇山南麓的财大学习、工作与生活。2000年7月之后，我住在武昌街道口，在汉口黄孝河路的市文联工作。我偶尔回首义的财大怀旧，去南湖的新校区探亲，因此武汉的众多高校、东湖高新也在我母校的新老校区之间。而我竟然今天才在自己的思维里画出我生活中的这些主干道。

我会偶尔陪同母亲去洪山的宝通禅寺、汉阳的归元寺；或陪同文朋诗友逛汉正街、吉庆街、江汉路，游黄鹤楼、琴台、东湖、南湖，甚至新开发的接连东湖和沙湖的楚河汉街；当然，武昌火车站、汉口火车站、武汉火车站、天河机场我也没少去过。

我还在武昌首义公园放风筝，洪山广场喂鸽子，武昌江滩看落日；在汉阳龟山电视台登高望远，在琴台大剧院看演出；在汉口江滩听货轮的汽笛声，在汉口租界喝咖啡，江滩拍芦苇丛，写长短句……

如果把我一年之中在武汉的足量绘制成图，就是我的武汉地理。我的武汉地理差不多就是整个武汉了。而我竟然今天才在自己的思维里发现这一点。

原来，我一年的大多数时间都在家写作，偶一出门，就游经了武汉的很多地方，而且我在书房里写作武汉的文字也日益增多了——"省京剧园小区阻隔眺望武大的视线：/我不得不绕道走，/经过十几家早点摊、三家面包房、两家网吧，/到了街道口——/一段从象牙塔到红尘的距离。/……每次经过京剧院，/我就会幻身为戏剧里甩水袖的佳人：弹琴、读书、舞剑、爱英雄，/"啊，霸王！"而每次在永清街经过楚剧院，我小时候哼唱的楚调就回到唇边耳旁……由舞台到红尘，或者说由书桌到红尘，是我在武汉地理上的角色转换。而文字的转换多是由不及物到及物，更亲切、温暖而富爱心——我的那本关于青春、大学、爱情与现实婚姻生活的长篇小说《在爱中永生》因为以武汉这座城市为背景舞台而洋溢着我对这座城市深深的爱。

一直以来，我对武汉的爱很少在口头上，更多的是在脚步里、双眼里、心里、文字里。我把自己对武汉的爱形容为：一滴水对大江的爱，一朵浪花对波涛的爱。因为17岁以前我生活在汉水边的一座小城；17岁以后一直到现在，我生活在汉水汇入长江的城市——武汉。因此，我与武汉的关系，其实就是一滴水与大江的关系，一朵浪花与波涛的关系。有诗文做证：我以前看到的是一朵浪花/现在领受的是一片汪洋。

而浪花对大江的感激与感恩，是一种亲切的、不能割舍的情怀与血脉、不倦的爱与血肉相连。所以每一次小别武汉，内心都会有一种怅然的失落。而且这种怅然失落会渐渐扩展成一种痛。这种痛会让我对武汉涌起无穷的眷恋。而这种眷恋会让我无法在外地生活与工作。所以我一点儿也不奇怪——二十多年来，我何以离开武汉生活的时间没有超过一年半,我在外地写作的文字没有超过三万字。我深知这是我对武汉的一种感恩,以及因为感恩而产生的爱与血肉相连。

  无疑,我生来就不是别的,我只是一滴水,一朵浪花。武汉就是我这样一滴水、一朵浪花的汪洋,我心甘情愿地生活在它的水域里。如同一滴水生活在水中,一朵浪花跳跃在浪花中。

  这样的地理位置,这样的感恩与深情,给了我不绝的创作灵感——

  我爱唱爱跳。/身体里怀着无数个愿望,灵魂里含着苍穹。

出发到现场

我很少见到黎明,很少见到她的宿醉、她的暮气、她的慢慢变亮的暗,我也很少听到早晨的鸟鸣与欢歌,很少见到太阳的冉冉东升和万物的朝气蓬勃。

很多时候,我的早晨是从中午开始睁开双眼,我的黎明是从午夜开始淹没睡梦……

但我以前的情形不是这样的。童年的黎明被梦唤醒,我童年的早晨雀跃欢欣。可多年后,这一切都改变了。

这改变缘自1985年9月某个黎明的出发——我怀揣大学录取通知书和背着我的行李送我上大学的父亲一起坐上黎明时开往武汉的汽车。我已记不清我们是黎明几点从家里出发的,但我记得自己一路都很兴奋,仿佛汉沙公路两旁的树木都是欢送我上大学的亲人——我发誓那天我见到的一切都是我的亲人,我在他们亲切的注视中向新生活进发。从那时开始一些地名进入我的脑子里,长堨口、东荆河、夌山(像我第一次见到山一样,我第一次见到这个"夌"字)、远安……几个钟头后,我们到达钟家村长途汽车站。父亲背着我的行李,和我一起步行过长江大桥。过长江大桥时的心情,我早已不记得了。但现在我还记得平素话语很少的父亲,那天对我说了很多话。当然他说得最多的,是要我多读书,多走路,要上进,不要太早谈恋爱,要有事业心……他还说寒假来接我回家。

走到长江大桥蛇山桥头时,父亲告诉我中南财经大学的方位。顺着父亲手指的方向,我看到了我一个小时后就入住了的大学生宿舍楼。我在那幢41号楼4单元的402室住了4年。这4年对我来说,有整个世界的惊奇,也有一个世纪的悲伤。那些世界的哲学、美学、诗歌……在启迪我,而个体的生离死别在打击我。感性与理性,清醒与疯癫,爱与死,半梦与半醒……从那开始紧紧缠绕我。我不断地挣脱着出发,可后来我发现,所有的出发最终都无情无奈地回到了现场。

我一直都在回避着一个现场。在我的脑子里,似乎世界上所有的路面都横着一场车祸。因此 2003 年我学开车,考驾照,其实是治疗自己的这一心理隐疾,是想通过对驾驶技术的了解,锻炼自己,让自己学会一个人单独过马路。要知道,此前我过马路都是紧跟人群,或是被家人朋友牵手步行而过。另外,在笔下我也极力回避着一个现场。但是我知道回避从来不是忘记,恰恰是更深痛的记忆。可是不管我如何回避,24 年后,这个现场还是无情地撞到了我的笔下。这个"现场"不是别的现场,是父亲车祸的现场,是 1986 年 1 月 4 日汉沙公路三伏潭镇毛小乡路段的一个车祸现场。

我早已深切地明白,我所有的出发都绕不过促使我开始写作的这个第一现场。

这个现场里至亲至爱的人,他给予了我一生。这个至亲至爱的人,他是第一个带我远行的人,第一个带我从乡镇走向城市的人,第一个带我走过长江大桥的人……

几年前我步行长江大桥,看到护栏上有游人的刻句——"亲爱的,你陪我走一次长江大桥就那么难吗?"后来,我在登黄山时读到了不同的游人刻的相似的句子——"亲爱的,你陪我爬一次黄山就那么难吗?"

是的,亲爱的,陪一次就是那么难!因为很多时候,一次就是一生,一次就是永别!

所以不能有这一次!

否则我们就会不断地回到现场,不断地回到现场寻找至亲至爱的人!

但是现场,没有父亲,没有至亲至爱的人。所以出发又重新开始。

不断出发,不断从诗中出发,不断从诗中的火车出发……我开始满世界地寻找。而寻找是沉重与静穆的。所以我不忍听早晨的鸟鸣与欢歌、不忍见太阳的冉冉东升和万物的朝气蓬勃。我甚至不忍见到黎明,不忍见到她的宿醉、她的暮气、她的慢慢变亮的暗。对我来说,25 年前的 9 月的一个黎明和上午是一个永生的黎明和上午。它是世界上所有的黎明和所有的上午。因此,从那以后的黎明和上午,我都要沉沉睡去。

然而,沉睡也是一种出发,它仍是不断地回到现场。但到处都是现场,可到处都找不到父亲,找不到我们至亲至爱的人。因此,不断地出发,就是不断地回到现场,不断地寻找永逝之人,不断地通向永生之境。

  昨晚我又在梦里,整夜
  寻父

诗人在雨中

在时间中被比喻的人

纳博科夫说:"我们的存在,只是两片黑暗的永恒之间一道短暂的光的缝隙。"

这是多么残酷的比喻。但我们就是这样一个现实的存在——"短暂的光",转瞬即逝。没有办法存在得更久一点。对于个体的生命来说,一个人的一生感受起来是相当漫长而枯燥的。

常常萦绕在我们脑际的那个尖锐而没有任何浪漫气息的问题便是:"我们怎样过好这一生?"这是所有有思维的头脑不能不思考的问题。每个人都想把自己的一生安排得幸福完美,并为此而努力奋斗着。有较少的一部分幸运者是可以按照自己的意愿生活并真的得到了他们所期待的那种幸福与美满。但是很多人是没有如此幸运的。他们中的一部分人任意挥霍他们短暂的青春和并不豪绰的金钱。他们茫然的双眼除了一些矫情的空虚和寂寞之外,看不出一丝儿幸福的影子。而一些贫穷得只能考虑最基本生存问题的人,在对那个尖锐的问题思考之后,只能无奈地接受生活这把尖刀的利刃撕割。如果没有造成他们伤残或死亡,对他们来说,便是最大的幸福了。这是不同的个体在感受生活时的区别。但是对伟大的时间来说,任何人都是平等的。时间这条奔腾不息的河流最终要将所有的个体吞没,无一例外。任何人在时间中的姿态在时间看来都是随波逐流,也无一例外。但是聪明的人们总是怀着一些无奈的开朗,他们把时间这条河流中的人多加一些修饰,多加一些比喻。他们在这一点上的领悟几乎是天才的。

"我们只是时间的名字。"

这是帕斯在《永恒的瞬间》中的一句诗。又是一个恰当得让我目瞪口呆的比喻。对时间这个没有颜色（如果有，也只能是黑色。说得亮一点便是灰色。再亮一点，便是白色。但绝对不可能是鲜艳的彩色），没有质感与厚度，却无所不在而又永远存在的无情的东西来说，人只不过是附在它身上的颜色鲜艳的喻体而已。这颜色鲜艳的喻体终究要腐烂、要消失。名字只存在于一段时间的记忆中。既然是记忆便终究逃不过被时间忘记的命运。

我常常想，那些夭折的人，其实是时间这个不死的老顽童吹出的泡泡。五颜六色的泡泡被偶然地一吹，在空中飘拂一段就一一地破去了，消失了。对于那些生命稍长的人，也不过是时间吐出的泡沫，在时间的河流中宛转悠扬地漂流一段又一段，再一一破去。

诗人感叹："人在时光中/犹如泪在雨里/谁能做到不死呢？"无人例外。

那些亲爱的脸和身影变成照片和日记，握在我们短暂的手中。那些伟大的人的思想和灵魂留在我们必死的心中。所有这一切最终无一避免地交付给了时间这个掌握着过去、现在和未来的老人。个体生命和精神毫无保留地交付出去。被时间这条河流淹没。

还有那些美丽的玫瑰和花瓶："头上的风铃拉响了一切睡眠/一束玫瑰对花瓶的梦想误入歧途/这是多么危险的开端/从一种想象到另一种想象/赢得变幻的色彩与脆弱的摇晃/冷色使暖色歌唱/无人使它们恐惧/除了水与无所不在的空气/这些必要的物质/加速了它们的枯萎与破碎/多么企望/脆弱而敏感的注视与/那丝质的抚摸/伴随我们一生/而时间随着得意扬扬的/空气和水/泛滥着，淹没了我们/哦，人、玫瑰和花瓶/是那风铃声/刹那间消失/无路可回

从形体到声音，我想为人赢得一点儿声音。可那声音却是易逝的风铃声。这又是多么悲哀的喻体与结局。

如果还存在着唯一的补救措施呢？试想一想：如果能做时间河流中的一块不动的巨石，做一个同时间一样彻底而顽固的存在，那人又将成为怎样的喻体呢？会不会再发出这样的感慨：风依旧摆动着，时间依旧沉默着。人却依旧绝望着。世界到底没有变化。当然这个补救措施从来没有存在过，也永远不会有。因为人毕竟不是石头！

从"短暂的光"到"名字"到"泪在雨里"再到"风铃声"，消失的是作为喻体的短暂的人，不变的是作为主体的永恒的时间。

昆德拉说："人类一思考，上帝就发笑。"那与时间同在的上帝，他阴险地知道那唯一的结局。但他却不厌其烦地创造着人，操纵着人类。

那个说出"死亡是唯一的现实的"人啊，他在无可奈何地顺从着时间和上帝，一点点地剥夺我们生存的主观的积极意义。

可是我们还活着，一代接一代地活下来。一些泡沫破灭了，消失了，时间又产生出新的泡沫。

此刻的我在写作中。文字在我的右手中不断流在洁白的纸上。时间却在我的左手腕上流失。并不为我停留片刻。它绝对无视内心的声音。

但我们仍然努力在时间的波浪中跳跃出好看的花朵与姿势。

几乎是的，在好玩的边缘/或者跟我，跟时间有关系/我要为个体/发现一点重要的东西

时间玫瑰

当鸽子浸着晨雾，从我新居的窗前欢快掠过时，我看到的是一朵朵灰白色的花。它们因为灵动的飞翔而美丽。我的写字桌上的一束粉红色的绢花玫瑰安静地立在花瓶中。它们因为艳丽的安详而妩媚。这窗里窗外一静一动的画面撞击着一个善感的灵魂。鸽子好看的身姿扇动我想象的翅膀，玫瑰安静的姿容慰藉着我伫立的空间。我一天的写作就这样开始。

一边是肉体又灵动的鸽子,一边是物质又精神的玫瑰。它们相遇在我这个用肉体歌唱灵魂的作家眼中。这是谁的安排?我们不能说谁更物质,谁更接近精神。因为我们思考,我们度量,但这一切最终都无可奈何地交付给了时间。是的,只有我们人类盲目自大地认为自己是思维的上帝。其实我们错了,没有上帝,即使有,上帝也并非是不死的。不死的只有时间。

所有动植物、所有微生物,所有有生命的一切都是有死的。

这是世纪末的某个早晨,我在诗中叹息:"时间在我的左手腕上流失。"它只是流失,但永不消失。我们所做的一切都是想让有死的生命的灵魂不死。就像我一再在诗中所赋予的玫瑰的精神。请原谅我,我一再提到玫瑰,是因为它的美丽与芳香更接近我们所期望的一切美好的本质。虽然它也是速朽的,但在有死却其实不死的希望中它又是不朽的。它在时间的长河中形成一朵被时间命定的玫瑰。我把所有肉体速朽精神却不朽的生命称为时间玫瑰。现在它在我的笔下承担着一种极为难得的使命。它将背负这个世纪的晚霞的沧桑而在下世纪的黎明中成就另一种芳香。

这朵特殊的时间玫瑰,在我们对时间的度量中,又一次弥漫着新鲜的芳香。

时间创造我们又杀死我们,但不能杀死精神。我们的肉体被动地接受宿命,但精神却在主动地反抗。

可我们仍然是多么幸运啊,有幸手持这朵玫瑰,从这个世纪末的晚上走进下个世纪的曙光中,并且以自己最美的声音与最好的身姿在时间的长河中起落开放。

是的,在时间的长河中,一切巨响实际上也轻柔得像一声叹息,绵长的生命也迅速得像一道眼光。

这像地球是太空的一颗尘埃一样,我们在时间的长河中也不过是一颗飘荡的尘埃。

可我们能思维,能度量,并且又一次在新世纪的门槛上,为时间这永远不死的老者催发另一次青春。我们这些速朽的生命就是这样满怀热望地歌唱。

时间只管创造或毁灭,却从不给它怀中的任何事物命名。是我们这些速朽的生命在给不朽命名。这就是肉体速朽而精神不朽的时间玫瑰的伟大之处。包括我右手边的这束玫瑰与窗外掠过的飞鸟。它们在时间中静立或者飞翔。时间在它们的静立或飞翔中被感知存在与度量。

这有多好:在世纪交替这样的时间中静立或者飞翔,并在静立或飞翔中感知这样特殊的时间。但愿所有有福享受这种幸运的生命都用自己独特而深情的声音歌唱。歌唱时间,歌唱玫瑰……

任凭容颜一天天衰败,只要希望长存,精神的芳香长留。

我们就这样在时间的风中存在:起落为飞鸟,开放为玫瑰。

在人群中尖声惊叫

我像一个木偶面无表情地走在拥挤的人流中,在一个拐弯处我看见了一圈圈人正围着一口痰,像在观看一枚恐龙蛋或者别的什么稀世之宝。我的神经受到了极大的刺激,一声尖叫划破长空。似乎不是出自我的喉咙,而是别的什么怪物。谁会在公共场所里大声尖叫呢?没有被偷窃,没有被追杀,也没有被殴打。这尖叫的产生如此没有背景与逻辑。几乎是同时向我投来目光的人们,对我这声没有理由的尖叫先是好奇,继而是不解,之后愤怒,最后是不屑,仍旧扭过头去观看他们那一口意味深长的痰。

此刻比尖叫还让人震醒的伤害涌入我的血液中,使我的四肢鲜活,找到了一个新鲜的自由。我是人群中一个鲜亮的个体,不被重视却自我重视,不被爱恋却自我爱恋,不被思想却自我思想。

如果你听到我在人群中再次尖声惊叫,一定不是因为自我震醒自我陶醉的习惯使然,而是鲜活至骚动的血液命令我这样——在人群中尖声惊叫。

你们盲然地看见人们手持比我的尖叫还要锐利的尖刀,怒目相向。

我的尖叫会像一枚枚炸弹炸向你们麻木的脑袋。我不是要你们肝脑涂地，而是想使你们那渐渐稀薄的人性在这尖声惊叫中重新摇醒你们麻木的思想。

尽管我的形式是如此的怪异，但是我不能不如此。因为没有什么比在人群中尖声惊叫更能短暂地吸引你们，让你们愤怒不屑，甚至是吐唾沫。因为在人群中尖声惊叫更比那在公共场所打情骂俏甚至示爱示怒或其他让人惊奇、愤怒的事件更让人惊奇、愤怒，特别是当他们发现你既不是一个蓬头垢面、衣衫褴褛的社会弃儿，也不是一个恶劣事件的被动者时，你只能被视为一个精神失常者。

是的，有神经病！没有比这再好的评语了。我依然在人群中尖声惊叫，不再是为一口恶秽的痰，也不是为两把刺目的尖刀。我的惊叫不再有明显的、有利的目的，也不会有具体的时间或场合。只要我感到血液被阻塞、空气要窒息，我就会不由自主地发出尖叫。它依然会刺伤你。你说你这神经病！

我想，这是符合我个性的最高奖赏。

在想象中飞翔

我时时刻刻盼望自己能借助想象长出一对宽大的翅膀，一如热带雨林中茂盛的芭蕉叶，在风中多情地舞动；在飞翔时最好再长出长长的头发，像柔曼的水草，在柔和的光线中水域中漂荡。我坚信这时的我，浑身的每一个毛孔都歌唱着、舞蹈着。我这样诗意地想象着，躯体就化作了那光中的、风中的精灵。

诚然，我们想象中的飞翔也只能是精灵的飞翔。这样决定我们想象中美好而善良的舞台也只是为圣洁的精灵而搭建的。因为我们知道，精灵在红尘之中是没法保持其精灵的本色的。因为精灵只能由特殊的舞台来安置，这个舞台可以是灵魂的、思想的、梦幻的，是虚置的，又是高高在上的具体。它是红尘之上的，为想象的目光所抚摸，却又咫尺天涯；

它不是为生活中的丑角而是为人群之上的那些高扬的灵魂而安排。

这样被我们的想象所搭建的舞台可以让我们所有的愿望都化作飞翔的精灵。自由的灵魂与被自由的灵魂所解放所提升的躯体在舞台上进行一次次近乎漫无边际的飞翔，然后再带着一丝丝诗意的疲惫栖在一根相对现实而具体的枝上，就像那一只只美丽的鸟儿或蝴蝶。

想象任由我们这样奢侈。我们这样奢侈地任由思绪飞翔了一段又一段。那一段又一段旅程，是由我们想象的花朵铺成的一条芳香四溢的通往天国的道路。是的，美好事物的起始是要高于生活远离尘世而最终通向高处通向天堂的。这是所有飞翔的翅膀的终极目的。而我们这些被地心引力般锁在红尘之中的人只奢望我们此刻的躯体在那具体而柔和的灯光所笼罩的舞台上淋漓尽致地舞蹈着。通过舞台这种能把灵魂与躯体绝妙统一的倾诉短暂地实现我们的一切美好的愿望。

在这里，飞翔与想象同质。不，想象对于飞翔来说，只是思想，是一种丝质般的飘拂，而飞翔是行动是想象的激情过程与结局。如果没有想象作为双翼，飞翔就是盲目而无意义的。像被你的懒散所加长的漫长的午睡，使你百无聊赖地接近无奈的黄昏，却不知道如何安置接下来的时光（与旅程）。

二者绝妙的统一，便是在想象中飞翔。这样，想象是开始，是导线，是航标，是风向，更是贯穿飞翔的一条线。没有这条线，飞翔最终会成为断线的风筝掉下来，落在你找不到的地方。人们可以偶尔在想象中迷失，却不能在飞翔中迷失。因为偶尔的迷失可能会遇到另一种奇异的想象，而漫长的迷失则是一种无奈的倦怠与虚置。这样漫长的迷失的飞翔就成为了没有方向与意义的飘拂。

在想象中飞翔，是思想与行动的和谐统一，正如灵与肉的绝妙融合。

在想象中飞翔，是我向往的一种完美的写作状态。它将在我今后的作品中慢慢地呈现出来。

那姿势那精神就是那特殊的舞台上跳跃着的精灵。

当然，这精灵会是你、你们大家，你们的肉体与灵魂统一着所能飞到的最高处——只要你们也借助想象的翅膀飞翔,并在想象的翅膀上伏着你们善良而圣洁的愿望。

诗人在雨中

这一意境应该是对大多数诗人情绪的概括。诗人大多是忧郁的、悲愤的。诗人正因为这一沉湎于忧郁与悲愤的特质才使其成为诗人——"忧愤出诗人"。我说诗人在雨中,指的就是诗人阴郁的面孔与潮湿的(或温润)的心灵。它们就是雨时的天空、雨中的精灵。正是它们抚摸着滋润着我们日渐干枯的心灵。

最温润的要数戴望舒那著名的《雨巷》了。

> 撑着油纸伞,独自/彷徨在悠长、悠长/又寂寥的雨巷,/我希望逢着/一个丁香一样地/结着愁怨的姑娘//她是有/丁香一样的颜色,/丁香一样的芬芳,/丁香一样的忧愁,/在雨中哀怨,/哀怨又彷徨;//她彷徨在这寂寥的雨巷,/撑着油纸伞/像我一样,/像我一样/默默地彳亍着,/冷漠,凄清,又惆怅。/……

撑着伞也好没撑伞也罢,那雨中忧郁的诗人在我们阅读的眼中看来是多么的飘逸与浪漫啊,那雨中的诗人又是多么的迷人啊!那些由此而引发出去的联想,更是让人神思飞扬。

最形象的是女友对她认识的一位名叫夏雨的诗人的定义:下雨嘛,当然就是湿人了。她用谐音为他下了定义。她没想到,她这一句调侃实际上是给大多数诗人下了定义。

即使诗人所有的诗歌都看不到一个雨字,但在字里行间里你不可能不感受到那忧郁与悲愤的情绪。哪一位诗人诗中的情绪不是似在雨中呢?哪一位诗人的内心没有晶莹的跳动着的雨滴呢?即使是在阳光明媚的爱情里或因此而成的甜蜜诗歌里,也有时时飞溅的雨珠啊。也正因为这些雨珠，爱情才美好，诗歌才隽永。更不用说诗歌里的那些"嬉笑怒骂"了，在这里，诗人的情绪不仅仅是彻彻底底地在雨中雨了，更是风雨交加、电闪雷鸣了。这时我们阅读的眼里看到的不是飘逸的精灵，而是一尊尊复仇的神了。

伞这一遮遮掩掩的道具早已被骤风掠走。看与被看的人都不需要了。我们都在雨中。

诗歌在阳台上

有没有太阳，我们都爱待在阳台上。那些被诗人在雨湿窗棂的书房里或在灯光暧昧的咖啡馆里写就的诗歌，不可能总是被我们在同样的场景下阅读。

对诗歌精心的阅读应该是讲究场所的。这场所更多的是书房或图书馆或卧室。

可在如今这个诗歌被世人渐渐疏远甚至不屑的年代，对诗歌精心的阅读除了执着的诗人、虔诚的诗歌爱好者与执迷不悟且硕果仅存的诗歌研究者，还能有谁呢？比起"诗人在雨中"，诗歌的存在不是湿漉漉，但还是少不了阴风徐来、雨珠飞溅。这一景象又多么像一面固定在墙上、三面悬在空中的阳台啊。它的存在是多么的突兀而又奢侈却又是不可缺少啊。

在这个拥拥挤挤匆匆忙忙的物质世界里，并不是家家都有带阳台的房子，也不是人人都有一颗被诗歌滋润的心灵。但对带阳台的房子的想往是人人都有的，而对诗歌的阅读并不是人人都有。

尽管如此，诗歌的存在仍然不可缺少。

一间没有阳台的房子不能算是理想的居所。因为我们无法晾晒潮湿的心灵更无法高瞻远瞩。可我们可以忍受这一具体的物质场所的欠缺，因为我们可以走出房间到户外。这时的大地充当的是另一种形式另一种意义上的阳台。你说这天气多好啊。即使有雨，你也说，多温柔的雨啊。

这一形态让我想起一个词——打开，打开门，打开自己。敞开心胸，沐浴在阳光里，拥抱在风雨中。即使你不是诗人（湿人），也会神思飞扬的！是的，我们可以忍受阳台的欠缺，可世界不能忍受诗歌的欠缺。在匆匆忙忙的物质世界里，不论诗歌多么不景气，可它仍然不能抹去地存在。因为它是我们（纯真的诗意的心灵）幻想的精灵、精神存活的空气和飞翔的风。

因为不管有没有太阳，甚至有没有阳台，我们和我们的心灵都爱待在阳台上。

在文字中奔跑

> 诗人是一些在精神中奔跑的词,
> 从一个句子到另一个句子,
> 从一首诗到另一首诗,
> 奔跑成为最大的幸福。
> 最后,诗人是不是在一首诗里
> 或一本书中,像闪电那样
> 用尽所有的热情与光芒来照亮。
> 这无须回答,
> 我只是奔跑,奔跑,
> 和词一起奔跑。

"我们在某个人死去时开始写作"

　　这是一个外国诗人的一句诗。我在很多年前一个雨夜的书桌上遇到它时,一下子竟有种被闪电照耀的惊颤。因为它正好契合我写作的真实开始——"在某个人死去时开始写作"。但这个某个人,不是别人,是我的父亲。这当然是一个沉重的开始。可是只要说到我的写作,我无论如何也绕不过这个开始。那是 1986 年 1 月 4 日的下午,我上大学不到四个月的时间,刚刚收到父亲的一封信,他说放寒假时来接我回家。可我却在紧张的复习考试中就被接回家了。来接我的不是父亲,而是父亲单位的一辆面包车和他的两位同事与我的姐夫。理由是父亲病重,想见我。我感到奇怪——好好的,怎么就一下子病重了呢?我一坐到车上,眼泪就不停地流。一路上大家都默默地不说话。几个小时后快到家时姐夫才告诉我说：父亲被车撞了……他的话还没说完，我模模糊糊地听到我家方向传来的鞭炮声，我一下子就昏倒了。我是在一片哭声中醒来的。……从1986年1月4日以后的整整两年我都被死亡这个事件紧紧地缠住了。仿佛全世界所有的伤悲与眼泪都裹住了我。失父之痛让我失去了欢笑的能力。除了看书、学习，我不会干别的，我不会欢笑，不会唱歌，有时候连话都不会说，我只是写，写，日复一日地在纸上，在日记本里写一些暗无天日的莫名其妙的句子。

我做梦也没有想到我摆在课堂上的几首诗，会被文学社的同学送去参加诗歌大奖赛，更没有想到那几首诗会在1988年的武汉地区的校园诗歌大赛中获得一等奖，而且一字不差地刊发在《武汉晚报》副刊上。从此我的诗歌开始了顽强的生长。等我能自觉地用文字思考死亡时，我的诗已经在死亡的黑色岩石中长出了新鲜的嫩绿。我惊奇地发现诗以它独特的气质和与死亡同等的神秘不可解的风格以毒攻毒地救了我。我不可救药地爱那些与死亡有关的句子。诸如"一切葬在/一种痛里"、"父亲，我原是在你的坟前/一如风中的花朵/无语歌唱"。现在回想起来，要不是诗歌给了我生命的方向，我真不知道自己现在在哪里。感谢诗，它是一种神奇的良药，救了我，让我挺过来了。《为水所伤》和《风中的花朵》这些处女作因为在我生命中的这段特殊的记忆，我现在读来仍是热泪盈眶。——这些诗给我的慰藉是——文字代替父亲活着。这种活在我的生命里必不可少。

然后是同死亡一样不能抗拒的爱，她就像一些晶莹的露珠在死亡这块黑色的岩石上闪烁着，她让我知道原来除了死亡这块冰冷坚硬的石头外，还有柔情还有爱。我发现被死亡这个事件阻隔的爱，诗歌都慷慨地将她带入了我的文字与生活中。从此我不可避免地看到爱与死的旋律飘荡在我的文字里，爱与死的气息缠绕在我的很多诗歌、散文和小说里。如诗歌《黑色的石头落在平淡的生活中》《爱情教育诗》《仿特德·贝里根〈死去的人们〉》《火车到站》《水中的波纹》、长篇散文《怎样温柔地爱与死?》、长篇小说《在爱中永生》……

知晓了我的写作开始的人,肯定会明白,我的作品中为什么会有那么多的爱与死。为什么会对爱与死有不同他人的敏感与思考……

在三棵树上歌唱

从1988年发表处女诗作到现在,已经有近三十年的时间。可这中间我纯粹写诗的时间只有那么几年,1988年至1992年,1995年至1997年。其他时间我不完全写诗,而是写散文,甚至小说。现在一年中常常是既写诗歌,又写散文,又写小说。

曾经和一个朋友在咖啡馆里聊天,朋友谈到我的写作状态时,说我是"辽阔,没有方向"。我笑着回答说:"方向在前面,不过我是旋转着向前。"

"你像一棵花树想舒展所有的叶片与花朵。可是你所拥有的阳光、空气有限。你必须舍弃。"朋友最终的忠告是:让我舍弃诗歌,散文,只写小说。我喃喃自语地说:我怎么不想舍弃呢?可是我如何忍心舍弃呢?诗歌、散文、小说在我生命中的位置,实在令我割舍不下。

我一直是一个喜欢沉默与思考的人。总认为人很难融入环境与人流中。每个人都是一个极为孤独的个体。要想消去一点点孤独,就必须不断地倾诉。

而抽象的诗歌只能提炼人的灵魂与思想,没法安慰心灵的孤独,却只会使孤独的灵魂更加孤独。因为诗歌实在是一门最孤独的文学艺术。1988年到1992年的这五年时间是我喜欢被孤独淹没的日子,所以我把孤独的时间全部献给诗歌。

从1993年下半年到1994年上半年这段时间里,是我最害怕孤独最厌倦孤独的时候,于是我在1993年底或1994年初的某一天,开始用小说这种文体安慰自己。这一动机,我在小说处女作《星星高高在上》中有所提及。我用一天的时间完成了这篇一万五千字的小说。完全是一气呵成，没有作任何改动。在第二天早晨醒来，我发现自己孤独的灵魂得到了解脱。那时我已经开始通过讲故事教孤独的灵魂如何说（欺骗）自己不孤独。

从那时起，我的性格中最坚强最脆弱的两面，教会我把自己以后孤独的时光，分为三部分。一部分分给诗歌，另一部分分给小说，最后一部分留给散文。我在喜欢孤独的时候，便写作诗歌；我在害怕孤独的时候便写作小说。而我在孤独到痛处时，便会产生向自己倾诉的欲望。一个喜欢沉默与思考的人，其实是一个更热衷于对自己倾诉的人。这样的人，无可避免地热爱散文。

但我至今弄不清自己，在诗歌、小说与散文这三种文体中最喜爱哪一种。因为在这三种文体中，有一点对我来说是相同的：那就是我追求真实的震撼与诗意的表达。这三种文体在我这里形成了一个旋转着的三面镜。一面是诗歌，一面是小说，一面是散文。我把这个三面镜的底部贴在我真实的思想、对现实的认知与生活的把握上。

一年中的日子，除了无梦的睡眠（有梦的睡眠对我来说，也是一种创作准备），我的内心频繁地旋转着这个三面镜。

在孤独的诗歌中，我的灵魂时时处在一种急速变幻的类似于岩石的时空隧道中，最后落在摇晃的断桥上，任它被一阵狂风带进湍急的河流。我发出的笑声恣意而疯狂，成为无人的旷野中最有生命力的一部分。当我为意象、词语绞尽脑汁的时候，就是我在湍急的河流上飞翔（上升或沉入）的时候。

在小说创作中，我的灵魂（与激情）处于一种均匀变幻中，我用一种不太平静也不太疯狂的语气编织动人的故事。

而写作散文是我在写作诗歌、小说之后的一种休息。这时的我，就像一位饱经沧桑的老人，心平气和地坐在湍急的河流边一块静止的岩石上，平静地感慨或叹息。它是一时的情绪、一瞬间的思绪，像风轻柔地抚摸你，像雨点那样真实地敲击你。在散文中可以有想象，但不是虚构。它不是作出来的，而是内心真实的风声。

无论我写作哪一种文体，我面对的都是最真实的灵魂，没有一丝虚假。无论悲或喜，也无论孤独、寂寞。它是承受我的情绪、思绪的多面体，并且是一尊旋转着的带镜面的多面体。我在它那里看到真实的自己，感受到稍纵即逝的思绪。

我无意把自己的作品变作心语之类的文字。但我眼中最优美的作品却是倾诉者"我"最真切最主观的所见所感所思所虑。它绝不同于流行的诗歌、传统的小说、"忆苦思甜"的怀旧散文，而是敲打人类灵魂深处痛点的那些文字。我直面人的灵魂，采用的方式是在废墟上放花（即痛苦的倾注），而不是在花上放花（锦上添花，即轻松的或虚假的抒情）。

我毕生都会以最真的灵魂面对这样的文字。看了我的书的人会知道，我的文字是我真实内心的一部分。

我曾在一篇《我的写作之路》一文中坦言："诗歌让我年轻让我对生命充满激情，小说让我细致入微地展示生命的奥秘与激情。诗歌是身与心的狂喜、梦幻的低语与伤心的独奏，小说是身与心理智的唠唠叨叨、喧嚣和安静的思量组成的交响乐。小说是对诗歌不厌其烦的诠释，诗歌是对小说最抒情最温柔的抽象。对我来说，她们是一对难以割舍的连体姐妹，她们共一个心脏共一个大脑，永远不能分开。所以，无论岁月怎样变老，我的心永远年轻，因为有诗歌；同样，无论我的心怎样年轻，我对岁月的思考会更加精到入微，因为有小说。文字是我的脑中不能停息的奔流的河流，诗歌和小说是它们美丽的两岸。那连接这两岸的优美的拱桥，就是我的散文。"

可以说，我所有的创作都是真正意义上的文学创作，但是因为我在"三棵树上歌唱"（诗歌小说散文"三栖"），有时候在诗歌这棵树上歌唱，有时候又在小说这棵树上歌唱，有时候又在散文这棵树上歌唱，这样飞来飞去的，难免会厚此薄彼。但我似乎很少为自己的这种状态担心。原因是我在操作这三种文体时，感受到它们之间的相互促进与互文性。这种相互促进与互文性，给我的诗歌小说散文，增添了一些别样的元素与素质。而这些别样的元素与素质又往往给我们的阅读审美带来一些陌生与惊奇的感受。而这样的感受,正是我的写作理想之一。这也是我至今仍然还操持这三种文体的原因之一。也许在今后很长一段时间里,我的状态仍然会是在"三棵树上歌唱"。

而我是如何在这三种文体之间进行转换的呢?具体地说,我以前一年中写作诗歌、小说、散文的日子还是有很明显的时间段,即某段时期集中写诗歌,某段时期集中写小说,散文一般在诗歌写作向小说写作的过渡时间段写。而现在,我有时候一天都可以写三种,一个小时前还在写小说,现在就突然写诗了,下一个小时又写散文了。或者上午在写小说,下午却写诗,晚上又写起散文来了。以前一年之内要完成的文体转换,现在我一天之内都可以做到。起初我对自己的这种快速感到惊讶,现在却已成为习惯了。这种转换除了我的心境、情绪与思考等方面的原因,更重要的一点就是,一种文体的材质、内容触动了另一种文体。举个例子吧,2001年终被约写个中篇,那年我被一个堪称为事件的东西困扰着,为了解恨,我想即便不写个长篇,至少也得写个中篇!可当我在一个上午写了1000字左右的简易提纲2000字左右的正文后,再为这篇小说定下题目时,突然就噼噼啪啪地写成了那首《当哥哥有了外遇》的诗。这一转换在我个人的写作史上称得上是个奇迹。我就像一个裁缝,抱着一个做一袭华丽旗袍的打算,却做了一条惹是生非的超短裙。全然不顾这件超短裙上还有小说和散文的墨线。后来的反响证明,正是这最初的去不掉的墨线成就了这首诗。由此我发现,小说和散文写作根本就不会影响到诗歌,它们更多地促进了我的诗歌写作,给我的诗歌写作带来了新的元素和素质。比如得奖的《爱情教育诗》、被选入《感动大学生的一百首诗》中的《午夜的诗人》及多次被转载的《雪在哪里不哭?》《火车到站》,还有我自己非常看重的《仿特德·贝里根〈死去的人们〉》《2月14日情人节中国之怪状》《懦夫(妇)的外遇症(史)掠影》及组诗《红尘三拍》等都受益于小说与散文的写作。而诗歌写作也会反过来引导我的小说和散文写作,帮助我更好地处理它们的语言和结构（长篇小说《谁带我回家》和短篇寓言小说《一只虾的爱情》等）。

可以说，正是因为我写作小说和散文，我才写出了一批不同于以往不写小说散文时的诗，也不同于别人的诗、绝对异质的诗。也正是因为我写作诗歌，我才写出了一些有诗的内核的小说和散文。

用文字预示未来、对抗时间

我有一位好朋友，一直是我作品的忠实读者。她只要一看见我的作品，总会打电话或者写信谈她的感受。1998年我的长篇小说《欲望》刚一上市，她就买了一本读，很快就写了一封信来。她在信中这样写道："……我喜欢你的语言，结构，但不是你的故事，它太像一个梦了。那样一个小才女，功成名就；而那样一个女人，狭隘自私……""小才女"是指小说的女主人公，"一个女人"是指一个神经质的怨妇。我的朋友认为生活中没有人像这位女主人公那样既能生活干净又能事业辉煌，而且还能拥有盛誉与财富，也没有人像那样一个女人狭隘偏执。我说，那个小才女是艺术女性的理想，而那个女人代表不能忍受的世俗生活。我承认这部小说不是取材于生活，而是来自我的虚构。可是我的内心却从来不认为这个故事是假的。果然，不到五年的时间，我们有一个共同的熟人，竟拥有我的那位"小才女"一样的生活。而"那样一个女人"在世俗生活中的言行竟是一位诗人的妻子活生生的翻版。现在，每当我面对自己多年前的文字在现实生活中的惊人相似，总是哑口无言。当年，我在《欲望》的后记上写道："写作就是预知。"而现在，我在我的长篇小说《谁带我回家》的扉页上写道："献给岁月与爱——多年前那些狂想的文字就预示了我们的现在。"

可以说我的诗歌和散文，更多的是对童年、对青春、对爱情、对时间、对死亡的纪念，对现实的认识与评析，对人性的拷问；而我的小说，更多的是用文字提前过未来的生活。

更确切地说，我是在用文字过所有的生活。我眼中的文字到了哪里，我的生活就过到了哪里。诚如我在《我的诗生活》中写的那样："生活在我这里就是诗生活，诗生活在我这里就是生活。因为我的生活其实就是被思考、阅读与写作所充满的生活。具体到每天，思考占最多时间，一种是因为阅读与写作而产生的思考，另一种就是乱想，无边际的想，写作往往就是在这种乱想、无边际的想中开始。一天中，如果我没有写作，我也必定思考过写作。不然，我会有一种强烈的空虚感——觉得这一天都白过了。"

写作在我这里，其实就是对抗时间的手段。我认为所有个体生命最强大的敌人，不是别的，其实就是时间。我对时间相当敏感——我对滚滚向前的、强大的东西，总是很敏感——而对脆弱的、善于怀旧的生命，总是心生悲悯。所以，我会有这样的感叹："让我们受伤的不是彼此，是时间。"会有这样的努力："我们时时刻刻都在时光中，感受它的流逝。它是如此的强大，而个体的生命却是如此的脆弱。尽管如此，我们仍要在时光的河流中跳出好看的浪花。""跳出好看的浪花"具体到我自己这里，其实就是用写作来保护和拯救脆弱的生命的一种努力、对抗时间的一种手段——所以，会有这样的一本诗集，名字就叫作《我的时光俪歌》。

我们速朽的生命，并没有别的敌人，它唯一的敌人，其实就是时间，是永远不死的时间。我也没有别的武器，只有文字，只有这奢望永恒却随时都有可能被时间淹没的文字。

尽管如此，我还是要把文字熔炼成一种对抗时间的利器。这正如林白所言："在阿毛这里，文字是一种利器。就像鱼是一把柔软的刀子，阿毛这位双鱼座的诗人，的确是一位在文字中藏有利器的诗人。'对现实我藏着小人鱼脚底的尖刀，可依然微笑着直立、弓身。'她的文字里藏着的尖刀，或许逼疼了我们的眼睛，撕割了自我和他人的肉身与灵魂，但这并不是阿毛的本意。她文字里的刀，是她为脆弱的生命准备的护身器。她只用这护身器对抗时间与俗世。阿毛是一个温和善良的人，一个有着适度的偏执与丰盈的感恩的诗人。这个诗人外表柔弱，文字里却有着坚硬的思想和原则。一个狂热地爱着文字的人，必然像那个痴迷地爱着王子的人鱼——身心在尖刀般的刺疼中渐成泡沫，而文字却成为波澜壮阔的海——它们永不停息地奢望着无边无际的爱与永生。最后，在阿毛的诗里，文字也熔炼成利器，对抗着时间这个最大的敌人。"

异乡感与内心的出走

很奇怪，我似乎有一种与生俱来的异乡感。在生育我的故乡我有一种强烈的异乡感，在养育我的武汉我也有很强烈的异乡感。不论在哪里，我都有一种寄居的感觉，这种感觉让我心绪不宁。小时候跟随母亲在乡下，稍稍晒太阳或乘凉都会生病。我不跟同龄人玩耍，也不跟大人交流，只爱听奶奶讲故事，或者自己一个人瞎想，或者在家里乱翻——颜色漂亮的毛线、形状别致的纽扣、姐姐的七彩绣花……当然翻得更多的便是《红楼梦》和《唐诗》《历代词萃》。用奶奶的话说，"这孩子一天到晚睁着一双寻找宝藏的眼睛"；用同龄人的话说，"她似乎不是我们这里的人"；用大人的话说，这孩子"不合群，只爱一个人玩"。后来，跟随父亲，到他工作的城镇去上学，虽然所有头昏目眩、手脚发麻的病都好了，但是"不是我们这里的人"与"不合群"的话却一直跟随着我。是的，我从来不属于我"在"的地方，既不属于故乡也不属于他乡。既不在这里，也不在那里。

但我似乎天然地跟书亲。一直以来，只有阅读与写作，才能让我心安。古诗云："我心安处，便是吾乡。"如果一定要肯定一个心中的吾乡，那便是能安我心的阅读与写作了。强烈的寄居感与孤独感淹没了生育我的故乡与养育我的武汉在作品中的位置。我的作品只有几篇随笔和散文是写故乡的，虽然，我前些年的诗，运用了一些我出生地的方言俚语，但故乡在我心中却始终是陌生的。武汉的分量也重不到哪里去。它也只在我的诗歌中出现过一两次，就是那首《在街道口》的诗，还有诗歌集《我的时光俪歌》的后记中出现过一次——《在武汉奔跑》，在这篇后记中我把自己与武汉的关系,认作是一滴水与大江的关系,其实这种关系在本质上还是一种寄居。长篇小说《在爱中永生》倒是写的在武汉的大学生活。但是武汉也只是我的青春、大学、爱情的背景舞台而已。它仍然不是吾乡。我的内心对故乡和武汉当然是充满了感恩与爱的。可是我清楚地知道为何我对出生地与工作地的感恩与爱,不能顽强地生长在文字里!因为我始终都是身在此地心怀他乡,内心始终都有一种到陌生地方的冲动。尽管人到中年,这种冲动却仍然没有停。

关于这种冲动,多年前我曾写过一篇名为《内心的出走者》的随笔:

"常常有独自到陌生的地方去过一种全然不同的生活的愿望。如果不是去做一件惊天动地的事,至少也期望遇到一些惊天动地的人或事件,把这个旧环境中的旧我全然抛掉。当然这种愿望是相当的不现实的,因而是不可能实现的。事实上,无论你到哪,你都不可能'脱胎换骨'。你发现你依然把你熟悉的环境中的准则与记忆全都带到了陌生的地方。

"失望到了极点。如果可能的话,那唯一的安慰,便是在人群中尖声惊叫。凄厉也好,舒放也好,让内心隐秘的愿望就在这尖声惊叫中突然消掉,然后再无奈地听任重新滋长起来的愿望一次又一次地在曲折的内心世界中游走。

"'一个内心的出走者!'

"这是在一次文学聚会上,与刘继明聊天时,他对我这种愿望的断语。

"这句话当时强烈地击中了我。我浮想联翩,突然认识到原来我那些内心的愿望在无数次地期待着出走——一次成功的出走。

"可事实上出走这个事件从来就不曾发生过。人们常常说五十年代的人有沉重的历史感,七十年代的人有轻松的未来感,而六十年代的人则不过是一群既不沉重又不能轻松的游走的人,我不认为'游走'一词贴近了我们这一代的全部实际。而这句'内心的出走者'更贴近我们的现状。

"我们没有五十年代的那些人在沉重的历史感里做一些惊天动地的大

事的主客观环境（或者说是负重感与雄心），也不具备七十年代那些年轻者单独或结伴出走的轻松与豪情。真实的出走事件在我们身上从来就没有发生过，而内心的出走就像不能平静的大海那样掀起无数的浪花——起伏不断，消失了又重现。

"我所说的'内心生活'实际上是内心起伏的出走事件。

"或许可以这样认为：我的每一件作品，都是一次内心的出走。"

但近几年不管我出发去哪里，我的目光和内心已经开始频繁地回望故乡和武汉，回望我的出生地和工作地。我的写作也由此找到了一个福祉，于是关于故乡和武汉的作品被一一写出，这些作品中的诗歌部分已集束在我的新诗集《看这里》里，与我其他的旅行地理一起形成一份完整的关于故乡、武汉和远方的诗歌地理！

所以，我说我自己是一列不断出发的火车，每天都在重新出发！这出发既是远行也是回家！

不是别的，是写作

正如你所看到的，我的理想正是我现在所从事的，写作。

可写作，它似乎越来越变得不合时宜，就像一双固执地睁在暗处的眼睛。人们一直在容易为人看见的人生舞台上活跃着。当官，发财；上网，购物，唱歌，跳舞；出国，旅游……芳香美丽的女人们像热带鱼一样从身边游来游去，展示着自己的美丽；而豪情万丈的男人们是这个世界上风尘仆仆的战士，雄心勃勃地想征服四方。

只有写作一直是那么安静。安静得就像是一双睁在角落里的少为人注意的眼睛。

可正是这双暗处的眼睛，从我发现的那天起就吸引着我走到现在。

我一直认为，一个人不必做别的，只需要用文字，用书来证明自己的一生，没有比这更美的事了。所以，为了这件美丽的事情，我就一直坐在暗处，睁着一双发光的眼睛，生活着，看书，写作。为一本适时遇到的好书而拍案叫绝，为自己的一首好诗和一个人物，激动得热泪盈眶。像一个永远活在爱中的女子，幸福得不知道世界上还有什么别的事情或别的人。

很久以前我是不写作的。不写作的日子过得像一件毫无创意的机器，百无聊赖。可是这件毫无创意的机器却喜欢所有美的东西，亮处的东西，暗处的东西。开始只是喜欢而已，可后来却是爱了。从此，我的身体和灵魂就找到了合适的位置。

都是因为爱呀，无边无际的爱呀，爱音乐，爱绘画，爱舞蹈，爱电影，爱时装……爱一切美好的艺术。我恨不能有无数个身体和灵魂来爱无数种艺术。用一个身体和灵魂来专一地爱音乐，用一个身体和灵魂来专一地爱绘画，用一个身体和灵魂来专一地爱舞蹈，用一个身体和灵魂来专一地爱电影，用一个身体和灵魂来专一地爱时装……可是我只有一个身体和一个灵魂。我不可能爱得太多，爱得太贪婪。我只能爱适合我爱的永远爱下去。音乐和绘画，我爱得太迟了，我不可能有成就；我不是演员，也不是导演，所以我永远只能坐在银幕前幻想。至于服装，我已经够奢侈的了。虽然我没有像我的星相上所说的那样是一个成功的服装设计师，可是我总是把自己穿得很舒心。这就够了。

够了，我总算拥有了一项我能爱着的理想的事业。这事业不是别的，就是写作。这在人们的眼里越来越变得不合时宜的写作。

当然够了，因为我以写作的名义，还爱了别的：（1）睡眠。等待一场又一场梦的降临，它是我创作的另一源泉；我常常带着构思的由头入眠，结果是穿过一片又一片云山梦海醒来。（2）看书，等待一场又一场灵魂的艳遇；（3）画画，把诗意和故事连接起来，就像风筝，天上飘的是诗，手中牵的是线和故事。除了收集和思考睡眠中的梦之外，除了把梦中写的诗和构思的故事敲进我的电脑之外，画画是我创作的另一片自由的精神领域。我的画从不示人，只求悦己。它们以它们的神秘与怪诞，刺激我配诗。（4）用笔写信。我坚信"字如其人"的说法。所以我愿意书信这种正在变旧的方式把我的精神与祝福带到朋友那里。有时候用笔写信的过程，往往会成为又一次写作的前奏。(5)过一段时间出一趟远门。期待拍一些好照片，写一些好诗文。

凡此种种，归根结底都通向写作，通向我能永远爱着的写作。

哦，写作！因为写作，所以我有理由不说话，我有理由一个人坐在没人看见的角落。

你们看我很安静，其实我的脑子在文字中狂奔。

附：阿毛创作年表

1988

开始创作并发表诗歌。组诗《情感潮汐》获武汉地区高校"五四"诗歌大奖赛一等奖,刊于6月18日的《武汉晚报》。

1989

大学毕业后,留校工作。开始在全国诗歌大赛中获奖。至九十年代中期,获诗歌大赛奖近二十次。

1990

创作组诗《为水所伤》《随雪而逝》等作品。
获"莺歌杯湖北青年诗坛优秀诗作奖"。
散文《永恒的瞬间》获《湖北青年》杂志社优秀处女作奖。

1992

获"海内外当代青年诗歌新人奖"。诗集《为水所伤》出版。

1993

创作《敲碎岩石》《两性之战》等诗歌。
组诗《雪落何处》获首届全国文学新秀创作笔会一等奖。
加入湖北省作家协会。

1994

开始小说创作,发表小说处女作《星星高高在上》。

1995

创作诗歌《我被黑夜的裙创造》《至上的星星》、长篇小说《欲望》、短篇小说《走前唤醒我》《包厢里的两性》等作品。发表中篇小说处女作《非经典爱情》。

1996

9月,成为湖北省作家协会合同制作家、武汉市作家协会合同制作家。10月,参加武汉市作家协会举办的长篇小说笔会,完成了长篇小说《欲望》的创作。

1997

创作《童年》《距离》《花朵与石头》等诗歌。5月,中短篇小说集《杯上的苹果》出版。

1998

4月,长篇小说《欲望》出版。

1999

开始一系列思想随笔的创作。6月,诗集《至上的星星》出版。

2000

7月,调入武汉市文联《芳草》杂志社任文学编辑。

2001

创作《当哥哥有了外遇》《雪在哪里不哭》《女人辞典》《午夜的诗人》《爱情教育诗》等诗歌及《玫瑰的歧义》《请把口红吃掉》《凌晨两点回家》等短篇小说。

2002

创作《我和我们》《由词跑向诗》《以前和现在》等诗歌,《冬天的写真集》《两个人的电话》等短篇小说及长篇散文《怎样温柔地爱与死》的部分篇章。小说《玫瑰的歧义》获《芳草》小说奖。

2003

转入专业写作。加入中国作家协会。

创作诗歌《仿特德·贝里根〈死去的人们〉》《宽容》、短篇寓言小说《一只虾的爱情》、散文集《影像的火车》的部分作品。

5月,诗歌《当哥哥有了外遇》卷入"新诗有无传统""口语诗是不是诗""是口语诗还是口水诗"等争议中。由此,《当哥哥有了外遇》频繁出现在众多文学期刊、新闻媒体和大学讲堂上,被评论界称为"阿毛现象"。

《爱情教育诗》获《长江文艺》"金天问杯"诗歌奖。

2004

创作《我是这最末一个》《在场的忧伤》《石头也会疼》《岁月签收》《火车到站》等诗歌。

《当哥哥有了外遇》的争议持续到2004年底,被相关媒体称为"2004年最重大的诗歌事件之一"。其中3月的《诗刊》上半月刊"诗歌圆桌"、《武汉作家报》、6月的《爱情婚姻家庭》及8月的《诗歌月刊》的"特别关注"等特辟专栏(专版)专议此诗。一些大学中文系的研究生就此诗开专题研讨会，认为该诗为诗歌怎样贴近现实、贴近生活、贴近群众提供了很好的范本，具有很大的研究价值。

10月，赴安徽黄山参加《诗刊》社第20届青春诗会。

2005

创作《献诗》《白纸黑字》《取暖》《波，浪，波浪，波……浪……》《时间之爱》（组诗）、《爱诗歌，爱余生》（组诗）等诗歌。

1月，长篇小说《谁带我回家》出版。5月开始了长篇小说《在爱中永生》的创作。年底赴欧洲访问。

2006

创作《火车驶过故乡》《唱法》《多么爱》《傍晚十四行》等诗歌。

1月，诗集《我的时光俪歌》出版。9月，诗文集《旋转的镜面》出版。

《2006年中国新诗年鉴》年度诗人重点推出诗歌《木头》《私情》《更多》《偏头疼》等。

2007

创作《红尘三拍》《肋骨》《病因》《家乡》《不下雨的清明》等诗歌。9月上中旬赴北疆，创作《北疆组诗》。

11月，"阿毛作品研讨会"在武汉成功举办。有关研讨会的消息、会议综述、阿毛作品的评论文章、评论小辑（专辑）及阿毛访谈，分别在《文艺报》《文学报》《文汇读书周刊》《南方文坛》、武汉电视台等近20种（家）文学期刊、新闻媒体上发表（播出）。

2008

创作《波斯猫》《夏娃》《艺校和大排档》《提线木偶》等诗歌。

组诗《爱诗歌，爱余生》荣获"《诗歌月刊》2007 年度诗歌奖"。

1月至8月，《诗朗诵》《印象诗》《在路上》《单身女人的春天》《女儿身》等组诗分别在《中国诗人》《人民文学》《上海文学》《十月》《钟山》等刊物发表。

11月，散文集《影像的火车》出版。

1月起，兼任《芳草》文学杂志副主编。

2009

创作《玻璃器皿》《孤独症》《剪》《独角戏》及《爱情病》《纸上铁轨》等诗歌。

3月，获武汉市"三八红旗手"称号；9月，获第七届华文青年诗人奖，并成为2009—2010年度首都师范大学驻校诗人；11月3日下午，在首师大作题为《写作就是不断出发》的讲座；11月中旬，诗歌《多么爱》获中国2009年度最佳爱情诗奖；12月17日下午，在北京语言大学作《文学的根性》的讲座。

2010

创作《这里是人间的哪里》《一代人的集体转向》《发明一个童话世界》《埃土诗章》等诗歌。

1月下旬，赴哈尔滨、漠河、北极村、亚布力等地，创作诗歌多首。

3月，获武汉市十佳女宣传文化工作者称号。

4月1日下午，首都师范大学中国诗歌研究中心举办"与驻校诗人阿毛对话会"。

5月31日下午，湛江师范学院南方诗歌研究中心举办"阿毛诗歌研讨会"。

6月，诗集《变奏》出版。

7月3日，"首都师范大学驻校诗人阿毛诗歌创作研讨会"在京举行。

8月12日，参加由中国作协创研部和湖北省作家协会联合在京举办的"湖北女作家群创作研讨会"。

10月19日，武汉市文联举办"阿毛诗集《变奏》研讨会"。

11月29日《文艺报》专版发表题为《忧伤而优雅、坚毅而尖锐的女性之歌——阿毛诗集〈变奏〉评论》的专题评论文章。

11月，散文集《石头的激情》出版。年底赴土耳其、埃及访问。

2011

创作《从早到晚的日光》《挽歌》《自画像》《回故乡》《俄罗斯诗章》《青海诗章》等作品。

2月，散文集《苹果的法则》出版。

7月底，赴俄罗斯访问。

8月上旬，参加青海湖国际诗歌节。

9月至12月，参加鲁迅文学院青年作家英语培训班。

11月21日至24日，参加首届北京国际诗会。

11月，长篇小说《在爱中永生》在台湾出版。

获2011年度湖北省第三届时尚文化颁奖盛典"十大新锐时尚人物"荣誉称号。

2012

创作《树叶》《抒怀》《个人史》《来自饺子馆与书房的观察报告》《上海诗章》《美国诗章》等作品。

7月初，在上海参加中美青年作家交流。

8月，《阿毛诗选》（汉英对照版）出版。

9月，赴美访问。10月至11月，参加爱荷华国际写作计划。

诗集《变奏》获中国当代诗歌奖（2011—2012）诗集奖。

2013

创作《完美》《春天的信使》《田园》《将失眠》《以风筝探测高远

的天空》等诗歌。

获《诗选刊》2012·中国年度先锋诗歌奖；诗集《变奏》获第八届屈原文艺奖、希腊国际文学艺术学院颁发的 ΔΙΕΘΝΕΣ ΒΡΑΒΕΙΟ 2013年度最佳诗集奖。

2014

创作《暮春》《总有一天》《致人间》《甘蒙诗章》等诗歌。

5月底，参加重庆举办的"中国诗集·全国诗人笔会"。

7月赴香港。10月赴甘肃、内蒙古考察。

获首届武汉市文学艺术奖。

2015

创作《长江两岸的星空》《光阴论》《栀子花的栅栏》《冬天里》《童话》等诗歌。

7月底8月初赴云南腾冲、瑞丽等地，创作《观大小空山有感》《和顺小巷》《烹茶铁壶》等诗歌。8月中旬赴内蒙古阿尔山，参加首届全国女子诗会，创作《阿尔山诗章》。

2016

创作《光影亲吻光影》《西津渡》《蜜蜡姑娘》《一个世纪的冬天》等诗歌。

8月至12月间，先后赴香港、南京、内蒙古、安徽、深圳等地，创作一系列地理诗歌。

入选"黄鹤英才（文化）计划"。

荣获"第一朗读者·最佳诗人奖"。

2017

创作《延村聊斋》《徐娘曲》《医院隔壁有禅寺》《雨天的奔马》

《每个人都有一座博物馆》等诗歌。

3月至10月间，先后赴婺源、开封、杭州、香港、兴隆、德安等地，创作一系列地理诗歌。8月31日赴尼泊尔，作为期半月的文化交流。交流期间作《中国新时期的女性诗歌》主题发言。

11月，获"中国新归来诗人优秀诗人奖"。

12月下旬，赴广西采风，创作《广西诗章》。

跋

散文随笔集《风在镜中》里面的93篇文章，是从我的散文随笔集《影像的火车》《石头的激情》《苹果的法则》、诗文集《旋转的镜面》及2011年以来创作的散文随笔中选出。

全书由五辑组成。品谈艺术电影（或传记电影），品析艺术家作家诗人的生活、创作及精神风骨，倾诉我自己的爱与创作理想。

这本书，可视作我为一系列艺术家、作家诗人所作的小传，同时也可视作我的心灵自传。因为组成这部书的篇章，既是阅读，也是创作；即是歌唱，也是倾听；既是致敬，也是自励！

这些阅读与创作、歌唱与倾听、致敬与自励……也是我写作的沉醉之姿，是力量之源；是镜，是风，是镜与风的对视和吹拂！

或许你们看到的是镜在风中，而我看到的则是风在镜中！但孰为镜，孰为风，孰为风中之镜，孰为镜中之风，这些都不重要。重要的是我爱他们，爱他们的天赋与独特；爱他们的盛名与孤寂；爱他们在时间长河中钻石般的光芒……我爱自己爱他们时的青灯黄卷、碟影书香！但我始终触不到身体里的骨髓、灵魂里的天涯，始终写不尽前世今生的孤独与沧桑、睡眠与死亡。

但写作永无终止……

2018年春　武昌街道口

图书在版编目（CIP）数据

风在镜中：阿毛散文随笔选 / 阿毛著. -- 武汉：长江文艺出版社，2018.3
ISBN 978-7-5702-0079-5

Ⅰ. ①风… Ⅱ. ①阿… Ⅲ. ①散文集－中国－当代 Ⅳ. ①I267

中国版本图书馆 CIP 数据核字（2017）第 300041 号

责任编辑：沉　河　　　　　　　责任校对：陈　琪
封面设计：川　上　　　　　　　责任印制：邱　莉　　王光兴

出版： 长江出版传媒　　长江文艺出版社

地址：武汉市雄楚大街 268 号　　邮编：430070
发行：长江文艺出版社
电话：027－87679360
http://www.cjlap.com
印刷：武汉新鸿业印务有限公司

开本：640 毫米×970 毫米　　1/16　　印张：23　　插页：6 页
版次：2018 年 3 月第 1 版　　　　　　2018 年 3 月第 1 次印刷
字数：284 千字

定价：49.00 元

版权所有，盗版必究（举报电话：027—87679308　　87679310）
（图书出现印装问题，本社负责调换）